BESTSELLER

J. R. Ward es una autora de novela romántica que ha recibido espléndidas críticas y ha sido nominada a varios de los más prestigiosos premios del género. Sus libros han ocupado los puestos más altos en las listas de best sellers del *New York Times* y *USA Today*. Bajo el pseudónimo de J. R. Ward sumerge a los lectores en un mundo de vampiros, romanticismo y fuerzas sobrenaturales. Con su verdadero nombre, Jessica Bird, escribe novela romántica contemporánea.

Biblioteca

J. R. WARD

Amante oscuro
La Hermandad de la Daga Negra I

Traducción de
Arturo Castro Mogrovejo

DEBOLSILLO

Título original: *Dark Lover*
Primera edición en Debolsillo: septiembre, 2015

© 2011, Love Conquers All, Inc.
© 2005, Jessica Bird
Esta edición se publica de acuerdo con NAL Signet, miembro de Penguin Group (USA) Inc.
© 2015, de la presente edición en castellano:
Penguin Random House Grupo Editorial, S.A.U.
Travessera de Gràcia, 47-49. 08021 Barcelona
© Arturo Castro Mogrovejo, por la traducción

Printed in Spain – Impreso en España

ISBN: 978-84-9062-903-1 (vol.1101/1)
Depósito legal: B-15.708-2015

Impreso en Novoprint, Sant Andreu de la Barca (Barcelona)

P 6 2 9 0 3 1

Penguin
Random House
Grupo Editorial

Dedicada a ti, con admiración y amor.
Gracias por llegar, encontrarme
y mostrarme el camino.
Ha sido el mejor viaje de toda mi vida.

AGRADECIMIENTOS

Muchas gracias a Karen Solem, Kara Cesare, Claire Zion, Kara Welsh, Rose Hilliard; a mi comité ejecutivo, Sue Grafton, Dra. Jessica Andersen, Betsey Vaughan. Navegar por internet, investigar por teléfono y recorrer los paseos de los Parques Hutchins y Séneca con vosotras me ha mantenido concentrada, cuerda y sonriente.
Y a mi familia con amor.

doggen (n.). Miembro de la clase servil en el mundo de los vampiros. Los doggens mantienen las antiguas tradiciones de forma muy rigurosa, y son muy conservadores en cuestiones relacionadas con el servicio prestado a sus superiores. Sus vestimentas y comportamiento son muy formales. Pueden salir durante el día, pero envejecen relativamente rápido. Su esperanza de vida es de quinientos años aproximadamente.

las Elegidas (n.). Vampiresas destinadas a servir a la Virgen Escribana. Se consideran miembros de la aristocracia, aunque de una manera más espiritual que temporal. Tienen poca, o ninguna, relación con los machos, pero pueden aparearse con guerreros con objeto de reproducir su especie si así lo dictamina la Virgen Escribana. Tienen la capacidad de predecir el futuro. En el pasado, eran utilizadas para satisfacer las necesidades de sangre de miembros solteros de la Hermandad, pero dicha práctica ha sido abandonada por los hermanos.

esclavo de sangre (n.). Vampiro hembra o macho que ha sido sometido para satisfacer las necesidades de sangre de otros vampiros. La práctica de mantener esclavos de sangre ha caído, en gran medida, en desuso, pero no es ilegal.

hellren (n.). Vampiro que elige a una hembra como compañera. Los machos pueden tener más de una hembra como compañera.

Hermandad de la Daga Negra (n.). Guerreros vampiros entrenados para proteger a su especie contra la Sociedad Restrictiva. Como resultado de una cría selectiva en el interior de la raza, los miembros de la Hermandad poseen una inmensa fuerza física y mental, así como una enorme capacidad para curarse de sus heridas con rapidez. La mayoría no son propiamente hermanos de sangre. Se inician en la Hermandad a través de la nominación de uno de sus miembros. Agresivos, autosuficientes y reservados por naturaleza, viven apartados de los humanos y tienen poco contacto con miembros de otras clases, excepto cuando necesitan alimentarse. Son objeto de leyendas y muy respetados dentro del mundo de los vampiros. Sólo se puede acabar con ellos si se les hiere gravemente con un disparo o una puñalada en el corazón.

leelan (n.). Término cariñoso, que se puede traducir de manera aproximada como «lo que más quiero».

el Ocaso (n.). Reino intemporal donde los muertos se reúnen con sus seres queridos durante toda la eternidad.

el Omega (n.). Malévola figura mística que pretende la extinción de los vampiros a causa de un resentimiento hacia la Virgen Escribana. Existe en un reino intemporal y posee grandes poderes, aunque no tiene capacidad de creación.

periodo de necesidad (n.). Época fértil de las vampiresas. Generalmente dura dos días y va acompañado de unos intensos deseos sexuales. Se presenta aproximadamente cinco años después de la transición de una hembra y, a partir de ahí, una vez cada década. Todos los machos responden de algún modo si se encuentran cerca de una hembra en periodo de necesidad. Puede ser una época peligrosa, con conflictos y luchas entre machos, especialmente si la hembra no tiene compañero.

Primera Familia (n.). El rey y la reina de los vampiros, y los hijos nacidos de su unión.

princeps (n.). Grado superior de la aristocracia de los vampiros, sólo superado por los miembros de la Primera Familia o la Elegida de la Virgen Escribana. El título es hereditario, no puede ser otorgado.

pyrocant (n.). Se refiere a una debilidad crítica en un individuo. Dicha debilidad puede ser interna, como una adicción, o externa, como un amante.

restrictor (n.). Miembro de la Sociedad Restrictiva. Se trata de humanos sin alma que persiguen vampiros para exterminarlos. A los restrictores se les debe apuñalar en el pecho para matarlos; de lo contrario, son eternos. No comen ni beben y son impotentes. Con el tiempo, su cabello, su piel y el iris de sus ojos pierden pigmentación hasta convertirse en seres rubios, pálidos y de ojos incoloros. Huelen a talco para bebés. Tras ser iniciados en la Sociedad por el Omega, conservan un frasco de cerámica dentro del cual ha sido colocado su corazón después de ser extirpado.

rythe (n.). Forma ritual de salvar al honor. Lo ofrece alguien que haya ofendido a otro. Si es aceptado, el ofendido elige un arma y ataca al ofensor, que se presenta ante él sin protección.

shellan (n.). Vampiresa que se ha unido a un macho tomándolo como compañero. En general, las hembras eligen a un solo compañero debido a la naturaleza fuertemente territorial de los machos apareados.

Sociedad Restrictiva (n.). Orden de cazavampiros convocados por el Omega con el propósito de erradicar la especie de los vampiros.

transición (n.). Momento crítico en la vida de los vampiros, cuando él o ella se convierten en adultos. A partir de ese momento, deben beber la sangre del sexo opuesto para sobrevivir y no pueden soportar la luz solar. Generalmente, sucede a los veinticinco años.

Algunos vampiros no sobreviven a su transición, sobre todo los machos. Antes del cambio, los vampiros son físicamente débiles, sexualmente ignorantes e indiferentes, e incapaces de desmaterializarse.

la Tumba (n.). Cripta sagrada de la Hermandad de la Daga Negra. Usada como sede ceremonial y como almacén de los frascos de los restrictores. Entre las ceremonias allí realizadas se encuentran las iniciaciones, funerales y acciones disciplinarias contra los hermanos. Nadie puede acceder a ella, excepto los miembros de la Hermandad, la Virgen Escribana o los candidatos a una iniciación.

vampiro (n.). Miembro de una especie separada del *Homo sapiens*. Los vampiros tienen que beber sangre del sexo opuesto para sobrevivir. La sangre humana los mantiene vivos, pero su fuerza no dura mucho tiempo. Después de su transición, que generalmente sucede a los veinticinco años, son incapaces de salir a la luz del día y deben alimentarse de la vena regularmente. Los vampiros no pueden «convertir» a los humanos con un mordisco ni con una transfusión sanguínea, aunque, en algunos casos, son capaces de procrear con la otra especie. Pueden desmaterializarse a voluntad, pero tienen que buscar tranquilidad y concentración para conseguirlo, y no pueden llevar consigo nada pesado. Son capaces de borrar los recuerdos de las personas, siempre que sean a corto plazo. Algunos vampiros son capaces de leer la mente. Su esperanza de vida es superior a mil años, y en algunos casos incluso más.

la Virgen Escribana (n.). Fuerza mística consejera del rey, guardiana de los archivos vampíricos y encargada de otorgar privilegios. Existe en un reino intemporal y posee grandes poderes. Capaz de un único acto de creación, que empleó para dar existencia a los vampiros.

1

Darius miró a su alrededor en el club, y se dio cuenta, por primera vez, de la multitud de personas semidesnudas que se contorsionaban en la pista de baile. Aquella noche, Screamer's estaba a rebosar, repleto de mujeres vestidas de cuero y hombres con aspecto de haber cometido varios crímenes violentos.

Darius y su acompañante encajaban a la perfección.

Con la salvedad de que ellos eran asesinos de verdad.

—¿Realmente piensas hacer eso? —le preguntó Tohrment.

Darius dirigió su mirada hacia él. Los ojos del otro vampiro se encontraron con los suyos.

—Sí. Así es.

Tohrment bebió un sorbo de su whisky escocés. Una sonrisa lúgubre asomó a su rostro, dejando entrever, fugazmente, las puntas de sus colmillos.

—Estás loco, D.

—Tú deberías comprenderlo.

Tohrment inclinó su vaso con elegancia.

—Pero estás yendo demasiado lejos. Quieres arrastrar contigo a una chica inocente, que no tiene ni idea de lo que está sucediendo, para someterla a su transición en manos de alguien como Wrath. Es una locura.

—Él no es malo..., a pesar de las apariencias. —Darius terminó su cerveza—. Y deberías mostrarle un poco de respeto.

—Lo respeto profundamente, pero no me parece buena idea.

—Lo necesito.

—¿Estás seguro de eso?

Una mujer con una minifalda diminuta, botas hasta los muslos y un top confeccionado con cadenas pasó junto a su mesa. Bajo las pestañas cargadas de rímel, sus ojos brillaron con un incitante destello, mientras se contoneaba como si sus caderas tuvieran una doble articulación.

Darius no prestó atención. No era sexo lo que tenía en mente esa noche.

—Es mi *hija*, Tohr.

—Es una mestiza, D. Y ya sabes lo que él piensa de los humanos. —Tohrment movió la cabeza—. Mi tatarabuela lo era, y no me ves precisamente alardeando de eso ante él.

Darius levantó la mano para llamar a la camarera y señaló su botella vacía y el vaso de Tohrment.

—No dejaré que muera otro de mis hijos, y menos si hay una posibilidad de salvarla. De cualquier modo, ni siquiera estamos seguros de que vaya a cambiar. Podría acabar viviendo una vida feliz, sin enterarse jamás de mi condición. No sería la primera vez que sucede.

Tenía la esperanza de que su hija se librara de aquella experiencia. Porque si pasaba por la transición y sobrevivía convertida en vampiresa, la perseguirían para cazarla, como a todos ellos.

—Darius, si él se compromete a hacerlo, será porque está en deuda contigo. No porque lo desee.

—Lo convenceré.

—¿Y cómo piensas enfocar el problema? Puedes acercarte por las buenas a tu hija y decirle: «Oye, ya sé que nunca me has visto, pero soy tu padre. Ah, ¿y sabes algo más? Has ganado el premio gordo en la lotería de la evolución: eres una vampiresa. ¡Vámonos a Disneylandia!».

—En este momento te odio.

Tohrment se inclinó hacia delante; sus gruesos hombros se movieron bajo la chaqueta de cuero negro.

—Sabes que te apoyo, pero pienso que deberías reconsiderarlo. —Hubo una incómoda pausa—. Tal vez yo pueda encargarme de ello.

Darius le lanzó una fría mirada.

—¿Y crees que podrás regresar tranquilamente a tu casa después? Wellsie te clavaría una estaca en el corazón, y te dejaría secar al sol, amigo mío.

Tohrment hizo una mueca de desagrado.

—Buen argumento.

—Y luego vendría a por mí. —Ambos machos se estremecieron—. Además... —Darius se echó hacia atrás cuando la camarera les sirvió las bebidas. Esperó a que se marchara, aunque el rap sonaba estruendosamente a su alrededor, amortiguando cualquier conversación—. Además, son tiempos difíciles. Si algo me sucediera...

—Yo cuidaré de ella.

Darius dio una palmada en el hombro a su amigo.

—Sé que lo harás.

—Pero Wrath es mejor. —No había ni un atisbo de celos en su comentario. Sencillamente, era verdad.

—No hay otro como él.

—Gracias a Dios —dijo Tohrment, esbozando una media sonrisa.

Los miembros de su Hermandad, un cerrado círculo de guerreros fuertemente unidos que intercambiaban información y luchaban juntos, eran de la misma opinión. Wrath era un torrente de furia en asuntos de venganza, y cazaba a sus enemigos con una obsesión que rayaba en la demencia. Era el último de su estirpe, el único vampiro de sangre pura que quedaba sobre el planeta, y aunque su raza lo veneraba como a un rey, él despreciaba su condición.

Era casi trágico que él fuera la mejor opción de supervivencia que tenía la hija mestiza de Darius. La sangre de Wrath, tan fuerte, tan pura, aumentaría sus probabilidades de superar la transición si ésta le causaba algún daño. Pero Tohrment no se equivocaba. Era como entregarle una virgen a una bestia.

De repente, la multitud se desplazó, amontonándose unos contra otros, dejando paso a alguien. O a algo.

—Maldición. Ahí viene —farfulló Tohrment. Agarró su vaso y bebió de un trago hasta la última gota de su escocés—. No te ofendas, pero me largo. No quiero participar en esta conversación.

Darius observó cómo aquella marea humana se dividía para apartarse del camino de una imponente sombra oscura que sobresalía por encima de todos ellos. El instinto de huir era un buen reflejo de supervivencia.

Wrath medía un metro noventa y cinco de puro terror vestido de cuero. Su cabello, largo y negro, caía directamente desde un mechón en forma de uve sobre la frente.

Unas grandes gafas de sol ocultaban sus ojos, que nadie había visto jamás. Sus hombros tenían el doble del tamaño que los de la mayoría de los machos. Con un rostro tan aristocrático como brutal, parecía el rey que en realidad era por derecho propio y el guerrero en que el destino lo había convertido.

Y la oleada de peligro que le precedía era su mejor carta de presentación.

Cuando el gélido odio llegó hasta Darius, éste agarró su cerveza y bebió un largo sorbo.

Realmente esperaba estar haciendo lo correcto.

Beth Randall miró hacia arriba cuando su editor apoyó la cadera sobre el escritorio. Sus ojos estaban clavados en el escote de Beth.

—¿Trabajando hasta tarde otra vez? —murmuró.

—Hola, Dick.

¿No deberías estar ya en casa con tu mujer y tus dos hijos?, agregó mentalmente.

—¿Qué estás haciendo?

—Redactando un artículo para Tony.

—¿Sabes? Hay otras formas de impresionarme.

Sí, ya se lo imaginaba.

—¿Has leído mi e-mail, Dick? Fui a la comisaría de policía esta tarde y hablé con José y Ricky. Me han asegurado que un traficante de armas se ha trasladado a esta ciudad. Han encontrado dos Mágnum manipuladas en manos de unos traficantes de drogas.

Dick estiró el brazo para darle una palmadita en el hombro, acariciándolo antes de retirar la mano.

—Tú sigue trabajando en las pequeñeces. Deja que los chicos grandes se preocupen de los crímenes violentos. No quisiéramos que le sucediera algo a esa cara tan bonita.

Sonrió, entrecerrando los ojos mientras su mirada se detenía en los labios de la chica.

Esa rutina de mirarla fijamente duraba ya tres años, pensó ella, desde que había empezado a trabajar para él.

Una bolsa de papel. Lo que necesitaba era una bolsa de papel para ponérsela sobre la cabeza cada vez que hablaba con él. Tal vez con la fotografía de la señora Dick pegada a ella.

—¿Quieres que te lleve a tu casa? —preguntó.

Sólo si cayera una lluvia de agujas y clavos, pedazo de sátiro.

—No, gracias. —Beth se giró hacia la pantalla de su ordenador con la esperanza de que él entendiera la indirecta.

Al fin, se alejó, probablemente en dirección al bar del otro lado de la calle, en donde se reunían la mayoría de los reporteros antes de irse a su casa. Caldwell, Nueva York, no era precisamente un semillero de oportunidades para un periodista, pero a los «chicos grandes» de Dick les gustaba aparentar que llevaban una vida social muy agitada. Disfrutaban reuniéndose en el bar de Charlie a soñar con los días en que trabajaran en periódicos más grandes e importantes. La mayor parte de ellos eran como Dick: hombres de mediana edad, del montón, competentes, pero lo que hacían estaba lejos de ser extraordinario. Caldwell era lo suficientemente grande y estaba muy próxima a la ciudad de Nueva York para contar con suficientes crímenes violentos, redadas por drogas y prostitución que los mantuvieran ocupados. Pero el *Caldwell*

Courier Journal no era el *Times*, y ninguno de ellos ganaría jamás un Pulitzer.

Era algo deprimente.

Sí, bueno, mírate al espejo, pensó Beth. Ella era sólo una reportera de base. Ni siquiera había trabajado nunca en un periódico de tirada nacional. Así que, cuando tuviera cincuenta y tantos, o las cosas cambiaban mucho o tendría que trabajar para un periódico independiente redactando anuncios por palabras y vanagloriándose de sus días en el *Caldwell Courier Journal*.

Estiró la mano para alcanzar la bolsa de M&M que había estado guardando. Aquella maldita estaba vacía. De nuevo.

Tal vez debiera irse a casa y comprar algo de comida china para llevar.

Mientras se dirigía a la salida de la redacción, que era un espacio abierto dividido en cubículos por endebles tabiques grises, se encontró con el alijo de chocolatinas de su amigo Tony. Tony comía todo el tiempo. Para él no existía desayuno, comida y cena. Consumir era una proposición binaria. Si estaba despierto, tenía que llevarse algo a la boca, y para mantenerse aprovisionado, su mesa era un cofre del tesoro de perversiones con alto contenido en calorías.

Sacó el papel y saboreó con fruición la chocolatina mientras apagaba las luces y bajaba la escalera que conducía a la calle Trade. En el exterior, el calor de julio parecía comportarse como una barrera física entre ella y su apartamento. Doce manzanas completas de calor y humedad. Por fortuna, el restaurante chino estaba a medio camino de su casa y contaba con un excelente aire acondicionado.

Con algo de suerte, estarían muy ocupados esa noche, y ella tendría oportunidad de esperar un rato en aquel ambiente fresco.

Cuando terminó el chocolate, abrió la tapa de su teléfono, pulsó la marcación rápida e hizo un pedido de carne con brécol. A medida que avanzaba, los lúgubres y conocidos lugares iban apareciendo ante ella. A lo largo de ese tramo de la calle Trade, sólo había bares, clubs de strip-tease y negocios de tatuajes. Los dos únicos restaurantes eran el chino y uno mexicano. El resto de los edificios, que habían sido utilizados como oficinas en los años veinte cuando el centro de la ciudad era una zona próspera, estaban vacíos. Conocía cada grieta de la acera; sabía de memoria la duración de los semáforos. Y los sonidos entremezclados que se oían a través de las puertas y ventanas abiertas tampoco le resultaban sorprendentes.

En el bar de McGrider sonaba música de blues; de la puerta de cristal del Zero Sum salían gemidos de tecno; y las máquinas de karaoke estaban a todo volumen en Ruben's. La mayoría eran sitios dignos de confianza, pero había un par de ellos de los que prefería mantenerse alejada, sobre todo Screamer's, que tenía una clientela verdaderamente tenebrosa. Aquella era una puerta que nunca cruzaría a menos que tuviera una escolta policial.

Mientras calculaba la distancia hasta el restaurante chino, sintió una oleada de agotamiento. Dios, qué humedad. El aire estaba tan denso que le dio la impresión de que estaba respirando a través de agua.

Tuvo la sensación de que aquel cansancio no era debido únicamente al tiempo. Durante las últimas semanas no había dormido muy bien, y sospechaba que se hallaba al borde de una depresión. Su empleo no la llevaba a ninguna parte, vivía en un lugar que le importaba un comino, tenía pocos amigos, no tenía amante y ninguna perspectiva romántica. Si pensaba en su futuro, se imaginaba diez años más tarde estancada en Caldwell con Dick y los chicos grandes, siempre inmersa en la misma rutina: levantarse, ir al trabajo, intentar hacer algo novedoso, fracasar y regresar a casa sola.

Tal vez necesitase un cambio. Irse de Caldwell y del *Caldwell Courier Journal*. Alejarse de aquella especie de familia electrónica conformada por su despertador, el teléfono de su escritorio y el televisor que mantenía alejados sus sueños mientras dormía.

No había nada que la retuviese en la ciudad salvo la costumbre. No había hablado con ninguno de sus padres adoptivos durante varios años, así que no la echarían de menos. Y los nuevos amigos que tenía estaban ocupados con sus propias familias.

Al escuchar un silbido lascivo detrás de ella, entornó los ojos. Ése era el problema de trabajar cerca de una zona como aquélla. A veces, se encontraba con algún que otro acosador.

Luego llegaron los requiebros, y a continuación, como era de esperar, dos sujetos cruzaron la calle para colocarse detrás de ella. Miró a su alrededor. Estaba alejándose de los bares en dirección al largo tramo de edificios vacíos que había antes de los restaurantes. La noche era nublada y oscura, pero por lo menos había farolas y, de vez en cuando, pasaba algún coche.

—Me gusta tu cabello negro —dijo el más grande mientras adaptaba su paso al de ella—. ¿Te importa si lo toco?

Beth sabía que no podía detenerse. Parecían chicos de alguna fraternidad universitaria en vacaciones de verano, pero no quería correr ningún riesgo. Además, el restaurante chino estaba a sólo cinco manzanas.

De todos modos, buscó en su bolso su spray de pimienta.

—¿Quieres que te lleve a alguna parte? —preguntó de nuevo el mismo muchacho—. Mi coche no está lejos. En serio, ¿por qué no vienes con nosotros? Podemos montar todos.

Sonrió abiertamente e hizo un guiño a su amigo, como si con aquella charla melosa fuera a llevarla a la cama instantáneamente. El compinche se rió y la rodeó, su ralo cabello rubio saltaba a cada paso que daba.

—¡Sí, montémosla! —dijo el rubio.

Maldición, ¿dónde estaba el spray?

El grande estiró la mano, tocándole el cabello, y ella lo miró detenidamente. Con su polo y sus pantalones cortos de color caqui, era realmente bien parecido. Un verdadero producto americano.

Cuando él le sonrió, ella aceleró el paso, concentrándose en el tenue brillo de neón del cartel del restaurante chino. Rezó para que pasara algún transeúnte, pero el calor había ahuyentado a los peatones hacia los locales con aire acondicionado. No había nadie alrededor.

—¿Quieres decirme tu nombre? —preguntó el producto americano.

Su corazón empezó a latir con fuerza. Había olvidado el spray en el otro bolso.

—Voy a escoger un nombre para ti. Déjame pensar... ¿Qué te parece «gatita»?

El rubio soltó una risita.

Ella tragó saliva y sacó su móvil, por si necesitaba llamar al 911.

Conserva la calma. Mantén el control.

Imaginó lo bien que se sentiría cuando entrara en el restaurante chino y se viera rodeada por la ráfaga de aire acondicionado. Quizá debía esperar y llamar un taxi, sólo para estar segura de llegar a casa sin que la molestaran.

—Vamos, gatita —susurró el producto americano—. Sé que te va a gustar.

Sólo tres manzanas más...

En el instante en que bajó el bordillo de la acera para cruzar la calle Diez, él hombre la sujetó por la cintura. Sus pies quedaron colgando en el aire, y mientras la arrastraba hacia atrás, le cubrió la boca con la palma de la mano. Beth luchó como una posesa, pateando y lanzando puñetazos, y cuando acertó a propinarle un buen golpe en un ojo, logró zafarse. Intentó alejarse lo más rápidamente posible, taconeando con fuerza sobre el pavimento, mientras el aliento se agolpaba en su garganta. Un coche pasó por la calle Diez, y ella gritó en cuanto vio el destello de los faros.

Pero entonces el hombre la sujetó de nuevo.

—Vas a rogarme, perra —dijo a su oído, tapándole la boca con una mano. Le sacudió el cuello de un lado a otro, y la arrastró hacia una zona más oscura. Podía oler su sudor y la colonia de universitario que usaba, a medida que escuchaba las estridentes risotadas de su amigo.

Un callejón. La estaban llevando a un callejón.

Sintió arcadas, la bilis le cosquilleaba en la garganta. Sacudió el cuerpo furiosamente, tratando de liberarse. El pánico le daba fuerzas, pero él era más fuerte.

La empujó detrás de un contenedor de basura y presionó su cuerpo contra el de ella. Ésta le asestó otros cuantos codazos y puntapiés.

—¡Maldita sea, sujétale los brazos!

Consiguió darle al rubio una buena patada en el mentón antes de que le agarrara las muñecas y las levantara por encima de su cabeza.

—Vamos, perra, esto te va a gustar —gruñó el producto americano, tratando de introducir una rodilla entre las piernas de la chica.

Le colocó la espalda contra la pared de ladrillo del edificio, manteniéndola inmóvil por la garganta. Tuvo que usar la otra mano para desgarrarle la blusa, y tan pronto le dejó la boca libre, empezó a gritar. La abofeteó con fuerza, rompiéndole el labio. Sintió el sabor de la sangre en la lengua y un dolor punzante.

—Si haces eso de nuevo, te cortaré la lengua. —Los ojos del hombre hervían de odio y lujuria mientras levantaba el encaje blanco del sujetador para dejar expuestos sus senos—. Diablos, creo que lo haré de todos modos.

—Oye, ¿son de verdad? —preguntó el rubio, como si ella fuera a responderle.

Su compañero le cogió uno de los pezones y dio un tirón. Beth hizo una mueca de dolor, las lágrimas nublaron sus ojos. O quizás estaba perdiendo la vista porque estaba a punto de desmayarse.

El producto americano rió.

—Creo que son naturales. Pero podrás averiguarlo tú mismo cuando termine yo.

Al escuchar al rubio reír tontamente, algo en el interior de su cerebro entró en acción y se negó a dejar que aquello sucediera. Se obligó a sí misma a dejar de forcejear y recurrir a su entrenamiento de defensa personal. Excepto por la agitada respiración, su cuerpo quedó inmóvil, y el producto americano tardó un minuto en notarlo.

—¿Quieres jugar por las buenas? —dijo, mirándola con suspicacia. —Ella asintió lentamente—. Bien. —Se inclinó, acercando la nariz a la suya. Beth luchó para no apartarse, asqueada por el fétido olor a cigarrillo rancio y cerveza—. Pero si gritas otra vez, te coso a puñaladas. ¿Entiendes? —Ella asintió de nuevo—. Suéltala.

El rubio le soltó las muñecas y se rió, moviéndose alrededor de ambos como si buscara el mejor ángulo para observar.

Su compañero le acarició ásperamente la piel, y ella tuvo que hacer un enorme esfuerzo para conservar la chocolatina de Tony en el estómago cuando sintió las náuseas subiendo por su garganta. Aunque le repugnaban aquellas manos oprimiendo sus senos, estiró la mano buscando su bragueta. Aún la sujetaba por el cuello, y ella tenía problemas para respirar, pero en el momento en que tocó sus genitales, él gimió, aflojando la presa.

Con un enérgico apretón, Beth le aferró los testículos, retorciéndolos tan fuerte como pudo, y le propinó un rodillazo en la nariz mientras él se derrumbaba. Un torrente de adrenalina atravesó su cuerpo, y durante una décima de segundo deseó que el amigo la atacara en lugar de quedarse mirándola estúpidamente.

—¡Bastardos! —les gritó.

Beth salió corriendo del callejón, sujetándose la blusa, sin detenerse hasta llegar a la puerta de su edificio de apartamentos. Sus manos temblaban con tanta fuerza que le costó trabajo introducir la llave en la cerradura. Y sólo cuando se encontró ante el espejo del baño se percató de que rodaban lágrimas por sus mejillas.

Butch O'Neal levantó la vista cuando sonó la radio bajo el salpicadero de su coche patrulla sin distintivos. En un callejón no lejos de allí, un hombre se encontraba tirado en el suelo, pero vivo.

Butch miró su reloj. Eran poco más de las diez, lo que significaba que la diversión acababa de comenzar. Era un viernes por la noche de comienzos de julio, y los universitarios acababan de comenzar sus vacaciones y estaban ansiosos por competir en las Olimpiadas de la Estupidez. Imaginó que el sujeto había sido asaltado o que le habían dado una lección.

Esperaba que fuera lo segundo.

Butch tomó el auricular y dijo al operador que acudiría a la llamada, aunque era detective de homicidios, no patrullero. Estaba trabajando en dos casos en ese momento, un ahogado en el Río Hudson y una persona arrollada por un conductor que se había dado a la fuga, pero siempre había sitio para alguna cosa más. Cuanto más tiempo pasara fuera de su casa, mejor. Los platos sucios en el fregadero y las sábanas arrugadas sobre la cama no iban a echarlo de menos.

Encendió la sirena y pisó el acelerador mientras pensaba: *Veamos qué les ha pasado a los chicos del verano.*

CAPÍTULO

2

A medida que atravesaba Scramer's, Wrath esbozó
una despectiva sonrisa mientras la multitud tropezaba entre sí para apartarse de su camino. De sus poros
emanaba miedo y una curiosidad morbosa y lujuriosa. El
vampiro inhaló el fétido olor.

Ganado. Todos ellos.

A pesar de llevar las gafas oscuras, sus ojos no pudieron soportar las tenues luces, y tuvo que cerrar los párpados. Su vista era tan mala que se encontraba mucho más
cómodo en total oscuridad. Concentrándose en su oído,
esquivó los cuerpos entre los compases de la música, aislan-
do el arrastrar de pies, el susurro de palabras, el sonido de
algún vaso estrellándose contra el suelo. Si tropezaba con
algo, no le importaba. Daba igual de lo que se tratase:
una silla, una mesa, un humano..., simplemente pasaba
por encima de lo que fuese.

Notó la presencia de Darius claramente porque el
suyo era el único cuerpo de aquel maldito sitio que no
apestaba a pánico.

Aunque el guerrero estuviese al límite esa noche.

Wrath abrió los ojos cuando estuvo frente al otro
vampiro. Darius era un bulto informe, su color oscuro y su

31

ropa negra eran lo único que la vista de Wrath conseguía apreciar.

—¿Adónde ha ido Tohrment? —preguntó al sentir un efluvio de whisky escocés.

Wrath se sentó en una silla. Miró fijamente al frente y observó a la multitud ocupando de nuevo el espacio que él había abierto entre ellos.

Esperó.

Darius se distinguía por no andarse por las ramas y sabía que Wrath no soportaba que le hicieran perder el tiempo. Si guardaba silencio, era porque algo ocurría.

Darius bebió un sorbo de su cerveza, luego respiró con fuerza.

—Gracias por venir, mi señor...

—Si quieres algo de mí, no empieces con eso —dijo Wrath con voz cansina, advirtiendo que una camarera se les aproximaba. Pudo percibir unos pechos grandes y una franja de piel entre la ajustada blusa y la corta falda.

—¿Quieren algo de beber? —preguntó ella lentamente.

Estuvo tentado de sugerir que se acostara sobre la mesa y le dejara beber de su yugular. La sangre humana no lo mantendría vivo mucho tiempo, pero con toda seguridad tendría mejor sabor que el alcohol aguado.

—Ahora no —dijo.

Su hermética sonrisa espoleó la ansiedad de ella causándole, al mismo tiempo, una ráfaga de deseo. Él pudo notar ese aroma en los pulmones.

No estoy interesado, pensó.

La camarera asintió, pero no se movió. Se quedó allí, mirándolo fijamente, con su corto cabello rubio formando un halo en la oscuridad alrededor de su rostro. Embelesada, parecía haber olvidado su propio nombre y su trabajo.

Y qué molesto le resultaba aquello.

Darius se revolvió impaciente.

—Eso es todo —murmuró—. Estamos bien.

Cuando la muchacha se alejó, perdiéndose entre la multitud, Wrath escuchó a Darius aclararse la garganta.

—Gracias por venir.

—Eso ya lo has dicho.

—Sí. Claro. Eh... nos conocemos hace tiempo.

—Así es.

—Hemos luchado juntos muchas veces. Hemos eliminado a montones de restrictores.

Wrath asintió. La Hermandad de la Daga Negra había protegido la raza contra la Sociedad Restrictiva durante generaciones. Estaban Darius, Tohrment y los otros cuatro. Los hermanos eran superados en número por los restrictores, humanos sin alma que servían a un malvado amo, el Omega. Pero Wrath y sus guerreros se las arreglaban para proteger a los suyos.

Darius carraspeó de nuevo.

—Después de todos estos años...

—D, ve al grano. Marissa me necesita para un pequeño asunto esta noche.

—¿Quieres utilizar mi casa otra vez? Sabes que no permito que nadie más se quede en ella. —Darius dejó escapar una risa incómoda—. Estoy seguro de que su hermano preferiría que no aparecieras por su casa.

Wrath cruzó los brazos sobre el pecho, empujando la mesa con una bota para tener un poco más de espacio.

Le importaba un comino que el hermano de Marissa fuera demasiado sensible y se sintiera ofendido por la vida que Wrath llevaba. Havers era un esnob y un diletante cuya insensatez sobrepasaba todos los límites. Era totalmente incapaz de entender la clase de enemigos que tenía la raza y lo que costaba defender a sus miembros.

Y sólo porque el muchacho se sentía ofendido, Wrath no iba a jugar al caballero mientras asesinaban a civiles. Él tenía que estar en el campo de batalla con sus guerreros, no ocupando un trono. Havers podía irse a paseo.

Aunque Marissa no tenía por qué soportar la actitud de su hermano.

—Quizás acepte tu oferta.

—Bien.

—Ahora habla.

—Tengo una hija.

Wrath giró lentamente la cabeza.

—¿Desde cuándo?

—Desde hace algún tiempo.

—¿Quién es la madre?

—No la conoces. Y ella..., ella murió.

La pena de Darius se esparció a su alrededor con un acre olor a dolor antiguo que se superpuso al hedor a sudor humano, alcohol y sexo del club.

—¿Qué edad tiene? —exigió saber Wrath. Empezaba a presentir hacia donde se encaminaba aquel asunto.

—Veinticinco.

Wrath susurró una maldición.

—No me lo pidas a mí, Darius. No me pidas que lo haga.

—Tengo que pedírtelo. Mi señor, tu sangre es...

—Llámame así otra vez y tendré que cerrarte la boca. Para siempre.

—No lo entiendes. Ella es...

Wrath empezó a levantarse. La mano de Darius sujetó su antebrazo y lo soltó rápidamente.

—Es medio humana.

—Por Dios...

—Es posible que no sobreviva a la transición. Escucha, si tú la ayudas, por lo menos tendrá una oportunidad. Tu sangre es muy fuerte, aumentaría sus probabilidades de sobrevivir al cambio siendo una mestiza. No te estoy pidiendo que la tomes como shellan, ni que la protejas, porque yo puedo hacerlo. Sólo estoy tratando de... Por favor. Mis otros hijos han muerto. Ella es lo único que quedará de mí. Y yo... amé mucho a su madre.

Si hubiera sido cualquier otro, Wrath habría usado su frase favorita: *Vete a la mierda*. Por lo que a él concernía, sólo había dos buenas posturas para un humano. Una hembra, sobre su espalda. Y un macho, boca abajo y sin respirar.

Pero Darius era casi un amigo. O lo habría sido, si Wrath le hubiera permitido acercársele.

Cuando se levantó, cerró los ojos con fuerza. El odio lo embargaba concentrándose en el centro de su pecho. Se despreció a sí mismo por marcharse de allí, pero simplemente no era la clase de macho que ayudara a cualquier pobre mestizo a soportar un momento tan doloroso y peligroso. La cortesía y la piedad no eran palabras que formasen parte de su vocabulario.

—No puedo hacerlo. Ni siquiera por ti.

La angustia de Darius lo golpeó como una gran oleada, y Wrath se tambaleó ante la fuerza de semejante emoción. Entonces, apretó el hombro del vampiro.

—Si en verdad la amas, hazle un favor: pídeselo a otro.

Wrath se dio la vuelta y salió del local. De camino a la puerta borró la imagen de sí mismo de la corteza cerebral de todos los humanos que había en el lugar. Los más fuertes pensarían que lo habían soñado. Los débiles ni siquiera lo recordarían.

Al salir a la calle, se dirigió a un rincón oscuro detrás de Scramer's para poder desmaterializarse. Pasó junto a una mujer que le hacía una mamada a un sujeto entre las sombras. A escasos metros, un vagabundo borracho dormitaba en el suelo y un traficante de drogas discutía por el móvil el precio del crack.

Wrath supo de inmediato que lo seguían y quién era. El dulce olor a talco para bebés lo delataba sin remedio.

Sonrió ampliamente, abrió su chaqueta de cuero y sacó uno de sus *hira shuriken*. La estrella arrojadiza de acero inoxidable se acomodaba perfectamente a la palma de su mano. Casi cien gramos de muerte preparados para salir volando.

Con el arma en la mano, Wrath no alteró el paso, aunque su deseo era ocultarse rápidamente en la oscuridad. Estaba ansioso por pelear después de dejar plantado a Darius, y aquel miembro de la Sociedad Restrictiva había llegado en el momento justo.

Matar a un humano sin alma era precisamente lo que necesitaba para mitigar su malestar.

A medida que atraía al restrictor a la densa oscuridad, el cuerpo de Wrath se iba preparando para la lucha, su corazón latía pausadamente, los músculos de sus brazos y muslos se contrajeron. Percibió el ruido de un arma siendo amartillada y calculó la dirección del proyectil. Apuntaba a la parte trasera de su cabeza.

Con un rápido movimiento, giró sobre sí mismo en el momento en que la bala salía del cañón. Se agachó y lanzó la estrella, que con un destello plateado comenzó a trazar un arco mortífero. Acertó al restrictor exactamente en el cuello, cercenándole la garganta antes de continuar su camino hacia la oscuridad. La pistola cayó al suelo, chocando ruidosamente contra el pavimento.

El restrictor se sujetó el cuello con ambas manos y cayó de rodillas.

Wrath se aproximó a él, le revisó los bolsillos y se guardó la cartera y el teléfono que llevaba.

Luego sacó un largo cuchillo negro de una funda que llevaba en el pecho. Sentía que la lucha no hubiera durado más, pero a juzgar por el cabello oscuro y rizado y el ataque relativamente torpe, se trataba de un novato. Con un rápido empujón, puso al restrictor boca arriba, arrojó el cuchillo al aire, y aferró la empuñadura con un rápido giro de muñeca. La hoja se hundió en la carne, atravesó el hueso y llegó hasta el negro vacío donde había estado el corazón.

Con un sonido apagado, el restrictor se desintegró en un destello de luz.

Wrath limpió la hoja en sus pantalones de cuero, la deslizó dentro de la funda y se puso de pie, mirándo a su alrededor. Acto seguido, se desmaterializó.

Darius bebió una tercera cerveza. Una pareja de fanáticos del estilo gótico se aproximó a él, buscando una oportunidad de ayudarlo a olvidar sus problemas. Él rechazó la invitación.

Salió del bar y se encaminó hacia su BMW 650i aparcado en el callejón de detrás del club. Como cualquier vampiro que se precie, él podía desmaterializarse a voluntad y atravesar grandes distancias, pero era un truco difícil de ejecutar si se cargaba con algo pesado. Y no era algo que uno quisiera hacer en público.

Además, un coche elegante siempre era digno de admiración.

Subió al automóvil y cerró la puerta. Del cielo empezaron a caer gotas de lluvia, manchando el parabrisas como gruesas lágrimas.

No había agotado sus opciones. La charla sobre el hermano de Marissa lo había dejado pensativo. Havers era un médico totalmente entregado a la raza. Quizás él pudiera ayudarle. Ciertamente, valía la pena intentarlo.

Ensimismado en sus pensamientos, Darius introdujo la llave en el contacto y la hizo girar. El encendido hizo un sonido ronco. Giró la llave de nuevo, y en el instante en que escuchó un rítmico tictac, tuvo una terrible premonición.

La bomba, que había sido acoplada al chasis del coche y conectada al sistema eléctrico, explotó.

Mientras su cuerpo ardía con un estallido de calor blanco, su último pensamiento fue para la hija que aún no lo conocía. Y que ya nunca lo haría.

CAPÍTULO

3

Beth estuvo bajo la ducha cuarenta y cinco minutos, utilizó medio bote de gel, y casi derritió el barato papel pintado de las paredes del baño debido al intenso calor del agua. Se secó, se puso una bata e intentó no mirarse otra vez al espejo. Su labio tenía un feo aspecto.

Salió a la única habitación que poseía su pequeño apartamento. El aire acondicionado se había estropeado hacía un par de semanas, y el ambiente de la estancia era tan sofocante como el del baño. Miró hacia las dos ventanas y la puerta corredera que conducía a un desangelado patio trasero. Tuvo el impulso de abrirlas todas; sin embargo, se limitó a revisar los cierres.

Aunque sus nervios estaban destrozados, al menos su cuerpo estaba recuperándose rápidamente. Su apetito había vuelto en busca de venganza, como si estuviera molesto por no haber cenado, así que se dirigió directamente a la cocina. Incluso las sobras de pollo de hacía cuatro noches parecían apetitosas, pero cuando rompió el papel de aluminio, percibió un efluvio de calcetines húmedos. Arrojó a la basura todo el paquete y colocó un recipiente de comida congelada en el microondas. Comió los macarrones con queso de pie, sosteniendo la pequeña bandeja de plástico en la mano con un guante de cocina. No fue suficiente, así que tuvo que prepararse otra ración.

La idea de engordar diez kilos en una sola noche era tremendamente atrayente; vaya si lo era. No podía hacer nada con el aspecto de su rostro, pero estaba dispuesta a apostar que su misógino atacante neanderthal prefería a sus víctimas delgadas y atléticas.

Parpadeó, tratando de sacarse de la cabeza la imagen de su propio rostro. Dios, aún podía sentir sus manos, ásperas y desagradables, manoseándole los pechos.

Tenía que denunciarlo. Se acercaría a la comisaría.

Aunque no quería salir del apartamento. Por lo menos hasta que amaneciera.

Se dirigió hasta el futón que usaba como sofá y cama y se colocó en posición fetal. Su estómago tenía dificultades para digerir los macarrones con queso y una oleada de náusea seguida por una sucesión de escalofríos recorrió su cuerpo.

Un suave maullido le hizo levantar la cabeza.

—Hola, Boo —dijo, chasqueando los dedos con desgana. El pobre animal había huido despavorido cuando ella había entrado como una tromba por la puerta rasgándose la ropa y arrojándola por toda la habitación.

Maullando nuevamente, el gato negro se aproximó. Sus grandes ojos verdes parecían preocupados mientras saltaba con elegancia hacia su regazo.

—Lamento todo este drama —murmuró ella, haciéndole sitio.

El animal frotó la cabeza contra su hombro, ronroneando. Su cuerpo estaba tibio, apenas pesaba. No supo el tiempo que permaneció allí sentada acariciando su suave pelaje, pero cuando el teléfono sonó, tuvo un sobresalto.

Mientras trataba de alcanzar el auricular, se las arregló para seguir acariciando a su mascota. Los años de convivencia habían conseguido que su coordinación gato/teléfono rozara niveles de perfección.

—¿Hola? —dijo, pensando en que era más de medianoche, lo que descartaba a los vendedores telefónicos y sugería algún asunto de trabajo o algún psicópata ansioso.

—Hola, señorita B. Ponte tus zapatillas de baile. El coche de un individuo ha saltado por los aires al lado de Screamer's. Él estaba dentro.

Beth cerró los ojos y quiso sollozar. José de la Cruz era uno de los detectives de la policía de la ciudad, pero también un gran amigo.

Aunque tenía que decir que le sucedía lo mismo con la mayoría de los hombres y mujeres que llevaban uniforme azul. Como pasaba tanto tiempo en la comisaría, había llegado a conocerlos bastante bien, pero José era uno de sus favoritos.

—Hola, ¿estás ahí?

Cuéntale lo que ha sucedido. Abre la boca.

La vergüenza y el horror de lo ocurrido le oprimían las cuerdas vocales.

—Aquí estoy, José. —Se apartó el oscuro cabello de la cara y carraspeó—. No podré ir esta noche.

—Sí, claro. ¿Cuándo has dejado pasar una buena información? —Rió alegremente—. Ah, pero tómatelo con calma. El Duro lleva el caso.

El Duro era el detective de homicidios Brian O'Neal, más conocido como Butch. O simplemente *señor*.

—En serio, no puedo... ir ahí esta noche.

—¿Estás ocupada con alguien? —La curiosidad hizo que la voz fuera apremiante. José estaba felizmente casado, pero ella sabía que en la comisaría todos especulaban a su costa. ¿Una mujer con un cuerpazo como el suyo sin un hombre? Algo tenía que ocurrir—. ¿Y bien? ¿Lo estás?

—Por Dios, no. No.

Hubo un silencio antes de que el sexto sentido de policía de su amigo se pusiera alerta.

—¿Qué sucede?

—Estoy bien. Un poco cansada. Iré a la comisaría mañana.

Presentaría la denuncia entonces. Al día siguiente se sentiría lo suficientemente fuerte para recordar lo que había pasado sin derrumbarse.

—¿Necesitas que vaya a verte?

—No, pero te lo agradezco. Estoy bien, de verdad.

Colgó el auricular.

Quince minutos después se había puesto un par de vaqueros recién lavados y una amplia camisa que ocultaba sus espléndidas curvas. Llamó a un taxi, pero antes de salir hurgó en el armario hasta encontrar su otro bolso. Cogió el spray de pimienta y lo apretó con fuerza en la mano mientras se dirigía a la calle.

En el trayecto entre su casa y el lugar donde había estallado la bomba, recuperaría la voz y se lo contaría todo a José.

Por mucho que detestara la idea de recordar la agresión, no iba a permitir que aquel imbécil siguiera libre haciéndole lo mismo a otra persona. Y aunque nunca lo atrapasen, al menos habría hecho todo lo posible para tratar de capturarlo.

Wrath se materializó en el salón de la casa de Darius. Maldición, ya había olvidado lo bien que vivía el vampiro.

Aunque D era un guerrero, se comportaba como un aristócrata, y a decir verdad, tenía una cierta lógica. Su vida había empezado como un princeps de alta alcurnia, y todavía conservaba el gusto por el buen vivir. Su mansión del siglo XIX estaba bien cuidada, llena de antigüedades y obras de arte. También era tan segura como la cámara acorazada de un banco.

Pero las paredes amarillo claro del salón hirieron sus ojos.

—Qué agradable sorpresa, mi señor.

Fritz, el mayordomo, apareció desde el vestíbulo e hizo una profunda reverencia mientras apagaba las luces para aliviar los ojos de Wrath. Como siempre, el viejo macho iba vestido con librea negra. Había estado con Darius alrededor de cien años, y era un doggen, lo que significaba que podía salir a la luz del día pero envejecía más rápido que los vampiros. Su subespecie había servido a los aristócratas y guerreros durante muchos milenios.

—¿Se quedará con nosotros mucho tiempo, mi señor?

Wrath negó con la cabeza. No si podía evitarlo.

—Unas horas.

—Su habitación está preparada. Si me necesita, señor, aquí estaré.

Fritz se inclinó de nuevo y caminó hacia atrás para salir de la habitación, cerrando las puertas dobles tras él.

Wrath se dirigió hacia un retrato de más de dos metros de altura del que le habían dicho que había sido un rey francés. Colocó sus manos sobre el lado derecho del pesado marco dorado. El lienzo giró sobre su eje para revelar un oscuro pasillo de piedra iluminado con lámparas de gas.

Al entrar, bajó por unas escaleras hasta las profundidades de la tierra. Al final de los escalones había dos puertas. Una iba a los suntuosos aposentos de Darius, la otra se abrió a lo que Wrath consideraba un sustituto de su hogar. La mayoría de los días dormía en un almacén de Nueva York, en una habitación interior hecha de acero con un sistema de seguridad muy similar al de Fort Knox.

Pero él nunca invitaría allí a Marissa. Ni a ninguno de los hermanos. Su privacidad era demasiado valiosa.

Cuando entró, las lámparas sujetas a las paredes se encendieron por toda la habitación a voluntad suya. Su resplandor dorado alumbraba sólo tenuemente el camino en la oscuridad. Como deferencia a la escasa visión de Wrath, Darius había pintado de negro los muros y el techo de seis metros de altura. En una esquina, destacaba una enorme cama con sábanas de satén negro y un montón de almohadas. Al otro lado, había un sillón de cuero, un televisor de pantalla grande y una puerta que daba a un baño de mármol negro. También había un armario lleno de armas y ropa.

Por alguna razón, Darius siempre insistía en que se quedara en la mansión. Era un maldito misterio. No se trataba de que lo defendiera, porque Darius podía protegerse a sí mismo. Y la idea de que un vampiro como D sufriera de soledad era absurda.

Wrath percibió a Marissa antes de que entrara en la habitación. El aroma del océano, una limpia brisa, la precedía.

Terminemos con esto de una vez, pensó. Estaba ansioso por regresar a las calles. Sólo había saboreado un bocado de batalla, y esa noche quería atiborrarse.

Se dio la vuelta.

Mientras Marissa inclinaba su menudo cuerpo hacia él, sintió devoción e inquietud flotando en el aire alrededor de la hembra.

—Mi señor —dijo ella.

Por lo poco que podía ver, llevaba puesta una prenda ligera de gasa blanca, y su largo cabello rubio le caía en cascada sobre los hombros y la espalda. Sabía que se había vestido para complacerlo, y deseó en lo más íntimo de su ser que no se hubiera esforzado tanto.

Se quitó la chaqueta de cuero y la funda donde llevaba sus dagas.

Malditos fuesen sus padres. ¿Por qué le habían dado una hembra como ella? Tan... frágil.

Aunque, pensándolo bien, considerando el estado en que se encontraba antes de su transición, quizás temieron que otra más fuerte pudiera causarle daño.

Wrath flexionó los brazos, sus bíceps mostraron su grosor, uno de sus hombros crujió debido al esfuerzo.

Si pudieran verlo ahora. Su escuálido cuerpo se había transformado en el de un frío asesino.

Tal vez sea mejor que estén muertos, pensó. No habrían aprobado en lo que se había convertido ahora.

Pero no pudo evitar pensar que si ellos hubieran vivido hasta una edad avanzada, él habría sido diferente.

Marissa cambió de sitio nerviosamente.

—Lamento molestarte. Pero no puedo esperar más.

Wrath se dirigió al baño.

—Me necesitas, y yo acudo.

Abrió el grifo y se subió las mangas de su camisa negra. Con el vapor elevándose, se lavó la suciedad, el sudor y la muerte de sus manos. Luego frotó la pastilla de jabón por los brazos, cubriendo de espuma los tatuajes rituales que adornaban sus antebrazos. Se enjuagó, se secó y caminó hasta el sillón. Se sentó y esperó, rechinando los dientes.

¿Durante cuánto tiempo habían hecho aquello? Siglos. Pero Marissa siempre necesitaba algún tiempo para poder aproximársele. Si hubiera sido otra, su paciencia se habría agotado de inmediato, pero con ella era un poco más tolerante.

La verdad era que sentía pena por ella porque la habían forzado a ser su shellan. Él le había dicho una y otra vez que la liberaba de su compromiso para que encontrara un verdadero compañero, uno que no solamente matara todo lo que le amenazara, sino que también la amara.

Lo extraño era que Marissa no quería dejarlo, por muy frágil que fuera. Él imaginaba que ella probablemente temía que ninguna otra hembra querría estar con él, que ninguna alimentaría a la bestia cuando lo necesitara, y su raza perdería su estirpe más poderosa. Su rey. Su líder, que carecía de la voluntad de liderar.

Sí, era un maldito inconveniente. Permanecía alejado de ella a menos que necesitara alimentarse, lo cual no sucedía con frecuencia debido a su linaje. La hembra nunca sabía dónde estaba él, o qué estaba haciendo. Pasaba los largos días sola en la casa de su hermano, sacrificando su vida para mantener vivo al último vampiro de sangre pura, el único que no tenía ni una sola gota de sangre humana en su cuerpo.

Francamente, no entendía cómo soportaba eso... ni cómo lo soportaba a él.

De repente, sintió ganas de maldecir. Aquella noche parecía ser muy apropiada para alimentar su ego. Primero Darius y ahora ella.

Los ojos de Wrath la siguieron mientras ella se movía por la habitación, describiendo círculos a su alrededor, acercándosele. Se obligó a relajarse, a estabilizar su respiración, a inmovilizar su cuerpo. Aquella era la peor parte del proceso. Le daba pánico no tener libertad de movimientos, y sabía que cuando ella empezara a alimentarse, la sofocante sensación empeoraría.

—¿Has estado ocupado, mi señor? —dijo suavemente.

Él asintió, pensando que si tenía suerte, iba a estar más ocupado antes del amanecer.

Marissa finalmente se irguió frente a él, y el vampiro pudo sentir su hambre prevaleciendo sobre su inquietud. También sintió su deseo. Ella lo quería, pero él bloqueó ese sentimiento de la hembra.

Bajo ningún concepto tendría relaciones sexuales con ella. No podía imaginar someter a Marissa a las cosas que había hecho con otros cuerpos femeninos. Y él nunca la había querido de esa manera. Ni siquiera al principio.

—Ven aquí —dijo, haciendo un gesto con la mano. Dejó caer el antebrazo sobre el muslo, con la muñeca hacia arriba—. Estás hambrienta. No deberías esperar tanto para llamarme.

Marissa descendió hasta el suelo cerca de sus rodillas, su vestido se arremolinó alrededor de su cuerpo y sus pies. Él sintió la tibieza de los dedos sobre su piel mientras ella recorría sus tatuajes con las manos, acariciando los negros caracteres que detallaban su linaje en el antiguo idioma. Estaba lo suficientemente cerca para captar los movimientos de su boca abriéndose, sus colmillos destellaron antes de hundirlos en la vena.

Wrath cerró los ojos, dejando caer la cabeza hacia atrás mientras ella bebía. El pánico lo inundó rápida y fuertemente. Dobló el brazo libre alrededor del borde del sillón, tensionando los músculos al tiempo que aferraba la esquina para mantener el cuerpo en su lugar. Calma, necesitaba conservar la calma. Pronto terminaría, y entonces sería libre.

Cuando Marissa levantó la cabeza diez minutos después, él se irguió de un salto y aplacó la ansiedad caminando, sintiendo un alivio enfermizo porque ya podía moverse. En cuanto se sosegó, se acercó a la hembra. Estaba saciada, absorbiendo la fuerza que la embargaba a medida que su sangre se mezclaba. A él no le agradó verla en el suelo, de modo que la levantó, y estaba pensando en llamar a Fritz para que la llevara a la casa de su hermano, cuando unos rítmicos golpes sonaron en la puerta.

Wrath se volvió a mirar al otro lado de la habitación, la trasladó a la cama y allí la recostó.

—Gracias, mi señor —murmuró ella—. Volveré a casa por mis propios medios.

Él hizo una pausa, y luego colocó una sábana sobre las piernas de la vampiresa antes de abrir la puerta de golpe.

Fritz estaba muy agitado por algo.

Wrath salió, cerrando la puerta tras de sí. Estaba a punto de preguntar qué demonios podía justificar tal interrupción, cuando el olor del mayordomo impregnó su irritación.

Supo, sin preguntar, que la muerte había hecho otra visita.

Y Darius había desaparecido.

—Señor...

—¿Cómo ha sido? —gruñó. Ya se ocuparía del dolor más tarde. Primero necesitaba detalles.

—Ah, el coche... —Estaba claro que el mayordomo tenía problemas para conservar la calma, y su voz era tan débil y quebradiza como su viejo cuerpo—. Una bomba, mi señor. El coche... Al salir del club. Tohrment ha llamado. Lo vio todo.

Wrath pensó en el restrictor que había eliminado. Deseó saber si había sido él quien había perpetrado el atentado.

Aquellos bastardos ya no tenían honor. Por lo menos sus precursores, desde hacía siglos, habían luchado como guerreros. Esta nueva raza estaba compuesta por cobardes que se escondían detrás de la tecnología.

—Llama a la Hermandad —vociferó—. Diles que vengan de inmediato.

—Sí, por supuesto. Señor... Darius me pidió que le diera esto —el mayordomo extendió algo—, si usted no estaba con él cuando muriera.

Wrath cogió el sobre y regresó al aposento, sin poder ofrecer compasión alguna ni a Fritz ni a nadie. Marissa se había marchado, lo cual era bueno para ella.

Metió la última carta de Darius en el bolsillo de su pantalón de cuero.

Y dio rienda suelta a su ira.

Las lámparas explotaron y cayeron hechas añicos mientras un torbellino de ferocidad giraba a su alrededor, cada vez más fuerte, más rápido, más oscuro, hasta que el mobiliario se elevó del suelo trazando círculos alrededor del vampiro. Echó hacia atrás la cabeza y rugió.

Cuando el taxi dejó a Beth frente a Scramer's, la escena del crimen se encontraba en plena actividad. Destellos de luces azules y blancas salían de los coches patrulla que bloqueaban el acceso al callejón. El cuadrado vehículo blindado de los artificieros ya había llegado. El lugar estaba atestado de agentes tanto de uniforme como vestidos de civil. Y la habitual multitud de curiosos ebrios se había adueñado de la periferia del escenario, fumando y charlando.

En todos los años que llevaba como reportera, había descubierto que un homicidio era un acontecimiento social en Caldwell. Evidentemente, para todos menos para el hombre o mujer que había muerto. Para la víctima, imaginaba, la muerte era un asunto bastante solitario, aunque hubiese visto frente a frente la cara de su asesino. Algunos puentes hay que cruzarlos solos, sin importar quién nos empuje por el borde.

Beth se cubrió la boca con la manga. El olor a metal quemado, un punzante hedor químico, invadió su nariz.

—¡Oye, Beth! —Uno de los agentes le hizo señas—. Si quieres acercarte más, entra a Screamer's y sal por la puerta trasera. Hay un corredor...

—De hecho, he venido a ver a José. ¿Está por aquí?

El agente estiró el cuello, buscando entre la multitud.

—Estaba aquí hace un minuto. Tal vez haya vuelto a la comisaría. ¡Ricky! ¿Has visto a José?

Butch O'Neal se paró frente a ella, silenciando al otro policía con una sombría mirada.

—Vaya sorpresa.

Beth dio un paso atrás. El Duro era un buen espécimen de hombre. Cuerpo grande, voz grave, presencia arrolladora. Suponía que muchas mujeres se sentirían atraídas por él, porque no podía negar que era bien parecido, de una manera tosca y ruda. Pero Beth nunca había sentido saltar una chispa.

No es que los hombres no le hicieran sentir nada, pero aquel hombre, en concreto, no le interesaba.

—Y bien, Randall, ¿qué te trae por aquí? —Se llevó un trozo de chicle a la boca y arrugó el papel formando una bolita. Su mandíbula se puso a trabajar como si estuviera frustrado; no masticaba, machacaba.

—Estoy aquí por José. No por el crimen.

—Claro que sí. —Entrecerró los ojos. Con sus cejas de color castaño y sus ojos profundos, parecía siempre un poco enfadado, pero, bruscamente, su expresión empeoró—. ¿Puedes venir conmigo un segundo?

—En realidad necesito ver a José...

Él le sujetó el brazo con un fuerte apretón.

—Sólo ven aquí. —Butch la llevó a un rincón aislado del callejón, lejos del bullicio—. ¿Qué diablos te ha pasado en la cara?

Ella alzó la mano y se cubrió el labio herido. Todavía debía de estar conmocionada, porque se había olvidado de todo.

—Repetiré la pregunta —dijo—. ¿Qué diablos te ha pasado?

—Yo, eh... —La garganta se le cerró—. Estaba... —No iba a llorar. No delante del Duro—. Necesito ver a José.

—No está aquí, así que no podrás contar con él. Ahora habla.

Butch le inmovilizó los brazos a los lados, como si presintiera que podía salir corriendo. Él medía sólo unos pocos centímetros más que ella, pero la retenía con 30 kilos de músculo por lo menos.

El miedo se instaló en su pecho como si quisiera perforarla, pero ya estaba harta de ser maltratada físicamente esa noche.

—Retírate, O'Neal. —Colocó la palma de la mano en el pecho del hombre y empujó. Él se movió un poco.

—Beth, dime...

—Si no me sueltas... —su mirada sostuvo la de él—, voy a publicar un artículo sobre tus técnicas de interrogatorio. Ya sabes, las que necesitan rayos X y escayola cuando has terminado.

Los ojos de O'Neal se entrecerraron de nuevo. Apartó los brazos de su cuerpo y levantó las manos como si se estuviera rindiendo.

—Está bien. —La dejó y regresó a la escena del crimen.

Beth apoyó la espalda contra el edificio, y sintió que sus piernas flaqueaban. Miró hacia abajo, tratando de reunir fuerzas, y vio algo metálico. Dobló las rodillas y se inclinó. Era una estrella arrojadiza de artes marciales.

—¡Oye, Ricky! —llamó. El policía se acercó, y ella señaló al suelo—. Pruebas.

Le dejó hacer su trabajo y se dirigió a toda prisa a la calle Trade para coger un taxi. Simplemente, ya no podía soportarlo más.

Al día siguiente presentaría una denuncia oficial con José. A primera hora de la mañana.

Cuando Wrath reapareció en el salón, había recuperado el control. Sus armas estaban en sus respectivas fundas y su chaqueta pesaba en la mano, llena de las estrellas arrojadizas y cuchillos que le gustaba utilizar.

Tohrment fue el primero de la Hermandad en llegar. Tenía los ojos encendidos, el dolor y la venganza hacían que el azul oscuro brillara de manera tan vívida que incluso Wrath pudo captar el destello de color.

Mientras Tohr se recostaba contra una de las paredes amarillas de Darius, Vishous entró en la habitación. La perilla que se había dejado crecer hacía poco le daba un aspecto más siniestro de lo habitual, aunque era el tatuaje alrededor de su ojo izquierdo lo que realmente lo situaba en el campo de lo terrorífico. Esa noche tenía bien calada la gorra de los Red Sox y las complejas marcas de las sienes casi no se veían. Como siempre, su guante negro de conductor, que usaba para que su mano izquierda no entrara en contacto con nadie inadvertidamente, estaba en su lugar.

Lo cual era algo bueno. Un maldito servicio público.

Le siguió Rhage. Había suavizado su actitud arrogante como deferencia al motivo de la convocatoria de aquella reunión. Rhage era un macho muy alto, enorme, poderoso, más fuerte que el resto de los guerreros. También era una leyenda sexual en el mundo de los vampiros, apuesto como un galán de cine y con un vigor capaz de rivalizar con un rebaño de sementales. Las hembras, tanto vampiresas como humanas, pisotearían a sus propias crías para llegar a él.

Por lo menos hasta que vislumbraran su lado oscuro. Cuando la bestia de Rhage salía a la superficie, todos, hermanos incluidos, buscaban refugio y empezaban a rezar.

Phury era el último. Su cojera resultaba casi imperceptible. Su pierna ortopédica había sido reemplazada hacía poco, y ahora estaba compuesta por una aleación de titanio y carbono de última tecnología. La combinación de barras, articulaciones y pernos estaba atornillada a la base del muslo derecho.

Con su fantástica melena de cabellos multicolores, Phury hubiera debido estar acompañado de actrices y modelos, pero se había mantenido fiel a su voto de castidad. Sólo había sitio para un único amor en su vida, y éste lo había estado matando lentamente durante años.

—¿Dónde está tu gemelo? —preguntó Wrath.

—Z está de camino.

El que Zsadist llegara el último no era ninguna sorpresa. Z era un gigantesco y violento peligro para el mundo. Un maldito bastardo que blasfemaba a todas horas y que llevaba el odio, especialmente hacia las hembras, a nuevos niveles. Por fortuna, entre su cara cubierta de cicatrices y su cabello cortado al rape, tenía un aspecto tan aterrador como realmente era, de modo que la gente solía apartarse de su camino.

Raptado de su familia cuando era un niño, había acabado como esclavo de sangre, y el maltrato a manos de su ama había sido brutal en todos los sentidos. A Phury le había llevado casi un siglo encontrar a su gemelo, y Z había sido torturado hasta el punto de que fue dado por muerto antes de ser rescatado.

Una caída en el salado océano había grabado las heridas en la piel de Zsadist, y además del laberinto de cicatrices, aún exhibía los tatuajes de esclavo, así como varios piercings que él mismo había añadido, sólo porque le gustaba la sensación de dolor.

Con toda certeza, Z era el más peligroso de los miembros de la Hermandad. Después de lo que había soportado, no le importaba nada ni nadie. Ni siquiera su hermano.

Incluso Wrath protegía su espalda en presencia de aquel guerrero.

Sí, la Hermandad de la Daga Negra era un grupo diabólico. Lo único que se interponía entre la población de vampiros civiles y los restrictores.

Cruzando los brazos, Wrath paseó la mirada por la habitación, observando a cada uno de los guerreros, pensando en sus fuerzas, pero también en sus maldiciones.

Con la muerte de Darius, recordó que, aunque sus guerreros estaban propinando duros golpes a las legiones de asesinos de la Sociedad, había muy pocos hermanos luchando contra una inagotable y autogeneradora reserva de restrictores.

Porque Dios era testigo de que había muchos humanos con interés y aptitudes para el asesinato.

La balanza simplemente no se inclinaba a favor de la raza. Él no podía eludir el hecho de que los vampiros no vivían eternamente, que los hermanos podían ser asesinados y que el equilibrio podía romperse en un instante a favor de sus enemigos.

Demonios, el cambio ya había comenzado. Desde que el Omega había creado la Sociedad Restrictiva hacía una eternidad, el número de vampiros había disminuido de tal manera que sólo quedaban unos cuantos enclaves de población. Su especie rozaba la extinción. Aunque los hermanos fueran mortalmente buenos en lo que hacían.

Si Wrath hubiera sido otra clase de rey, como su padre, que deseaba ser el adorado y reverenciado paterfamilias de la especie, quizás el futuro hubiera sido más prometedor. Pero él no era como su padre. Wrath era un luchador, no un líder, y se desenvolvía mejor con una daga en la mano que sentado, siendo objeto de adoración.

Se concentró de nuevo en los hermanos. Cuando los guerreros le devolvieron la mirada, se notaba que esperaban sus instrucciones. Y aquella consideración lo puso nervioso.

—Me he tomado la muerte de Darius como un ataque personal —dijo.

Hubo un sordo gruñido de aprobación entre sus compañeros.

Wrath sacó la cartera y el móvil del miembro de la Sociedad Restrictiva que había matado.

—Esto lo llevaba un restrictor que ha tropezado conmigo esta misma noche detrás de Screamer's. ¿Quién quiere hacer los honores?

Los lanzó al aire. Phury atrapó ambos objetos y pasó el teléfono a Vishous.

Wrath empezó a caminar de un lado a otro.

—Tenemos que salir de cacería de nuevo.

—Tienes toda la razón —gruñó Rhage. Hubo un movimiento metálico y luego el sonido de un cuchillo al clavarse en una mesa—. Tenemos que atraparlos donde entrenan, donde viven.

Lo cual significaba que los hermanos tendrían que hacer un reconocimiento del terreno. Los miembros de la Sociedad Restrictiva no eran estúpidos. Cambiaban su centro de operaciones con regularidad, trasladando constantemente sus instalaciones de reclutamiento y entrenamiento de un lugar a otro. Por este motivo, los guerreros vampiros consideraban que era más eficaz actuar como señuelos y luchar contra todo aquel que acudiera a atacarlos.

Ocasionalmente, la Hermandad había realizado algunas incursiones, matando a docenas de restrictores en una sola noche. Pero esa clase de táctica ofensiva era rara. Los ataques a gran escala eran eficaces, pero también llevaban aparejadas algunas dificultades. Los grandes combates atraían a la policía, y tratar de pasar inadvertidos era vital para todos.

—Aquí hay un permiso de conducir —murmuró Phury—. Investigaré la dirección. Es local.

—¿Qué nombre figura? —preguntó Wrath.

—Robert Strauss.

Vishous soltó una maldición mientras examinaba el teléfono.

—Aquí no hay mucho. Sólo alguna cosa en la memoria de llamadas, unas marcaciones automáticas. Averiguaré en el ordenador quién ha llamado y qué números se marcaron.

Wrath rechinó los dientes. La impaciencia y la ira eran un cóctel difícil de digerir.

—No necesito decirte que trabajes lo más rápido posible. No hay manera de saber si el restrictor que he eliminado esta noche ha sido el autor de la muerte de Darius, así que pienso que tenemos que limpiar completamente toda la zona. Hay que matarlos a todos, sin importarnos los problemas que pueda plantearnos.

La puerta principal se abrió de golpe, y Zsadist entró en la casa.

Wrath lo miró sardónico.

—Gracias por venir, Z. ¿Has estado muy ocupado con las hembras?

—¿Qué tal si me dejaras en paz?

Zsadist se dirigió a un rincón y permaneció alejado del resto.

—¿Dónde vas a estar tú, mi señor? —preguntó Tohrment suavemente.

El bueno de Tohr. Siempre tratando de mantener la paz, ya fuera cambiando de tema, interviniendo directamente o, simplemente, por la fuerza.

—Aquí. Permaneceré aquí. Si el restrictor que mató a Darius está vivo e interesado en jugar un poco más, quiero estar disponible y fácil de encontrar.

Cuando los guerreros se fueron, Wrath se puso la chaqueta. Se dio cuenta entonces de que todavía no había abierto el sobre de Darius, y lo sacó del bolsillo. Había una franja de tinta escrita en él. Wrath imaginó que se trataba de su nombre. Abrió la solapa. Mientras sacaba una hoja de papel color crema, una fotografía cayó revoloteando al suelo. La recogió y tuvo la vaga impresión de que la imagen poseía un cabello largo y negro. Una hembra.

Wrath miró fijamente el papel. Era una caligrafía continua, un garabateo ininteligible y borroso que no tenía esperanza de descifrar, por mucho que entornara los ojos.

—¡Fritz! —llamó.

El mayordomo llegó corriendo.

—Lee esto.

Fritz tomó la hoja y dobló la cabeza. Leyó en silencio.

—¡En voz alta! —rugió Wrath.

—Oh. Mil perdones, amo. —Fritz se aclaró la garganta—. *Si no he tenido tiempo de hablar contigo, Tohrment te proporcionará todos los detalles. Avenida Redd, número 11 88, apartamento 1-B. Su nombre es Elizabeth Randall. Postdata: La casa y Fritz son tuyos si ella no sobrevive a la edad adulta. Lamento que el final haya llegado tan pronto. D.*

—Hijo de perra —murmuró Wrath.

Beth se había puesto su atuendo nocturno, consistente en unos pantalones cortos y una camiseta sin mangas, y estaba abriendo el futón cuando Boo empezó a maullar en la puerta corredera de cristal. El gato daba vueltas en un estrecho círculo, con los ojos fijos en algo que había en el exterior.

—¿Quieres pelear otra vez con el minino de la señora Gio? Ya lo hemos hecho una vez y el resultado no fue muy bueno, ¿recuerdas?

Unos golpes en la puerta principal le hicieron girar la cabeza con un sobresalto.

Se dirigió allí y acercó un ojo a la mirilla. Cuando vio quién estaba al otro lado, se dio la vuelta y apoyó la espalda contra la madera.

Los golpes volvieron a oírse.

—Sé que estás ahí —dijo el Duro—. Y no pienso marcharme.

Beth descorrió el cerrojo y abrió la puerta de golpe. Antes de que pudiera decirle que se fuera al diablo, pasó a su lado y entró.

Boo arqueó el lomo y siseó.

—Yo también estoy encantado de conocerte, pantera negra. —El vozarrón atronador de Butch parecía totalmente fuera de lugar en su apartamento.

—¿Cómo has entrado en el edificio? —preguntó ella mientras cerraba la puerta.

—Forcé la cerradura.

—¿Hay alguna razón en particular para que hayas decidido irrumpir en este edificio, detective?

Él se encogió de hombros y se sentó en un andrajoso sillón.

—Pensé que podía visitar a una amiga.

—¿Entonces por qué me molestas a mí?

—Tienes un bonito apartamento —dijo él, mirando sus cosas.

—Vaya mentiroso.

—Oye, por lo menos está limpio. Que es más de lo que puedo decir de mi propio cuchitril. —Sus oscuros ojos castaños la miraron directamente a la cara—. Ahora, hablemos de lo que sucedió cuando saliste del trabajo esta noche, ¿quieres?

Ella cruzó los brazos sobre el pecho.

Él se rió entre dientes.

—Dios, ¿qué tiene José que no tenga yo?

—¿Quieres lápiz y papel? La lista es larga.

—Auch. Eres fría, ¿lo sabías? —Su tono era divertido—. Dime, ¿sólo te gustan los que no están disponibles?

—Escucha, estoy agotada...

—Sí, saliste tarde del trabajo. A las nueve y cuarenta y cinco, más o menos. Hablé con tu jefe. Dick me dijo que todavía estabas en tu mesa cuando él se marchó a Charlie's. Viniste a tu casa caminando, ¿no? Por la calle

Trade seguramente, presumo, como haces todas las noches. Y durante un buen rato, ibas sola.

Beth tragó saliva cuando un leve ruido hizo que desviara la mirada hacia la puerta corredera de cristal. Boo había empezado de nuevo a ir de un lado a otro y a maullar, escudriñando algo en la oscuridad.

—Ahora, ¿me contarás qué ocurrió cuando llegaste al cruce de Trade y la Diez? —Su mirada se suavizó.

—¿Cómo sabes...?

—Dime lo que pasó, y te prometo que me cercioraré de que ese hijo de perra tenga lo que se merece.

* * *

Wrath permaneció inmóvil, sumergido en las sombras de la serena noche, mirando fijamente la silueta de la hija de Darius. Era alta para una hembra humana, y su cabello era negro, pero eso era todo lo que podía percibir con sus pobres ojos. Respiró el aire de la noche, pero no pudo captar su olor. Sus puertas y ventanas estaban cerradas, y el viento que soplaba del oeste traía el olor afrutado de la basura putrefacta.

Pero podía escuchar el murmullo de su voz a través de la puerta cerrada. Estaba hablando con alguien. Un hombre en quien ella, aparentemente, no confiaba, o no le agradaba, porque sólo pronunciaba monosílabos.

—Procuraré que esto te resulte lo más fácil posible —decía el hombre.

Wrath vio cómo la muchacha se acercaba y miraba hacia fuera a través de la puerta de cristal. Sus ojos estaban fijos en él, pero sabía que no podía verlo. La oscuridad lo envolvía por completo.

Beth abrió la puerta y asomó la cabeza, impidiendo con el pie que el gato saliera al exterior.

Wrath sintió que su respiración se hacía más lenta al percibir el aroma de la mujer. Olía verdaderamente bien. Como una flor exquisita. Quizás como esas rosas que florecen por la noche. Introdujo más aire en sus pulmones y cerró los ojos al tiempo que su cuerpo reaccionaba y su sangre se agitaba. Darius estaba en lo cierto; se acercaba a su transición. Podía olfatearlo en ella. Mestiza o no, iba a producirse su transformación.

Beth deslizó la puerta mientras se giraba hacia el hombre. Su voz era mucho más clara con la puerta abierta, y a Wrath le gustó su ronco sonido.

—Se me acercaron desde el otro lado de la calle. Eran dos. El más alto me arrastró hacia el callejón y... —El vampiro prestó atención de inmediato—. Traté de defenderme con todas mis fuerzas, pero él era más corpulento que yo, y además su amigo me sujetó los brazos. —Empezó a sollozar—. Me dijo que me cortaría la lengua si gritaba. Pensé que iba a matarme, en serio. Luego me rasgó la blusa y tiró del sujetador hacia arriba. Estuve muy cerca de que me... Pero conseguí liberarme y corrí. Tenía los ojos azules, cabello castaño y un pendiente en la oreja izquierda. Llevaba un polo azul oscuro y pantalones cortos de color caqui. No pude ver bien sus zapatos. Su amigo era rubio, cabello corto, sin pendientes, vestido con una camiseta blanca con el nombre de esa banda local, los Comedores de Tomates.

El hombre se levantó y se le acercó. La rodeó con un brazo, tratando de atraerla contra su pecho, pero ella retrocedió apartándose de él.

—¿De verdad piensas que podrás atraparlo? —preguntó.

El hombre asintió.

—Sí, por supuesto que sí.

Butch salió del apartamento de Beth Randall de mal humor.

Ver a una mujer que había sido golpeada en la cara no era una parte de su trabajo que le gustara. Y en el caso de Beth lo encontraba particularmente perturbador, porque la conocía desde hacía bastante tiempo y se sentía algo atraído por ella. El hecho de que fuera una mujer extraordinariamente hermosa no hacía las cosas más fáciles. Pero el labio inflamado y los cardenales alrededor de la garganta eran daños evidentes frente a la perfección de sus facciones.

Beth Randall era absolutamente preciosa. Tenía el negro cabello largo y abundante, unos ojos azules con un brillo imposible, una piel color crema y una boca hecha exactamente para el beso de un hombre. Y vaya cuerpo: piernas largas, cintura estrecha y senos perfectamente proporcionados.

Todos los hombres de la comisaría estaban enamorados de ella, y Butch tuvo que reconocer que tenía un enorme mérito: nunca usaba su atractivo para obtener información confidencial de los muchachos. Lo manejaba todo a un nivel muy profesional. Nunca había tenido una cita con ninguno de ellos, aunque la mayoría habría renunciado a su testículo izquierdo por sólo cogerla de la mano.

De una cosa sí estaba seguro: su atacante había cometido un tremendo error al elegirla. Toda la fuerza policial saldría en persecución de aquel imbécil en cuanto averiguaran su identidad.

Y Butch tenía una boca muy grande.

Subió a su coche y condujo hasta las instalaciones del Hospital Saint Francis, al otro lado de la ciudad. Aparcó sobre el bordillo de la acera frente a la sala de urgencias y entró.

El guardia de la puerta giratoria le sonrió.

—¿Se dirige al depósito, detective?

—No. Vengo a visitar a un amigo.

El hombre asintió y se apartó.

Butch atravesó la sala de espera de urgencias con sus plantas de plástico, revistas con las páginas arrancadas y personas con cara de preocupación. Empujó unas puertas dobles y se dirigió al estéril y blanco entorno clínico. Saludó con una ligera inclinación de cabeza a las enfermeras y médicos que conocía y se acercó al control.

—Hola, Doug, ¿recuerdas al tipo que trajimos con la nariz rota?

El empleado levantó la vista de un gráfico que estaba mirando.

—Sí, están a punto de darle el alta. Se encuentra atrás, habitación veintiocho. —El internista soltó una risita—. Lo de la nariz era el menor de sus problemas. No cantará notas bajas durante algún tiempo.

—Gracias, amigo. A propósito, ¿cómo va tu esposa?

—Bien. Dará a luz en una semana.

—Avísame cuando nazca el niño.

Butch se dirigió a la parte de atrás. Antes de entrar en la habitación veintiocho, revisó el pasillo con la mirada en ambas direcciones. Todo tranquilo. No había personal médico a la vista, ni visitantes, ni pacientes.

Abrió la puerta y asomó la cabeza.

Billy Riddle levantó la mirada desde la cama. Un vendaje blanco le subía por la nariz, como si estuviera evitando que se le saliera el cerebro.

—¿Qué pasa, oficial? ¿Ya ha encontrado al individuo que me golpeó? Van a darme de alta y me sentiría mejor sabiendo que lo tiene bajo custodia.

Butch cerró la puerta y corrió el cerrojo silenciosamente.

Sonrió mientras cruzaba la habitación fijándose en el pendiente de diamantes cuadrado que el sujeto lucía en el lóbulo izquierdo.

—¿Cómo va esa nariz, Billy?

—Bien. Pero la enfermera se ha portado como una bruja...

Butch cogió su polo y lo arrojó a sus pies. Luego lanzó al atacante de Beth contra la pared, con tanta fuerza que la maquinaria ubicada detrás de la cama se bamboleó.

Butch acercó tanto su cara a la del joven que podían haberse besado.

—¿Te divertiste anoche?

Los grandes ojos azules se encontraron con los suyos.

—¿De qué está hablan...?

Butch lo estrelló de nuevo contra la pared.

—Alguien te ha identificado. La mujer a la que trataste de violar.

—¡No fui yo!

—Claro que fuiste tú. Y si tengo en cuenta tu pequeña amenaza sobre su lengua con tu cuchillo, podría ser suficiente para enviarte a Dannemora. ¿Alguna vez has tenido novio, Billy? Apuesto a que serás muy popular. Un bonito chico blanco como tú.

El sujeto se puso tan pálido como las paredes.

—¡No la toqué!

—Te diré una cosa, Billy. Si eres sincero conmigo y me dices dónde está tu amigo, es posible que salgas caminando de aquí. De lo contrario, te llevaré a la comisaría en una camilla.

Billy pareció considerar el trato unos instantes, y luego las palabras salieron de su boca con extraordinaria rapidez:

—¡Ella lo deseaba! Me rogó...

Butch levantó la rodilla y la presionó contra la entrepierna de Billy. Un chillido salió de su garganta.

—¿Por eso tendrás que orinar sentado toda esta semana?

Cuando el matón empezó a farfullar, Butch lo soltó y observó cómo se deslizaba lentamente hasta el suelo. Al ver relucir las esposas, su gimoteo cobró intensidad.

Butch le dio vuelta bruscamente y sin mayores consideraciones le colocó las esposas.

—Estás arrestado. Cualquier cosa que digas puede, y será, usada en tu contra en un tribunal. Tienes derecho a un abogado...

—¿Sabe quién es mi padre? —gritó Billy como si hubiera conseguido tomar aire durante un segundo—. ¡Él hará que le despidan!

—Si no puedes pagarlo, se te proporcionará uno. ¿Entiendes estos derechos que te he indicado?

—¡A la mierda!

Billy gimió y asintió con la cabeza, dejando una mancha de sangre fresca sobre el suelo.

—Bien. Ahora vamos a arreglar el papeleo. Detestaría no seguir el procedimiento apropiado.

Boo! ¿Puedes dejar de hacer eso? —Beth le dio un golpe a la almohada y giró sobre sí misma para poder ver al gato.

El animal la miró y maulló. Con el resplandor de la luz de la cocina, que había dejado encendida, lo vio dando zarpazos en dirección a la puerta de cristal.

—Ni lo sueñes, Boo. Eres un gato doméstico. Confía en mí, el aire libre no es tan bueno como parece.

Cerró los ojos, y cuando oyó el siguiente maullido lastimero, soltó una maldición y arrojó las sábanas a un lado. Se dirigió hasta la puerta y escudriñó el exterior.

Fue entonces cuando vio al hombre. Estaba de pie junto al muro trasero del patio, una silueta oscura mucho más grande que las otras sombras, ya familiares, que proyectaban los cubos de basura y la mesa de picnic cubierta de musgo.

Con manos temblorosas revisó el cerrojo de la puerta y luego pasó a las ventanas. Ambas estaban aseguradas también. Bajó las persianas, cogió el teléfono inalámbrico y regresó al lado de Boo.

El hombre se había movido.

¡Mierda!

Venía hacia ella. Revisó de nuevo el cerrojo y retrocedió, tropezando con el borde del futón. Al caer, el teléfono se soltó de su mano, saltando lejos. Se golpeó fuertemente contra el colchón, lo que hizo que su cabeza rebotara debido al impacto.

Increíblemente, la puerta corredera se abrió como si nunca hubiera tenido el cerrojo puesto, como si ella nunca hubiera cerrado el pasador.

Aún yaciendo sobre su espalda, agitó las piernas violentamente, enredando las sábanas al tratar de empujar su cuerpo para alejarse de él. Era enorme, sus hombros anchos como vigas, sus piernas tan gruesas como el torso de la muchacha. No podía ver su cara, pero el peligro que emanaba de él era como una pistola apuntando hacia su pecho.

Rodó al suelo entre gemidos y gateó para alejarse, arañándose las rodillas y las manos contra el duro suelo de madera. Las pisadas del hombre detrás de ella resonaban como truenos, cada vez más cerca. Encogida como un animal, cegada por el miedo, chocó contra la mesa del pasillo y no sintió dolor alguno.

Las lágrimas comenzaron a rodar por sus mejillas mientras imploraba piedad, tratando de llegar a la puerta principal...

Beth despertó. Tenía la boca abierta y un alarido terrible rompía el silencio del amanecer.

Era ella. Estaba gritando con toda la fuerza de sus pulmones.

Cerró firmemente los labios, y de inmediato los oídos dejaron de dolerle. Saltó de la cama, fue hasta la puerta del patio y saludó los primeros rayos del sol con un alivio tan dulce que casi se marea. Mientras los latidos de su corazón disminuían, respiró profundamente y revisó la puerta.

El cerrojo estaba en su lugar, el patio vacío. Todo estaba en orden.

Se rió por lo bajo. No era extraño que tuviera pesadillas después de lo que había sucedido la noche anterior. Seguramente iba a sentir escalofríos durante algún tiempo.

Se dio la vuelta y se dirigió a la ducha. Estaba agotada, pero no quería quedarse sola en su apartamento. Anhelaba el bullicio del periódico, quería estar junto a todos sus compañeros, teléfonos y papeles. Allí se sentiría más segura.

Estaba a punto de entrar en el baño cuando sintió una punzada de dolor en el pie. Levantó la pierna y extrajo un pedazo de cerámica de la áspera piel del talón. Al inclinarse, encontró el jarrón que tenía sobre la mesa hecho añicos en el suelo.

Frunciendo el ceño, recogió los trozos.

Lo más probable era que lo hubiera tirado cuando entró la primera vez, después de haber sido atacada.

Cuando Wrath descendió a las profundidades de la tierra bajo la mansión de Darius, se sentía agotado. Cerró la puerta con llave tras él, se desarmó, y sacó un ajado baúl del armario. Abrió la tapa, gruñendo mientras levantaba una losa de mármol negro. Medía casi un metro cuadrado y tenía diez centímetros de grosor. La colocó en medio de la habitación, volvió al baúl y recogió una bolsa de terciopelo, que arrojó sobre la cama.

Se desnudó, se duchó y se afeitó y luego volvió desnudo a la habitación. Cogió la bolsa, desató la cinta de satén que la cerraba, y sacó unos diamantes sin tallar, del tamaño de guijarros, sobre la losa. La bolsa vacía resbaló de su mano al suelo.

Inclinó la cabeza y pronunció las palabras en su lengua materna, haciendo subir y bajar las sílabas con la respiración, rindiendo tributo a sus muertos. Cuando terminó de hablar, se arrodilló sobre la losa, sintiendo las piedras cortándole la carne. Desplazó el peso de su cuerpo a los talones, colocó las palmas de las manos sobre los muslos y cerró los ojos.

El ritual de muerte requería que pasara el día sin moverse, soportando el dolor, sangrando en memoria de su amigo.

Mentalmente, vio a la hija de Darius.

No debía haber entrado en su casa de esa forma. Le había dado un susto de muerte, cuando lo único que quería era presentarse y explicarle por qué iba a necesitarlo pronto. También había planeado decirle que iba a perseguir a ese macho humano que se había propasado con ella.

Sí, había manejado la situación maravillosamente. Con la delicadeza de un elefante en una cacharrería.

En el instante en que entró, ella enloqueció de terror. Había tenido que despojarla de sus recuerdos y sumergirla en un ligero trance para calmarla. Cuando la hubo depositado sobre la cama, su intención había sido marcharse de inmediato, pero no pudo hacerlo. Permaneció cerca de ella, evaluando el difuso contraste entre su cabello negro y la blanca funda de la almohada, inhalando su aroma.

Sintiendo un cosquilleo sexual en las entrañas.

Antes de irse, se había cerciorado de que las puertas y ventanas quedaran aseguradas. Y luego se había vuelto a mirarla una vez más, pensando en su padre.

Wrath se concentró en el dolor que ya se estaba adueñando de sus muslos.

Mientras su sangre teñía de rojo el mármol, vio el rostro de su guerrero muerto y sintió el vínculo que habían compartido en vida.

Tenía que hacer honor a la última voluntad de su hermano. Era lo menos que le debía a aquel macho por todos los años que habían servido juntos a la raza.

Mestiza o no, la hija de Darius nunca más volvería a caminar por la noche desprotegida. Y no pasaría sola por su transición.

Que Dios la ayudara.

Butch terminó de fichar a Billy Riddle alrededor de las seis de la mañana. El individuo se había mostrado muy ofendido porque lo había puesto en la celda con traficantes de drogas y delincuentes, así que Butch puso mucho cuidado en cometer tantos errores tipográficos como le fue posible en sus informes. Y para su sorpresa, la central de procesamiento de datos se confundía continuamente sobre la clase de formularios que debían ser cubiertos con exactitud.

Y después, todas las impresoras se estropearon. Las veintitrés que había.

A pesar de todo, Riddle no pasaría mucho tiempo en la comisaría. Su padre era en verdad un hombre poderoso, un senador. Así que un elegante abogado le sacaría de allí en un abrir y cerrar de ojos. No creía que pudiera retenerle más de una hora.

Porque así actuaba el sistema judicial para algunos. El dinero manda, permitiendo a los canallas salir en libertad.

A Butch no le quedó más remedio que reconocer con amargura que ésa era la realidad.

Al salir al vestíbulo, se encontró con una de las habituales visitantes nocturnas de la comisaría. Cherry Pie acababa de ser liberada de los calabozos femeninos. Su verdadero nombre era Mary Mulcahy, y por lo que Butch había oído, trabajaba en las calles desde hacía dos años.

—Hola, detective —ronroneó. La barra de labios roja se había concentrado en las comisuras de su boca, y el rímel negro formaba un manchón alrededor de sus ojos. Seguramente su aspecto mejoraría y sería bonita, pensó él, si dejaba la pipa de crack y dormía durante todo un mes—. ¿Se va a su casa solo?

—Como siempre. —Sostuvo la puerta abierta para ella al salir.

—¿No se le cansa la mano izquierda después de un tiempo?

Butch se rió mientras ambos se detenían y levantó la vista hacia las estrellas.

—¿Cómo te va, Cherry?

—Siempre bien.

Se puso un cigarrillo entre los labios y lo encendió mientras lo miraba.

—Si le salen demasiados pelos en la palma de la mano, puede llamarme. Se lo haré gratis, porque usted es un hijo de perra muy bien parecido. Pero no le diga a mi chulo que le he dicho eso.

Soltó una nube de humo y, con expresión ausente, se tocó con el dedo su oreja izquierda desgarrada. Le faltaba la mitad superior.

Dios, ese proxeneta era todo un perro rabioso.

Empezaron a bajar los escalones.

—¿Ya has consultado ese programa del que te hablé? —preguntó Butch cuando llegaron a la acera. Estaba ayudando a un amigo a poner en marcha un grupo de apoyo para prostitutas que quisieran liberarse de sus proxenetas y llevar otra vida.

—Ah, sí, claro. Buena cosa. —Le lanzó una sonrisa—. Lo veré después.

—Cuídate.

Ella le dio la espalda, dándose una palmada en la nalga derecha.

—Piénselo, esto puede ser suyo.

Butch la observó contonearse calle abajo durante un rato. Luego se dirigió a su coche, y siguiendo un impulso, condujo hasta el otro lado de la ciudad, volviendo al barrio de Screamer's. Aparcó frente a McGrider's. Unos quince minutos después una mujer enfundada en unos ajustados vaqueros y un top negro salió del cuchitril. Parpadeó como si fuera miope ante la brillante luz.

Cuando vio el coche, se sacudió su cabellera castaña y fue caminando hacia él. Butch abrió la ventanilla y ella se inclinó, besándolo en los labios.

—Cuánto tiempo sin verte. ¿Te sientes solitario, Butch? —dijo ella apretada contra su boca.

Olía a cerveza rancia y a licor de cerezas, el perfume de todo cantinero al final de una larga noche.

—Entra —dijo él.

La mujer rodeó el coche por el frente y se deslizó junto a él. Habló de cómo le había ido durante la noche mientras él conducía hasta la orilla del río, contándole lo decepcionada que estaba porque las propinas otra vez habían sido escasas y que los pies la estaban matando de tanto ir de un lado a otro de la barra.

Estacionó bajo uno de los arcos del puente que cruzaba el río Hudson y unía las dos mitades de Caldwell, cerciorándose de quedar a suficiente distancia de los indigentes acostados sobre sus improvisadas camas de cartones. No había necesidad de tener público.

Y había que reconocer que Abby era rápida. Ya le había desabrochado los pantalones y manipulaba su miembro erecto con embates firmes antes de que él hubiera apagado el motor. Mientras empujaba hacia atrás el asiento, ella se subió a horcajadas y le acarició el cuello con la boca. Él miró el agua, más allá de su sensual cabello rizado.

La luz del amanecer era hermosa, pensó cuando ésta inundó la superficie del río.

—¿Me amas, cariño? —susurró ella a su oído.

—Sí, claro.

Le alisó el cabello hacia atrás y la miró a los ojos. Estaban vacíos. Podía haber sido cualquier hombre, por eso su relación funcionaba.

Su corazón estaba tan vacío como aquella mirada.

M ientras el señor X cruzaba el aparcamiento y se dirigía a la Academia de Artes Marciales de Caldwell, captó el aroma del Dunkin' Donuts al otro lado de la calle. Ese olor, ese sublime y denso aroma a harina, azúcar y aceite caliente, impregnaba el aire matutino. Miró hacia atrás y vio a un hombre salir con dos cajas de color blanco y rosa bajo el brazo y un enorme vaso de plástico con café en la otra mano.

Ésa sería una manera muy agradable de iniciar la mañana, pensó el señor X.

Subió a la acera que se extendía bajo la marquesina roja y dorada de la academia. Se detuvo un momento, se inclinó y recogió un vaso de plástico desechado. Su anterior dueño había tenido cuidado de dejar un poco de soda en el fondo para apagar en él sus cigarrillos. Arrojó la desagradable mezcla al contenedor de basura y abrió el seguro de las puertas de la academia.

La noche anterior, la Sociedad Restrictiva se había marcado un tanto en la guerra, y él había sido el artífice de semejante hazaña. Darius había sido un líder vampiro, miembro de la Hermandad de la Daga Negra. Todo un endiablado trofeo.

Era una maldita pena que no hubiera quedado nada del cadáver para colocarlo sobre una pared, pero la bomba del señor X había hecho el trabajo a la perfección. Él se encontraba en su casa escuchando la frecuencia de la policía cuando llegó el informe. La operación había salido tal como había planeado, perfectamente ejecutada, perfectamente anónima.

Perfectamente mortífera.

Trató de recordar la última vez que un miembro de la Hermandad había sido eliminado. Con seguridad, mucho antes de que él pasara a formar parte de la Sociedad, hacía algunas décadas. Y había esperado unas palmaditas en la espalda, no semejantes elogios. Se había figurado incluso que le darían más competencias, quizás una ampliación de su área de influencia, tal vez un radio geográfico de actuación más extenso.

Pero la recompensa..., la recompensa había sido mayor de lo esperado.

El Omega lo había visitado una hora antes del amanecer y le había conferido todos los derechos y privilegios como restrictor jefe.

Líder de la Sociedad Restrictiva.

Era una responsabilidad extraordinaria. Y exactamente lo que el señor X siempre había deseado.

El poder que le habían concedido era la única alabanza que le interesaba.

Se dirigió a su oficina a grandes zancadas. Las primeras clases comenzarían a las nueve. Tenía todavía suficiente tiempo para perfilar algunas de las nuevas reglas que debían acatar sus subordinados en la Sociedad.

Su primer impulso, una vez que el Omega se hubo marchado, fue enviar un mensaje, pero eso no habría sido sensato. Un líder organizaba sus pensamientos antes de actuar; no se apresuraría a subir al pedestal para ser adorado. El ego, después de todo, era la raíz de todo mal.

Por eso, en lugar de alardear como un imbécil, había salido al jardín para sentarse a observar el césped que había detrás de su casa. Ante el incipiente resplandor del amanecer, había repasado los puntos fuertes y las debilidades de su organización, permitiendo que su instinto le mostrara el camino para encontrar un equilibrio entre ambos. Del laberinto de imágenes y pensamientos habían surgido varias normas a seguir, y el futuro se fue clarificando.

Ahora, sentado detrás de su escritorio, escribió la contraseña de la página web protegida de la Sociedad y allí dejó claro que se había producido un cambio de liderazgo. Ordenó a todos los restrictores acudir a la academia a las cuatro, esa misma tarde, sabiendo que algunos tendrían que viajar, pero ninguno estaba a una distancia de más de ocho horas en coche. El que no asistiera sería expulsado de la Sociedad y perseguido como un perro.

Reunir a los restrictores en un solo lugar era raro. En aquel momento su número oscilaba entre cincuenta y sesenta miembros, dependiendo de la cantidad de bajas que la Hermandad lograba en una noche y el número de los nuevos reclutas que podían ser enrolados en el servicio. Los miembros de la Sociedad se encontraban todos en Nueva Inglaterra y sus alrededores. Esta concentración en el noreste de Estados Unidos se debía al predominio de vampiros en la zona. Si la población se trasladaba, también lo hacía la Sociedad.

Como había sucedido durante generaciones.

El señor X era consciente de que convocar a los restrictores en Caldwell para una reunión resultaba de vital importancia. Aunque conocía a la mayoría de ellos, y a algunos bastante bien, necesitaba que ellos lo vieran, lo escucharan y lo calibraran, en especial si iba a cambiar sus objetivos.

Convocar la reunión a la luz del día también era importante, ya que eso garantizaba que no serían sorprendidos por la Hermandad. Y ante sus empleados humanos, fácilmente podía hacerla pasar por un seminario de técnicas de artes marciales. Se congregarían en la gran sala de conferencias del sótano y cerrarían las puertas con llave para no ser interrumpidos.

Antes de desconectarse, redactó un informe sobre la eliminación de Darius, porque quería que sus cazavampiros lo tuvieran por escrito. Detalló la clase de bomba que había utilizado, la manera de fabricar una con muy pocos elementos y el método para conectar el detonador al sistema de encendido de un coche. Era muy fácil, una vez que el artefacto estaba instalado. Lo único que había que hacer era armarla, y al accionar el contacto, cualquiera que estuviera dentro del vehículo quedaría convertido en cenizas.

Para obtener ese instante de satisfacción, él había seguido al guerrero Darius durante un año, vigilándolo, estudiando todas sus costumbres diarias. Hacía dos días, el señor X había entrado furtivamente en el concesionario de BMW de los hermanos Greene, cuando el vampiro les había dejado su vehículo para una revisión. Instaló la bomba, y la noche anterior había activado el detonador con un transmisor de radio simplemente pasando al lado del coche, sin detenerse ni un segundo.

El largo y concentrado esfuerzo que había supuesto la organización de aquella eliminación no era algo que quisiera compartir. Quería que los restrictores creyeran que había podido ejecutar una jugada tan perfecta en un instante. La imagen desempeñaba un importante papel en la creación de una base de poder, y él quería empezar a construir su credibilidad de mando de inmediato.

Después de desconectarse, se recostó en la silla, tamborileando con los dedos. Desde que se había unido a la Sociedad, el objetivo había sido reducir la población de vampiros por medio de la eliminación de civiles. Ésa seguiría siendo la meta general, por supuesto, pero su primer dictamen sería un cambio de táctica. La clave para ganar la guerra era eliminar a la Hermandad. Sin esos seis guerreros, los civiles quedarían desnudos ante los restrictores, indefensos.

La táctica no era nueva. Había sido intentada durante generaciones pasadas y descartada numerosas veces cuando los hermanos habían demostrado ser demasiado agresivos o demasiado escurridizos para ser exterminados. Pero con la muerte de Darius, la Sociedad cobraba un nuevo impulso.

Y tenían que actuar de una manera diferente. Tal y como estaban las cosas, la Hermandad estaba aniquilando a cientos de restrictores cada año, lo que hacía necesario que las filas fueran engrosadas con cazavampiros nuevos e inexpertos. Los reclutas representaban un problema. Eran difíciles de encontrar, difíciles de introducir en la Sociedad y menos efectivos que los miembros veteranos.

Esta constante necesidad de captación de nuevos miembros condujo a un grave debilitamiento de la Sociedad.

Los centros de entrenamiento como la Academia de Artes Marciales de Caldwell tenían como objetivo primordial seleccionar y reclutar humanos para engrosar sus filas, pero también atraían mucho la atención. Evitar la injerencia de la policía humana y protegerse contra un ataque por parte de la Hermandad requería una continua vigilancia y una frecuente reubicación. Trasladarse de un lugar a otro era un trastorno constante, ¿pero cómo podía estar la Sociedad bien provista si los centros de operaciones eran atacados por sorpresa?

El señor X movió la cabeza con un gesto de fastidio. En algún momento iba a necesitar un lugarteniente, aunque por ahora prefería actuar en solitario.

Por fortuna, nada de lo que tenía pensado hacer era excesivamente complicado. Todo se reducía a una estrategia militar básica. Organizar las fuerzas, coordinarlas, obtener información sobre el enemigo y avanzar de una forma lógica y disciplinada.

Esa tarde organizaría sus efectivos, y en cuanto a la cuestión relativa a la coordinación, iba a distribuirlos en escuadrones, e insistiría en que los cazavampiros empezaran a reunirse con él habitualmente en pequeños grupos.

¿Y la información? Si querían exterminar a la Hermandad, necesitaban saber dónde encontrar a sus miembros. Eso sería un poco más difícil, aunque no imposible. Aquellos guerreros formaban un grupo cauteloso y suspicaz, no demasiado sociable, pero la población civil de vampiros tenía algún contacto con ellos. Después de todo, los hermanos tenían que alimentarse, y no podían hacerlo entre ellos. Necesitaban sangre femenina.

Y las hembras, aunque la mayoría de ellas vivían protegidas como si fueran obras de arte, tenían hermanos y padres que podían ser persuadidos para que hablaran. Con el incentivo apropiado, los machos revelarían adónde iban sus mujeres y a quiénes veían. Así descubrirían a la Hermandad.

Ésa era la clave de su estrategia general. Un programa coordinado de seguimiento y captura, concentrado en machos civiles y las escasas hembras que salían sin protección, le conduciría, finalmente, a los hermanos. Su plan tenía que tener éxito, ya fuese porque los miembros de la Hermandad salieran de su escondrijo con sus dagas desenfundadas, furiosos porque los civiles hubieran sido capturados brutalmente, o bien porque alguien podía irse de la lengua y descubrir dónde se ocultaban.

Lo mejor sería averiguar dónde se encontraban los guerreros durante el día. Eliminarlos mientras brillaba el sol, cuando eran más vulnerables, sería la operación con mayores probabilidades de éxito y en la que, posiblemente, las bajas de la Sociedad resultarían mínimas.

En general, matar vampiros civiles era sólo un poco más difícil que aniquilar a un humano normal. Sangraban si se les cortaba, sus corazones dejaban de latir si se les disparaba y se quemaban si eran expuestos a la luz solar.

Sin embargo, matar a un miembro de la Hermandad era un asunto muy diferente. Eran tremendamente fuertes, estaban muy bien entrenados y sus heridas se curaban con una celeridad asombrosa. Formaban una subespecie particular. Sólo tenías una oportunidad frente a un guerrero. Si no la aprovechabas, no regresabas a casa.

El señor X se levantó del escritorio, deteniéndose un momento para observar su reflejo en la ventana de la oficina. Cabello claro, piel clara, ojos claros. Antes de unirse a la Sociedad había sido pelirrojo. Ahora ya casi no podía recordar su apariencia física anterior.

Pero sí tenía muy claro su futuro. Y el de la Sociedad.

Cerró la puerta con llave y se encaminó hacia el pasillo de azulejos que conducía a la sala de entrenamiento principal. Esperó en la entrada, inclinando levemente la cabeza ante los estudiantes a medida que entraban a sus clases de jiujitsu. Éste era su grupo favorito: un conjunto de jóvenes, entre los dieciocho y los veinticuatro años, que mostraban ser muy prometedores. A medida que los muchachos, vestidos con sus *gis* blancos, entraban haciendo una ligera reverencia con la cabeza y dirigiéndose a él como *sensei*, el señor X los iba evaluando uno por uno, observando la forma en que movían sus ojos, cómo desplazaban el cuerpo, cuál podía ser su temperamento.

Una vez que los estudiantes estuvieron en fila, preparados para comenzar la lucha, continuó examinándolos, siempre interesado en la búsqueda de potenciales reclutas para la Sociedad. Necesitaba una combinación justa entre fuerza física, agudeza mental y odio no canalizado.

Cuando se habían aproximado a él para unirse a la Sociedad Restrictiva en la década de los años cincuenta, era un rockero de diecisiete años incluido en un programa para delincuentes juveniles. El año anterior había apuñalado a su padre en el pecho tras una pelea en la que aquel bastardo le había golpeado repetidas veces en la cabeza con una botella de cerveza. Creía haberle matado, pero por desgracia no lo hizo y vivió el tiempo suficiente para matar a su pobre madre.

Pero, por lo menos, después de hacerlo, su querido padre había tenido la sensatez de volarse los sesos con una escopeta y dejarlos diseminados por toda la pared. El señor X encontró los cuerpos durante una visita que hizo a casa, poco antes de ser atrapado e internado en un centro público.

Aquel día, delante del cadáver de su padre, el señor X aprendió que gritar a los muertos no le provocaba ni la más mínima satisfacción. Después de todo, no había nada que hacer con alguien que ya se había ido.

Considerando quién lo había engendrado, no resultó sorprendente que la violencia y el odio corrieran por la sangre del señor X. Y matar vampiros era uno de las pocas satisfacciones socialmente aceptables que había encontrado para un instinto asesino como el suyo. El ejército era aburrido. Había que acatar demasiadas normas y esperar hasta que se declarara una guerra para poder trabajar como él quería. Y el asesinato en serie era a muy pequeña escala.

La Sociedad era diferente. Tenía todo lo que siempre había querido: fondos ilimitados, la ocasión de matar cada vez que el sol se ponía y, por supuesto, la oportunidad, tan extraordinaria, de instruir a la próxima generación.

Así que tuvo que vender su alma para entrar, aunque no le supuso ningún problema. Después de lo que su padre le había hecho, ya casi no le quedaba alma.

Además, en su mente, había salido ganando con el trato. Le habían garantizado que permanecería joven y con una salud perfecta hasta el día de su muerte, y ésta no sería resultado de un fallo biológico, como el cáncer o una enfermedad cardiaca. Por el contrario, tendría que confiar en su propia capacidad para conservarse de una sola pieza.

Gracias al Omega, era físicamente superior a los humanos, su vista era perfecta y podía hacer lo que más le gustaba. La impotencia le había molestado un poco al principio, pero se había acostumbrado. Y el no comer ni beber..., al fin y al cabo nunca había sido un gourmet.

Y hacer correr la sangre era mejor que la comida o el sexo.

Cuando la puerta que conducía a la sala de entrenamiento se abrió bruscamente, giró la cabeza de inmediato. Era Billy Riddle, y traía los dos ojos morados y la nariz vendada.

El señor X enarcó una ceja.

—¿No es tu día libre, Riddle?

—Sí, *sensei*. —Billy inclinó la cabeza—. Pero quería venir de todos modos.

—Buen chico. —El señor X pasó un brazo alrededor de los hombros del muchacho—. Me gusta tu sentido de la responsabilidad. Harás algo por mí... ¿Quieres indicarles lo que tienen que hacer durante el calentamiento?

Billy hizo una profunda reverencia; su amplia espalda quedó casi paralela al suelo.

—*Sensei*.

—Ve a por ellos. —Le dio una palmada en el hombro—. Y no se lo pongas fácil.

Billy levantó la mirada, sus ojos brillaban.

El señor X asintió.

—Me alegro de que hayas captado la idea, hijo.

Cuando Beth salió de su edificio, frunció el ceño al ver el coche de policía aparcado al otro lado de la calle. José salió de él y se dirigió hacia ella a grandes zancadas.

—Ya me han contado lo que te sucedió. —Sus ojos se quedaron fijos en la boca de la mujer—. ¿Cómo te encuentras?

—Mejor.

—Vamos, te llevaré al trabajo.

—Gracias, pero prefiero caminar. —José hizo un movimiento con su mandíbula como si quisiera oponerse, así que ella extendió la mano y le tocó el antebrazo—. No quiero que esto me aterrorice tanto que no pueda continuar con mi vida. En algún momento tendré que pasar junto a ese callejón, y prefiero hacerlo por la mañana, cuando hay suficiente luz.

Él asintió.

—Está bien. Pero llamarás un taxi por la noche o nos pedirás a cualquiera de nosotros que vaya a recogerte.

—José...

—Me alegra saber que estás de acuerdo. —Cruzó la calle de vuelta a su coche—. Ah, no creo que hayas oído lo que Butch O'Neal hizo anoche.

Dudó antes de preguntar:

—¿Qué?

—Fue a hacerle una visita a ese canalla. Creo que al individuo tuvieron que reconstruirle la nariz cuando nuestro buen detective acabó con él. —José abrió la puerta del vehículo y se dejó caer sobre el asiento—. ¿Vendrás hoy por allí?

—Sí, quiero saber algo más sobre la bomba de anoche.

—Ya me lo imaginaba. Nos vemos.

Saludó con la mano y arrancó, alejándose del bordillo de la acera.

Ya habían dado las tres de la tarde y aún no había podido ir a la comisaría. Todos en la oficina querían oír lo que le había sucedido la noche anterior. Después, Tony había insistido en que salieran a almorzar. Tras sentarse de nuevo en su escritorio, se había pasado la tarde masticando chicle y perdiendo el tiempo con su e-mail.

Sabía que tenía trabajo que hacer, pero simplemente no se encontraba con fuerzas para finalizar el artículo que estaba escribiendo sobre el alijo de armas que había encontrado la policía. No tenía que entregarlo en un plazo concreto y, desde luego, Dick no iba a darle la primera página de la sección local.

Y además ni siquiera lo había hecho ella. Lo único que le daba Dick era trabajo editorial. Los dos últimos artículos que había dejado caer sobre su escritorio habían sido esbozados por los chicos grandes, y Dick quería que ella comprobara la veracidad de los hechos. Seguir los mismos criterios con los que él se había familiarizado en el *New York Times*, como su obsesión por la veracidad, era, de hecho, una de sus virtudes. Pero era una pena que no tuviera en cuenta la equidad en un trabajo realizado. No importaba que el artículo fuera transformado por ella de arriba abajo, sólo obtenía una mención secundaria compartida en el artículo de un chico grande.

Eran casi las seis cuando terminó de corregir los artículos, y al introducirlos en el casillero de Dick, pensó que no tenía ganas de pasar por la comisaría. Butch le había tomado declaración la noche anterior, y no había nada más que ella tuviera que hacer con respecto a su caso. Y, evidentemente, no se sentía cómoda con la idea de estar bajo el mismo techo que su asaltante, aunque él se encontrara en una celda.

Además, estaba agotada.

—¡Beth!

Dio un respingo al oír la voz de Dick.

—Ahora no puedo, voy a la comisaría —dijo en voz alta por encima del hombro, pensando que la estrategia para evitarlo no lo mantendría a raya durante mucho tiempo, pero al menos no tendría que lidiar con él esa noche.

Y en realidad sí quería saber algo más sobre la bomba.

Salió corriendo de la oficina y caminó seis manzanas en dirección este. El edificio de la comisaría pertenecía a la típica arquitectura de los años sesenta. Dos pisos, laberíntica, moderna en su época, con abundancia de cemento gris claro y muchas ventanas estrechas. Envejecía sin elegancia alguna. Gruesas líneas negras corrían por su fachada como si sangrara por alguna herida en el tejado. Y el interior también parecía moribundo: el suelo cubierto con un sucio linóleo verde grisáceo, los muros con paneles de madera falsa y los zócalos astillados de color marrón. Después de cuarenta años, y a pesar de la limpieza periódica, la suciedad más persistente se había incrustado en todas las grietas y fisuras, y ya jamás saldría de allí, ni siquiera con un pulverizador o un cepillo.

Ni siquiera con una orden judicial de desalojo.

Los agentes se mostraron muy amables con ella cuando la vieron aparecer. Tan pronto como puso el pie en el edificio, empezaron a reunirse a su alrededor. Después de hablar con ellos en el exterior mientras trataba de contener las lágrimas, se dirigió a la recepción y charló un rato con dos de los muchachos que estaban detrás del mostrador. Habían detenido a unos cuantos por prostitución y tráfico de estupefacientes, pero, por lo demás, el día había sido tranquilo. Estaba a punto de marcharse cuando Butch entró por la puerta de atrás.

Llevaba unos pantalones vaqueros, una camisa abrochada hasta el cuello y una cazadora roja en la mano. Ella se quedó mirando cómo la cartuchera se marcaba sobre sus anchos hombros, dejando entrever la culata negra de la pistola cuando sus brazos oscilaban al andar. Su oscuro cabello estaba húmedo, como si acabara de empezar el día.

Lo que, considerando lo ocupado que había estado la noche anterior, probablemente era cierto.

Se dirigió directamente hacia ella.

—¿Tienes tiempo para hablar?

Ella asintió.

—Sí, claro.

Entraron en una de las salas de interrogatorio.

—Para tu información, las cámaras y micrófonos están apagados —dijo.

—¿No es así como casi siempre trabajas?

Él sonrió y se sentó a la mesa. Entrelazó las manos.

—Pensé que deberías saber que Billy Riddle ha salido bajo fianza. Lo soltaron esta mañana temprano.

Ella tomó asiento.

—¿De verdad se llama Billy Riddle? No me tomes el pelo.*

Riddle significa «acertijo, adivinanza». (N. del T.)

Butch negó con la cabeza.

—Tiene dieciocho años. Sin antecedentes de adulto, pero he estado echando un vistazo a su ficha juvenil y ha estado muy ocupado: abuso sexual, acoso, robos menores. Su padre es un tipo importante, y el chico tiene un abogado excelente, pero he hablado con la fiscal del distrito. Tratará de presionarlo para que no tengas que testificar.

—Subiré al estrado si tengo que hacerlo.

—Buena chica. —Butch se aclaró la garganta—. ¿Y cómo te encuentras?

—Bien. —No iba a permitir que el Duro jugara a psicoanalizarla. Había algo en la evidente rudeza de Butch O'Neal que hacía que ella quisiera parecer más fuerte—. Sobre esa bomba, he oído que posiblemente se trate de un explosivo plástico, con un detonador a control remoto. Parece un trabajo de profesionales.

—¿Ya has cenado?

Ella frunció el ceño.

—No.

Y considerando lo que había engullido por la mañana, también se saltaría el desayuno del día siguiente.

Butch se puso de pie.

—Bueno. Ahora mismo me dirigía a Tullah's.

Ella se mantuvo firme.

—No cenaré contigo.

—Como quieras. Entonces, me imagino que tampoco querrás saber qué encontramos en el callejón junto al coche.

La puerta se cerró lentamente a sus espaldas.

No caería en semejante trampa. No lo haría...

Beth saltó de la silla y corrió tras él.

En su amplia habitación color crema y blanco, Marissa no se sentía segura de sí misma.

Siendo la shellan de Wrath, podía sentir su dolor, y por su fuerza sabía que seguramente había perdido a otro de sus hermanos guerreros.

Si tuvieran una relación normal, no lo dudaría: correría hacia él y trataría de aliviar su sufrimiento. Hablaría con él, lo abrazaría, lloraría a su lado. Le ofrecería la calidez de su cuerpo.

Porque eso era lo que las shellans hacían por sus compañeros. Y lo que recibían a cambio también.

Echó un vistazo al reloj Tiffany de su mesilla de noche.

Pronto se perdería en la noche. Si quería alcanzarlo tendría que hacerlo ahora.

Marissa dudó, no quería engañarse. No sería bienvenida.

Deseó que fuera más fácil apoyarlo, deseó saber lo que él necesitaba de ella. Una vez, hacía mucho tiempo, había hablado con Wellsie, la shellan del hermano Tohrment, con la esperanza de que pudiera ofrecerle algún consejo sobre cómo actuar y comportarse, cómo conseguir que Wrath la considerara digna de él.

Después de todo, Wellsie tenía lo que Marissa quería: un verdadero compañero. Un macho que regresaba a casa con ella, que reía, lloraba y compartía su vida, que la abrazaba. Un macho que permanecía a su lado durante las tortuosas, y afortunadamente escasas, ocasiones en que era fértil, que aliviaba con su cuerpo sus terribles deseos durante el tiempo que duraba el periodo de necesidad.

Wrath no hacía nada de eso por ella, o con ella. Y en ese estado de cosas, Marissa tenía que acudir a su hermano en busca de alivio a sus necesidades. Havers apaciguaba sus ansias, tranquilizándola hasta que pasaban aquellos deseos. Semejante práctica los avergonzaba a ambos.

Había esperado que Wellsie pudiera ayudarla, pero la conversación había sido un desastre. Las miradas de compasión de la otra hembra y sus réplicas cuidadosamente meditadas las habían desgastado a ambas, acentuando todo lo que Marissa no poseía.

Dios, qué sola estaba.

Cerró los ojos, y sintió nuevamente el dolor de Wrath.

Tenía que intentar llegar a él, porque estaba herido. Y además, ¿qué le quedaba en la vida aparte de él?

Percibió que Wrath se encontraba en la mansión de Darius. Inspirando profundamente, se desmaterializó.

Wrath aflojó lentamente las rodillas y se irguió, escuchando cómo volvían las vértebras a su posición con un crujido. Se quitó los diamantes de sus rodillas.

Tocaron a la puerta y él permitió que ésta se abriera, pensando que era Fritz.

Cuando olió a océano, apretó los labios.

—¿Qué te trae aquí, Marissa? —dijo sin girarse a mirarla. Fue hasta el baño y se cubrió con una toalla.

—Déjame lavarte, mi señor —murmuró ella—. Yo cuidaré tus heridas. Puedo...

—Así estoy bien.

Sanaba rápido. Cuando finalizara la noche sus cortes apenas se notarían.

Wrath se dirigió al armario y examinó su ropa. Sacó una camisa negra de manga larga, unos pantalones de cuero y..., por Dios, ¿qué era eso? Ah, no, ni de broma. No iba a luchar con aquellos calzoncillos. Por nada del mundo lo sorprenderían muerto con una prenda como aquélla.

Lo primero que tenía que hacer era establecer contacto con la hija de Darius. Sabía que se les estaba agotando el tiempo, porque su transición estaba próxima. Y luego tenía que comunicarse con Vishous y Phury para saber qué habían averiguado de los restos del restrictor muerto.

Estaba a punto de dejar caer la toalla para vestirse, cuando cayó en la cuenta de que Marissa aún estaba en la habitación.

La miró.

—Vete a casa, Marissa —dijo.

Ella bajó la cabeza.

—Mi señor, puedo sentir tu dol...

—Estoy perfectamente bien.

Ella dudó un momento. Luego desapareció en silencio.

Diez minutos después, Wrath subió al salón.

—¿Fritz? —llamó en voz alta.

—¿Sí, amo? —El mayordomo parecía complacido de que lo llamara.

—¿Tienes a mano cigarrillos rojos?

—Por supuesto.

Fritz atravesó la habitación trayendo una antigua caja de caoba. Le presentó el contenido inclinándola con la tapa abierta.

Wrath cogió un par de aquellos cigarrillos liados a mano.

—Si le gustan, conseguiré más.

—No te molestes. Serán suficientes. —A Wrath no le gustaba drogarse, pero aquella noche quería dar buena cuenta de esos dos cigarros.

—¿Desea comer algo antes de salir?

Wrath negó con la cabeza.

—¿Quizás cuando vuelva? —La voz de Fritz se fue apagando a medida que cerraba la caja.

Wrath estaba a punto de hacer callar al viejo macho cuando pensó en Darius. D habría tratado mejor a Fritz.

—Está bien. Sí. Gracias.

El mayordomo irguió los hombros con satisfacción. *Por Dios, parece estar sonriendo*, pensó Wrath.

—Le prepararé cordero, amo. ¿Cómo prefiere la carne?

—Casi cruda.

—Y lavaré su ropa. ¿Debo encargarle también ropa nueva de cuero?

—No me... —Wrath cerró la boca—. Claro. Sería magnífico. Y, ah, ¿puedes conseguirme unos calzoncillos boxer? Negros, XXL.

—Será un placer.

Wrath se dio la vuelta y se dirigió a la puerta.

¿Cómo diablos había acabado de pronto teniendo un sirviente?

—¿Amo?

—¿Sí? —gruñó.

—Tenga mucho cuidado ahí fuera.

Wrath se detuvo y miró por encima de su hombro. Fritz parecía acunar la caja contra su pecho.

Le resultaba tremendamente extraño tener a alguien esperándolo al volver a casa.

Salió de la mansión y caminó por el largo camino de entrada hasta la calle. Un relámpago centelleó en el cielo, anticipando la tormenta que podía oler formándose al sur.

¿Dónde diablos estaría la hija de Darius en ese momento?

Lo intentaría primero en el apartamento.

Wrath se materializó en el patio trasero de la casa, miró por la ventana y le devolvió el ronroneo de bienvenida al gato con uno propio. Ella no estaba en el interior, de modo que Wrath se sentó frente la mesa de picnic. Esperaría una hora más o menos. Luego tendría que ir al encuentro de los hermanos. Podía volver al final de la noche, aunque si tenía en cuenta cómo habían salido las cosas la primera vez que la había visitado, se imaginaba que despertarla a las cuatro de la mañana no sería lo más inteligente.

Se quitó las gafas de sol y se frotó el puente de la nariz.

¿Cómo iba a explicarle lo que iba a sucederle y lo que ella tendría que hacer para sobrevivir al cambio?

Tuvo el presentimiento de que no se mostraría muy feliz escuchando el boletín de noticias.

Wrath hizo memoria de su propia transición. Vaya caos que se había formado entonces. A él tampoco lo habían preparado, porque sus padres siempre quisieron protegerlo, pero murieron antes de decirle qué iba a sucederle.

Los recuerdos volvieron a su mente con terrible claridad.

A finales del siglo XVII, Londres era un lugar brutal, especialmente para alguien que estaba solo en el mundo. Sus padres habían sido asesinados ante sus ojos dos años antes, y él había huido de los de su especie, pensando que su cobardía en aquella espantosa noche era una vergüenza que debía soportar en soledad.

Mientras que en la sociedad de los vampiros había sido alimentado y protegido como el futuro rey, había descubierto que en el mundo de los humanos lo que más se tenía en cuenta era, principalmente, la fuerza física. Para alguien de la complexión que él tenía antes de pasar por su cambio, eso significaba permanecer en el último escalafón de la escala social. Era tremendamente delgado, esquelético, débil y presa fácil para los chicos humanos en busca de diversión. Durante su estancia en los tugurios de Londres, lo habían golpeado tantas veces que ya se había acostumbrado a que algunas partes de su cuerpo no funcionaran bien. Para él era habitual no poder doblar una pierna porque le habían apedreado la rodilla, o tener un brazo inutilizado porque le habían dislocado el hombro al arrastrarlo atado a un caballo.

Se había alimentado de la basura, sobreviviendo al borde de la inanición, hasta que, finalmente, encontró trabajo como sirviente en el establo de un comerciante.

Wrath limpió herraduras, sillas de montar y bridas hasta que se le agrietó la piel de las manos, pero por lo menos podía comer. Su lecho se encontraba entre la paja de la parte superior del granero. Aquello era más mullido que el duro suelo al que estaba acostumbrado, aunque nunca sabía cuándo lo despertaría una patada en las costillas porque algún mozo de cuadras quisiera acostarse con una o dos doncellas.

En aquel entonces, aún podía estar bajo la luz solar, y el amanecer era la única cosa de su miserable existencia que ansiaba. Sentir el calor en el rostro, inhalar la dulce bruma, deleitarse con la luz; aquellos placeres eran los únicos que había poseído, y los tenía en gran estima. Su vista, debilitada desde su nacimiento, ya era mala en aquella época, pero bastante mejor que ahora. Aún recordaba con penosa claridad cómo era el sol.

Había estado al servicio del comerciante durante casi un año, hasta que todo su mundo cambió de repente.

La noche en que sufrió la transformación, se había echado en su lecho de paja, completamente agotado. En los días anteriores, se había sentido mal y le había costado mucho hacer su trabajo, aunque aquello no era una novedad.

El dolor, cuando llegó, atormentó su débil cuerpo, empezando por el abdomen y extendiéndose hacia los extremos, llegando a la punta de los dedos de las manos, de los pies, y al final de cada uno de sus cabellos. El dolor no era ni remotamente similar a cualquiera de las fracturas, contusiones, heridas o palizas que había recibido hasta aquel momento. Se dobló hecho un ovillo, con los ojos casi saliéndose de las órbitas en medio de la agonía y la respiración entrecortada. Estaba convencido de que iba a morir y rezó por sumergirse cuanto antes en la oscuridad. Sólo quería un poco de paz y que finalizara aquel horrible sufrimiento.

Entonces una hermosa y esbelta rubia apareció ante él.

Era un ángel enviado para llevarlo al otro mundo. Nunca lo dudó.

Como el patético miserable que era, le suplicó clemencia. Extendió la mano hacia la aparición, y cuando la tocó supo que el fin estaba cerca. Al oír que pronunciaba su nombre, él trató de sonreír como muestra de gratitud, pero no pudo articular palabra. Ella le contó que era la persona que le había sido prometida, la que había bebido un sorbo de su sangre cuando era un niño para así saber dónde encontrarlo cuando se presentara su transición. Dijo que estaba allí para salvarlo.

Y luego Marissa se abrió la muñeca con sus propios colmillos y le llevó la herida a la boca.

Bebió desesperadamente, pero el dolor no cesó. Sólo se hizo diferente. Sintió que sus articulaciones se deformaban y sus huesos se desplazaban con una horrible sucesión de chasquidos. Sus músculos se tensaron y luego se desgarraron, y le dio la sensación de que su cráneo iba a explotar. A medida que sus ojos se agrandaban, su vista se iba debilitando, hasta que sólo le quedó el sentido del oído.

Su respiración áspera y gutural le hirió la garganta mientras trataba de aguantar. En algún momento se desmayó, finalmente, sólo para despertar a una nueva agonía. La luz solar que tanto amaba se filtraba a través de los ranuras de las tablas del granero en pálidos rayos dorados. Uno de aquellos rayos le tocó en un hombro, y el olor a carne quemada lo aterrorizó. Se retiró de allí, mirando a su alrededor presa del pánico. No podía ver nada salvo sombras borrosas. Cegado por la luz, trató de levantarse, pero cayó boca abajo sobre la paja. Su cuerpo no le respondía. Tuvo que intentarlo dos veces antes de poder conseguir afirmarse sobre sus pies, tambaleándose como un potrillo.

Sabía que necesitaba protegerse de la luz del día, y se arrastró hasta donde pensó que debía de estar la escalera. Pero calculó mal y se cayó desde el pajar. En medio de su aturdimiento, creyó poder llegar al silo para el grano. Si lograba descender hasta allí, se encontraría rodeado por la oscuridad.

Fue tanteando con los brazos por todo el granero, chocando contra las cuadras y tropezando con los aperos, tratando de permanecer lejos de la luz y controlar al mismo tiempo sus ingobernables extremidades. Cuando se acercaba a la parte trasera del granero, se golpeó la cabeza contra una viga bajo la cual siempre había pasado fácilmente. La sangre le cubrió los ojos.

Instantes después, uno de los palafreneros entró, y al no reconocerle, exigió saber quién era. Wrath giró la cabeza en dirección a la voz familiar, buscando ayuda. Extendió las manos y comenzó a hablar, pero su voz no sonó como siempre.

Luego escuchó el sonido de una horquilla aproximándosele por el aire en feroz acometida. Su intención era desviar el golpe, pero cuando sujetó el mango y dio un empujón, envió al mozo de cuadra contra la puerta de uno de los establos. El hombre soltó un alarido de espanto y escapó corriendo, seguramente en busca de refuerzos.

Wrath encontró finalmente el sótano. Sacó de allí dos enormes sacos de avena y los colocó junto a la puerta para que nadie pudiera entrar durante el día. Exhausto, dolorido, con la sangre manándole por el rostro, se arrastró dentro y apoyó la espalda desnuda contra el muro. Dobló las rodillas hasta el pecho, consciente de que sus muslos eran cuatro veces mayores que el día anterior. Cerrando los ojos, reclinó la mejilla sobre los antebrazos y tembló, luchando por no deshonrarse llorando. Estuvo despierto todo el día, escuchando los pasos sobre su cabeza, el piafar de los caballos, el monótono zumbido de las charlas. Le aterrorizaba pensar que alguien abriera la puerta y lo descubriera. Le alegró que Marissa se hubiera marchado y no estuviera expuesta a la amenaza procedente de los humanos.

Regresando al presente, Wrath escuchó a la hija de Darius entrar en el apartamento. Se encendió una luz.

* * *

Beth arrojó las llaves sobre la mesa del pasillo. La rápida cena con el Duro había resultado sorprendentemente fácil. Y él le había suministrado algunos detalles sobre la bomba. Habían hallado una Mágnum manipulada en el callejón. Butch había mencionado también la estrella arrojadiza de artes marciales que ella había descubierto en el suelo. El equipo del CSI estaba trabajando en las armas, tratando de obtener huellas, fibras o cualquier otra prueba. La pistola no parecía ofrecer demasiado, pero la estrella tenía sangre, que estaban sometiendo a un análisis de ADN. En cuanto a la bomba, la policía pensaba que se trataba de un atentado relacionado con drogas. El BMW había sido visto antes, aparcado en el mismo lugar detrás del club. Y Screamer's era un sitio ideal para los traficantes, muy exclusivos con respecto a sus territorios.

Se estiró y se puso unos pantalones cortos. Era otra de esas noches calurosas, y mientras abría el futón, deseó que el aire acondicionado aún funcionara. Encendió el ventilador y le dio de comer a Boo, que, tan pronto como dejó vacío su tazón, reanudó su ir y venir ante la puerta corredera.

—No vamos a empezar de nuevo, ¿o sí?

Un relámpago resplandeció en el cielo. Se acercó a la puerta de cristal y la deslizó un poco hacia atrás, bloqueándola. La dejaría abierta sólo un rato. Por una vez, el aire nocturno olía bien. Ni un tufillo a basura.

Pero, por Dios, hacía un calor insoportable.

Se inclinó sobre el lavabo del baño. Después de quitarse las lentillas, cepillarse los dientes y lavarse la cara, remojó una toalla en agua fría y se frotó la nuca. Unos hilillos de agua descendieron por su piel, y ella recibió con placer los escalofríos al volver a salir.

Frunció el ceño. Un aroma muy extraño flotaba en el ambiente. Algo exuberante y picante...

Se encaminó hacia la puerta del patio y olfateó un par de veces. Al inhalar, sintió que se aliviaba la tensión de sus hombros.

Y luego vio que Boo se había sentado agazapado y ronroneaba como si estuviera dándole la bienvenida a alguien conocido.

¿Qué diab...?

El hombre que había visto en sus sueños estaba al otro lado del patio.

Beth dio un salto atrás y dejó caer la toalla húmeda; escuchó débilmente el sonido sordo cuando llegó al suelo.

La puerta se deslizó hacia atrás, quedando abierta por completo, a pesar de que ella la había bloqueado.

Y aquel maravilloso olor se hizo más evidente cuando él entró en su casa.

Sintió pánico, pero descubrió que no podía moverse.

Por todos los santos, aquel desconocido era colosal. Si su apartamento era pequeño, con su presencia pareció reducirlo al tamaño de una caja de zapatos. Y el traje de cuero negro contribuía a hacerlo más grande. Debía medir por lo menos dos metros.

Un minuto...

¿Qué estaba haciendo? ¿Tomándole las medidas para hacerle un traje?

Tendría que estar saliendo a toda prisa. Debería estar tratando de llegar a la otra puerta, corriendo como alma que lleva el diablo.

Pero estaba como hipnotizada, mirándolo.

Llevaba puesta una cazadora a pesar del calor, y sus largas piernas también estaban cubiertas de cuero. Usaba pesadas botas con puntera de acero, y se movía como un depredador.

Beth estiró el cuello para verle la cara.

Tenía la mandíbula prominente y fuerte, labios gruesos, pómulos marcados. El cabello, lacio y negro, le caía hasta los hombros desde un mechón en forma de uve en la frente, y en su rostro se apreciaba la sombra de una incipiente barba oscura. Las gafas de sol negras que usaba, curvadas en los extremos, se ajustaban perfectamente a su rostro y le conferían un aspecto de asesino a sueldo.

Como si la apariencia amenazadora no fuera suficiente para hacerle parecer un asesino.

Fumaba un cigarro fino y rojizo, al que dio una larga calada haciendo brillar el extremo con un resplandor anaranjado. Exhaló una nube de ese humo fragante, y cuando éste llegó a la nariz de Beth, su cuerpo se relajó todavía más.

Pensó que seguramente venía a matarla. No sabía qué había hecho para merecer aquel ataque, pero cuando él exhaló otra bocanada de aquel extraño cigarro, apenas pudo recordar dónde estaba.

Su cuerpo se sacudía mientras él acortaba la distancia entre ambos. Le aterrorizaba lo que sucedería cuando estuviera junto a ella, pero notó, absurdamente, que Boo ronroneaba y se frotaba contra los tobillos del extraño.

Aquel gato era un traidor. Si por algún milagro sobrevivía a aquella noche, lo degradaría a comer vísceras.

Beth echó el cuello hacia atrás cuando sus ojos se encontraron con la feroz mirada del hombre. No podía ver el color de sus ojos a través de las gafas, pero su mirada fija quemaba.

Luego, sucedió algo extraordinario. Al detenerse frente a ella, la joven sintió una ráfaga de pura y auténtica lujuria. Por primera vez en su vida, su cuerpo se puso lascivamente caliente. Caliente y húmedo.

Su clítoris ardía por él.

Química, pensó aturdida. Química pura, cruda, animal. Cualquier cosa que él tuviera, ella lo quería.

—Pensé que podíamos intentarlo de nuevo —dijo él.

Su voz era grave, un profundo retumbar en su sólido pecho. Tenía un ligero acento, pero no pudo identificarlo.

—¿Quién es usted? —dijo en un susurro.

—He venido a buscarte.

El vértigo la obligó a apoyarse en la pared.

—¿A mí? ¿Adónde...? —La confusión la obligó a callar—. ¿Adónde me lleva?

¿Al puente? ¿Para arrojar su cuerpo al río?

La mano de Wrath se aproximó a la cara de ella, y le tomó el mentón entre el índice y el pulgar, haciéndole girar la cabeza hacia un lado.

—¿Me matará rápido? —masculló ella—. ¿O lentamente?

—Matar no. Proteger.

Cuando él bajó la cabeza, ella trató de concienciarse de que debía reaccionar y luchar contra aquel hombre a pesar de sus palabras. Necesitaba poner en funcionamiento sus brazos y sus piernas. El problema era que, en realidad, no deseaba empujarlo lejos de sí. Inspiró profundamente.

Santo Dios, olía estupendamente. A sudor fresco y limpio. Un almizcle oscuro y masculino. Aquel humo...

Los labios de él tocaron su cuello. Le dio la sensación de que la olisqueaba. El cuero de su cazadora crujió al llenarse de aire sus pulmones y expandirse su pecho.

—Estás casi lista —dijo quedamente—. No tenemos mucho tiempo.

Si se refería a que tenían que desnudarse, ella estaba completamente de acuerdo con el plan. Por Dios, aquello debía de ser a lo que la gente se refería cuando se ponía poética con el sexo. No cuestionaba la necesidad de tenerlo dentro de ella, únicamente sabía que moriría si él no se quitaba los pantalones. Ya.

Beth extendió las manos, ansiosa por tocarlo, pero cuando se separó de la pared empezó a caerse. Con un único movimiento, él se colocó el cigarrillo entre sus crueles labios y al mismo tiempo la sujetó con gran facilidad. Mientras la levantaba entre sus brazos, ella se apoyó en él, sin molestarse ni siquiera en fingir una cierta resistencia. La llevó como si no pesara, cruzando la habitación en dos zancadas.

Cuando la recostó sobre el sofá, su cabello cayó hacia delante, y ella levantó la mano para tocar las negras ondas. Eran gruesas y suaves. Le pasó la mano por la cara, y aunque él pareció sorprenderse, no se la retiró.

Por Dios, todo en él irradiaba sexo, desde la fortaleza de su cuerpo hasta la forma como se movía y el olor de su piel. Nunca había visto a un hombre semejante. Y su cuerpo lo sabía tan bien como su mente.

—Bésame —dijo ella.

Él se inclinó sobre ella, como una silenciosa amenaza.

Siguiendo un impulso, las manos de Beth aferraron las solapas de la cazadora del vampiro, tirando de él para acercarlo a su boca.

Él le sujetó ambas muñecas con una sola mano.

—Calma.

¿Calma? No quería calma. La calma *no* formaba parte del plan.

Forcejeó para soltarse, y al no conseguirlo arqueó la espalda. Sus senos tensaron la camiseta, y se frotó un muslo contra el otro, previendo lo que sentiría si lo tuviera entre ellos.

Si pusiera sus manos sobre ella...

—Por todos los santos —murmuró él.

Ella le sonrió, deleitándose con el súbito deseo de su rostro.

—Tócame.

El extraño empezó a sacudir la cabeza, como si quisiera despertar de un sueño.

Ella abrió los labios, gimiendo de frustración.

—Súbeme la camiseta. —Se arqueó de nuevo, ofreciéndole su cuerpo, anhelando saber si había algo más caliente en su interior, algo que él pudiera extraerle con las manos—. Hazlo.

Él se sacó el cigarrillo de la boca. Sus cejas se juntaron, y ella tuvo la vaga impresión de que debería estar aterrorizada. En lugar de ello, elevó las rodillas y levantó las caderas del futón. Imaginó que él le besaba el interior de los muslos y buscaba su sexo con la boca. Lamiéndola.

Otro gemido salió de su boca.

Wrath estaba mudo de asombro.

Y no era del tipo de vampiros que se quedan estupefactos a menudo.

Cielos.

Aquella mestiza humana era la cosa más sensual que había tenido cerca en su vida. Y había apagado una o dos hogueras en algún tiempo.

Era el humo rojo. Tenía que ser eso. Y debía de estar afectándolo a él también, porque estaba más que dispuesto a tomar a la hembra.

Miró el cigarrillo.

Bien, un razonamiento muy profundo, pensó. Lo malo era que aquella maldita sustancia era relajante, no afrodisíaca.

Ella gimió otra vez, ondulando su cuerpo en una sensual oleada, con las piernas completamente abiertas. El aroma de su excitación le llegó tan fuerte como un disparo. Por Dios, lo habría hecho caer de rodillas si no estuviera ya sentado.

—Tócame —suspiró.

La sangre de Wrath latía como si estuviera corriendo desbocada y su erección palpitaba como si tuviera un corazón propio.

—No estoy aquí para eso —dijo.

—Tócame de todos modos.

Él sabía que debía negarse. Era injusto para ella. Y tenían que hablar.

Quizás debiera regresar más tarde.

Ella se arqueó, presionando su cuerpo contra la mano con que él le sujetaba las muñecas. Cuando sus senos tensaron la camiseta, él tuvo que cerrar los ojos.

Era hora de irse. En verdad era hora de...

Excepto que no podía irse sin saborear al menos algo.

Sí, pero sería un bastardo egoísta si le ponía un dedo encima. Un maldito bastardo egoísta si tomaba algo de lo que ella le estaba ofreciendo bajo los efectos del humo.

Con una maldición, Wrath abrió los ojos.

Por Dios, estaba muy frío. Frío hasta la médula. Y ella caliente. Lo suficiente para derretir ese hielo, al menos durante un momento.

Y había pasado tanto tiempo...

El vampiro bajó las luces de la habitación. Luego usó la mente para cerrar la puerta del patio, meter al gato en el baño y correr todos los cerrojos del apartamento.

Apoyó cuidadosamente el cigarrillo sobre el borde de la mesa junto a ellos y le soltó las muñecas. Las manos de ella aferraron su cazadora, tratando de sacársela por los hombros. Él se arrancó la prenda de un tirón, y cuando cayó al suelo con un sonido sordo, ella se rió con satisfacción. Le siguió la funda de las dagas, pero la mantuvo al alcance de la mano.

Wrath se inclinó sobre ella. Sintió su aliento dulce y mentolado cuando posó la boca sobre sus labios. Al sentir que ella se estremecía de dolor, se retiró de inmediato. Frunciendo el ceño, le tocó el borde de la boca.

—Olvídalo —le dijo ella, aferrando sus hombros.

Por supuesto que no lo olvidaría. Que Dios ayudara a aquel humano que la había herido. Wrath iba a arrancarle cada uno de sus miembros y lo dejaría en la calle desangrándose.

Besó suavemente la magulladura en proceso de curación, y luego descendió con la lengua hasta el cuello. Esta vez, cuando ella empujó los senos hacia arriba, él deslizó una mano bajo la fina camiseta y recorrió la suave y cálida piel. Su vientre era plano, y deslizó sobre él la palma de la mano, sintiendo el espacio entre los huesos de las caderas. Ansioso por conocer el resto, le quitó la prenda y la arrojó a un lado. Su sujetador era de color claro, y él recorrió los bordes con la punta de los dedos antes de acariciar con las palmas sus pechos, que cubrió con las manos, sintiendo los duros capullos de sus pezones bajo el suave satén.

Wrath perdió el control.

Dejó los colmillos al descubierto, emitió un siseo y mordió el cierre frontal del sujetador. El mecanismo se abrió de golpe. Besó uno de sus pezones, introduciéndoselo en la boca. Mientras succionaba, desplazó el cuerpo y lo extendió sobre ella, cayendo entre sus piernas. Ella acogió su peso con un suspiro gutural.

Las manos de Beth se interpusieron entre ambos cuando ella quiso desabrocharle la camisa, pero él no tuvo paciencia suficiente para que le desnudara. Se irguió y rompió la ropa para quitársela, haciendo saltar los botones y enviándolos por los aires. Cuando se inclinó de nuevo, sus senos rozaron el pecho de roca y su cuerpo se estremeció bajo él.

Quería besarla otra vez en la boca, pero ya estaba más allá de la delicadeza y la sutileza, así que rindió culto a los senos con la lengua y luego se trasladó a su vientre. Cuando llegó a los pantalones cortos de la chica, los deslizó por las largas y suaves piernas.

Wrath sintió que algo le explotaba en la cabeza cuando su aroma le llegó en una fresca oleada. Ya se encontraba peligrosamente cerca del orgasmo, con su miembro preparado para explotar y el cuerpo temblando por la urgencia de poseerla. Llevó la mano a sus muslos. Estaba tan húmeda que rugió.

Aunque estuviera tremendamente ansioso, tenía que saborearla antes de penetrarla.

Se quitó las gafas y las puso junto al cigarrillo antes de inundar de besos sus caderas y muslos. Beth le acarició el cabello con las manos mientras lo apremiaba para que llegara a su destino.

Le besó la piel más delicada, atrayendo el clítoris hacia su boca, y ella alcanzó el éxtasis una y otra vez hasta que Wrath ya no pudo contener sus propias necesidades.

Retrocedió, se apresuró a quitarse los pantalones y a cubrirla con su cuerpo una vez más.

Ella colocó las piernas alrededor de sus caderas, y él siseó cuando sintió como su calor le quemaba el miembro.

Utilizó las pocas fuerzas que le quedaban para detenerse y mirarla a la cara.

—No pares —susurró ella—. Quiero sentirte dentro de mí.

Wrath dejó caer la cabeza dentro de la fragante depresión de su cuello. Lentamente, echó hacia atrás la cadera. La punta de su pene se deslizó hasta la posición correcta ajustándose a ella a la perfección, penetrándola con una poderosa arremetida.

Soltó un bramido de éxtasis.

El paraíso. Ahora sabía cómo era el paraíso.

CAPÍTULO
9

En su habitación, el señor X se puso unos pantalones de trabajo y una camisa negra de nailon. Se sentía satisfecho por la forma en que había transcurrido la reunión con la Sociedad esa tarde. Todos los restrictores habían asistido. La mayoría de ellos se encontraron dispuestos a someterse a sus dictados, sólo unos pocos habían planteado problemas, mientras que otros habían tratado de adularlo.

Todo eso no los había conducido a ninguna parte.

Al final de la sesión, había escogido a veintiocho más para que permanecieran en el área de Caldwell, basándose en su reputación y la impresión que le habían causado al conocerlos personalmente. A los doce más capacitados los había dividido en dos escuadrones principales. A los otros dieciséis los distribuiría en cuatro grupos secundarios.

Ninguno de ellos estuvo muy dispuesto a aceptar la nueva distribución. Estaban acostumbrados a trabajar por su propia cuenta, y sobre todo a los más selectos no les hacía mucha gracia permanecer atados. Todo parecía muy complicado. La ventaja de la división en escuadrones consistía en que podía asignarles diferentes partes de la ciudad, dividirlos en pequeños contingentes y supervisar su rendimiento más de cerca.

El resto había sido enviado de vuelta a sus puestos.

Ahora que tenía a sus tropas en formación y con sus respectivas misiones asignadas, se concentraría en el procedimiento de reunir información. Ya tenía una idea de cómo hacer que funcionara, y la probaría aquella noche.

Antes de salir a la calle, arrojó a cada uno de sus pitbulls un kilo de carne cruda picada. Le gustaba mantenerlos hambrientos, así que los alimentaba en días alternos. Tenía aquellos perros, ambos machos, desde hacía dos años, y los encadenaba en extremos opuestos de su casa, uno al frente y el otro en la parte trasera. Era una disposición lógica desde el punto de vista defensivo, pero también lo hacía por otra cuestión: la única vez que los había atado juntos, se habían atacado ferozmente.

Recogió su bolsa, cerró la casa y cruzó el césped. El rancho era una pesadilla arquitectónica de falso ladrillo construido a principios de los años setenta, y él mantenía el exterior feo a propósito. Necesitaba encajar en el entorno, y el precio de aquella zona rural no superaría los cien mil a corto plazo.

Además, la casa le daba igual. Lo importante era la tierra. Con una extensión de cuatro hectáreas, le permitía tener privacidad. En la parte de atrás, también había un viejo granero rodeado de árboles. Lo había convertido en su taller, y los robles y arces amortiguaban los ruidos, lo cual era de vital importancia.

Después de todo, los gritos podían oírse.

Palpó el aro del llavero hasta que encontró la llave correcta. Como esa noche tendría que trabajar, dejaría en el garaje el único capricho que se había permitido, el Hummer negro. Su camioneta Chrysler, que ya tenía cuatro años, resultaría más adecuada y le encubriría mejor.

Le llevó diez minutos llegar hasta el centro de la ciudad y luego se dirigió hacia el Valle de las Prostitutas de Caldwell, un tramo de tres manzanas escasamente iluminadas y llenas de basura cerca del puente. El tráfico era intenso esa noche por aquel corredor de depravación. Se detuvo bajo una farola rota a observar la actividad de la zona. Los coches recorrían la oscura calle, parándose a cada poco para que los conductores examinaran lo que había en las aceras. Bajo el infernal calor veraniego, las chicas campaban a sus anchas, contoneándose sobre sus zapatos de tacones imposibles, cubriendo apenas sus pechos y traseros con prendas ligerísimas que pudieran quitarse fácilmente.

El señor X abrió la bolsa y sacó una jeringuilla hipodérmica llena de heroína y un cuchillo de caza. Ocultó ambas cosas en la puerta y bajó la ventanilla del lado contrario antes de mezclarse con la marea de vehículos.

Él era sólo uno de tantos, pensó. Otro idiota, tratando de conseguir algo.

—¿Buscas compañía? —escuchó gritar a una de las prostitutas.

—¿Quieres montar? —dijo otra, moviendo el trasero.

A la segunda vuelta, encontró lo que estaba buscando, una rubia de piernas largas y grandes curvas.

Exactamente el tipo de prostituta que habría comprado si su pene todavía funcionara.

Iba a disfrutar con aquello, pensó el señor X pisando el freno. Matar lo que ya no podía tener le proporcionaba una satisfacción especial.

—Hola, querido —dijo ella aproximándose. Colocó los antebrazos sobre la puerta del coche y se inclinó a través de la ventana. Olía a chicle de canela y a perfume mezclado con sudor—. ¿Cómo estás?

—Podría estar mejor. ¿Cuánto me costará comprar una sonrisa?

Ella observó el interior del coche y su ropa.

—Con cincuenta te haré llegar al cielo, o a donde tú quieras.

—Es demasiado. —Pero sólo lo dijo por decir. Era ella a quien quería.

—¿Cuarenta?

—Déjame ver tus tetas.

Ella se las mostró.

Él sonrió, quitando el seguro de las puertas para que pudiera entrar.

—¿Cómo te llamas?

—Cherry Pie. Pero puedes llamarme como quieras.

El señor X dio la vuelta a la esquina con el coche hasta llegar un lugar retirado debajo del puente.

Arrojó el dinero al suelo a los pies de la mujer, y cuando ella se inclinó a recogerlo, le introdujo la jeringuilla en la nuca y oprimió el émbolo hasta el fondo. Instantes después se desplomó como una muñeca de trapo.

El señor X sonrió y la echó hacia atrás en el asiento para que quedara sentada. Luego arrojó la jeringuilla por la ventanilla, que cayó junto a otras muchas, y puso el vehículo en marcha.

En su clínica clandestina, Havers alzó la vista del microscopio, desconcentrado por el sobresalto. El reloj del abuelo estaba repicando en un rincón del laboratorio, indicándole que era la hora de la cena, pero no quería dejar de trabajar. Volvió a fijar la vista en el microscopio, preguntándose si había imaginado lo que acababa de ver. Después de todo, la desesperación podía esta afectando a su objetividad.

Pero no, las células sanguíneas estaban vivas.

Exhaló un suspiro y se estremeció.

Su raza estaba casi libre.

Él estaba casi libre.

Finalmente, había conseguido que la sangre almacenada aún fuera aceptable.

Como médico, siempre había tenido dificultades a la hora de tratar pacientes que podían tener ciertas complicaciones en el parto. Las transfusiones en tiempo real de un vampiro a otro eran posibles, pero como su raza estaba dispersa y su número era pequeño, podía resultar muy difícil encontrar donantes a tiempo.

Durante siglos había querido instaurar un banco de sangre. El problema era que la sangre de los vampiros era muy variable, y su almacenamiento fuera del cuerpo siempre había sido imposible. El aire, esa cortina invisible sustentadora de vida, era una de las causas del problema, y no eran necesarias muchas de esas moléculas para contaminar una muestra. Con sólo una o dos, el plasma se desintegraba, dejando a los glóbulos rojos y blancos sin protección, y evidentemente inservibles.

Al principio, no comprendía muy bien cómo se producía este proceso. En la sangre había oxígeno. Por esa razón era roja al salir de los pulmones. Aquella discrepancia lo había conducido a algunos fascinantes descubrimientos sobre el funcionamiento pulmonar de los vampiros, pero no lo había aproximado a su objetivo.

Había tratado de extraer sangre y canalizarla inmediatamente en un recipiente hermético. Esta solución, aunque fuese la más obvia, no funcionó. La desintegración era inevitable igualmente, pero a un ritmo menos acelerado. Eso le había sugerido la existencia de otro factor, algo inherente al entorno corporal que faltaba cuando la sangre era extraída del cuerpo. Trató de aislar muestras en calor y en frío, en suspensiones salinas o de plasma humano.

Un sentimiento de frustración le había ido carcomiendo a medida que hacía cambios en sus experimentos. Realizó más pruebas e intentó diferentes enfoques. A veces abandonaba el proyecto, pero siempre regresaba a él.

Pasaron varias décadas.

Y después, una tragedia personal le proporcionó una razón para resolver el problema. Tras la muerte de su shellan y de su hijo durante el parto hacía unos dos años, se había obsesionado y empezado desde el principio.

Su propia necesidad de alimentarse lo había estimulado.

Por regla general, sólo necesitaba beber cada seis meses, porque su linaje era muy fuerte. Al morir su hermosa Evangeline, esperó todo lo que pudo, hasta que quedó postrado en la cama a causa del dolor del hambre. Cuando pidió ayuda, se obsesionó con el hecho de sentir tantas ansias de vivir como para beber de otra hembra. E incluso llegó a pensar que tenía que alimentarse sólo para experimentar y cerciorarse de que no sería lo mismo que con Evangeline. Estaba convencido de que no obtendría ningún placer en la sangre de otra y así no traicionaría su memoria.

Había ayudado a tantas hembras, que no le resultó difícil encontrar a una dispuesta a ofrecerse. Escogió a una amiga que no tenía compañero, y mantuvo la esperanza de poder conservar su propia tristeza y humillación.

Fue una auténtica pesadilla. Había aguantado tanto tiempo que en cuanto olió la sangre, el depredador que había en él reapareció. Atacó a su amiga y bebió con tanta fuerza que, posteriormente, tuvo que coserle la herida de la muñeca.

Casi le arranca la mano del mordisco.

Aquella reacción le hizo recapacitar sobre el concepto que tenía de sí mismo. Siempre había sido un caballero, un erudito, alguien dedicado a curar, un macho no sujeto a los deseos más primarios de su raza.

Pero, claro, siempre había estado bien alimentado.

Y la terrible verdad era que le había deleitado el sabor de esa sangre. El suave y cálido flujo que pasó por su garganta, y la descomunal fuerza que vino después.

Había sentido placer, y quiso más.

La vergüenza le hizo sentir arcadas, y juró que nunca más bebería de otra vena.

Había cumplido aquella promesa, aunque como resultado se había vuelto débil, tan débil que concentrarse era como tratar de encerrar un banco de niebla. Su inanición era la causa de un constante dolor en el estómago. Y su cuerpo, ansioso por un sustento que el alimento no podía darle, se había canibalizado a sí mismo para mantenerse vivo. Había perdido tanto peso que sus ropas le colgaban por todos lados y tenía la cara demacrada y gris.

Pero el estado en el que se encontraba le había mostrado el camino.

La solución era obvia.

Había que alimentar aquello que tenía hambre.

Un proceso hermético unido a una cantidad suficiente de sangre humana, y ya tenía sus células sanguíneas vivas.

Bajo el microscopio, observó cómo los glóbulos de los vampiros, más grandes y de forma más irregular comparados con los humanos, consumían lentamente lo que se les había dado. El recuento humano disminuyó en esa muestra, y cuando éste se extinguió, casi estaba dispuesto a apostar que la viabilidad del componente vampiro se reduciría hasta llegar a cero.

Sólo tenía que realizar una prueba clínica. Extraería un litro de una hembra, lo mezclaría con una proporción adecuada de sangre humana, y luego se haría él mismo una transfusión.

Si todo salía bien, establecería un programa de donación y almacenamiento. Se salvarían muchos pacientes. Y aquellos que habían decidido renunciar a la intimidad de beber podrían vivir su vida en paz.

Havers alzó la vista del microscopio, percatándose de que había estado observando los glóbulos durante veinte minutos. El plato de ensalada de la cena estaría esperándolo sobre la mesa.

Se quitó la bata blanca y atravesó la clínica, haciendo una pausa para hablar con algunos miembros de su personal de enfermería y un par de pacientes. Las instalaciones eran bastante amplias y estaban ocultas en las profundidades de la tierra bajo su mansión. Había tres quirófanos, varias salas de examen y reanimación, el laboratorio, su oficina y una sala de espera con acceso independiente que daba a la calle. Veía cerca de mil pacientes al año y hacía visitas a domicilio para partos y otras emergencias según las necesidades.

Aunque su actividad había disminuido últimamente a causa de un descenso de la población.

Comparados con los humanos, los vampiros contaban con tremendas ventajas en lo referente a la salud. Su cuerpo sanaba más rápido. No sufrían enfermedades como el cáncer, la diabetes o el sida. Pero que Dios los ayudara si tenían un accidente a plena luz del día. Nadie podía prestarles ayuda. Los vampiros también morían durante su transición o momentos después. Y la fertilidad constituía otro tremendo problema. A pesar de que la concepción fuese exitosa, con frecuencia las hembras no sobrevivían al parto, ya fuera por las hemorragias o por alguna infección. Los abortos eran habituales, y la mortalidad infantil excedía cualquier límite.

Para los enfermos, heridos o moribundos, los médicos humanos no constituían una buena opción, aunque las dos especies compartían en gran medida la misma anatomía. Si un médico humano llegaba a solicitar un análisis de sangre a un vampiro, encontraría toda clase de anomalías y creería tener algo digno de publicarse en el *Diario Médico de Nueva Inglaterra*. Lo mejor era evitar esa clase de tentaciones.

En ocasiones, sin embargo, algún paciente terminaba en algún hospital humano, un problema que iba en aumento desde que había empezado a funcionar el 911 y las ambulancias llegaban de inmediato. Si un vampiro quedaba tan malherido que perdía el conocimiento lejos de su casa, corría el peligro de ser recogido y llevado a una sala de urgencias humana. Sacarlo de allí sin permiso médico siempre había sido muy difícil.

Havers no era arrogante, pero sabía que era el mejor médico con que contaba su especie. Había asistido a la Facultad de Medicina de la Universidad de Harvard dos veces, una a finales de 1800 y luego en la década de 1980. En ambos casos declaró en su formulario de matrícula que era inválido, y la universidad le permitió concesiones especiales. No había podido asistir a las conferencias porque éstas se realizaban durante el día, pero le habían permitido a su doggen tomar notas y entregar sus exámenes. Havers había leído todos los textos, mantenido correspondencia con los profesores, e incluso asistido a seminarios y charlas programadas en horas nocturnas.

Siempre le había fascinado la Academia.

Cuando llegó al primer piso, no le sorprendió ver que Marissa no había bajado al comedor, aunque la cena se sirviera a la una de la madrugada todas las noches.

Se dirigió a las habitaciones de la hembra.

—¿Marissa? —dijo en la puerta, tocando suavemente una vez—. Marissa, es la hora de cenar.

Havers asomó la cabeza. La luz del candelabro del vestíbulo se filtró, creando un rayo dorado que atravesó las tinieblas. Las cortinas aún cubrían las ventanas, y ella no había encendido ninguna de las lámparas.

—¿Marissa, querida?

—No tengo hambre.

Havers cruzó el umbral. Distinguió la cama con dosel y el pequeño bulto que formaba su cuerpo bajo las mantas.

—Pero tampoco comiste nada anoche. Ni cenaste.

—Bajaré más tarde.

Él cerró los ojos, y llegó a la conclusión de que le habían suministrado alimento la noche anterior. Cada vez que veía a Wrath, se encerraba en sí misma durante varios días.

Pensó en los glóbulos vivos de su laboratorio.

Wrath podía ser el rey de su raza por nacimiento y tener la sangre más pura de todos, pero aquel guerrero era un completo bastardo. No parecía preocuparle lo que le estaba haciendo a Marissa. O quizá ni siquiera sabía cuánto le afectaba su crueldad.

Era difícil decidir cuál de los dos crímenes era peor.

—He hecho un progreso importante —dijo Havers, acercándose a la cama para sentarse en el borde—. Voy a liberarte.

—¿De qué?

—De ese... asesino.

—No hables así de él.

Havers rechinó los dientes.

—Marissa...

—No quiero liberarme de él.

—¿Cómo puedes decir eso? Te trata sin ningún respeto. Detesto pensar en ese bruto alimentándose de ti en cualquier callejón...

—Vamos a casa de Darius. Tiene una habitación allí.

La idea de que ella estuviera expuesta a otro de los guerreros no lo tranquilizaba precisamente. Todos eran aterradores, y algunos francamente pavorosos.

Sabía que la Hermandad de la Daga Negra era un mal necesario para defender la raza, y tenía que estar agradecido por su protección, pero sólo podía sentir temor ante ellos. El hecho de que el mundo fuera tan peligroso y los enemigos de la raza tan poderosos como para hacer imprescindible la existencia de tales guerreros, era trágico.

—No debes hacerte esto a ti misma.

Marissa dio media vuelta, dándole la espalda.

—Vete.

Havers se llevó las manos a las rodillas y se levantó. Sus recuerdos de Marissa antes de que empezara a prestar servicio a su terrible rey eran muy difusos. Sólo podía recordar algunas imágenes y breves momentos de su existencia anterior, y temía que no quedara ya nada de la alegre y sonriente joven.

¿Y en qué se había convertido? En una sombra sumisa que flotaba por la casa, languideciendo por un macho que la trataba sin ninguna consideración.

—Espero que recapacites y vengas a comer —dijo Havers suavemente—. Me encantaría contar con tu compañía.

Cerró la puerta en silencio y se dirigió a la tallada escalera curva. La mesa del comedor estaba dispuesta como a él le gustaba, con el servicio completo de porcelana, cristal y plata. Se sentó a la cabecera de la reluciente mesa, y uno de sus doggens apareció para servirle vino.

Al bajar la vista para mirar el plato de lechuga, forzó una sonrisa.

—Karolyn, esta ensalada tiene un aspecto estupendo.

La mujer inclinó la cabeza y los ojos le brillaron ante aquella alabanza.

—Hoy he ido a una granja sólo para buscar la lechuga que a usted le gusta.

—Bien, aprecio tu esfuerzo. —Havers se dedicó a cortar las delicadas verduras en cuanto se quedó solo en la hermosa estancia.

Pensó en su hermana, encogida en la cama.

Havers era médico por naturaleza y profesión, un macho que había dedicado su vida entera al servicio a los demás. Pero si alguna vez Wrath resultaba tan malherido como para necesitar su ayuda, se sentiría tentado de dejar desangrarse a ese monstruo.

O de matarlo en el quirófano con un tajo de bisturí.

Beth recobró la conciencia lentamente. Fue como salir a la superficie después de un salto de trampolín perfectamente realizado. Había un resplandor en su cuerpo, una cierta satisfacción mientras resurgía del nebuloso mundo del sueño.

Sintió algo en la frente.

Sus párpados se abrieron. Unos largos dedos masculinos se movían bajo el puente de su nariz, pasaron por su mejilla y descendieron a su barbilla.

Había suficiente luz natural procedente de la cocina, de modo que podía distinguir en la penumbra al hombre que estaba tendido a su lado.

Estaba totalmente concentrado en explorar su rostro. Tenía los ojos cerrados, el entrecejo fruncido, las gruesas pestañas contra sus pómulos altos y firmes. Estaba a su lado, sus hombros gigantescos le tapaban la vista de la puerta de vidrio.

Dios Santo, era enorme. Y macizo.

Sus antebrazos eran del tamaño de los muslos de ella. En su abdomen estaban resaltados los músculos de una forma espectacular. Sus piernas, gruesas y musculosas. Y su sexo era tan grande y magnífico como el resto de su cuerpo.

La primera vez que se había acercado a ella desnudo y tuvo oportunidad de tocarlo, quedó impresionada. No tenía ni rastro de vello en el torso ni en los brazos o piernas. Sólo piel lisa encima de músculos de acero.

Se preguntó por qué se afeitaría completamente, incluso allí abajo. A lo mejor se trataba de un culturista.

Aunque la razón de hacer el Full Monty con una navaja de afeitar era un misterio.

Las imágenes de lo que había pasado entre ellos le resultaban un tanto imprecisas. No podía recordar exactamente cómo había entrado en su apartamento, o lo que le había dicho. Pero todo lo que habían hecho en posición horizontal era endiabladamente vívido.

Lo cual tenía sentido, ya que él le había hecho experimentar los primeros orgasmos de su vida.

Las yemas de los dedos giraron sobre su barbilla y subieron a sus labios. Le acarició el labio inferior con el dedo pulgar.

—Eres hermosa —le susurró. Su ligero acento le hacía arrastrar las erres, casi como si estuviera ronroneando.

Bien, eso es razonable, pensó ella. Cuando él la tocaba, ella se sentía hermosa.

La boca de él se posó sobre la suya, pero no estaba buscando nada. El beso no era una petición, sino un gesto de agradecimiento.

En alguna parte de la habitación, sonó un móvil. El timbre no correspondía al suyo.

Él se movió tan rápidamente que ella dio un respingo. En un instante estaba a su lado, y al siguiente junto a su chaqueta, abriendo la tapa del teléfono.

—¿Sí? —La voz que antes le había dicho que era hermosa había desaparecido. Ahora gruñía.

Beth se cubrió el pecho con la sábana.

—Nos reuniremos en casa de D dentro de diez minutos.

Colgó el teléfono, volvió a dejarlo en la chaqueta y recogió sus pantalones. Aquel intento de vestirse la hizo volver un poco a la realidad.

Dios, ¿realmente había tenido relaciones sexuales, verdaderamente alucinantes, con un completo extraño?

—¿Cómo te llamas? —le preguntó.

Cuando se estaba subiendo el pantalón de cuero negro, tuvo una magnífica visión de su trasero.

—Wrath. —Se dirigió a la mesa para recoger sus gafas. Cuando se sentó junto a ella, ya las tenía puestas—. Tengo que irme. Tal vez no pueda volver esta noche, pero lo intentaré.

Ella no quería que se fuera. Le gustaba la sensación de su cuerpo ocupando la mayor parte de su cama.

Extendió las manos hacia él, pero las retiró. No quería parecer necesitada.

—No, tócame —dijo él, doblándose hacia abajo, exponiendo con placer su cuerpo hacia ella.

Beth colocó la palma de la mano en su pecho. Su piel era cálida, su corazón latía de forma regular y acompasada. Notó que tenía una cicatriz redonda en el pectoral izquierdo.

—Necesito saber algo, Wrath. —Su nombre sonaba bien, aunque le resultaba ligeramente extraño—. ¿Qué diablos estás haciendo aquí?

Él sonrió un poco, como si le gustara su recelo.

—Estoy aquí para cuidar de ti, Elizabeth.

Bueno, se podía decir que lo había hecho.

—Beth. Me llaman Beth.

Él inclinó la cabeza.

—Beth.

Se puso de pie y alcanzó su camisa. Recorrió con las manos la parte delantera, como si buscara los botones.

Ella pensó que no iba a encontrar muchos. La mayor parte se encontraban desperdigados por el suelo.

—¿Tienes una papelera? —preguntó él, como si se percatara de lo mismo.

—Allí. En el rincón.

—¿Dónde?

Ella se levantó, sosteniendo la sábana a su alrededor, y cogió la camisa. Arrojarla a la basura le pareció un desperdicio.

Cuando lo miró de nuevo, él se había colocado una funda negra sobre la piel desnuda, en la que se veían dos dagas entrecruzadas en medio del pecho, con la empuñadura hacia abajo.

Curiosamente, al mirar sus armas se tranquilizó. La idea de que hubiera una explicación lógica para su aparición era un alivio.

—¿Ha sido Butch?

—¿Butch?

—El que te ha enviado a vigilarme.

Él se puso la chaqueta, cuyo volumen le ensanchó los hombros aún más. El cuero era tan oscuro como su cabello y una de las solapas tenía repujado un intrincado dibujo en hilo negro.

—El hombre que te atacó anoche —dijo—. ¿Era un extraño?

—Sí. —Se rodeó con sus propios brazos.

—¿La policía se ha portado bien contigo?

—Siempre lo hacen.

—¿Te dijeron su nombre?

Ella asintió.

—Sí, yo tampoco podía creerlo. Cuando Butch me lo dijo pensé que era una broma. Billy Riddle parece más un personaje de Barrio Sésamo que un violador*, pero estaba claro que tenía un modus operandi y algo de práctica.

Se detuvo. El rostro de Wrath tenía un aspecto tan feroz, que retrocedió un paso.

Jesús, si Butch era duro con los delincuentes, este tipo era mucho más que mortífero, pensó.

Pero entonces su expresión cambió, como si ocultara sus emociones porque sabía que podían asustarla. Se dirigió al baño y abrió la puerta. Boo saltó a sus brazos, y un ronroneo bajo y rítmico resonó en el denso aire.

Con toda seguridad no procedía de su gato.

El sonido gutural provenía del hombre mientras sostenía a su mascota en brazos. Boo aceptó gustoso aquella atención, frotando su cabeza contra la ancha palma que lo estaba acariciando.

—Te daré el número de mi móvil, Beth. Tienes que llamarme si te sientes amenazada de alguna forma. —Soltó al gato y recitó unos cuantos dígitos. Le hizo repetirlos hasta que los hubo memorizado—. Si no te veo esta noche, quiero que vayas por la mañana al 816 de la avenida Wallace. Te lo explicaré todo. —Y luego simplemente la miró—. Ven aquí —dijo.

*Ver nota de página 91.

Su cuerpo obedeció antes de que su mente registrara la orden de moverse.

Cuando se le acercó, él le pasó un brazo alrededor de la cintura y la atrajo contra su duro cuerpo. Posó sus labios calientes y hambrientos sobre los de ella mientras hundía la otra mano en su cabello. A través de sus pantalones de cuero, ella pudo sentir que estaba nuevamente listo para el sexo.

Y ella estaba preparada para él.

Cuando él alzó la cabeza, deslizó la mano lentamente por su clavícula.

—Esto no formaba parte del plan.

—¿Wrath es tu primer nombre o tu apellido?

—Ambos. —Le dio un beso a un lado del cuello, chupándole la piel. Ella dejó caer un poco la cabeza, mientras su lengua la recorría—. ¿Beth?

—¿Hmm?

—No te preocupes por Billy Riddle. Tendrá lo que se merece.

La besó rápidamente y luego salió por la puerta de cristal.

Ella se pasó la mano por el lugar donde él la había lamido. Sintió escozor.

Corrió a la ventana y levantó la cortina.

Él ya se había ido.

Wrath se materializó en el salón de Darius.

No había esperado que la noche transcurriera de esa forma, y aquella circunstancia adicional podía complicar la situación.

Ella era la hija de Darius. Estaba a punto de ver cómo todo su mundo se transformaba y se volvía del revés. Y peor aún, había sido víctima de un asalto sexual la noche anterior, por el amor de Dios.

Si hubiera sido un caballero, la habría dejado en paz.

Sí, ¿y cuándo fue la última vez que se había comportado de acuerdo con su linaje?

Rhage apareció frente a él. El vampiro llevaba una larga gabardina negra de corte militar encima de su ropa de cuero y, sin duda, el contraste con su belleza rubia era impresionante. Sabía perfectamente que el hermano usaba su físico de una forma implacable con el sexo opuesto y que, después de una noche de combate, su manera favorita de tranquilizarse era con una hembra. O con dos.

Si el sexo fuera comida, Rhage habría sido enfermizamente obeso.

Pero no era sólo una cara bonita. El guerrero era el mejor combatiente que la Hermandad tenía, el más fuerte, el más rápido, el más seguro. Nacido con un exceso de poder físico, prefería enfrentarse a los restrictores con las manos desnudas, guardando las dagas sólo para el final. Sostenía que era la única manera de conseguir alguna satisfacción con el trabajo. De lo contrario, los combates no duraban lo suficiente.

De todos los hermanos, Hollywood era el único del que hablaban los varones jóvenes de la especie, el venerado, al que todos querían emular. Pero eso era debido a que su club de admiradores únicamente veía la brillante superficie y los suaves movimientos.

Rhage estaba maldito. Literalmente. Se había metido en algún problema grave justo después de su transición.

Y la Virgen Escribana, esa fuerza mística de la naturaleza que supervisaba a la especie desde el Fade, le había dado un castigo infernal. Doscientos años de terapia de aversión que aparecía siempre que él no conservaba la calma.

Había que sentir compasión por el pobre bastardo.

—¿Cómo te sientes esta noche? —preguntó Rhage.

Wrath cerró los ojos brevemente. Una borrosa imagen del cuerpo arqueado de Beth, captada mientras miraba hacia arriba desde el interior de sus piernas, lo invadió. Mientras fantaseaba saboreándola de nuevo, cerró los puños, haciendo crujir sus nudillos.

Tengo hambre, pensó.

—Estoy listo —dijo.

—Un momento. ¿Qué es eso? —preguntó Rhage.

—¿Qué es qué?

—Esa expresión en tu cara. Y por Cristo, ¿dónde está tu camisa?

—Cállate.

—¿Qué...? Por todos los diablos. —Rhage soltó una risita—. Anoche tuviste algo de acción, ¿no es así?

Beth no era acción. De ninguna manera, y no sólo porque era la hija de Darius.

—Olvídalo, Rhage. No estoy de humor.

—Oye, soy el último en criticar. Pero tengo que preguntar: ¿era buena? Porque no pareces especialmente relajado, hermano. Quizá pueda enseñarle algunas cosas y después hacer que la pruebes otra vez.

Wrath arrinconó con lentitud a Rhage contra la pared, haciendo tambalear un espejo con los hombros del macho.

—Cierra el pico, o te lo cerraré yo de un puñetazo. Tú eliges, Hollywood.

Su hermano sólo estaba bromeando, pero había algo irrespetuoso en comparar su experiencia con Beth, aunque fuera remotamente, con la vida sexual de Rhage.

Y quizás Wrath empezaba a sentirse un poco posesivo.

—¿Me has entendido? —dijo, arrastrando las palabras.

—Perfectamente. —El otro vampiro sonrió de oreja a oreja, sus dientes mostraron un destello blanco en su impresionante rostro—. Pero tranquilízate. Normalmente no pierdes el tiempo con las hembras, y yo me alegro de saber que has echado una cana al aire, eso es todo. —Wrath lo soltó—. Aunque, por Dios, no es posible que te haya...

Wrath desenfundó una daga y la hundió en la pared a escasos milímetros del cráneo de Rhage. Pensó que el ruido del acero al atravesar el yeso sonaba bien.

—No insistas con el tema. ¿Has entendido?

El hermano asintió despacio mientras el mango de la daga vibraba al lado de su oreja.

—Ah, sí. Creo que todo ha quedado muy claro.

La voz de Tohrment diluyó la tensión:

—¡Hey! Rhage, ¿la has cagado otra vez?

Wrath se quedó quieto un instante más, sólo para cerciorarse de que el mensaje había sido recibido. Luego arrancó el cuchillo de la pared y dio un paso atrás, rondando por la habitación mientras llegaban los otros hermanos.

Cuando entró Vishous, Wrath llevó al guerrero a un lado.

—Quiero que me hagas un favor.

—Dime.

—Un macho humano. Billy Riddle. Quiero que apliques tu magia computerizada. Necesito saber dónde vive.

V se acarició la perilla.

—¿Está en la ciudad?

—Creo que sí.

—Considéralo hecho, mi señor.

Cuando todos estuvieron presentes, incluido Zsadist, que les había hecho el honor de llegar a tiempo, Wrath dio comienzo a la reunión.

—¿Qué sabemos del teléfono de Strauss, V?

Vishous se quitó su gorra de los Red Sox y se pasó una mano por el oscuro cabello. Habló mientras se volvía a colocarse la gorra.

—A nuestro muchacho le gustaba codearse con tipos musculosos, de tipo militar, y fanáticos de Jackie Chan. Tenemos llamadas al Gold's Gym, a un campo de *paint-ball* y a dos centros de artes marciales. Ah, y le gustaban los automóviles. También había un taller mecánico en el registro.

—¿Y llamadas personales?

—Un par. Una a una línea fija desconectada hace dos días. Las otras a móviles, imposibles de rastrear, no locales. Llamé a todos los números repetidamente, pero nadie respondió. Esos identificadores de llamadas son una mierda.

—¿Has revisado sus antecedentes en Internet?

—Sí. Típico delincuente juvenil con gusto por lo violento. Encaja perfectamente en el perfil del restrictor.

—¿Qué sabemos de su casa? —Wrath miró por encima del hombro a los gemelos.

Phury miró de reojo a su hermano y luego empezó a hablar:

—Apartamento de tres habitaciones sobre el río. Vivía solo. Sin demasiadas pertenencias. Un par de armas bajo la cama, algunas municiones de plata y chalecos antibalas. Y una colección de porno que obviamente ya no usaba.

—¿Has cogido su frasco?

—Sí. Lo guardé en mi casa. Lo llevaré a la Tumba esta noche.

—Bien. —Wrath miró al grupo—. Nos dividiremos. Preparad todo lo necesario. Quiero entrar en esos edificios. Buscaremos su centro de operaciones en esa zona.

Dispuso a los guerreros en parejas, y él se quedó con Vishous. Les dijo a los gemelos que fueran al Gold's Gym y al campo de *paint-ball*. Tohr y Rhage se encargarían de las academias de artes marciales. Él y Vishous irían a echar un vistazo al taller mecánico, y esperaba tener suerte.

Porque si alguien quisiera conectar una bomba a un automóvil, ¿no habría que tener a mano un elevador hidráulico?

Antes de que todos salieran, Hollywood se acercó, con una seriedad que no era habitual en él.

—Hombre, Wrath, ya sabes que hago muchas idioteces —dijo Rhage—. No quise ofenderte. No lo mencionaré nunca más.

Wrath sonrió. Rhage era demasiado impulsivo, lo que explicaba tanto su fama de bocazas como su afición al sexo.

Y el problema ya era bastante grave cuando era normal, por no mencionar el momento en que la maldición le trastornó el interruptor de la psique y la bestia cobró vida rugiendo.

—Hablo en serio, hombre —dijo el vampiro.

Wrath palmoteó a su hermano en el hombro. En términos generales, aquel hijo de perra era todo un camarada.

—Perdonado y olvidado.

—Siéntete libre de golpearme cuando quieras.

—Lo haré, créeme.

El señor X condujo hasta un callejón del centro de la ciudad oscuro y con una entrada en ambos extremos. Después de aparcar la camioneta frente a un montón de contenedores de basura, cargó a Cherry Pie sobre su hombro y se alejó casi veinte metros. Ella gimió un poco al rozar contra su espalda, como si no quisiera que el movimiento perturbara el éxtasis causado por las drogas.

La tendió en el suelo, y no ofreció ninguna resistencia cuando le dio un tajo en la garganta. La observó un momento mientras de su cuello manaba la sangre brillante. En la oscuridad parecía aceite de motor. Humedeció la punta de uno de sus dedos en el líquido vital que salía a borbotones. Su olfato detectó la presencia de una enfermedad. Se preguntó si ella estaría enterada de que su hepatitis C estaba en un estadio muy avanzado. Al fin y al cabo, le estaba haciendo un favor ahorrándole un desagradable viaje hacia la muerte.

Aunque tampoco le hubiera importado matarla si gozara de buena salud.

Se limpió el dedo con el borde de la falda de la mujer y luego se dirigió hacia un montón de escombros. Un colchón viejo le serviría a la perfección. Apoyándolo contra los ladrillos, se parapetó detrás de él, sin notar el olor fétido que desprendía. Sacó su arma de dardos y esperó.

La sangre fresca atraía a los vampiros civiles como cuervos a un maizal.

Y tal como había supuesto, al poco rato apareció una figura al final del callejón. Miró a izquierda y derecha, y luego avanzó. El señor X sabía que el que se acercaba tenía que ser un vampiro. Cherry estaba bien disimulada en la oscuridad. No podía atraer la atención de nadie, salvo por el olor sutil de su sangre, algo que el olfato humano nunca podría captar.

El macho joven se apresuró a calmar su sed con avidez, cayendo sobre Cherry como si alguien hubiera preparado un banquete para él. Ocupado en beber, fue cogido por sorpresa cuando el primer dardo salió del arma e impactó en su hombro. Su instinto inmediato fue proteger su comida, de modo que arrastró el cuerpo de Cherry detrás de unos cubos de basura aplastados.

Cuando sintió el segundo dardo, giró y dio un salto, con los ojos puestos en el colchón.

El cuerpo del señor X se puso tenso, pero el macho avanzó de una forma más agresiva que eficaz. Los movimientos de su cuerpo estaban ligeramente descoordinados, lo que sugería que todavía estaba aprendiendo a controlar sus miembros después de su transición.

Dos dardos más no lograron reducirlo. Resultaba evidente que el Demosedan, un tranquilizante para caballos, no era suficientemente efectivo. Obligado a luchar contra el macho, el señor X lo aturdió fácilmente dándole puntapiés en la cabeza, haciéndolo caer al sucio asfalto con un aullido de dolor.

El alboroto no pasó inadvertido.

Afortunadamente, se trataba de dos restrictores, y de algún humano curioso o de la policía, lo que sería todavía más fastidioso. Los restrictores se detuvieron al final del callejón y, después de intercambiar impresiones entre ellos un instante, avanzaron para investigar.

El señor X soltó una maldición. No estaba preparado para darse a conocer o descubrir lo que estaba haciendo. Necesitaba todavía engrasar la maquinaria de su estrategia de recopilación de información antes de implantarla y asignar misiones a los restrictores. Después de todo, un líder no debe ordenar nunca algo que no haya hecho antes, y con éxito.

También se trataba de una cuestión de interés propio. Alguien podía intentar saltarse la cadena de mando y dirigirse directamente al Omega, ya fuese presentando la idea como propia, o argumentando fracasos preliminares. El Omega siempre recibía con satisfacción las iniciativas y las orientaciones novedosas. Y tratándose de lealtad, no la tenía con nadie.

Además, la impresión que el Omega podía tener ante un pequeño fracaso era apresurada y terrible. El anterior jefe del señor X lo había experimentado perfectamente hacía tres noches.

Extrajo los dardos del cuerpo. Habría preferido matar al vampiro, pero no tenía suficiente tiempo. Con el macho todavía gimiendo en el suelo, el señor X corrió a toda velocidad hacia la otra salida del callejón, sin despegarse de la pared. Después mantuvo apagadas las luces de la camioneta hasta que se perdió entre el tráfico.

El despertador de Beth interrumpió sus pensamientos, y ella se apresuró a silenciarlo. No lo necesitaba. Llevaba despierta al menos una hora, con la mente zumbando como una cortadora de césped. Con la llegada del alba toda la magia y el misterio de la ardiente noche se habían desvanecido, y se veía obligada a enfrentarse a lo que había hecho.

El sexo sin protección con un extraño resultaba ser un despertar infernal.

¿En qué demonios estaría pensando? Jamás había hecho nada semejante. Siempre había sido muy sana, y gracias a Dios tomaba la píldora anticonceptiva para regular sus esporádicos períodos, pero en cuanto a las otras implicaciones, el estómago le dio un vuelco sólo de pensarlo.

Cuando se encontrara con él de nuevo le preguntaría si estaba sano, y rezaría para oír la respuesta que esperaba. Y también para que fuera sincera.

Tal vez si hubiera sido más experta en aquellas cuestiones, habría tenido preparada alguna protección. ¿Pero cuándo había sido la última vez que había dormido con alguien? Hacía mucho tiempo. Mucho más que la fecha de caducidad de una caja de preservativos.

La ausencia de vida sexual se debía más a su desinterés que a cualquier tipo de barrera moral. Los hombres, simplemente, no ocupaban un lugar destacado en su escala de prioridades. Se encontraban en algún sitio entre limpiarse los dientes y mantener su coche en buen estado. Y ya no tenía coche.

A menudo se preguntaba si le ocurría algo malo, sobre todo cuando veía a las parejas de la mano por la calle. La mayoría de las personas de su edad salían con muchísima frecuencia, intentando buscar a alguien para casarse. Pero ella no. Hasta ahora no había sentido el deseo ardiente de estar con un hombre, e incluso había barajado la posibilidad de que fuese lesbiana. El problema era que no le atraían las mujeres.

De modo que la noche anterior había sido un auténtico descubrimiento.

Se desperezó, sintiendo una deliciosa tirantez en los muslos. Cerrando los ojos, lo sintió dentro de ella, su grueso miembro entrando y saliendo hasta ese momento final cuando su cuerpo se había convulsionado dentro del de ella en un poderoso arrebato, con sus brazos aplastándola contra él.

Su cuerpo se arqueó involuntariamente; la fantasía era lo suficientemente fuerte para sentir palpitaciones entre las piernas. Los ecos de esos orgasmos le hicieron morderse los labios.

Con un gemido se puso en pie y se dirigió hacia el baño. Cuando vio la camisa que él había rasgado y arrancado para arrojarla al cesto, la recogió y se la acercó a la nariz. La tela negra estaba impregnada con su olor.

Sus palpitaciones se hicieron más intensas.

¿Cómo se habían conocido él y Butch?

¿También pertenecía a la policía? Nunca lo había visto, pero no conocía a todos los miembros de la comisaría.

Drogas, pensó. Debía de ser un policía de la brigada de estupefacientes. O quizás un jefe del equipo SWAT.

Porque definitivamente parecía un tipo duro que buscaba problemas.

Sintiéndose como si tuviera dieciséis años, deslizó la camisa bajo la almohada, y entonces vio en el suelo el sujetador que él le había quitado. Santo Dios, la parte delantera había sido cortada con algún objeto afilado.

Extraño.

Después de una ducha rápida y un desayuno todavía más rápido compuesto por dos galletas de avena, un puñado de cereales y un vaso de zumo, fue caminando hasta la oficina. Llevaba media hora en su mesa mirando fijamente el protector de pantalla como una idiota cuando sonó el teléfono. Era José.

—Hemos tenido otra noche ajetreada —dijo él, bostezando.

—¿Otra bomba?

—No. Un cadáver. Una prostituta fue hallada con el cuello cortado entre la Tercera y Trade. Si vienes a la comisaría podrás ver las fotografías y leer los informes. Extraoficialmente, claro está.

Tardó dos minutos en llegar a la calle después de haber colgado el teléfono. Decidió ir primero a la comisaría y luego a la dirección de la avenida Wallace.

No podía negar que ardía en deseos de ver de nuevo a su visitante nocturno.

Mientras caminaba hacia la comisaría, el sol matutino le resultó despiadadamente brillante. Buscó en su bolso las gafas de sol, aunque no fueron suficiente para mitigar la luz, así que tuvo que colocar su mano sobre los ojos a modo de visera. Se sintió aliviada al entrar en la fresca y oscura comisaría de policía.

José no estaba en su oficina, pero encontró a Butch, que salía de la suya.

Él le sonrió secamente, haciendo que se formaran arrugas en torno a sus ojos.

—Tenemos que dejar de encontrarnos así.

—He oído que tienes un nuevo caso.

—Estoy seguro de que ya estás enterada de los detalles.

—¿Algún comentario, detective?

—Ya hemos hecho una declaración esta mañana.

—En la que, sin duda, no habéis aclarado absolutamente nada. Vamos, ¿no puedes añadir algunas palabras para mí?

—No si es oficial.

—¿Y si es extraoficial?

Él sacó un chicle del bolsillo, le quitó la envoltura maquinalmente y, doblándolo en la boca, empezó a masticar. Ella sabía que antes era un fumador empedernido, pero hacía algún tiempo que no lo veía con un cigarrillo. Probablemente, eso explicaría que estuviera continuamente mascando chicle.

—Extraoficialmente, O'Neal —lo urgió—. Lo juro.

Él asintió con la cabeza.

—Entonces necesitamos un lugar tranquilo en donde no puedan oírnos.

Su oficina era aproximadamente del tamaño del cubículo en donde ella trabajaba en el periódico, pero al menos tenía puerta y una ventana. Sin embargo, su mobiliario no era tan bueno como el de ella. Su escritorio de madera estaba tan deteriorado que parecía haber sido utilizado como banco de trabajo de un carpintero. Había trozos desprendidos en la superficie, y la pintura estaba tan rayada que absorbía la luz fluorescente como si estuviera sedienta.

Él le arrojó un archivo antes de sentarse.

—Fue encontrada detrás de un montón de cubos de basura. La mayor parte de su sangre terminó en la cloaca, pero el forense ha encontrado restos de heroína en su organismo. Tuvo relaciones sexuales esa noche, pero eso no es precisamente una novedad.

—Oh, Dios mío, es Mary —dijo Beth mientras miraba una horrenda fotografía y se hundía en una silla.

—Veintiún años. —Butch soltó una maldición por lo bajo—. Qué maldito desperdicio.

—Yo la conozco.

—¿De la comisaría?

—Cuando éramos niñas. Estuvimos en la misma casa de acogida durante algún tiempo. Después, me he encontrado con ella algunas veces, casi siempre aquí.

Mary Mulcahy había sido una niña hermosa. Sólo había estado en la casa de acogida con Beth durante un año antes de que la enviaran de nuevo con su madre biológica. Dos años después regresó a la custodia estatal tras haber permanecido sola durante una semana cuando tenía siete años. Dijo que se había mantenido con harina cuando el resto de la comida se le acabó.

—Ya había oído que viviste en hogares adoptivos —dijo Butch pensativo mientras la miraba—. ¿Te molesta si te pregunto por qué?

—¿A ti que te parece? No tenía padres. —Cerró el archivo y lo deslizó por el escritorio—. ¿Se ha encontrado algún arma?

Los ojos del detective se entrecerraron, pero no con dureza. Parecía estar calibrando si seguirle la corriente y cambiar de tema.

—¿El arma? —apuró ella.

—Otra estrella arrojadiza. Tenía rastros de sangre, pero no suya. También encontramos residuos pulverizados en dos lugares diferentes, como si alguien hubiera encendido señales luminosas y las hubiera puesto en el suelo. Aunque es difícil imaginar que el asesino quisiera atraer la atención hacia el cuerpo.

—¿Crees que lo que le ha pasado a Mary está relacionado con la bomba de ayer por la noche?

Él se encogió de hombros, un leve movimiento involuntario en la ancha espalda.

—Tal vez. Pero si hubiera sido una venganza contra su proxeneta, habrían golpeado en el escalafón superior, persiguiendo al propio chulo.

Beth cerró los ojos, recordando a Mary cuando tenía cinco años, con una andrajosa muñeca Barbie decapitada bajo el brazo.

—Pero también —dijo Butch— puede ser que esto sea sólo el comienzo de algo más serio.

Ella oyó cómo la silla del policía se deslizaba hacia atrás y alzó la mirada mientras él rodeaba el escritorio y se le acercaba.

—¿Tienes planes para cenar esta noche? —preguntó él.

—¿Cenar?

—Sí. Tú y yo.

¿El Duro estaba invitándola a salir? ¿De nuevo?

Beth se levantó, quería estar al mismo nivel que él.

—Ah, sí... no, quiero decir, gracias, pero no.

Aunque no tuvieran una relación estrictamente profesional, ella tenía otras cosas en mente. Deseaba mantener libre su agenda en caso de que el hombre de cuero quisiera verla por la noche, y también por la mañana.

Diablos, ¿un buen revolcón y ya pensaba que había algo entre ellos? Tenía que ser realista.

Butch sonrió cínicamente.

—Un día de estos descubriré por qué no te gusto.

—Sí me gustas. Tratas a todo el mundo igual, y aunque no apruebo tus métodos, no puedo negar que me gustó el hecho de que le hayas roto la nariz a Billy Riddle.

Las duras facciones del rostro de Butch se suavizaron. Cuando sus ojos la miraron fijamente, ella pensó que era un desperdicio no sentirse atraída por él.

—Y gracias por enviar anoche a tu amigo —dijo, colgándose el bolso del hombro—. Aunque tengo que admitir que al principio me dio un susto de muerte.

Justo antes de que aquel hombre le mostrara exactamente cómo hacer buen uso del cuerpo humano.

Butch frunció el ceño.

—¿Mi amigo?

—Ya sabes. El que parece una pesadilla gótica. Dime: es de antidrogas, ¿no es cierto?

—¿De qué diablos estás hablando? Yo no envié a nadie a verte.

La sangre se heló en su cuerpo.

Y la sospecha y alarma que habían aparecido en el rostro de Butch le impidieron tratar de agilizar la memoria.

Se dirigió hacia la puerta.

—Me he equivocado.

Butch la sujetó del brazo.

—¿Quién diablos estuvo anoche en tu apartamento?

Ojalá lo supiera.

—Nadie. Como acabo de decirte, me he equivocado. Ya nos veremos.

Se apresuró a cruzar el vestíbulo, con su corazón latiendo a triple velocidad. Cuando alcanzó al fin la calle, hizo una mueca de dolor al sentir el sol en su rostro.

Una cosa estaba clara: por nada del mundo se encontraría con aquel hombre, aunque el 816 de la avenida Wallace estaba en la mejor parte de la ciudad y estuvieran a plena luz del día.

Hacia las cuatro de la tarde, Wrath se sentía a punto de explotar.

No había podido regresar junto a Beth la noche anterior.

Y ella no había venido por la mañana.

El hecho de que no hubiera venido a reunirse con él podía significar dos cosas: o bien algo le había ocurrido, o lo estaba evitando.

Consultó el reloj braille con las yemas de los dedos. La puesta del sol.

Aún faltaban unas horas.

Malditos días de verano. Demasiado largos. Verdaderamente largos.

Fue al baño, se salpicó la cara con agua, y apoyó los brazos sobre el lavabo de mármol. A la luz de la lámpara, se miró fijamente, sin ver nada más que una mancha borrosa de cabello negro, dos rayas por cejas y el contorno de su cara.

Estaba exhausto. No había dormido en todo el día, y la noche anterior había sido como un choque de trenes.

Salvo la parte con Beth. Eso había sido...

Soltó una maldición y se dio por vencido.

Dios, ¿qué diablos le estaba pasando? Estar dentro de esa hembra había sido lo peor de toda la mierda que había soportado la noche anterior. Gracias a ese pequeño y estupendo interludio, su mente divagaba, su cuerpo estaba en un estado perpetuo de excitación y su estado anímico era un asco.

Al menos, a lo último ya estaba acostumbrado.

La noche anterior había sido un desastre total.

Después de dejar a los hermanos, él y Vishous habían ido al otro lado de la ciudad a echar un vistazo al taller mecánico. Estaba cerrado a cal y canto, y después de examinar el exterior y forzar la entrada, habían llegado a la conclusión de que ya no se usaba como centro de operaciones. Por una parte, el decrépito edificio era demasiado pequeño, y no pudieron encontrar ningún sótano oculto. Además, el barrio no era el más apropiado. Cerca de allí había un par de locales de comida abiertos toda la noche, y uno de ellos era frecuentado por policías. Estarían demasiado expuestos.

Él y Vishous se dirigían ya de vuelta a casa de Darius, haciendo un breve alto en Screamer's para satisfacer el antojo de V por tomarse un whisky Grey Goose, cuando se metieron en un problema.

Y las cosas fueron de mal en peor sin remedio.

En un callejón, un vampiro civil se encontraba gravemente herido, con dos restrictores junto a él dispuestos a terminar el trabajo. Matar a los restrictores les había llevado algún tiempo, porque ambos eran experimentados. Cuando la lucha terminó el otro vampiro ya estaba muerto

Habían jugado con el macho joven cruelmente, su cuerpo parecía una almohadilla llena de puñaladas poco profundas. A juzgar por los arañazos de las rodillas y la gravilla en las palmas de las manos, había intentado varias veces alejarse arrastrándose. Había sangre humana fresca alrededor de su boca y el olor de esa sangre también flotaba en el aire, pero no pudieron quedarse para examinar a la hembra a la que había mordido.

Tenían compañía.

Inmediatamente después de que los restrictores desaparecieran a manos de los vampiros, sonaron las sirenas de la policía, un sonido estridente que significaba que alguien había llamado al 911 al escuchar la pelea o ver los destellos de luz. Tuvieron el tiempo justo de meter el cadáver en el coche de Vishous y marcharse a toda velocidad.

En casa de Darius, V había registrado el cuerpo. En la cartera del macho había una tira de papel con caracteres en el antiguo idioma. Nombre, dirección, edad. Sólo habían pasado seis meses desde su transición. Demasiado joven.

Una hora antes del alba, habían llevado el cuerpo a las afueras de la ciudad, a una hermosa casa situada cerca de los bosques. Una pareja de ancianos vampiros había abierto la puerta, y su terror al encontrar al otro lado a los dos guerreros le olió a Wrath a basura quemada. Cuando confirmaron que tenían un hijo, Vishous regresó al automóvil y recogió los restos. El padre había salido corriendo y había cogido a su hijo de los brazos de Vishous, mientras Wrath sujetaba a la madre, que se desmayó.

El hecho de que aquella muerte hubiera sido vengada había tranquilizado un poco al padre. Pero no parecía ser suficiente. No para Wrath.

Quería ver muertos a todos los restrictores antes de poder descansar.

Wrath cerró los ojos, escuchando el ritmo de *The Black Album* de Jay-Z, intentando apartar su mente de lo ocurrido la noche anterior.

Un golpeteo rítmico se escuchó por encima de la música, y dejó que se abriera la puerta.

—¿Qué ocurre, Fritz?

El mayordomo entró con una bandeja de plata.

—Me he tomado la libertad de prepararle algo de comer, amo.

Fritz puso la bandeja en la mesa que había delante del sofá. Cuando levantó la tapa de uno de los platos, a Wrath le llegó el aroma de pollo a las finas hierbas.

Entonces se dio cuenta de que tenía hambre.

Se sentó, agarró un pesado tenedor de plata y observó la vajilla.

—Vaya, a Darius le gustaba la mierda cara, ¿no es así?

—Oh, sí, amo. Sólo lo mejor para mi princeps.

El mayordomo esperó mientras Wrath se concentraba en arrancar del hueso algo de carne con los cubiertos. Carecía de finos modales, así que acabó agarrando con los dedos la pata de pollo.

—¿Le gusta el pollo, amo?

Wrath asintió mientras masticaba.

—Eres un condenado experto en cocina.

—Me alegro mucho de que haya decidido quedarse aquí.

—No por mucho tiempo. Pero no te preocupes, ya me encargaré de que tengas a alguien a quien cuidar. —Wrath hundió el tenedor en algo que parecía puré de patata. Era arroz, que se desparramó de su cubierto. Soltó una maldición mientras intentaba reunir una parte con el índice—. Y será mucho más fácil vivir con ella que conmigo.

—Prefiero cuidar de usted. Y amo, no prepararé más ese arroz. También me aseguraré de cortar su carne. No lo pensé.

Wrath se limpió la boca con una servilleta de lino.

—Fritz, no pierdas tu tiempo tratando de agradarme.

El anciano esbozó una breve sonrisa.

—Darius tenía mucha razón en cuanto a usted, amo.

—¿En que soy un miserable hijo de perra? Sí, él era intuitivo, eso es cierto. —Wrath pescó un pedazo de brécol con el tenedor. Diablos, odiaba comer, en especial si alguien lo observaba—. Nunca sabré por qué deseaba tanto que viniera a quedarme aquí. Nadie puede estar tan necesitado de compañía.

—Era por usted.

Wrath entrecerró los ojos detrás de sus gafas.

—¿De verdad?

—Le preocupaba que usted fuera tan solitario. Viviendo solo, sin una verdadera shellan, sin un doggen. Solía decir que su aislamiento era un castigo que usted mismo se había impuesto.

—Bien, no lo es. —La voz de Wrath cortó el suave tono del mayordomo—. Y si quieres quedarte aquí, deberás guardarte tus teorías psicoanalíticas, ¿entendido?

Fritz se sacudió como si lo hubieran golpeado. Se dobló por la cintura y empezó a retirarse del cuarto.

—Mis disculpas, amo. Ha sido groseramente impropio por mi parte dirigirme a usted como lo he hecho.

La puerta se cerró silenciosamente.

Wrath se recostó en el sofá, sujetando el tenedor de Darius en la mano.

Ah, Cristo. Ese maldito doggen podía volver loco a un santo.

Y él no era un solitario. Nunca lo había sido.

La venganza era un endiablado compañero.

El señor X miró a los dos estudiantes que combatían entre sí. Tenían una estatura similar, ambos tenían dieciocho años y una buena constitución física; pero él sabía cuál iba a ganar.

De repente, uno de ellos propinó un puntapié lateral rápido y fuerte, derribando al oponente en la lona.

El señor X ordenó finalizar el combate y no dijo nada más mientas el vencedor extendía la mano y ayudaba al perdedor a ponerse de pie con esfuerzo. Las muestras de cortesía le resultaban irritantes, y sintió deseos de castigarlos a ambos.

El primer código de la Sociedad era claro: aquel a quien derribes al suelo, deberás patearlo hasta que deje de moverse. Así de simple.

Aunque ésta era una clase, no el mundo real. Y los padres que permitían a sus hijos empaparse de violencia seguramente tendrían algo que decir si sus preciosos niños llegaran a casa listos para ser enterrados.

Cuando los dos estudiantes se inclinaron ante él, el rostro del Perdedor tenía un color rojo brillante, y no sólo a causa del ejercicio. El señor X dejó que la clase lo mirara, sabiendo que la vergüenza y la turbación eran partes importantes del proceso correctivo.

Inclinó la cabeza en dirección al vencedor.

—Buen trabajo. Sin embargo, la próxima vez derríbalo más rápidamente, ¿de acuerdo? —Luego se dirigió al Perdedor. Lo recorrió con la mirada de la cabeza a los pies, notando la respiración entrecortada y el temblor en las piernas—. Ya sabes adónde ir.

El Perdedor parpadeó rápidamente mientras caminaba hacia el muro de cristal que daba al vestíbulo. Como se le había ordenado, se detuvo ante los paneles transparentes, con la cabeza en alto para que todos los que entraban en el edificio pudieran ver su cara. Si dejaba que le rodaran lágrimas por las mejillas, tendría que repetir el castigo en la próxima sesión.

El señor X separó la clase y empezó a indicarles sus ejercicios rutinarios. Los observó, corrigiendo posturas y posiciones de los brazos, pero su mente estaba en otro lado.

La noche anterior no había salido como estaba planeada. Había distado mucho de ser perfecta.

En su casa, la frecuencia de la policía le había informado del hallazgo del cuerpo de la prostituta poco después de las tres de la madrugada. No había mención alguna al vampiro. Quizá los restrictores se habían llevado al civil para divertirse con él.

Era una pena que las cosas no hubieran salido como esperaba, y quería emprender otra cacería. Usar a una hembra humana asesinada recientemente como cebo iba a funcionar. Pero tenía que calibrar mejor los dardos tranquilizantes. Había empezado con una dosis relativamente baja. No quería matar al civil antes de sacarle información. Pero estaba claro que tenía que aumentar el efecto de la droga.

Esa noche estaría ocupado.

El señor X dirigió la mirada al Perdedor.

Tendría que dedicarse al reclutamiento. Las filas debían ser reforzadas un poco debido a la pérdida de aquel recluta nuevo hacía dos noches.

Varios siglos atrás, cuando había muchos más vampiros, la Sociedad contaba con centenares de miembros, diseminados a lo largo y ancho del continente europeo así como en los nuevos asentamientos de Norteamérica. Sin embargo, ahora que la población de vampiros había disminuido, también se había reducido la Sociedad. Se trataba de una cuestión práctica. Un restrictor aburrido e inactivo no resultaba conveniente. Escogidos específicamente por su capacidad para la violencia, sus impulsos asesinos no podían congelarse únicamente porque no hubiera suficientes objetivos que perseguir. Algunos de ellos habían tenido que ser exterminados por matar a otros restrictores compitiendo por la superioridad en el rango, algo que tendía a ocurrir si había poco trabajo. También podía suceder algo peor que eso: habrían empezado a matar seres humanos por deporte.

Lo primero era una desgracia y una molestia. Lo último era inaceptable. Al Omega no le preocupaban las bajas humanas. Al contrario. Pero la discreción, moverse entre las sombras, matar rápidamente y volver a la oscuridad eran los principios de los cazavampiros. Llamar la atención de los humanos era malo, y nada conmocionaba más al *Homo sapiens* que un puñado de personas muertas.

Ésa era también una de las razones por las cuales el reclutamiento de nuevos miembros podía resultar complicado. Solían tener más odio que objetivos. Un periodo de adaptación era de vital importancia, para que la naturaleza secreta de la guerra entablada desde tiempo inmemorial entre los vampiros y la Sociedad pudiera mantenerse.

A pesar de todo, tenía que engrosar sus filas.

Miró de nuevo al Perdedor y sonrió, esperando la caída de la noche.

Poco antes de las siete, el señor X se dirigió a los suburbios, donde localizó fácilmente el 3461 de la calle Pillar. Aparcó el Hummer y esperó, matando el tiempo memorizando los detalles de la casa. Era típica de la zona central de Estados Unidos. Un amplio edificio asentado en el centro de una diminuta parcela con un árbol grande. Los vecinos estaban lo bastante cerca para poder leer los letreros de las cajas de cereal de los niños por la mañana y las etiquetas de las latas de cerveza de los adultos por la noche.

Una vida pulcra y feliz. Al menos desde el exterior.

La puerta se abrió, y el perdedor de la clase de la tarde saltó fuera como si estuviera abandonando un barco en pleno hundimiento. Le siguió su madre, que se detuvo un poco en el primer escalón y miró al vehículo frente a la casa como si fuera una bomba a punto de estallar.

El señor X bajó la ventanilla y saludó agitando la mano. Ella le devolvió el saludo pasados unos momentos.

El Perdedor saltó al Hummer, sus ojos brillaron codiciosos al examinar los asientos de cuero y los indicadores del salpicadero.

—Buenas noches —dijo el señor X mientras apretaba el acelerador.

El muchacho levantó las manos torpemente e inclinó la cabeza.

—*Sensei*.

El señor X sonrió.

—Me alegro de que estuvieras disponible.

—Sí, bueno, mi madre es como una patada en el culo. —El Perdedor estaba intentando ser frío, lanzando con vehemencia las maldiciones.

—No deberías hablar de ella de ese modo.

El muchacho se sintió confuso momentáneamente, obligado a reconsiderar su actitud pendenciera.

—Ah, quiere que vuelva a casa a las once. Es una noche entre semana, y tengo que trabajar por la mañana.

—Nos aseguraremos de que hayas regresado para entonces.

—¿Adónde vamos?

—Al otro lado de la ciudad. Hay alguien que quiero que conozcas.

Un poco más tarde, el señor X detuvo el coche en un amplio camino que serpenteaba entre árboles y esculturas de mármol de aspecto antiguo. Había también arbustos ornamentales, que se alzaban como figuras sobre un pastel de mazapán verde: un camello, un elefante, un oso. El diseño había sido hecho por un experto, por lo que cada uno de ellos se distinguía perfectamente.

Hablando de mantenimiento, pensó el señor X.

—Estupendo. —El Perdedor movió el cuello de izquierda a derecha—. ¿Qué es esto? ¿Un parque? ¡Mire eso! Es un león. ¿Sabe?, creo que quiero ser veterinario. Eso sería estupendo. Ya sabe, curar animales.

El muchacho sólo llevaba en el vehículo veinte minutos escasos, y el señor X ya estaba deseando deshacerse de él. Aquel tipo era como un dolor de muelas: una irritación permanente.

Y no sólo porque dijera constantemente «¿sabe?».

Al salir de una curva, apareció una gran mansión de ladrillo.

Billy Riddle estaba en el exterior, apoyado contra una columna blanca. Sus pantalones vaqueros estaban ligeramente más abajo de su cintura, mostrando el borde de su ropa interior, y jugaba con un llavero en la mano, dándole vueltas. Se enderezó cuando vio el Hummer, y mostró una sonrisa que tensó la venda de su nariz.

El Perdedor volvió a su posición inicial en el asiento.

Billy se dirigió hacia la puerta delantera del pasajero, moviendo con facilidad su musculoso cuerpo. Cuando vio al muchacho allí sentado, frunció el ceño, clavando en el otro tipo una mirada feroz. El Perdedor desabrochó el cinturón de seguridad y buscó la manilla.

—No —dijo el señor X—. Billy se sentará detrás de ti.

El joven volvió a recostarse en el asiento, mordiéndose los labios.

Al ver que el otro no le dejaba el sitio, Billy abrió de un tirón la puerta de atrás y entró. Buscó los ojos del señor X en el espejo, y la hostilidad se transformó en respeto.

—*Sensei*.

—Hola, Billy, ¿cómo estás?

—Bien.

—Muy bien, muy bien. Haz el favor de subirte los pantalones.

Billy tiró de la cintura de los vaqueros mientras sus ojos se movían hacia la parte posterior de la cabeza del Perdedor. Parecía como si quisiera taladrar un agujero en ella, y a juzgar por los dedos nerviosos del muchacho, éste lo sabía.

El señor X sonrió.

La química lo es todo, pensó.

Beth se recostó en la silla, estirando los brazos. La pantalla de su ordenador brilló.

Vaya, Internet estaba siendo muy útil.

De acuerdo con el resultado de la búsqueda que había efectuado, el 816 de la avenida Wallace pertenecía a un hombre llamado Fritz Perlmutter. Había comprado la propiedad en 1978 por algo más de 200.000 dólares. Cuando buscó en Google el nombre Perlmutter, se encontró con varias personas con la inicial F en su nombre, pero ninguno de ellos vivía en Caldwell. Después de comprobar algunas de las bases de datos gubernamentales y no encontrar nada que mereciera la pena, le pidió a Tony que entrara furtivamente en algunas páginas web.

Resultó que Fritz era una persona de vida intachable, respetuosa con la ley. Sus cuentas bancarias eran impecables. Nunca había tenido ningún problema con el fisco ni con la policía. Tampoco había estado casado. Y era miembro del grupo de clientes privados del banco local, lo cual significaba que tenía dinero en abundancia. Tony no pudo averiguar nada más.

Haciendo cálculos, concluyó que el señor Perlmutter debía de tener alrededor de setenta años.

¿Por qué diablos alguien como él se codearía con su merodeador nocturno?

Tal vez la dirección era falsa.

Eso sí que la habría sorprendido. ¿Un tipo vestido de cuero negro armado hasta los dientes dando información falsa? ¿Quién lo hubiera pensado?

Aun así, el 816 de Wallace y Fritz Perlmutter eran lo único que tenía.

Repasando los archivos del *Caldwell Courier Journal's*, había encontrado un par de artículos sobre la casa. La mansión estaba en el registro nacional de lugares históricos, como un extraordinario ejemplo del estilo federal, y había algunas historias y artículos de opinión sobre los trabajos que se habían realizado en ella inmediatamente después de que el señor Perlmutter la hubiese comprado. Evidentemente, la asociación histórica local había estado tratando de acceder a la casa durante años para ver las transformaciones que podía haber hecho, pero el señor Perlmutter había rechazado todas las solicitudes. En las cartas al director, la airada frustración que mostraban los entusiastas de la historia se mezclaba con una aprobación a regañadientes hacia las restauraciones, efectuadas con bastante exactitud, en el exterior.

Mientras releía uno de los artículos, Beth se metió un antiácido en la boca, masticándolo hasta formar un polvo que le llenó los intersticios de los molares. El estómago volvía a molestarle, y a la vez tenía hambre. Estupenda combinación.

Tal vez era la frustración. En resumen, no sabía mucho más que cuando empezó.

¿Y el número de móvil que el hombre le había dado? Imposible de rastrear.

Ante aquel vacío de información, se encontraba todavía más decidida que antes a mantenerse alejada de la avenida Wallace. Y en su interior había surgido una necesidad de ir a confesarse.

Consultó la hora. Eran casi las siete.

Como tenía hambre, decidió ir a comer. Era mejor no detenerse en la iglesia de Nuestra Señora e ir a alimentarse con algo más material y palpable.

Ladeando la cabeza, miró por encima del panel que separaba su cubículo de los demás. Tony ya se había ido.

La verdad es que no quería estar sola.

Siguiendo un absurdo impulso, agarró el teléfono y marcó el número de la comisaría.

—¿Ricky? Soy Beth. ¿Está por ahí el detective O'Neal? Bien, gracias. No, ningún mensaje. No, yo... Por favor no lo llames. No es nada importante.

Era igual. El Duro no era realmente la compañía sin complicaciones que estaba buscando.

Se quedó mirando su reloj de pulsera, ensimismada en el movimiento del segundero alrededor de la esfera. La noche se extendía ante ella como una carrera de obstáculos, y tenía que ser capaz de soportar y vencer aquellas horas.

Ojalá transcurriesen rápidamente.

Quizá comiera algo y después fuera a ver una película. Cualquier cosa para retrasar la vuelta a su apartamento. Pensándolo bien, probablemente sería más sensato pasar la noche en un motel.

Por si el hombre volvía a buscarla.

Acababa de apagar el ordenador cuando sonó su teléfono. Respondió al segundo tono.

—He oído que estabas buscándome.

Pensó que la voz de Butch O'Neal era áspera como un montón de gravilla. En el buen sentido.

—Hmm. Sí. —Se echó el cabello hacia atrás por encima de los hombros—. ¿Todavía estás libre para cenar?

Su risa fue un retumbar profundo.

—Estaré frente al periódico en quince minutos.

Colgó antes de que ella pudiera deslizar algún comentario indiferente, quitando importancia a aquella especie de cita.

Después de la puesta del sol, Wrath entró en la cocina, llevando la bandeja de plata con los restos de su comida. Allí, como en el resto de la casa, también todo era de la mejor calidad. Electrodomésticos de acero inoxidable, grandes despensas y encimeras de granito. Y muchas ventanas.

Demasiada luz.

Fritz estaba en el fregadero, restregando algo. Miró por encima de su hombro.

—Amo, no era necesario que trajera eso.

—Sí, era necesario.

Wrath puso la bandeja sobre una encimera y se apoyó en los brazos.

Fritz cerró el grifo.

—¿Desea alguna cosa?

Bueno, para empezar, le gustaría no ser tan testarudo.

—Fritz, tu trabajo aquí es estable. Quería que lo supieras.

—Gracias, amo. —La voz del mayordomo era muy tranquila—. No sé qué haría si no tuviera a alguien a quien cuidar. Y considero este lugar como mi hogar.

—Lo es. Durante el tiempo que quieras permanecer en él.

Wrath se volvió y se dirigió a la puerta. Estaba ya casi fuera de la cocina cuando oyó decir a Fritz:

—Éste también es su hogar, amo.

Él movió la cabeza.

—Ya tengo un lugar donde dormir. No necesito otro.

Wrath entró en el vestíbulo, sintiéndose particularmente feroz. Esperaba que Beth estuviera viva y se encontrara bien. O que Dios se apiadara del que le hubiera hecho daño.

¿Y si había decidido evitarlo? Eso no le importaba, pero el cuerpo de ella estaba a punto de necesitar algo que sólo él podía proporcionarle. De modo que tarde o temprano reaccionaría. O moriría.

Pensó en la suave piel de su cuello. Recordó la sensación de su lengua acariciándole la vena que le salía del corazón.

Sus colmillos se alargaron como si estuviera ante él. Como si pudiera hundir sus dientes en ella y beber.

Cerró los ojos cuando su cuerpo empezó a agitarse. Su estómago, saciado por la comida, se convirtió en un doloroso pozo sin fondo.

Trató de recordar la última vez que se había alimentado. Había pasado algún tiempo, pero seguramente no tanto.

Se obligó a tranquilizarse, a controlarse. Era como tratar de reducir la velocidad de un tren con un freno de mano, pero, finalmente, una refrescante corriente de sensatez reemplazó los violentos impulsos de sus ansias de sangre.

Cuando volvió a la realidad se sintió intranquilo, sus instintos necesitaban un tiempo para meditar.

Aquella hembra era peligrosa para él. Si le afectaba de esa forma sin encontrarse ni siquiera en la misma habitación, podía ser perfectamente su pyrocant, su detonador, por así decirlo. Su carril de alta velocidad, su vía directa hacia la autodestrucción.

Wrath se pasó una mano por el cabello. Qué maldita ironía que la deseara como a ninguna otra hembra.

Aunque quizá no era ninguna ironía. Tal vez fuera precisamente así como funcionaba el sistema del pyrocant. El impulso de ser atraído por lo que podía aniquilarlo le hacía sentir un cierto vértigo que no le resultaba del todo desagradable.

Después de todo, ¿qué tipo de diversión habría si uno puede controlar fácilmente la bomba de relojería que lleva en su interior?

Diablos. Necesitaba sacar a Beth de su lista de responsabilidades. Rápidamente. Tan pronto sufriera su transición, la pondría en manos de un macho apropiado. Un civil.

Involuntariamente, a su mente acudió la imagen del cuerpo ensangrentado del macho joven abatido la noche anterior.

¿Cómo diablos podía un civil asegurar su protección?

No tenía respuesta para eso. ¿Pero qué otra opción había? Él no iba a cuidarla.

Quizá podría entregarla a uno de los miembros de la Hermandad.

Sí, ¿y a quién escogería entre esa manada? ¿A Rhage? Él sólo la añadiría a su harén, o peor aún, ¿la devoraría por equivocación? ¿A V con todos sus problemas?

¿A Zsadist?

¿Realmente creía que podía soportar que uno de sus guerreros se acostara con ella?

Ni pensarlo.

Dios, estaba cansado.

Vishous se materializó delante de él. El vampiro iba esa noche sin su gorra de béisbol, y Wrath pudo distinguir tenuemente las complejas marcas alrededor de su ojo izquierdo.

—He encontrado a Billy Riddle. —V encendió uno de sus cigarros liados a mano, sosteniéndolo con sus dedos enguantados. Al exhalar el humo, la fragancia de tabaco turco perfumó el aire—. Fue arrestado hace cuarenta y ocho horas por agresión sexual. Vive con su padre, que ha resultado ser un senador.

—Antecedentes destacados.

—Es difícil llegar más alto. Me he tomado la libertad de hacer algunas investigaciones. El muchacho se metió en algunos problemas cuando era menor de edad. Asuntos violentos. Mierdas sexuales. Imagino que el jefe de las campañas electorales de su querido papi estará encantado con el hecho de que el muchacho haya alcanzado la mayoría de edad. Ahora todo lo que haga Billy es del dominio público.

—¿Tienes su dirección?

—Sí. —Vishous sonrió abiertamente—. ¿Vas a darle una buena tunda al muchacho?

—Me has leído el pensamiento.

—Entonces vamos.

Wrath sacudió la cabeza.

—Me reuniré contigo y con el resto de los hermanos aquí un poco más tarde. Pero antes tengo que resolver un asunto.

Pudo sentir que los ojos de V se agudizaban, el perspicaz intelecto del vampiro examinaba la situación. Entre los hermanos, Vishous era el que más fuerza intelectual tenía, pero había pagado por semejante privilegio.

Wrath tenía sus propios demonios, que no eran precisamente una maravilla, pero no hubiera querido llevar a sus espaldas la cruz de Vishous. Saber lo que les deparaba el futuro era una carga terrible.

V dio una calada al cigarrillo y echó el humo lentamente.

—Anoche soñé contigo.

Wrath se puso rígido. Estaba esperando algo así.

—No me lo cuentes, hermano. No quiero saberlo. En serio.

El vampiro asintió.

—Sólo quiero que recuerdes una cosa, ¿de acuerdo?

—Dispara.

—Dos guardianes torturados combatirán entre sí.

Lа cena ha sido magnífica —dijo Beth cuando Butch se detuvo ante su edificio.

Él se mostró plenamente de acuerdo. Ella era inteligente, divertida y francamente hermosa. Y si él se extralimitaba, ella siempre lo ponía en el lugar que le correspondía con delicadeza.

También era increíblemente sensual.

Aparcó el coche junto a la acera, pero no apagó el motor. Se imaginó que si giraba la llave del contacto parecería que intentaba que lo invitara a entrar.

Que era exactamente lo que quería, por supuesto, aunque no pretendía que ella se sintiera incómoda si no deseaba lo mismo que él.

Vaya, se estaba convirtiendo en un buen chico.

—Pareces sorprendida de haberte divertido —dijo.

—He de reconocer que un poco sí lo estoy.

Butch la recorrió con la mirada, empezando por las rodillas, que asomaban ligeramente por el borde de la falda. Bajo el tenue resplandor del salpicadero, podía distinguir la adorable silueta de su cuerpo, su largo y exquisito cuello, sus labios absolutamente perfectos. Quería besarla allí mismo, bajo aquella suave luz, en el asiento delantero de su coche patrulla camuflado, como si fueran dos adolescentes.

Y también quería acompañarla al interior de su apartamento. Y no salir hasta la mañana siguiente.

—Gracias —dijo ella, lanzándole una sonrisa y extendiendo la mano para abrir la puerta.

—Espera.

Se movió rápido para que ella no tuviera tiempo de pensar y él tampoco. Le cogió la cara con las manos y la besó.

Wrath se materializó en el patio trasero del apartamento de Beth y sintió picazón en toda la piel.

Ella estaba cerca, pero en su casa todo permanecía a oscuras.

Asaltado por un presentimiento, rodeó el edificio por un extremo. Había un sedán corriente aparcado enfrente. Ella estaba dentro.

Wrath se dirigió hasta la acera y, como si estuviera dando un paseo entre las sombras, pasó junto al vehículo.

Se detuvo en seco.

Sus inútiles ojos fueron lo suficientemente efectivos para indicarle que un sujeto la tenía entre sus brazos, como si el potente deseo sexual del macho humano no lo hubiera delatado.

Por el amor de Dios, podía oler la lujuria de aquel bastardo a través del vidrio y el acero del sedán.

Wrath se abalanzó hacia delante. Su primer instinto fue arrancar la puerta del coche y matar al canalla que le estuviera poniendo las manos encima, sacarlo de allí y desgarrarle la garganta.

Pero en el último segundo se contuvo y se obligó a regresar a la oscuridad.

Hijo de puta. Lo veía todo rojo, a causa de lo alterado que estaba.

Que otro macho estuviera besando esos labios, sintiendo su cuerpo bajo sus manos...

Un gruñido gutural vibró a través de su pecho y salió por su boca.

Ella es mía.

Soltó una maldición. ¿En qué universo paralelo estaba viviendo? Ella era su responsabilidad temporal, no su shellan. Podía estar con quien quisiera, donde quisiera y cuando quisiera.

Pero, Dios, la idea de que a ella pudiera gustarle lo que el sujeto le estaba haciendo, que pudiera preferir el sabor de aquel beso humano, era suficiente para hacerle palpitar las sienes.

Bienvenido al maravilloso mundo de los celos —pensó—. *Por el precio de su entrada, obtiene un maldito dolor de cabeza, un deseo casi irresistible de cometer un homicidio y un complejo de inferioridad.*

¡Viva!

Por Dios, estaba ansioso por recuperar su vida. Un segundo después de que ella concluyera su transición, él se marcharía de la ciudad. Y fingiría que nunca había conocido a la hija de Darius.

Butch O'Neal besaba como los dioses.

Sus labios eran firmes pero deliciosamente suaves. Sin presionar demasiado, le dejaron muy claro que estaba dispuesto a llevarla a la cama y demostrarle que no se andaba por las ramas.

Y olía muy bien de cerca, una mezcla de loción de afeitar y ropa recién lavada. Lo rodeó con las manos. Sintió sus hombros anchos y fuertes y su cuerpo arqueado hacia ella. Era pura energía reprimida, y en ese momento quiso sentirse atraída por él. Sinceramente deseó que fuera así.

Pero no sintió el dulce arrebato de la desesperación, el hambre salvaje. No como lo había sentido la noche anterior con...

Era el peor momento para estar pensando en otro hombre.

Cuando Butch se apartó de ella, había un destello melancólico en sus ojos.

—No es lo que esperabas, ¿no es así?

Ella se rió interiormente. Así era el Duro. Franco y directo, como siempre.

—Sabes besar, O'Neal, no me cabe ninguna duda. No se trata de falta de técnica.

Él regresó a su sitió y movió la cabeza.

—Muchas gracias por eso.

Pero no parecía terriblemente herido.

Y ahora que pensaba las cosas con mayor claridad, se alegraba de no haber sentido chispa alguna. Si le hubiera gustado, si hubiera querido estar con él, le habría roto el corazón. Estaba segura. En diez años, si es que duraba tanto, él explotaría por dentro debido al estrés, el horror y el dolor que su trabajo comportaba. Ya lo estaba devorando vivo. Cada año se hundía más, y nadie podría sacarlo de esa caída hacia el abismo.

—Ten mucho cuidado, Randall —dijo él—. Ya es bastante malo saber que no enciendo tu pasión. Pero ese aire de compasión en tu cara me saca de quicio.

—Lo siento. —Le sonrió.

—¿Puedo hacerte una pregunta?

—Adelante.

—¿Qué te pasa con los hombres? ¿Te..., te gustan? Es decir, ¿te gustamos?

Ella se rió, pensando en lo que había hecho la noche anterior con el extraño. El interrogante sobre su inclinación sexual tenía ya una respuesta clara y contundente.

—Sí, me gustan los hombres.

—¿Alguien te jugó una mala pasada? Ya sabes, ¿te hirió?

Beth negó con la cabeza.

—Es algo que prefiero mantener en secreto.

Él bajó la vista hacia el volante, recorriendo la circunferencia con una mano.

—Es una maldita pena. Porque eres maravillosa. Lo digo en serio. —Se aclaró la garganta como si se sintiera incómodo.

Un sentimental. Por Dios, en el fondo, el Duro no era más que un sentimental.

Siguiendo un impulso, se inclinó y lo besó en la mejilla.

—Tú también eres fantástico.

—Sí. Lo sé. —Le lanzó su característica mueca de burla—. Ahora mete el trasero en ese edificio tuyo. Es tarde.

Butch observó a Beth cruzar frente a los faros de su coche, con su cabello ondeando sobre los hombros.

Era una persona maravillosa, pensó. Una mujer genuinamente buena.

Y Dios, ella también sabía exactamente la suerte que él correría. Esa mirada triste en sus ojos hacía un momento significaba que había vislumbrado la muerte lenta que le esperaba.

Así que era igual que no hubiera química entre ellos. De otro modo, tal vez hubiera tratado de convencerla de enamorarse de él sólo para no irse al infierno con su soledad.

Movió la palanca de cambios, pero mantuvo el pie en el freno mientras ella subía la escalera hasta el vestíbulo. Cuando alcanzó el pomo de la puerta y le decía adiós con la mano, algo se movió entre las sombras junto al edificio.

Apagó el vehículo rápidamente.

Había un hombre vestido de negro dirigiéndose a la parte trasera.

Butch salió del coche y se deslizó silenciosamente hacia el patio posterior.

Wrath estaba concentrado únicamente en llegar hasta Beth. Por eso no oyó los pasos del hombre que le seguía hasta que hubo cruzado la mitad del patio.

—¡Policía! ¡Alto!

Luego percibió claramente el sonido familiar del arma siendo amartillada y dirigiéndose hacia él.

—¡Las manos donde yo las vea!

Wrath advirtió el olor del hombre y sonrió. La agresividad había reemplazado a la lujuria, y el ansia de lucha era tan intensa como lo había sido el ansia sexual. Aquel sujeto estaba lleno de fluidos esa noche.

—¡He dicho alto y manos arriba!

El vampiro se detuvo y buscó entre su chaqueta una de sus estrellas. Policía o no, eliminaría a ese humano con un buen corte en la arteria.

Pero entonces Beth abrió la puerta corredera.

El vampiro la olió de inmediato, y tuvo una erección instantánea.

—¡Las manos!

—¿Qué está pasando? —exigió saber Beth.

—Vuelve adentro —vociferó el humano—. ¡Las manos, cabrón! ¡O te abriré un agujero en la parte posterior del cráneo!

En aquel momento, el policía se encontraba a unos pocos metros de distancia y se aproximaba rápidamente. Wrath levantó las palmas de las manos. No iba a matar delante de Beth. Además, esa pistola estaría pegada a su cuerpo en cuestión de tres segundos. Y ni siquiera él podría sobrevivir a un disparo a quemarropa.

—O'Neal...

—¡Beth, vete de aquí ya!

Una pesada mano sujetó con fuerza el hombro de Wrath. Dejó que el policía lo empujara contra el edificio.

—¿Vas a decirme qué estás haciendo por aquí? —ordenó el humano.

—He salido a pasear —dijo Wrath—. ¿Y usted?

El policía aferró primero un brazo de Wrath y luego el otro, y tiró hacia atrás. Las esposas se cerraron rápidamente en sus muñecas. El sujeto era un auténtico profesional con aquellos instrumentos metálicos.

Wrath miró de soslayo a Beth. Por lo que podía ver, tenía los brazos cruzados con fuerza delante del pecho. El miedo espesaba el aire a su alrededor, convirtiéndolo en un velo que la cubría de la cabeza a los pies.

Qué bien está saliendo esto, pensó. De nuevo, le había dado un susto de muerte.

—No la mires —dijo el policía, empujando la cara de Wrath hacia la pared—. ¿Cómo te llamas?

—Wrath —respondió Beth—. Me dijo que se llamaba Wrath.

El humano le lanzó un verdadero rugido.

—¿Tienes algún problema de oído, dulzura? ¡Fuera de aquí!

—Yo también quiero saber quién es.

—Te daré un informe por teléfono mañana por la mañana, ¿vale?

Wrath gruñó. No podía negar que hacerla entrar era una idea excelente, pero no le gustaba la forma en que el policía le estaba hablando.

El humano registró los bolsillos de la chaqueta de Wrath y empezó a sacar armas. Tres estrellas arrojadizas, una navaja automática, una pistola, un trozo de cadena.

—Válgame el cielo —murmuró el policía mientras dejaba caer los eslabones de acero al suelo con el resto del cargamento—. ¿Tienes alguna identificación? ¿O no has dejado suficiente espacio para meter una cartera, considerando que llevas encima quince kilos de armas ilegales? —Cuando el policía encontró un grueso fajo de billetes, soltó otra maldición—. ¿También voy a encontrar drogas, o ya has vendido todo tu cargamento?

Wrath se dejó zarandear de un lado a otro. Mientras sacaba sus dos dagas de las fundas, miró fijamente al policía, pensando en lo mucho que iba a disfrutar desgarrando su garganta con los dientes. Se inclinó hacia delante, la cabeza primero. No pudo evitarlo.

—¡O'Neal, ten cuidado! —dijo Beth, como si le hubiera leído la mente.

El policía presionó el cañón de la pistola contra el cuello de Wrath.

—¿Cuál es tu nombre?

—¿Está arrestándome?

—Sí. Así es.

—¿Por qué?

—Déjame pensar. Allanamiento, posesión de armas. ¿Tienes licencia para llevar este tipo de artillería? Apostaría a que no. Ah, y gracias a esas estrellas arrojadizas, también estoy pensando en homicidio. Sí, creo que eso es todo.

—¿Homicidio? —susurró Beth.

—¿Tu nombre? —exigió saber el policía, mirándolo fijamente.

Wrath sonrió por lo bajo.

—Debe de ser clarividente.

—¿A qué te refieres?

—Al cargo de homicidio. —Wrath rió sordamente mientras bajaba el tono de voz—: ¿Alguna vez ha estado dentro de una bolsa para cadáveres, oficial?

La rabia, pura y vibrante, salió por todos los poros del policía.

—No me amenaces.

—No es una amenaza.

El gancho de izquierda llegó por el aire tan rápido como una pelota de béisbol, y Wrath no hizo nada para evitarlo. El grueso puño del policía le golpeó a un lado de la mandíbula y le echó la cabeza hacia atrás. Una punzada de dolor le explotó en la cara.

—¡Butch! ¡Detente!

Beth corrió hacia ellos, como si quisiera interponerse entre ambos, pero el policía la mantuvo a distancia sujetándola por un brazo.

—¡Por Dios, sí que eres molesta! ¿Quieres salir herida? —dijo el humano, empujándola.

Wrath escupió sangre.

—Tiene razón. Vuelve adentro.

Porque la cosa estaba tomando mal cariz.

Gracias a la visión fugaz de aquella sesión de caricias, no le agradaba el policía, para empezar. Pero si el sujeto se dirigía otra vez a Beth con ese tono, Wrath le saltaría todos sus dientes. Y *luego* mataría a aquel hijo de perra.

—Anda, Beth —dijo.

—¡Cállate! —le gritó el policía.

—¿Vas a pegarme otra vez si no lo hago?

El policía se encaró con él, furioso.

—No, voy a pegarte un tiro.

—Por mí está bien. Me gustan las heridas de bala. —La voz de Wrath se convirtió en un susurro—. Sólo que no delante de ella.

—Vete a la mierda.

Pero el policía cubrió las armas y el dinero arrojándoles encima su chaqueta. Luego sujetó el brazo del vampiro y empezó a caminar.

Beth sintió un ligero mareo cuando vio a Butch arrastrando a Wrath.

La furia entre ambos parecía materializarse a cada paso. Aunque Wrath estaba esposado y encañonado con una pistola, ella no estaba muy segura de que Butch estuviera a salvo. Tenía la sensación de que aquel desconocido, un auténtico enigma para ella, estaba permitiendo que se lo llevara detenido.

Pero Butch también debe de saberlo, pensó. Si no, habría guardado su arma en lugar de ir presionando el cañón contra la sien del otro.

Sabía que Butch era duro con los criminales, ¿pero estaría tan loco como para matar a uno?

A juzgar por la peligrosa expresión de su cara, no tuvo ninguna duda de que la respuesta era afirmativa, y tal vez incluso quedara impune. Quien a hierro mata, a hierro muere, y era evidente que Wrath no era un ciudadano respetuoso con la ley. Si aparecía con un balazo en la cabeza en cualquier callejón de mala muerte o flotando boca abajo en el río, ¿a quién le sorprendería?

Obedeciendo a un instinto, corrió rodeando el lateral del edificio.

Butch se dirigía a su vehículo como si llevara una carga inestable, y ella se apresuró a alcanzarlos.

—Espera. Tengo que hacerle una pregunta.

—¿Quieres saber qué número calza o algo así? —espetó el policía.

—El cuarenta y seis —dijo Wrath con voz cansina.

—Lo recordaré para Navidad, cabrón.

Beth se colocó ante ellos de tal manera que debían detenerse o arrollarla. Miró fijamente el rostro de Wrath.

—¿Por qué viniste a verme?

Podría haber jurado que su mirada se había suavizado detrás de las gafas de sol.

—No quiero hablar de eso en este momento.

Butch la alejó empujándola con mano firme.

—Tengo una idea. ¿Por qué no me dejas hacer mi trabajo?

—No la toques —gruñó Wrath.

—Sí, claro, tus deseos son órdenes. —Butch lo hizo avanzar de un empujón.

Cuando llegaron al coche, el detective abrió la puerta de atrás y empujó hacia abajo el imponente cuerpo de Wrath.

—¿Quién eres? —gritó ella.

El vampiro la miró, con su cuerpo perfectamente erguido a pesar de que Butch lo empujaba desde todos los ángulos.

—Tu padre me ha enviado —dijo claramente. Y luego se sentó en el asiento trasero.

Beth se quedó sin respiración.

Vio entre brumas a Butch cerrando de golpe la puerta y corriendo hacia el lado del conductor.

—¡Espera! —exclamó.

Pero el coche ya se había puesto en marcha. Los neumáticos dejaron marcas de goma en el asfalto.

Butch descolgó el auricular y pidió a la central que enviasen a alguien de inmediato al patio trasero de Beth a recoger las armas y el dinero que había dejado ocultos bajo su chaqueta. Mientras conducía, llevaba un ojo puesto en la carretera y otro en el espejo retrovisor. El sospechoso también lo miraba fijamente, con una sonrisa socarrona en su perverso rostro.

Jesús, aquel tipo era enorme. Ocupaba la mayor parte del asiento trasero y tenía la cabeza doblada en ángulo para no golpearse contra el techo cuando pasaban por encima de algún bache.

Butch estaba ansioso por sacarlo del maldito coche.

Menos de cinco minutos después, salió de la calle Trade para entrar en el aparcamiento de la comisaría y dejó el vehículo tan cerca de la entrada posterior como le fue posible. Salió y abrió la puerta trasera.

—No me causes problemas, ¿vale? —dijo, aferrando el brazo del sujeto.

El hombre se puso de pie. Butch tiró de él.

Pero el sospechoso empezó a caminar hacia atrás, alejándose de la comisaría.

—Camino equivocado.

El policía se detuvo con firmeza, hundiendo los talones en el pavimento, y tiró otra vez de él con fuerza.

Pero el sospechoso continuó avanzando, arrastrando a Butch con él.

—¿Crees que no voy a dispararte? —preguntó el detective, desenfundando su arma.

De repente, todo se transformó.

Butch nunca había visto a nadie moverse tan rápido. En un segundo, el sujeto, que tenía los brazos detrás de la espalda, tiró las esposas al suelo y, con sólo un par de movimientos, el detective fue desarmado, inmovilizado con un brazo al cuello y arrastrado a un sitio oscuro.

La oscuridad se los tragó. Mientras Butch luchaba por defenderse, se percató de que estaban en el angosto callejón situado entre la comisaría y el edificio de oficinas vecino. Era muy estrecho, no estaba iluminado y tampoco había ventanas.

Cuando Butch saltó por los aires y fue empujado contra la pared de ladrillo, el poco aire que quedaba en sus pulmones salió de inmediato. De manera inconcebible, el hombre lo levantó del suelo sosteniéndolo por el cuello con una sola mano.

—No ha debido inmiscuirse, oficial —dijo el hombre con un gruñido profundo y acentuado—. Debió seguir su camino y dejar que ella viniera conmigo.

Butch aferró la garra de hierro. La enorme mano cerrada alrededor de su garganta estaba bloqueando el último aliento de vida. Intentó respirar, buscando aire desesperadamente. Su visión se hizo borrosa. Estaba a punto de perder el conocimiento.

Supo, sin lugar a dudas, que no tenía escapatoria. Saldría del callejón en el interior de una bolsa, como el hombre le había prometido.

Un minuto más tarde abandonó toda resistencia; sus brazos cayeron inertes y quedaron colgando. Él quería luchar. Poseía voluntad para hacerlo, pero sus fuerzas se habían agotado.

¿Y la muerte? La aceptaba. Iba a morir cumpliendo con su deber, aunque como un idiota, por no haber pedido refuerzos. Aun así, era mejor y más rápido que acabar en una cama de hospital con alguna enfermedad lenta y desagradable. Y más honroso que suicidarse de un disparo. Lo cual era algo que Butch había barajado más de una vez.

Con su último aliento, intentó dirigir la mirada hacia el rostro del hombre. Su expresión era de absoluto control.

Este tipo ha hecho esto antes. Y está acostumbrado a matar. Por Dios, Beth.

Se le revolvieron las entrañas al pensar en lo que podría hacerle un hombre como aquel a Beth.

Wrath sintió que el cuerpo del policía se relajaba. Aún estaba vivo, pero no le quedaba mucho tiempo.

La ausencia total de miedo en aquel humano era algo notable. Al policía le había molestado ser sorprendido, y se había defendido de una manera admirable, pero en ningún momento había sentido miedo. Y ahora que se acercaba su Fade, estaba resignado a la muerte. Y casi podría jurar que suponía para él un alivio.

Maldición. Wrath imaginó que él se hubiera sentido igual.

Le resultaba penoso matar a alguien capaz de morir como lo haría un guerrero. Sin temor ni vacilación. Había muy pocos machos como éste, tanto vampiros como humanos.

La boca del policía empezó a moverse. Estaba tratando de hablar. Wrath se inclinó.

—No... le... hagas daño.

El vampiro se sorprendió a sí mismo respondiendo:

—Estoy aquí para salvarla.

—¡No! —Una voz sonó en la entrada del callejón.

Wrath volvió la cabeza. Beth corría hacia ellos.

—¡Suéltalo!

Aflojó el apretón en la garganta del policía. No iba a matar a aquel tipo delante de ella. Necesitaba que confiara en él. Y desde luego no lo conseguiría si enviaba ante sus ojos al policía a encontrarse con el Creador.

Mientras Beth se detenía con un patinazo, Wrath abrió la mano, dejando caer al humano al suelo. Una respiración entrecortada y jadeante mezclada con una tos ronca se escuchó entre las sombras.

Beth cayó de rodillas ante el policía y miró hacia arriba.

—¡Casi lo matas!

Wrath soltó una maldición, sabiendo que tenía que largarse de allí. Pronto aparecerían otros policías.

Miró hacia el otro lado del callejón.

—¿Adónde crees que vas? —Su voz sonaba cortante a causa de la ira.

—¿Quieres que me quede aquí para que me arresten de nuevo?

—¡Mereces pudrirte en la cárcel!

Con una sacudida, el policía trató de levantarse, pero las piernas se le doblaron. Aun así, apartó las manos de Beth cuando ésta las tendió hacia él.

Wrath necesitaba encontrar un rincón oscuro para poder desmaterializarse. Si Beth se había impresionado tanto por el hecho de que casi había matado a alguien, ejecutar el acto de desaparición frente a ella acabaría por horrorizarla por completo.

Se dio la vuelta y comenzó a alejarse. No le gustaba la idea de separarse de ella, ¿pero qué más podía hacer? Si le disparaban y lo mataban, ¿quién cuidaría de ella? Y no podía permitir que lo metieran en prisión. Las celdas tenían barras de acero, lo que significaba que cuando amaneciera no podría desmaterializarse para ponerse a salvo. Ante semejantes opciones, si un grupo de policías trataba de arrestarlo en ese momento, tendría que matarlos a todos.

¿Y entonces qué pensaría ella de él?

—¡Detente! —le gritó.

Él siguió adelante, pero las pisadas de Beth resonaron cuando se acercó corriendo.

La miró, frustrado por la forma en que habían salido las cosas. Gracias al pequeño altercado con su amigo, le temía, y eso lo complicaría todo cuando tuviera que cuidar de ella. No tenía tiempo suficiente para convencerla de que le acompañara voluntariamente. Lo que significaba que tendría que recurrir a la fuerza cuando se presentara su transición. Y no creía que fuera a gustarle a ninguno de los dos.

Cuando percibió su olor, supo que se acercaba peligrosamente la hora del cambio.

Quizás debiera llevársela con él en ese preciso momento.

Wrath miró a su alrededor. No podía echársela al hombro allí mismo, a sólo unos metros de la comisaría de policía, y sobre todo mientras aquel maldito policía los observaba.

No, tendría que volver poco antes del amanecer y raptarla. Luego la encadenaría en la alcoba de Darius si era preciso. Tendría que elegir entre eso o que ella muriera.

—¿Por qué has mentido? —gritó Beth—. No conociste a mi padre.

—Sí que lo conocí.

—Mentiroso —escupió ella—. Eres un asesino y un mentiroso.

—Por lo menos tienes razón en lo primero.

Los ojos de ella se abrieron desmesuradamente, y el terror apareció reflejado en su rostro.

—Esas estrellas arrojadizas... en tus bolsillos. Tú mataste a Mary. ¿No es cierto?

Él frunció el ceño.

—Nunca he matado a una mujer.

—Entonces también tengo razón en lo segundo.

Wrath miró al policía, que aún no se había recuperado por completo, pero pronto lo haría.

Maldita sea, pensó. ¿Y si Beth no tenía tiempo hasta el amanecer? ¿Qué pasaría si escapaba y no podía encontrarla?

Bajó el tono de la voz:

—Has sentido mucha hambre últimamente, ¿no es cierto?

Ella se echó hacia atrás sobresaltada.

—¿Qué?

—Hambre, pero no has ganado peso. Y estás cansada. Muy cansada. También has sentido ardor en los ojos, especialmente durante el día, ¿no? —Se inclinó hacia delante—. Miras la carne cruda y te preguntas qué sabor tendrá. Tus dientes, los superiores delanteros, te duelen, y también las articulaciones, y sientes la piel tirante.

Beth parpadeó, con la boca abierta.

Detrás de ella, el policía trató de ponerse en pie, se tambaleó, y otra vez cayó sentado al suelo. Wrath habló más rápido:

—Sientes que no encajas, ¿no es así? Como si todos los demás se movieran a una velocidad diferente, más despacio. Crees que eres anormal, distinta, que estás aislada, intranquila. Sientes que algo va a suceder, algo monumental. Cuando estás despierta, sientes temor de tus sueños, perdida en ambientes familiares. —Hizo una pausa—. No has sentido impulsos sexuales en absoluto, pero los hombres te encuentran increíblemente atractiva. Los orgasmos que tuviste anoche fueron los primeros que has experimentado.

Era todo lo que podía recordar sobre su existencia en el mundo humano antes de su transición.

Ella lo miró fijamente, estupefacta.

—Si quieres saber qué diablos te está sucediendo, tienes que acompañarme. Estás a punto de caer enferma, Beth. Y yo soy el único que puede ayudarte.

Ella dio un paso atrás. Miró al detective, que parecía estar reflexionando sobre las ventajas de permanecer tumbado.

El vampiro le cogió las manos.

—No te haré daño. Lo prometo. Si hubiera querido matarte, podía haberlo hecho anoche de diez maneras diferentes, ¿no estás de acuerdo?

Ella volvió la cabeza hacia él, y cerró los ojos mientras Wrath sentía cómo recordaba exactamente lo que él le había hecho. El olor de su deseo saturó dulcemente el olfato del vampiro.

—Hace un momento ibas a matar a Butch.

A decir verdad, no estaba muy seguro de eso. Un buen contrincante era difícil de encontrar.

—No lo he hecho.

—Pudiste hacerlo.

—¿De verdad importa? Aún respira.

—Sólo porque yo lo he evitado.

Wrath gruñó, y jugó la mejor baza que tenía:

—Te llevaré a casa de tu padre.

Ella abrió los ojos incrédula, y luego los entrecerró con suspicacia.

Volvió a mirar al policía. Ya se había levantado y se apoyaba en el muro con una mano, con la cabeza colgando, como si fuera demasiado pesada para su cuello.

—Mi padre, ¿eh? —Su voz rezumaba desconfianza, pero también había en ella suficiente curiosidad, de modo que Wrath supo que había ganado la partida.

—Se nos agota el tiempo, Beth.

Hubo un largo silencio.

Butch levantó la cabeza y observó el callejón.

En un par de minutos iba a intentar efectuar otro arresto. Su determinación era palpable.

—Tengo que irme —dijo Wrath—. Ven conmigo.

Ella cerró el puño con fuerza sobre el bolso.

—Que quede muy claro: no confío en ti.

Él asintió.

—¿Por qué deberías hacerlo?

—Y esos orgasmos no fueron los primeros.

—¿Entonces por qué te sorprendió tanto sentirlos? —dijo él suavemente.

—Apresúrate —murmuró ella, dándole la espalda al oficial—. Podemos conseguir un taxi en Trade. No le pedí que esperara al que me trajo aquí.

Mientras aceleraba el paso por el callejón, Beth sabía que estaba jugándose la vida. Era enorme la probabilidad de que la estuvieran engañando. Y nada menos que un asesino.

¿Pero cómo había sido capaz de saber todo lo que ella estaba sintiendo?

Antes de doblar la esquina, se volvió a mirar a Butch. Tenía una mano extendida como si quisiera alcanzarla. No pudo verle la cara debido a la oscuridad, pero su desesperado deseo atravesó la distancia que los separaba. Vaciló, perdiendo el ritmo de sus pasos.

Wrath la agarró por el brazo.

—Beth, vamos.

Que Dios la ayudara, empezó a correr de nuevo.

En el instante en que salieron a Trade, hizo señas a un taxi que pasaba. Gracias a Dios, se detuvo en seco. Se subieron a toda prisa, y Wrath dio una dirección que se encontraba a un par de calles de distancia de la avenida Wallace. Obviamente era una maniobra de despiste.

Debe de hacerlo con mucha frecuencia, pensó.

Cuando el taxi arrancó, sintió la mirada de Wrath desde el otro extremo del asiento.

—¿Ese policía —preguntó él— significa algo para ti?

Ella sacó del bolso su teléfono y marcó el número de la centralita de la comisaría.

—Te he hecho una pregunta. —Wrath utilizó un tono cortante.

—Vete al infierno. —Cuando escuchó la voz de Ricky, respiró profundamente—. ¿Está José?

No le llevó más de un minuto encontrar al otro detective, y cuando finalizó la llamada ya había traspasado el umbral de la puerta para ir a buscar a Butch. José no había hecho muchas preguntas, pero ella sabía que vendrían después. ¿Y cómo iba a explicarle por qué había huido con un sospechoso?

Eso la convertía en cómplice, ¿o no?

Beth guardó el teléfono en el bolso. Le temblaban las manos, y se sentía un poco mareada. También notaba que le faltaba oxígeno, aunque el taxi tenía aire acondicionado y la temperatura era agradablemente fresca. Abrió la ventanilla. Una brisa cálida y húmeda le alborotó el cabello.

¿Qué había hecho con su cuerpo la noche anterior, y con su vida en ese momento?

¿Qué era lo siguiente? ¿Incendiar su apartamento?

Detestaba el hecho de que Wrath hubiera puesto frente a ella el único reclamo al que no podía resistirse. A todas luces, era un criminal. La aterrorizaba, pero aun así su cuerpo se enardecía sólo con pensar en uno de sus besos.

Y odiaba que él supiera que había conseguido hacerle experimentar los primeros orgasmos de su vida.

—Déjenos por aquí —dijo Wrath al conductor diez minutos más tarde.

Beth pagó con un billete de veinte dólares, pensando que tenían suerte de que ella llevara dinero en efectivo. El dinero de Wrath, aquel enorme fajo de billetes, se encontraba en el suelo de su patio trasero. No estaba precisamente en condiciones de pagar el trayecto.

Todavía no podía creer que fuera a una casa extraña con aquel hombre.

El taxi se alejó, y ellos siguieron caminando por la acera de un barrio tranquilo y lujoso. El cambio de escenario era absurdo. De la violencia de aquel callejón a los ondulados jardines y macizos de flores.

Estaba dispuesta a apostar que la gente que vivía en aquella casas nunca había huido de la policía.

Volvió la cabeza para mirar a Wrath, que iba unos pasos detrás de ella. Examinaba los alrededores como si temiera algún ataque sorpresa, aunque Beth no sabía cómo era capaz de distinguir algo con sus gafas negras. No entendía por qué las llevaba siempre puestas. Además de impedirle ver correctamente, eran tan llamativas que atraían la atención sobre él. Si alguien tenía que describirlo, lo haría con enorme precisión en segundos.

Aunque su largo cabello negro y su enorme envergadura producían exactamente el mismo efecto.

Dejó de mirarlo. Las botas del macho, con su golpeteo acompasado tras ella, sonaban como los nudillos de una mano golpeando una sólida puerta.

—Entonces..., ¿el policía —la voz de Wrath era íntima, profunda— es tu amante?

Beth no pudo evitar una sonrisa. Por Dios, parecía celoso.

—No voy a responder a eso.

—¿Por qué?

—Porque no tengo que hacerlo. No te conozco, no te debo nada.

—Llegaste a conocerme bastante bien anoche —dijo él con un gruñido apagado—. Y yo llegué a conocerte *muy* bien.

No hablemos de eso ahora, pensó ella, sintiéndose instantáneamente húmeda entre las piernas. Por Dios, las cosas que ese hombre podía hacer con la lengua.

Cruzó los brazos delante del pecho y se quedó mirando una casa colonial bien conservada. Las luces se filtraban a través de las ventanas, dándole un hermoso aspecto. Resultaba, en cierto modo, acogedora. Tal vez porque las casas acogedoras son universales. Y especialmente atrayentes.

Le entraron ganas de pasar una semana entera en una de ellas.

—Lo de anoche fue un error —dijo.

—A mí no me pareció que fuese así.

—Pues te pareció mal. Te pareció *todo* mal.

Llegó hasta ella antes de que lo hubiera sentido moverse. Estaba caminando y, de repente, se encontró entre sus brazos. Una de sus manos la sostuvo por la base de la nuca. La otra empujó sus caderas contra él. Notó la erección sobre su vientre.

Cerró los ojos. Cada centímetro de su piel volvió a la vida, su temperatura se elevó. Odiaba reaccionar así ante él, pero al igual que le sucedía al hombre, no pudo controlarse.

Esperó a que su boca descendiera hasta la de ella, pero no la besó. Sus labios siguieron hasta su oreja.

—No confíes en mí. No me quieras. Me importa un comino. Pero *nunca* me mientas. —Inspiró con fuerza como si fuera a succionarla—. Puedo oler que emanas sexo en este momento. Podría acostarte en esta acera y meterme bajo tu falda en una milésima de segundo. Y tú no me rechazarías, ¿no es cierto?

No, probablemente no lo haría.

Porque era *una idiota*. Y evidentemente deseaba morir.

Los labios del vampiro frotaron un lado de su cuello. Y luego le lamió ligeramente la piel.

—Ahora bien, podemos ser civilizados y esperar a llegar a casa. O podemos hacerlo en este mismo lugar. De cualquier forma, me muero por estar dentro de ti otra vez, y tú no podrás rechazarme.

Beth sujetó los hombros de Wrath. Se suponía que debía empujarlo lejos de sí, pero no lo hizo. Lo atrajo hacia ella, acercando los senos a su pecho.

El hombre emitió un sonido de macho desesperado, una mezcla entre un gemido de satisfacción y una profunda súplica.

Ja —pensó ella—, *estoy ganando terreno*.

Rompió el contacto con lúgubre satisfacción.

—Lo único que hace esta terrible situación remotamente tolerable es el hecho de que tú me deseas más.

Levantó el mentón con un movimiento brusco y empezó a caminar. Podía sentir los ojos de él sobre su cuerpo al seguirla, como si la estuviera tocando con las manos.

—Tienes razón —dijo él—. Mataría por tenerte.

Beth dio media vuelta y le apuntó con un dedo.

—Así que se trata de eso. Nos viste a Butch y a mí besándonos en el coche. ¿No es así?

Wrath enarcó una ceja, sonrió tenso, pero guardó silencio.

—¿Por eso lo atacaste?

—Sólo me resistí al arresto.

—Sí, eso era lo que parecía —murmuró ella—. ¿Entonces, es cierto? ¿Viste cómo me besaba?

El vampiro acortó el espacio entre sus cuerpos, irradiaba ira.

—Sí, lo vi. Y *no me gustó* que te tocara. ¿Te excita saber eso? ¿Quieres darme una buena estocada diciéndome que es mejor amante que yo? Sería una mentira, pero me dolería como el diablo.

—¿Por qué te importa tanto? —preguntó ella—. Tú y yo pasamos una noche juntos. ¡Ni siquiera eso! Sólo un par de horas.

El hombre apretó la mandíbula. Ella supo que estaba rechinando los dientes a juzgar por el movimiento de sus pómulos. Se alegró de que llevara puestas las gafas de sol. Tenía el presentimiento de que sus ojos la habrían aterrorizado de muerte.

Cuando vio a un coche pasar por la calle, recordó que era un fugitivo de la policía y, técnicamente, ella también. ¿Qué diablos estaban haciendo, discutiendo en la acera... como amantes?

—Mira, Wrath, no quiero que me arresten esta noche. —Nunca pensó que tales palabras salieran de su boca—. Sigamos adelante, antes de que alguien nos encuentre.

Se dio la vuelta, pero él la sujetó firmemente por el brazo.

—Todavía no lo sabes —dijo lúgubremente—. Pero eres *mía*.

Durante una milésima de segundo, ella se balanceó hacia él.

Pero luego sacudió la cabeza, llevándose las manos a la cara, tratando de no escucharle.

Se sentía marcada, y la mayor locura era que en realidad no le importaba. Porque ella también lo deseaba.

Lo cual no ayudaría nada a mejorar el estado de su salud mental.

Por Dios, necesitaba repasar nuevamente los últimos dos días. Ojalá pudiera volver atrás sólo cuarenta y ocho horas, hasta encontrarse de nuevo ante su escritorio cuando Dick representaba su papel habitual de jefe lascivo.

Habría hecho dos cosas de manera diferente: llamar a un taxi en lugar de ir andando hasta su casa, y así nunca se habría encontrado a Billy Riddle. Y en el instante en que había entrado en su apartamento, habría metido algo de ropa en una maleta, para marcharse a pasar la noche en un motel. De esa forma, cuando aquel musculoso extraño, disfrazado de traficante con su traje de cuero, hubiera ido a buscarla, no la habría encontrado.

Sólo quería volver a su patética y aburrida vida. Y eso sonaba tremendamente ridículo, si tenía en cuenta que hacía tan sólo un momento había pensado que salir de ella era la única manera de salvarse.

—Beth. —Su voz había perdido gran parte de su mordacidad—. Mírame.

Ella movió la cabeza, sólo para sentir que le retiraba las manos de los ojos.

—Todo va a ir bien.

—Sí, claro. Es probable que, en este momento, estén cursando mi orden de arresto. Ando por ahí en la oscuridad con un tipo como tú. Todo esto está sucediendo porque estoy desesperada por conocer a mis padres muertos, y soy capaz de poner mi vida en peligro ante la *remota* posibilidad de saber algo sobre ellos. Déjame decirte algo: hay un camino muy largo entre la situación en que me encuentro ahora y lo que tú llamas «bien».

Él le acarició la mejilla con la yema del dedo.

—No voy a hacerte daño. Y no dejaré que nadie te lo haga.

Ella se frotó la frente, preguntándose si alguna vez volvería a adquirir una cierta apariencia de normalidad.

—Dios, ojalá nunca hubieras aparecido en mi casa. Desearía no haber visto nunca tu cara.

Él dejó caer la mano.

—Casi hemos llegado —dijo lacónicamente.

Butch renunció a tratar de levantarse y permaneció en el suelo.

Estuvo sentado un rato, tratando simplemente de respirar. No era capaz de moverse.

No era sólo por el dolor de cabeza que le taladraba las sienes, ni tampoco porque sintiera las piernas débiles, aunque parecieran incapaces de sostenerle.

Estaba avergonzado.

Que un hombre más corpulento lo hubiera vapuleado no suponía un problema, pero su ego ciertamente había sufrido un duro revés.

Era consciente de que había cometido un error y puesto en peligro la vida de una joven. Cuando llamó para que recogieran las armas, debió ordenar que dos policías lo esperaran en la puerta de la comisaría. Sabía que el sospechoso era especialmente peligroso, pero estaba seguro de poder controlarlo él solo.

Sí, claro, no había controlado una mierda. Casi lo machacan, y encima Beth se encontraba ahora en compañía de un asesino.

Sólo Dios sabía lo que podía ocurrirle.

Butch cerró los ojos y puso la barbilla sobre las rodillas. La garganta le dolía infernalmente, pero era su cabeza lo que verdaderamente le preocupaba. No funcionaba bien. Sus pensamientos eran incoherentes, sus procesos cognitivos se habían ido al diablo. A lo mejor había estado sin oxígeno el tiempo suficiente para que se le frieran los sesos.

Trató de hacer acopio de todas sus fuerzas, pero sólo logró hundirse más en la niebla.

Y además, debido a su lado masoquista tan terriblemente oportuno, el pasado fustigó su dolorido cráneo.

Del desordenado revoltijo de imágenes que se agolpaban en su mente, surgió una que hizo que las lágrimas asomaran a sus ojos. Una joven, de poco más de quince años, entrando en un coche desconocido, diciéndole adiós con la mano desde la ventanilla mientras desaparecía calle abajo.

Su hermana mayor. Janie.

A la mañana siguiente, habían encontrado su cadáver en el bosque, detrás del campo de béisbol. La habían violado, golpeado y estrangulado. No en ese orden.

Después del secuestro, Butch dejó de dormir la noche completa. Dos décadas más tarde, aún no conseguía hacerlo.

Pensó en Beth, mirando hacia atrás mientras corría junto al asesino. Su desaparición en compañía de aquel sujeto fue lo único que hizo que el policía se pusiera de pie y arrastrara su cuerpo hacia la comisaría.

—¡O'Neal! —José llegó jadeante por el callejón—. ¿Qué te ha pasado?

—Tenemos que emitir una orden de busca y captura. —¿Era ésa su voz? Sonaba ronca, como si hubiera ido a un partido de fútbol y hubiera gritado durante dos horas—. Hombre blanco, un metro noventa y ocho. Vestido de cuero negro, gafas de sol, cabello negro hasta los hombros. —Butch extendió una mano, buscando apoyo contra el edificio—. El sospechoso no va armado. Yo lo desarmé. Pero seguramente conseguirá nuevas armas antes de una hora.

Al dar un paso adelante, se tambaleó.

—Jesús. —José le sujetó el brazo, sosteniéndolo.

Butch trató de no apoyarse en él, pero necesitaba ayuda. No podía mover las piernas correctamente.

—Y una mujer blanca. —Su voz se quebró—. Un metro setenta y cinco, cabello negro largo. Lleva una blusa azul y una falda blanca. —Hizo una pausa—. Beth.

—Lo sé. Fue ella la que llamó. —La cara de José se puso tensa—. No le pedí detalles. Por el sonido de su voz, supe que no me daría ninguno. —Las rodillas de Butch temblaron—. Ea, detective. —José lo alzó—. Vamos a tomarnos esto con calma.

En el instante en que atravesaron la puerta posterior de la comisaría, Butch empezó a zigzaguear.

—Tengo que ir a buscarla.

—Descansemos en este banco.

—No...

José aflojó la mano, y su compañero cayó como un peso muerto. La mitad de los hombres de la comisaría acudió en su ayuda. La marea de sujetos vestidos de azul oscuro con insignias le hizo sentirse patético.

—Estoy bien —dijo bruscamente, pero tuvo que colocar la cabeza entre las rodillas.

¿Cómo había podido permitir que esto pasara?

Si Beth aparecía muerta por la mañana...

—¿Detective? —José se puso en cuclillas y colocó la cara en la línea de visión de Butch—. Ya hemos llamado a una ambulancia.

—No la necesito. ¿Ya ha salido la orden?

—Sí, Ricky la está emitiendo en este momento.

Butch levantó la cabeza. Lentamente.

—Cielos, ¿qué te ha pasado en el cuello? —susurró José.

—Lo usaron para levantarme del suelo. —Tragó saliva un par de veces—. ¿Habéis recogido las armas de la dirección que os di?

—Sí. Las tenemos, y el dinero. ¿Quién demonios es ese tipo?

—No tengo ni la más remota idea.

CAPÍTULO

17

W rath subió por la escalera delantera de la casa
de Darius. La puerta se abrió de golpe antes
de que pudiera tocar el pomo de bronce.

Fritz estaba al otro lado.

—Amo, no sabía que estaba...

El doggen se quedó petrificado cuando vio a Beth.

Sí, sabes quién es —pensó Wrath—. *Pero tomémoslo
con calma.*

Ella ya estaba bastante asustada.

—Fritz, quiero que conozcas a Beth Randall. —El mayordomo se quedó mirándolo—. ¿Vas a dejarnos entrar?

Fritz hizo una profunda reverencia e inclinó la cabeza.

—Por supuesto, amo. Señorita Randall, es un honor
conocerla personalmente.

Beth pareció desconcertada, pero se las arregló para
sonreír cuando el doggen se irguió y se apartó del umbral.

Cuando ella tendió la mano para saludarlo, Fritz dejó escapar un sonido ahogado y miró a Wrath solicitando
permiso.

—Adelante —murmuró Wrath mientras cerraba la
puerta principal. Nunca había podido entender las es-
trictas normas de los doggens.

200

El mayordomo extendió las manos con reverencia, cerrándolas sobre la mano de ella y bajando la frente hasta tocarlas. Pronunció unas palabras en el antiguo idioma en un sosegado arrebato.

Beth estaba asombrada. Pero no tenía manera de saber que al ofrecerle la mano le había concedido el máximo honor de su especie. Como hija de un princeps, era una aristócrata de alta cuna en su mundo.

Fritz estaría resplandeciente durante días.

—Estaremos en mi alcoba —dijo Wrath cuando el contacto se rompió.

El doggen vaciló.

—Amo, Rhage está aquí. Ha tenido un... pequeño accidente.

Wrath soltó una maldición.

—¿Dónde está?

—En el baño del piso de abajo.

—¿Aguja e hilo?

—Dentro, con él.

—¿Quién es Rhage? —preguntó Beth mientras cruzaban el vestíbulo.

Wrath se detuvo cerca del salón.

—Espera aquí.

Pero ella lo siguió cuando empezó a caminar.

Él volvió la cabeza, señalando hacia la puerta del salón.

—No ha sido una petición.

—No voy a esperar en ninguna parte.

—Maldición, haz lo que te digo.

—No. —La palabra fue pronunciada sin acaloramiento. Lo desafiaba intencionadamente y con pasmosa tranquilidad, como si él no fuera más que un obstáculo en su camino, igual que una vieja alfombra.

—Jesucristo. Está bien, pero luego no tendrás ganas de cenar.

Mientras se encaminaba irritado hasta el baño, pudo oler la sangre desde el vestíbulo. Era grave, y deseó con fuerza que Beth no estuviera tan ansiosa por verlo todo.

Abrió la puerta, y Rhage alzó la vista. El brazo del vampiro colgaba sobre el lavabo. Había sangre por todas partes, un charco oscuro en el suelo y uno más pequeño sobre el mármol.

—Rhage, ¿qué ha sucedido?

—Me han rebanado como a un pepino. Un restrictor me ha dado una buena, cercenó la vena y llegó hasta el hueso. Estoy goteando como un colador.

En una borrosa imagen, Wrath captó el movimiento de la mano de Rhage bajando hasta su hombro y subiendo en el aire.

—¿Te libraste de él?

—Diablos, claro.

—Oh... por... Dios —dijo Beth, palideciendo—. Santo cielo. Está cosiendo...

—Hola. ¿Quién es esta belleza? —dijo Rhage, haciendo una pausa en su tarea.

Hubo un sonido sordo, y Wrath se movió, tapando la visión de Beth con su cuerpo.

—¿Necesitas ayuda? —preguntó, aunque tanto él como su hermano sabían que no podía hacer nada. No podía ver bien para coser sus propias heridas, y mucho menos las de otro. El hecho de tener que depender de sus hermanos o de Fritz para curarse era una debilidad que despreciaba.

—No, gracias —rió Rhage—. Coso bastante bien, como sabes por experiencia. ¿Y quién es tu amiga?

—Beth Randall, éste es Rhage. Socio mío. Rhage, ella es Beth, y no sale con estrellas de cine, ¿entendido?

—Alto y claro. —Rhage se inclinó hacia un lado, tratando de ver por detrás de Wrath—. Encantado de conocerte, Beth.

—¿Estás seguro de que no quieres ir a un hospital? —dijo ella débilmente.

—No. Parece peor de lo que es. Cuando uno puede usar el intestino grueso como cinturón, entonces sí debe acudir a un profesional.

Un sonido ronco salió de la boca de Beth.

—La llevaré abajo —dijo Wrath.

—Oh, sí, por favor —murmuró ella—. Me encantaría ir... abajo.

La rodeó con el brazo, y supo que estaba muy afectada por la forma en que se pegó a su cuerpo. Le hacía sentir muy bien que ella se refugiara en él cuando le faltaban las fuerzas.

Demasiado bien, de hecho.

—¿Estarás bien? —dijo Wrath a su hermano.

—Perfectamente. Me iré en cuanto termine con esto. Tengo que recoger tres frascos.

—Buena suerte.

—Habrían sido más si este pequeño obsequio no hubiera llegado por correo aéreo. Con razón te gustan tanto esas estrellas. —Rhage dio una vuelta con la mano, como si estuviera atando un nudo—. Debes saber que Tohr y los gemelos están... —cogió unas tijeras del mostrador y cortó el hilo— continuando nuestro trabajo de anoche. Tendrán que regresar en un par de horas para informar, tal como pediste.

—Diles que llamen a la puerta primero.

Rhage asintió con la cabeza, y tuvo el buen juicio de no hacer ningún comentario.

Mientras Wrath conducía a Beth por el vestíbulo, se encontró de pronto acariciándole el hombro, la espalda, y luego la agarró por la cintura, hundiendo sus dedos en la suave piel. Ella se acercó a él tanto como pudo, con la cabeza a la altura de su pecho, descansando sobre su pectoral mientras caminaban juntos.

Demasiado placentero. Demasiado acogedor, pensó él. Demasiado bueno. En todo caso, la apretó contra sí.

Y mientras lo hacía, deseó poder retirar lo que había dicho en la acera. Que ella era suya.

Porque no era cierto. No quería tomarla como su shellan. Se había acalorado, celoso, imaginando las manos del policía tocándola. Molesto por no haber acabado con aquel humano. Aquellas palabras se le habían escapado.

Ah, diablos. La hembra había manipulado su cerebro. De alguna manera, se las había arreglado para hacerle perder su bien establecido autocontrol y hacer surgir en él el maldito psicópata que llevaba dentro.

Y aquella era una conexión que quería evitar.

Después de todo, los ataques de locura eran la especialidad de Rhage.

Y los hermanos no necesitaban a otro chiflado de gatillo fácil en el grupo.

Beth cerró los ojos y se recostó contra Wrath, tratando de borrar la imagen de la herida abierta que acababa de ver. El esfuerzo era como tapar la luz del sol con las manos. Algunos fragmentos de aquella horrible visión continuaban apareciendo. La sangre roja brillante, el oscuro músculo al descubierto, el impresionante blanco del hueso... Y la aguja. Perforar la piel y atravesar la carne para hacer pasar el hilo negro...

Abrió los ojos.

Estaba mejor con ellos abiertos.

No importaba lo que el hombre hubiera dicho. No se trataba de un rasguño. Necesitaba ir a un hospital. Y ella habría intentado convencerle con mayor énfasis, si no hubiera estado ocupada tratando de mantener su última comida tailandesa dentro del estómago.

Además, aquel sujeto parecía muy competente en remendarse a sí mismo.

También era tremendamente apuesto. Aunque la enorme herida atrajo toda su atención, no pudo evitar fijarse en su deslumbrante cara y su cuerpo escultural. Cabello rubio corto, brillantes ojos azules, un rostro que pertenecía a la gran pantalla. Se notaba que llevaba un traje del mismo estilo que Wrath, con pantalones de cuero negro y pesadas botas, pero se había quitado la camisa. Los marcados músculos del torso quedaban resaltados bajo la luz cenital, en un impresionante despliegue de fuerza. Y el tatuaje multicolor de un dragón que le cubría toda la espalda era realmente espectacular.

Pero, claro, Wrath no iba a tener como socio a un enclenque de aspecto afeminado.

Traficantes de drogas. Resultaba evidente que eran traficantes de drogas. Pistolas, armas blancas, enormes cantidades de dinero en efectivo. ¿Y quién más se involucraría en una lucha a cuchillo y después se pondría a hacer de médico?

Recordó que el hombre mostraba en el pecho la misma cicatriz de forma circular que Wrath.

Pensó que debían de pertenecer a una banda. O a la mafia.

De repente necesitó algo de espacio, y Wrath la soltó en el momento de entrar en una habitación de color limón. Su paso se hizo más lento. El lugar parecía un museo o algo similar a lo que podría aparecer en la *Revista de Arquitectura Colonial*. Gruesas cortinas de color claro enmarcaban anchas ventanas, ricas pinturas al óleo relucían en las paredes, los objetos decorativos estaban dispuestos con refinado gusto. Bajó la vista a la alfombra. Debía de costar más que su apartamento.

Pensó que tal vez no sólo traficaran con cocaína, crack o heroína. Podían dedicarse también al mercado negro de antigüedades.

Sería una combinación que no se veía muy a menudo.

—Es bonito —murmuró, tocando con el dedo una caja antigua—. Muy bonito.

Al no obtener respuesta, miró a Wrath. Estaba parado en la habitación con los brazos cruzados sobre el pecho, alerta, a pesar de que se encontraba en su propia casa.

Pero entonces, ¿cuándo se relajaba?

—¿Siempre has sido coleccionista? —le preguntó, tratando de ganar un poco de tiempo para controlar sus nervios. Se aproximó a una pintura de la Escuela del Río Hudson. Santo cielo, era un Thomas Cole. Probablemente valía cientos de miles—. Esto es muy hermoso.

Miró de soslayo sobre el hombro. Él estaba concentrado en ella, sin prestar atención a la pintura. Y en su rostro no se veía reflejada ninguna expresión de posesión u orgullo. No parecía la forma de comportarse de alguien cuando otra persona admiraba sus pertenencias.

—Ésta no es tu casa —afirmó.

—Tu padre vivía aquí.

Sí, claro.

Pero, qué diablos. Ya había llegado muy lejos. Ya no le importaba continuar con aquel juego.

—Por lo que parece, tenía mucho dinero. ¿Cómo se ganaba la vida?

Wrath cruzó la habitación en dirección a un exquisito retrato de cuerpo entero de un personaje que parecía un rey.

—Ven conmigo.

—¿Qué? ¿Quieres que atraviese esa pared...?

Él oprimió un resorte en un extremo del cuadro, y éste giró hacia fuera sobre un eje, dejando al descubierto un oscuro corredor.

—Oh —exclamó ella.

Él hizo un gesto con la mano.

—Después de ti.

Beth se aproximó con cuidado. La luz de las lámparas de gas parpadeaba sobre la piedra negra. Se inclinó hacia delante y vio unas escaleras que desaparecían en un recodo mucho más abajo.

—¿Qué hay ahí abajo?

—Un lugar tranquilo donde podremos hablar.

—¿Por qué no nos quedamos aquí arriba?

—Porque vas a querer hacer esto en privado. Y es muy probable que mis hermanos aparezcan muy pronto.

—¿Tus hermanos?

—Sí.

—¿Cuántos son?

—Cinco, ahora. Pero no tengas miedo. Adelante. No te pasará nada malo ahí abajo, lo prometo.

Ajá. Claro.

Pero puso el pie sobre el borde dorado del marco. Y avanzó hacia la oscuridad.

Beth respiró profundamente, y vacilante extendió las manos hacia las paredes de piedra. El aire no era mohoso, ni había una asquerosa capa de humedad o algo similar; simplemente estaba muy oscuro. Descendió por los escalones lentamente, tanteando el camino. Las lámparas parecían luciérnagas, iluminándose a sí mismas más que a la escalera.

Y entonces llegó al final. A la derecha había una puerta abierta, y allí percibió el cálido resplandor de un candelabro.

La habitación era igual al corredor; de paredes negras, tenuemente iluminada, pero limpia. Las velas temblaban ligeramente. Al colocar el bolso sobre la mesa de té, se preguntó si aquel sería el dormitorio de Wrath.

Al menos el tamaño de la cama era apropiado para él.

¿Y las sábanas eran de satén?

Supuso que había traído a muchas mujeres a aquella guarida. Y no necesitaba ser un lince para imaginar qué sucedía una vez que cerraba la puerta.

Oyó correr el cerrojo, y el corazón le dio un vuelco.

—Respecto a mi padre —dijo vivamente.

Wrath pasó junto a ella y se quitó la chaqueta. Debajo llevaba una camiseta sin mangas, y ella no pudo ignorar el rudo poderío de sus brazos mientras sus músculos se tensaban al dejar a un lado la prenda de cuero. Pudo apreciar los tatuajes de sus antebrazos cuando se sacó de los hombros la funda vacía de las dagas.

Fue al baño y ella escuchó correr el agua. Cuando regresó, se secaba la cara con una toalla. Se puso las gafas antes de mirarla.

—Tu padre, Darius, era un macho muy valioso. —Wrath arrojó la toalla de manera despreocupada y se dirigió a una silla. Se sentó con el respaldo hacia delante, poniendo las manos sobre sus rodillas—. Era un aristócrata en el antiguo país antes de convertirse en guerrero. Es..., *era* mi amigo. Mi hermano en el trabajo que hago.

«Hermano». Seguía utilizando esa palabra.

Wrath sonrió un poco, como si recordara algo agradable para sus adentros.

—D tenía muchas habilidades. Era rápido con los pies, inteligente como pocos, bueno con un cuchillo. Pero además era culto. Todo un caballero. Hablaba ocho idiomas. Estudió de todo, desde religiones del mundo hasta historia del arte y filosofía. Podía hablarte durante horas sobre Wall Street y luego explicarte por qué el techo de la Capilla Sixtina es en realidad una obra manierista y no del Renacimiento.

Wrath se echó hacia atrás, recorriendo con su fornido brazo la parte superior de la silla. Tenía los muslos abiertos.

Parecía muy cómodo mientras se sacudía hacia atrás el largo cabello negro.

Endiabladamente sensual.

—Darius nunca perdía la calma, por muy feas que se pusieran las cosas. Siempre se concentraba en el trabajo que estaba haciendo hasta terminarlo. Murió contando con el más profundo respeto de sus hermanos.

Wrath parecía de verdad echar de menos a su padre. O a quien fuese el hombre que estuviera usando con el propósito de...

¿Cuál era exactamente su propósito?, se preguntó. ¿Qué ganaba contándole toda esa basura?

Bueno, ella estaba en su habitación, ¿no?

—Y Fritz me ha dicho que te amaba profundamente.

Beth frunció los labios.

—Suponiendo que te creyera, la pregunta es obvia. Si mi padre me amaba tanto, ¿por qué nunca se molestó en venir a conocerme?

—Es algo complicado.

—Sí, es difícil llegar hasta donde vive tu hija, tender la mano y decirle tu nombre. Es realmente penoso. —Cruzó la habitación, sólo para encontrarse de pronto junto a la cama. Se colocó de inmediato en otra parte—. ¿Y a qué viene toda esa retórica de los guerreros? ¿Él también pertenecía a la mafia?

—¿Mafia? No somos de la mafia, Beth.

—¿Entonces sólo sois asesinos independientes y traficantes de drogas? Hmm..., pensándolo bien, tal vez la diversificación es una buena estrategia de negocios. Y necesitáis muchísimo dinero para mantener una casa como ésta y llenarla de obras de arte que deberían estar en el Museo Metropolitano.

—Darius heredó su dinero y era muy bueno administrándolo. —Wrath echó la cabeza hacia atrás, mirando hacia arriba—. Como hija suya, ahora todo te pertenece.

Ella entrecerró los ojos.

—¿Ah, sí?

Él asintió.

Vaya mentiroso, pensó Beth.

—¿Y dónde está el testamento? ¿Dónde está el albacea que me diga qué papeles debo firmar? Espera, déjame adivinar, no se han pagado los derechos de sucesión, durante los últimos treinta años. —Se frotó los doloridos ojos—. ¿Sabes qué, Wrath? No tienes que mentirme para llevarme a la cama. Por mucho que me avergüence admitirlo, lo único que tienes que hacer es pedírmelo.

Respiró profundamente con un aire de tristeza. Hasta ahora no se había dado cuenta de que una pequeña parte de ella había creído que obtendría algunas respuestas. Finalmente.

Pero, claro, la desesperación puede hacer caer a cualquiera en el más espantoso ridículo.

—Escucha, me voy de aquí. Esto sólo ha sido...

Wrath se situó frente a ella en un abrir y cerrar de ojos.

—No puedo dejarte marchar.

El miedo le aceleró el corazón, pero trató de fingir que no lo sentía.

—No puedes *obligarme* a quedarme.

El hombre le sujetó la cara con sus manos. Beth retrocedió bruscamente, pero él no la soltó.

Le acarició la mejilla con la yema del pulgar. Cada vez que se acercaba demasiado, ella se quedaba sin palabras, y había sucedido de nuevo. Sintió que su cuerpo se balanceaba hacia él.

—No voy a mentirte —dijo Wrath—. Tu padre me envió a buscarte porque vas a necesitar mi ayuda. Confía en mí.

Ella se retiró de un tirón.

—No quiero escuchar esa palabra de tus labios.

Allí estaba él, un criminal que casi había matado a un policía delante de sus ojos, esperando que creyera una palabrería que ella sabía que era falsa.

Mientras acariciaba sus mejillas como un amante.

Debía de pensar que era estúpida.

—Escucha, he visto mis documentos. —La voz no le tembló—. Mi partida de nacimiento dice «padre desconocido», pero había una nota en el registro. Mi madre dijo a una enfermera en la sala de partos que él había fallecido. No pudo dar su nombre porque en ese instante entró en shock a causa de una hemorragia y murió.

—Lo lamento, pero eso no es cierto.

—Lo lamentas. Ya. Apuesto a que sí.

—No estoy jugando contigo...

—¡Por supuesto que sí! Dios, no sé cómo he podido pensar que podía conocer a mis padres, aunque fuera por boca de otro... —Lo miró fijamente con disgusto—. Eres *muy* cruel.

Él soltó una maldición con un sonido frustrado y desagradable.

—No sé cómo hacer que me creas.

—No te molestes en intentarlo. No tienes ninguna credibilidad. —Agarró su bolso—. Demonios, tal vez sea mejor así. Casi prefiero que haya muerto a saber que era un criminal. O que vivíamos en la misma ciudad y nunca vino a verme, que ni siquiera sintió curiosidad por saber cómo era yo.

—Él lo sabía. —La voz de Wrath sonaba muy cerca otra vez—. Él te conocía.

Ella se volvió. Él estaba tan próximo que la perturbó con su tamaño.

Beth dio un salto hacia atrás.

—Ya basta con eso.

—Él te conocía.

—¡Deja de decir eso!

—*Tu padre te conocía* —gritó Wrath.

—¿Entonces por qué no me quería? —gritó ella a su vez.

Wrath dio un respingo.

—Te quería. Te cuidaba. Durante toda tu vida estuvo cerca de ti.

Ella cerró los ojos, abrazando su propio cuerpo. No podía creer que sintiera la tentación de caer bajo su hechizo de nuevo.

—Beth, mírame, por favor.

Ella abrió los párpados.

—Dame tu mano —dijo Wrath—. Dámela.

Al no obtener respuesta, él se puso la mano en el pecho, sobre el corazón.

—Por mi honor. No te he mentido.

Se quedó completamente quieto, como si quisiera darle la oportunidad de leer cada matiz de su cara y de su cuerpo.

—¿Es posible que sea verdad? —se preguntó.

—Él te amaba, Beth.

No creo nada. No creo nada. No...

—¿Entonces por qué no vino a verme nunca? —susurró.

—Esperaba que no tuvieras que conocerlo. Que no tuvieras que vivir la clase de vida que él vivía. —Wrath la miró fijamente—. Pero se acabó su tiempo.

Hubo un largo silencio.

—¿Quién era mi padre? —preguntó en voz baja.

—Era lo mismo que yo.

Y entonces, Wrath abrió la boca.

Colmillos. Tenía colmillos.

El horror le encogió la piel. Lo empujó con fuerza.

—¡Maldito loco!

—Beth, escúchame...

—¿Para que me digas que eres un maldito *vampiro*? —Se rió de él, empujando su pecho con las manos—. ¡Maldito loco! ¡Maldito... *loco!* Si quieres representar tus fantasías, hazlo con cualquier otro.

—Tu padre...

Ella le dio una bofetada, con fuerza. Justo en la mejilla.

—No te atrevas. Ni siquiera lo intentes. —Le dolía la mano, la frotó contra su vientre. Quería llorar, porque se sentía herida. Porque había tratado de herirlo a él, y no parecía afectado por el golpe que le había propinado—. Por Dios, casi llegué a creerte, casi —gimió—. Pero tuviste que pasarte de listo y mostrar esos dientes falsos.

—Son reales. Míralos más de cerca.

La habitación se vio inundada con la luz de muchas velas... sin que nadie las encendiera.

De repente, se quedó sin respiración, sintiendo que nada era lo que parecía ser. Ya no había reglas. La realidad se difuminaba hacia una dimensión diferente.

Cruzó la habitación a toda prisa.

Él la alcanzó en la puerta, pero ella se agachó, cubriendo su cara con las manos, como si estuviera rezando una oración para mantenerlo alejado.

—No te me acerques. —Aferró el pomo y empujó con todo el peso de su cuerpo. La puerta no se movió.

Sintió que el pánico corría por sus venas como si fuese gasolina espesa.

—Beth...

—¡Déjame salir! —El pomo de la puerta le arañó la piel cuando tiró de él.

Cuando la mano de él se posó sobre su hombro, gritó:

—¡No me toques!

Se apartó de un salto. Dio bandazos alrededor de la habitación. Wrath la siguió, aproximándose lenta e inexorablemente.

—Yo te ayudaré.

—¡Déjame en paz!

Lo esquivó con un rápido movimiento y volvió a correr hacia la puerta. Esta vez se abrió antes incluso de que pudiera agarrar el pomo.

Como si él lo hubiera deseado.

Se volvió a mirarlo con horror.

—Esto no es real.

Subió la escalera a toda velocidad, pero sólo tropezó una vez. Cuando trató de manipular el resorte del cuadro, se rompió una uña, pero finalmente lo abrió. Atravesó corriendo el salón, salió precipitadamente de la casa y...

Wrath estaba allí, parado en el césped de la parte delantera.

Beth patinó al detenerse en seco.

El terror se deslizó por su cuerpo, el miedo y la incredulidad le oprimieron el corazón. Sintió que su mente se hundía en la locura.

—¡*No!* —Trató de huir de nuevo, corriendo en cualquier dirección siempre que se alejara de él.

Lo oyó tras ella y trató de alcanzar mayor velocidad. Corrió hasta quedar sin aliento, hasta que el agotamiento la cegó y sus piernas no le respondieron. No pudo continuar, y él aún continuaba allí.

Cayó sobre el césped, sollozando.

Hecha un ovillo, como si se estuviera defendiendo de una paliza, comenzó a llorar.

Cuando él la levantó, no se resistió.

¿Para qué? Si aquello era un sueño, acabaría por despertar. Y si era verdad...

Necesitaría muchas más explicaciones que las que acababa de darle.

Mientras Wrath llevaba en brazos a Beth de regreso al aposento, pudo percibir el miedo y la confusión que emanaban de ella como oleadas de angustia. La depositó sobre la cama, cubriéndola con una sábana. Luego se sentó en la silla, pensando que ella apreciaría un poco de espacio.

Al poco rato, la mujer se dio la vuelta, y el guerrero sintió sus ojos fijos en él.

—Estoy esperando a que termine ya esta pesadilla. A que suene la alarma del despertador —dijo con voz ronca—. Pero eso no va a pasar, ¿verdad?

Él negó con la cabeza.

—¿Cómo es posible? ¿Cómo...? —Se aclaró la garganta—. ¿Vampiros?

—Sólo somos una especie diferente.

—Chupasangres. Asesinos.

—Mejor habla de minoría perseguida. Era la razón por la que tu padre esperaba que no sufrieras el cambio.

—¿Cambio?

Él asintió lúgubremente.

—Dios mío. —Se llevó la mano a la boca como si fuera a vomitar—. No me digas que voy a...

Una oleada de pánico la asaltó, invadiendo la habitación como una brisa que llegó a él en una fría ráfaga. No podía soportar su angustia y quería hacer algo para aliviarla, aunque la compasión no se encontraba entre sus virtudes.

Si hubiera algo contra lo que pudiera luchar para ayudarla... Pero, de momento, no había nada. Absolutamente nada. La verdad no era un objetivo que pudiera eliminar. Y no era su enemigo, a pesar de que le hiciese daño. Sólo... era.

Se puso de pie y se acercó a la cama. Al ver que no le rehuía, se sentó. Las lágrimas que se deslizaban por sus mejillas olían a lluvia de primavera.

—¿Qué va a sucederme? —murmuró.

La desesperación en su voz sugería que hablaba con Dios y no con él. Pero en cualquier caso respondió:

—Tu transformación está muy próxima. A todos nos llega en algún momento alrededor de nuestro vigésimo quinto cumpleaños. Te enseñaré a cuidarte y qué debes hacer.

—Dios santo...

—Cuando termines, necesitarás beber.

Ella se atragantó y se levantó de un salto.

—¡No voy a *matar* a nadie!

—Las cosas no son así. Necesitas la sangre de un vampiro macho. Eso es todo.

—Eso es todo —repitió ella en tono apagado.

—Los humanos no son nuestras víctimas. Eso son cuentos de viejas.

—¿Nunca has matado a un... humano?

—No para beber de él —contestó, evitando dar una respuesta directa—. Hay algunos vampiros que sí lo hacen, pero la fuerza no dura mucho. Para no languidecer, tenemos que alimentarnos de nuestra propia raza.

—Haces que suene muy normal.

—Lo es.

Ella guardó silencio. Y entonces, pareció darse cuenta de la situación.

—Tú dejarás que yo...

—Beberás de mí. Cuando llegue el momento.

La mujer emitió un sonido ahogado, como si quisiera gritar pero una arcada nauseabunda se lo hubiera impedido.

—Beth, sé que es difícil...

—No lo sabes.

—... porque yo también lo sufrí.

Ella se quedó mirándolo.

—¿También lo supiste así, de golpe?

No lo estaba retando. En realidad, sólo esperaba tener algo en común con alguien. Le daba igual quién fuese.

—Sabía quiénes eran mis padres —dijo él—, pero habían fallecido cuando me llegó la transición. Yo estaba solo y no sabía qué esperar. Por eso comprendo tu confusión.

El cuerpo de Beth cayó sobre las almohadas.

—¿Mi madre también lo era?

—Ella era humana, por lo que Darius me contó. Se sabe de vampiros que procrean con ellos, aunque es muy raro que el niño sobreviva.

—¿Puedo detener el cambio? ¿Puedo evitar que esto ocurra?

Él movió la cabeza negativamente.

—¿Duele?

—Vas a sentir...

—No a mí. ¿Te haré daño?

Wrath disimuló la sorpresa. Nadie se preocupaba por él. Vampiros y humanos le temían por igual. Su raza lo veneraba, pero nadie se había preocupado nunca por él. No sabía qué hacer con ese sentimiento.

—No. No me harás daño.

—¿Podría matarte?

—No te dejaré hacerlo.

—¿Me lo prometes? —dijo ella con apremio, sentándose de nuevo y aferrando el brazo del vampiro.

No podía creer que estuviera jurando protegerse a sí mismo porque ella se lo pidiera.

—Te lo prometo. —Extendió una mano para cubrir las de ella, pero se detuvo antes de tocarla.

—¿Cuándo ocurrirá?

—No puedo decírtelo con seguridad, pero pronto.

Ella lo soltó, recostándose sobre las almohadas. Luego asumió una posición fetal, dándole la espalda.

—Tal vez despierte —murmuró—. Tal vez aún despierte.

Butch bebió su primer escocés de un trago. Gran error. Tenía la garganta inflamada y sintió como si hubiera besado una antorcha. Tan pronto como dejó de toser, le pidió otro a Abby.

—La encontraremos —dijo José, dejando su cerveza sobre la mesa.

José estaba bebiendo con moderación, ya que tenía que volver a casa con su familia. Pero Butch era libre de hacer lo que le diese la gana.

José jugaba con su vaso, haciéndolo girar en círculos sobre la barra.

—No debes culparte, detective.

Butch rió y tragó el segundo escocés.

—Ya. Es enorme la lista de personas que estaban en el coche con el sospechoso. —Alzó un dedo para llamar la atención de Abby—. Vuelve a llenarlo.

—Al momento. —Se contoneó, acercándose de inmediato con el whisky, sonriéndole mientras llenaba su vaso.

José se revolvió en su taburete, como si no aprobara la velocidad a la que Butch apuraba sus copas y el esfuerzo por no decir nada le hiciera retorcerse.

Cuando Abby se marchó para atender a otro cliente, Butch se giró para mirar a José.

—Esta noche voy a ponerme bastante desagradable. No deberías quedarte por aquí.

Su compañero se metió unos cacahuetes a la boca.

—No voy a dejarte aquí.

—Ya tomaré un taxi para volver a casa.

—No. Me quedaré hasta que pierdas el sentido. Luego te arrastraré de vuelta a tu apartamento. Te veré vomitar durante una hora y te meteré en la cama. Antes de irme dejaré la cafetera lista y una aspirina junto al azucarero.

—No tengo azucarero.

—Entonces junto a la bolsa.

Butch sonrió.

—Habrías sido una excelente esposa, José.

—Eso es lo que dice la mía.

Guardaron silencio hasta que Abby llenó el cuarto vaso.

—Las estrellas arrojadizas que le quité a ese sospechoso —dijo Butch—, ¿has averiguado algo sobre ellas?

—Son iguales a las que encontramos en el coche bomba y junto al cuerpo de Cherry. Las llaman tifones. Casi cien gramos de acero inoxidable de buena calidad. Diez centímetros de diámetro. Peso central desmontable. Se pueden comprar por Internet por unos doce dólares cada una o en las academias de artes marciales. Y no, no tenían huellas.

—¿Las otras armas?

—Un extraordinario juego de cuchillos. Los chicos del laboratorio se quedaron fascinados con ellos. Aleación metálica, dureza de diamante, hermosa factura.

Fabricante inidentificable. La pistola era una Beretta estándar de nueve milímetros, modelo 92G-SD. Muy bien cuidada y, evidentemente, con el número de serie borrado. Las balas sí que son extrañas. Nunca había visto algo así. Huecas, llenas de un líquido que están analizando. Los chicos piensan que es sólo agua. ¿Pero por qué haría alguien algo así?

—Tiene que ser una broma.

—Ajá.

—Y no hay huellas.

—No.

—En ningún objeto.

—No. —José se acabó los cacahuetes e hizo una seña con la mano para pedir más a Abby—. Ese sospechoso es hábil. Trabaja limpiamente. Un verdadero profesional. ¿Quieres apostar a que ya está muy lejos de aquí? No parece ser oriundo de Caldwell.

—Dime que mientras yo perdía el tiempo haciéndome examinar por los médicos contrastaste los datos con la policía de Nueva York.

Abby llegó con más frutos secos y whisky.

—Balística está analizando el arma, para ver si tiene algún rasgo poco común —dijo José sin alterar la voz—. Estamos investigando el dinero por si está caliente. A primera hora de la mañana daremos a los chicos de Nueva York lo que tenemos, pero no será mucho.

Butch soltó una maldición mientras veía llenar el vaso.

—Si algo le sucede a Beth... —No terminó la frase.

—Los encontraremos. —José hizo una pausa—. Y que Dios tenga piedad de él si le hace daño.

Sí, Butch personalmente iría detrás de aquel individuo.

—Que Dios lo ayude —juró, aferrando su vaso para dar otro trago.

Wrath se sentía agotado cuando se sentó en el sillón, esperando a que Beth hablara de nuevo. Sentía el cuerpo como si se hundiera en sí mismo, los huesos débiles bajo la carga de piel y músculos.

Al hacer memoria de la escena en el callejón de la comisaría, se percató de que no había borrado la memoria del policía. Lo cual significaba que aquel hombre andaría buscándolo con una descripción exacta.

Maldita sea. Había estado tan absorto en todo aquel maldito drama que había olvidado protegerse.

Se estaba volviendo descuidado. Y eso resultaba extremadamente peligroso.

—¿Cómo supiste lo de los orgasmos? —preguntó Beth con brusquedad.

Él se puso rígido, igual que su pene, sólo con escuchar esa palabra de sus labios.

Se revolvió en su asiento inquieto, preguntándose si podía evitar responderle. En aquel momento, no quería hablar sobre su encuentro sexual de la noche anterior, al menos mientras ella estuviera en esa cama, a tan escasa distancia.

Pensó en su piel. Suave. Delicada. Cálida.

—¿Cómo lo sabías? —preguntó.

—Es verdad, ¿no?

—Sí —susurró ella—. ¿Fue diferente contigo porque no eres..., eres un...? Diablos, ni siquiera puedo pronunciar esa palabra.

—Tal vez. —Juntó las palmas de sus manos con las de ella, entrelazando los dedos con fuerza—. No lo sé.

Porque para él también había sido diferente, a pesar de que, técnicamente, ella todavía era humana.

—Él no es mi amante. Butch. El policía. No lo es.

Wrath respiró lentamente.

—Me alegro.

—Así que si lo vuelves a ver, no lo mates.

—De acuerdo.

Hubo un largo silencio. La oyó revolverse en la cama. Las sábanas de satén emitían un susurro peculiar.

Imaginó sus muslos frotándose uno contra otro, y luego se vio a sí mismo abriéndolos con las manos, apartándolos con la cabeza, abriéndose camino a besos hasta donde tan desesperadamente quería llegar.

Tragó saliva, sintiendo que su piel se estremecía.

—¿Wrath?

—¿Sí?

—En realidad no tenías previsto acostarte conmigo anoche, ¿no es cierto?

Las difusas imágenes de aquel tórrido encuentro le obligaron a cerrar los ojos.

—Así es.

—¿Entonces por qué lo hiciste?

¿Cómo hubiera podido no hacerlo?, pensó él, apretando las mandíbulas. No había podido dominarse.

—¿Wrath?

—Porque tuve que hacerlo —replicó él, extendiendo los brazos, tratando de tranquilizarse. El corazón se le salía del pecho, sus instintos volvían a la vida, como preparándose para la batalla. Podía escuchar la respiración de la mujer, el latido de su corazón, el fluir de su sangre.

—¿Por qué? —susurró ella.

Tenía que marcharse. Debía dejarla sola.

—Dime por qué.

—Hiciste que me diera cuenta de la frialdad que llevo en mi interior.

El sonido de otro movimiento en la cama llegó a su oído.

—Me gustó mucho darte calor —dijo ella con voz ronca—. Y sentirte.

Un oscuro deseo hizo estremecer las entrañas del vampiro, dando un vuelco a su estómago.

Wrath contuvo la respiración. Esperó a ver si pasaba, pero la mordiente sensación se hizo más fuerte.

Mierda, esa pecaminosa necesidad no era sólo de sexo. Era de sangre.

La de ella.

Se puso de pie rápidamente y trató de establecer una distancia mayor entre ambos. Necesitaba salir de allí. Recorrer las calles. Luchar.

Y necesitaba alimentarse.

—Escucha, tengo que irme. Pero quiero que te quedes aquí.

—No te vayas.

—Tengo que hacerlo.

—¿Por qué?

Abrió la boca, sus colmillos palpitaban a medida que se alargaban.

Y sus dientes no eran lo único que pedía ser utilizado. Su erección era un mástil rígido y doloroso presionando contra su bragueta. Se sintió oprimido entre las dos necesidades. Sexo. Sangre.

Ambas con ella.

—¿Estás huyendo? —susurró Beth. Era una pregunta, pero había en ella un tono de burla.

—Ten cuidado, Beth.

—¿Por qué?

—Estoy a punto de estallar.

Ella saltó de la cama y se acercó a él, poniéndole una mano sobre su pecho, justo encima del corazón, y enlazándolo con la otra por la cintura.

Siseó cuando ella se oprimió contra su cuerpo.

Pero al menos el deseo sexual se sobrepuso al ansia de sangre.

—¿Vas a decirme que no? —preguntó ella.

—No quiero aprovecharme de ti —dijo él con los dientes apretados—. Ya tuviste suficiente por una noche.

Ella apretó los hombros.

—Estoy enfadada, asustada, confusa. Quiero hacer el amor hasta que no sienta nada, hasta quedar entumecida. Como mucho, estaría utilizándote. —Miró hacia abajo—. Dios, eso ha sonado horrible.

A él le pareció música celestial. Estaba preparado para que ella le utilizara.

Le levantó la barbilla con la yema del dedo. Aunque su fragante aroma le decía exactamente lo que su cuerpo necesitaba de él, deseó poder ver su rostro con toda claridad.

—No te vayas —susurró.

Él no quería hacerlo, pero su ansia de sangre la ponía en peligro. Necesitaba estar fuerte para el cambio. Y él tenía suficiente sed como para dejarla seca.

La mano de Beth se deslizó hacia abajo hasta encontrar su erección.

Él sacudió el cuerpo bruscamente, respirando con violencia. Su jadeó quebró el silencio en la habitación.

—Tú me deseas —dijo ella—. Y quiero que me tomes.

Frotó la palma de la mano sobre su pene; el calor de la fricción le llegó con dolorosa claridad a través del cuero de sus pantalones.

Sólo sexo. Podía hacerlo. Podía aguantar el deseo de sangre.

¿Pero estaba dispuesto a dejar la vida de la mujer en manos de su autocontrol?

—No digas que no, Wrath.

Luego se puso de puntillas y presionó los labios contra los suyos.

Juego finalizado, pensó él, oprimiéndola contra sí.

Empujó la lengua dentro de su boca mientras la sujetaba por las caderas y colocaba el miembro en su mano. El gemido de satisfacción de la mujer aumentó su erección, y cuando las uñas de ella se clavaron en su espalda, le fascinaron las pequeñas punzadas de dolor porque significaban que estaba tan ansiosa como él.

La tendió sobre la cama en un abrir y cerrar de ojos, y le subió la falda y rasgó las bragas con feroz impaciencia. La blusa y el sujetador no corrieron mejor suerte. Ya habría tiempo para delicadezas. Ahora se trataba de puro sexo.

Mientras besaba furiosamente sus pechos, se arrancó la camisa con las manos. La soltó el tiempo imprescindible para desabrocharse los pantalones y dejar libre su miembro. Luego enlazó con el antebrazo una de sus rodillas, le levantó la pierna, y se introdujo en su cuerpo.

La escuchó dar un grito ahogado ante la enérgica entrada, y su húmeda intimidad lo acogió, vibrando en un orgasmo. Él se quedó inmóvil, absorbiendo la sensación de su éxtasis, sintiendo sus palpitaciones íntimas.

Un abrumador instinto de posesión fluyó por su cuerpo.

Con aprensión, se dio cuenta de que quería marcarla. Marcarla como suya. Quería ese olor especial sobre la totalidad de su cuerpo para que ningún otro macho se le acercara, para que supieran a quién pertenecía, y que temieran las repercusiones de querer poseerla.

Pero sabía que no tenía derecho a hacer eso. Ella no era suya.

Sintió su cuerpo inmovilizarse debajo de él, y miró hacia abajo.

—¿Wrath? —susurró ella—. Wrath, ¿qué ocurre?

El vampiro intentó apartarse, pero ella le tomó la cara con las manos.

—¿Estás bien?

La preocupación por él en su voz fue lo que desencadenó su fuerza desatada.

En una asombrosa oleada, su cuerpo saltó fuera del alcance de su mente. Antes de poder pensar en sus acciones, antes de poder detenerse, se apoyó con los brazos y arremetió contra ella, con fuerza, penetrándola. El cabezal de la cama golpeó contra la pared al ritmo de sus empujones, y ella se aferró a sus muñecas, tratando de mantenerse en su sitio.

Un sonido profundo inundó la habitación, haciéndose cada vez más fuerte, hasta que advirtió que el gruñido procedía de su propio interior. Cuando un calor febril se apoderó de toda su piel, pudo percibir esa oscura fragancia de la posesión.

Ya no fue capaz de detenerse.

Sus labios dejaron los dientes al descubierto mientras sus músculos se retorcían y sus caderas chocaban contra ella. Empapado en sudor, la cabeza dándole vueltas, frenético, sin respiración, tomó todo lo que ella le ofrecía. Lo tomó y exigió más, convirtiéndose en un animal, al igual que ella, hasta llegar al más puro salvajismo.

Su orgasmo llegó violentamente, llenándola, bombeando en su interior, en un éxtasis interminable, hasta que se dio cuenta de que ella experimentaba su propio clímax al mismo tiempo que él, mientras se aferraban el uno al otro por su vida contra desgarradoras oleadas de pasión.

Fue la unión más perfecta que nunca había experimentado.

Y luego todo se convirtió en una pesadilla.

Cuando el último estremecimiento abandonó su cuerpo y pasó al de ella, en ese momento de agotamiento final, el equilibrio que había logrado mantener entre sus deseos se desniveló. Sus ansias de sangre salieron a la luz en un arrebato ruin y acuciante, tan poderoso como había sido la lujuria.

Sacó los dientes y buscó su cuello, esa vena deliciosamente próxima a la superficie de su blanca piel. Sus colmillos estaban dispuestos a clavarse profundamente, tenía la garganta seca con la sed de ella, y el intestino sufría espasmos de una inanición que le llegaba al alma, cuando se apartó de golpe, horrorizado por lo que estaba a punto de hacer.

Se alejó de ella, arrastrándose por la cama hasta caer al suelo sentado.

—¿Wrath? —lo llamó Beth alarmada.

—¡No!

Su sed de sangre era demasiado fuerte, no podía negar el instinto. Si se acercaba demasiado...

Gimió, tratando de tragar saliva. Sentía la garganta como el papel de lija. El sudor invadió todo su cuerpo de nuevo, pero esta vez le produjo escalofríos.

—¿Qué ha pasado? ¿Qué he hecho?

Wrath se arrastró hacia atrás, el cuerpo le dolía y la piel le ardía. El olor de su sexo sobre él era como un látigo contra su autocontrol.

—Beth, déjame solo. Tengo que...

Pero ella seguía aproximándose. El cuerpo del vampiro chocó contra el sillón.

—¡Aléjate de mí! —Mostró los colmillos y siseó con fuerza—. Si te me acercas tendré que morderte, ¿entiendes?

Ella se detuvo de inmediato. El terror enturbiaba el aire a su alrededor, pero luego movió la cabeza.

—Tú no me harías daño —dijo con una convicción que le impresionó por peligrosamente ingenua.

Luchó por hablar.

—Vístete. Vete arriba. Pídele a Fritz que te lleve a casa. Enviaré a alguien que te proteja.

Ahora estaba jadeando, el dolor le desgarraba el estómago, de una forma casi tan brutal como aquella primera noche de su transición. Nunca había necesitado a Marissa de esa manera.

Jesús. ¿Qué le estaba sucediendo?

—No quiero irme.

—Tienes que hacerlo. Enviaré a alguien que cuide de ti hasta que pueda reunirme contigo.

Los muslos le temblaban, los músculos tensos luchaban contra el ansia que se había apoderado de su cuerpo. Su mente y sus necesidades físicas peleaban entre ellas, entablando una lucha sin cuartel. Y él sabía cuál saldría victoriosa si ella no se alejaba.

—Beth, *por favor*. Me duele. Y no sé durante cuánto tiempo podré dominarme.

Ella vaciló, y luego comenzó a vestirse a toda prisa.

Se dirigió a la puerta, pero antes de cruzarla se giró para mirarlo.

—Vete.

Abandonó en silencio la habitación.

Eran poco más de las nueve cuando el señor X llegó al McDonald's.

—Me alegro de que os haya gustado la película. He pensado aún otra cosa para esta noche, aunque tendremos que hacerlo rápido. Uno de vosotros tiene que volver a casa a las once.

Billy maldijo por lo bajo cuando se detuvieron frente al menú iluminado. Pidió el doble de lo que había solicitado el Perdedor, que quiso pagar su parte.

—No te preocupes. Yo invito —dijo el señor X—. Pero procurad que no se os caiga nada.

Mientras Billy comía y el Perdedor jugaba con su comida, el señor X los llevó en el coche a la Zona de Guerra. El campo de juegos de rayos láser era el lugar de reunión preferido de los menores de dieciocho años, pues su oscuro interior era perfecto para ocultar tanto el acné como la patética lujuria adolescente. El amplio edificio de dos pisos estaba a rebosar esa noche, lleno de nerviosos muchachos que trataban de impresionar a aburridas chicas vestidas a la última moda.

El señor X consiguió tres pistolas y unos arneses adaptados como objetivos de tiro, y entregó uno a cada chico. Billy estuvo preparado para empezar en menos de un minuto, su arma descansaba en su mano cómodamente, como si fuera una extensión de su brazo.

El señor X observó al Perdedor, que aún estaba tratando de colocarse las tiras del arnés sobre los hombros. El muchacho parecía afligido, su labio inferior le colgaba mientras los dedos manipulaban los cierres de plástico. Billy también lo miró. Parecía un cazador examinando a su presa.

—Pensé que podíamos hacer una pequeña competición amistosa —dijo el señor X cuando finalmente cruzaron la entrada giratoria—. Veremos cuál de vosotros puede acertar más veces al otro.

Al entrar en el campo de juego, los ojos del señor X rápidamente se adaptaron a la aterciopelada oscuridad y a los destellos de neón de los demás jugadores. El espacio era lo suficientemente grande para la treintena de muchachos que danzaban alrededor de los obstáculos, riendo y gritando mientras disparaban rayos de luz.

—Separémonos —dijo el señor X.

Mientras el Perdedor parpadeaba como un miope, Billy se alejó, moviéndose con la agilidad de un animal. Al poco rato, el sensor en el pecho del Perdedor se encendió. El chico miró hacia abajo como si no supiera lo que le había sucedido.

Billy se retiró a la oscuridad.

—Será mejor que te pongas a cubierto, hijo —murmuró el señor X.

El señor X se mantuvo apartado mientras observaba todo lo que hacían. Billy acertó al Perdedor una y otra vez desde cualquier ángulo, pasando de un obstáculo a otro, aproximándose rápido, luego lentamente, o disparando desde larga distancia. La confusión y ansiedad del otro muchacho aumentaban cada vez que destellaba la luz en su pecho, y la desesperación le hacía moverse con descoordinación infantil. Dejó caer el arma. Tropezó con sus propios pies. Se golpeó un hombro contra una barrera.

Billy estaba resplandeciente. Aunque su blanco estaba fallando y debilitándose, no mostró clemencia. Incluso le dirigió un último disparo cuando el Perdedor dejó caer su arma y se recostó contra una pared, agotado.

Y acto seguido desapareció entre las sombras.

Esta vez el señor X siguió a Billy, rastreando sus movimientos con un propósito diferente al de comprobar sus resultados. Riddle era rápido, pasaba de un obstáculo a otro, volviendo sobre sus pasos a donde estaba el perdedor para poder atraparlo por detrás.

El señor X adivinó el punto de destino de Billy. Con un rápido giro a la derecha, se interpuso en su camino.

Y le disparó a quemarropa.

Sorprendido, el muchacho bajó la vista hacia su pecho. Era la primera vez que su receptor se encendía.

—Buen trabajo —dijo el señor X—. Has jugado muy bien, hijo. Hasta ahora.

Billy levantó los ojos mientras su mano se posaba sobre el objetivo parpadeante. Su corazón.

—*Sensei*. —Pronunció la palabra como un amante, lleno de respeto y adoración.

Beth no tenía intención de pedir al mayordomo que la acompañase, porque estaba demasiado agitada para entablar una conversación decente con nadie. Mientras se dirigía hacia la calle, sacó su móvil para llamar un taxi. Estaba marcando cuando el ronroneo del motor de un coche hizo que levantara la vista.

El mayordomo salió del Mercedes e inclinó la cabeza.

—El amo me ha llamado. Quiere que la lleve a su casa, ama. Y... a mí me gustaría ser su chófer.

Se mostraba expectante, casi esperanzado, como si ella le hiciera un gran favor dejándole que la acompañara. Pero necesitaba un poco de aire. Después de todo lo que había sucedido, su cabeza parecía dar vueltas sin control.

—Gracias, pero no. —Forzó una sonrisa—. Sólo voy a...

En el rostro del hombre apareció una sombra de abatimiento, y adquirió la expresión de un perro apaleado.

Por un momento, se maldijo por haber olvidado sus buenos modales, mientras la invadía un sentimiento de culpa.

—Bueno, está bien.

Antes de que Fritz pudiera rodear el coche, ella abrió la puerta y se sentó. El mayordomo pareció ponerse nervioso por su iniciativa, pero se recuperó rápidamente, mostrando, de inmediato, una sonrisa radiante en su arrugado rostro.

Cuando se puso al volante y encendió el motor, ella dijo:

—Vivo en...

—Oh, ya sé dónde vive. Siempre supimos dónde se encontraba. Primero en el Hospital St. Francis, en la unidad de cuidados intensivos neonatal. Luego una enfermera se la llevó a su casa. Teníamos la esperanza de que la enfermera se quedara con usted, pero el hospital la obligó a devolverla. Luego la enviaron al orfanato. Eso no nos gustó nada. Y después a una casa de acogida, con los McWilliams en la avenida Elmwood, pero usted se puso enferma y tuvo que ingresar en el hospital por culpa de una neumonía.

Puso el intermitente y giró a la izquierda en un stop.

Ella apenas podía respirar; escuchaba con toda su atención.

—Después la enviaron con los Ryan, pero había demasiados niños. Más tarde, estuvo con los Goldrich, que vivían en una casa de dos pisos en la calle Raleigh. Pensamos que los Goldrich iban a quedarse con usted, pero entonces ella se quedó embarazada. Finalmente, volvió al orfanato. Detestamos que fuera allí, porque no la dejaban salir a jugar lo suficiente.

—Siempre habla de «nosotros» —susurró ella, temerosa de preguntar, pero incapaz de no hacerlo.

—Sí. Su padre y yo.

Beth se cubrió la boca con el dorso de la mano, observando el perfil del mayordomo como si fuera algo que pudiera retener.

—¿Él me conocía?

—Ah, claro, ama. Desde el principio. El parvulario, la escuela elemental y el instituto. —Sus ojos se encontraron—. Nos sentimos muy orgullosos de usted cuando fue a la universidad con esa beca de estudios. Yo estaba allí cuando se graduó. Le saqué fotografías para que su padre pudiera verla.

—Él me conocía. —Pronunció las palabras como si hablara del padre de otra persona.

El mayordomo la miró y sonrió.

—Tenemos todos los artículos que ha publicado, incluso los que escribió en el instituto y en la universidad. Cuando empezó en el *Caldwell Courier Journal*, su padre se negaba a ir a acostarse por la mañana hasta que le traía el periódico. Poco le importaba si había pasado una noche complicada o estaba cansado, nunca se iba a la cama hasta que no leyera lo que usted escribía. Estaba muy orgulloso de usted.

Ella rebuscó en su bolso, tratando de encontrar un pañuelo de papel.

—Tenga —dijo el mayordomo, entregándole un paquete pequeño.

Beth se sonó la nariz tan delicadamente como pudo.

—Ama, debe comprender que a él le resultó muy difícil estar alejado de usted, pero sabía que sería peligroso acercarse demasiado. Las familias de los guerreros deben ser vigiladas cuidadosamente, y usted estaba desprotegida porque creció como humana. También esperaba que no tuviera que pasar por la transición.

—¿Usted conoció a mi madre?

—No muy bien. No estuvieron juntos mucho tiempo. Ella desapareció poco después de que empezaran a verse porque descubrió que él no era humano. No le dijo que se había quedado embarazada, y sólo volvió a buscarle cuando estaba a punto de dar a luz. Creo que tenía miedo por la criatura que iba a traer al mundo. Por desgracia se puso de parto y fue llevada a un hospital humano antes de que pudiéramos llegar hasta ella. Pero debe saber que él la amaba. Profundamente.

Beth absorbió la información, empapando su mente, llenando todos los vacíos.

—¿Mi padre y Wrath estaban muy unidos?

El mayordomo vaciló.

—Su padre quería a Wrath. Todos le queremos. Él es nuestro señor. Nuestro rey. Por eso su padre lo envió a él a buscarla. No debe temerle. Nunca le hará daño.

—De eso estoy segura.

Cuando vio el edificio en el que vivía, deseó tener algo más de tiempo para poder hablar con el mayordomo.

—Ya hemos llegado —dijo él—. El 11 88 de la avenida Redd, apartamento 1-B. Aunque debo decir que ni su padre ni yo aprobamos nunca que usted viviera en un bajo.

El vehículo se detuvo. Ella no quería salir.

—¿Podría hacerle más preguntas? ¿Quizá más tarde? —dijo.

—Oh, ama, sí. Por favor. Hay muchas cosas que quisiera contarle.

Salió del coche, pero ella ya estaba cerrando la puerta cuando él llegó a su lado.

Beth pensó en tenderle la mano para mostrarle su agradecimiento formalmente, pero, en lugar de eso, colocó los brazos alrededor del pequeño anciano y lo abrazó.

* * *

Una vez que Beth hubo abandonado el aposento, la sed de Wrath gritó llamándola, torturándole duramente, como si supiera que había sido él quien la había enviado lejos.

Se arrastró hasta el teléfono para llamar primero a Fritz y luego a Tohrment. La voz se le quebraba, y tuvo que repetir las palabras para que le entendieran.

Después de hablar con Tohr, empezaron las arcadas secas. Entró en el baño tambaleándose, mientras llamaba a Marissa con la mente. Se inclinó dando tumbos sobre el inodoro, pero su estómago estaba casi vacío.

Había esperado demasiado, pensó. Ignoró las señales que su cuerpo le había estado enviando desde hacía algún tiempo. Y luego había llegado Beth, y su química interna había tomado el control. No le extrañaba que hubiera enloquecido.

El perfume de Marissa le llegó desde el aposento.

—¿Mi señor? —llamó ella.

—Necesito...

Beth, pensó, alucinando. La vio ante él, escuchó su voz en su cabeza. Extendió la mano. No tocó nada.

—¿Mi señor? ¿Debo ir hasta ti? —preguntó Marissa desde la alcoba.

Wrath se secó el sudor de la cara y salió, tambaleándose como un borracho. Agitó los brazos ciegamente en el aire, desplomándose hacia delante.

—¡Wrath! —Marissa corrió hacia él.

Se dejó caer sobre la cama, arrastrándola consigo. Su cuerpo se oprimió contra el de ella.

Él sintió a Beth.

Y su rostro fue a parar entre las sábanas que todavía conservaban la fragancia de Beth. Respiró profundamente, tratando de estabilizarse, pero se sintió embargado de nuevo por el aroma de aquella humana.

—Mi señor, necesitas alimentarte. —La voz de Marissa llegaba desde muy lejos, como si se encontrara fuera, en la escalera.

Trató de mirar hacia el lugar de donde salía la voz, pero no pudo distinguir nada. Ahora estaba totalmente ciego.

La voz de Marissa se hizo extrañamente fuerte.

—Mi señor, ten. Toma mi muñeca. Ahora.

Sintió la cálida piel en su mano. Abrió la boca, pero no pudo hacer que sus brazos le obedecieran correctamente. Extendió la mano, tocó un hombro, una clavícula, la curva de un cuello.

Beth.

El hambre lo dominó, y se apoderó del cuerpo femenino. Con un rugido hundió los dientes en la suave carne hasta llegar a la arteria. Bebió profundamente y con fuerza, viendo imágenes de la mujer morena que ahora era suya, soñando que se entregaba a él, imaginándola entre sus brazos.

Marissa soltó un grito ahogado.

Los brazos de Wrath casi la estaban partiendo en dos, su enorme cuerpo era como una jaula en torno a ella mientras bebía. Por primera vez, sintió cada una de las curvas de su cuerpo, incluyendo lo que pensó que debía de ser una erección, algo que nunca antes había percibido.

Las posibilidades eran excitantes. Y terroríficas.

Se quedó sin fuerzas y trató de respirar. Esto era lo que siempre había querido de él. Aunque su pasión era indecente. ¿Pero qué más podía esperar? Era un hombre con toda la sangre. Un guerrero.

Y finalmente se había dado cuenta de que la necesitaba.

La satisfacción ocupó el lugar del malestar, y la mujer recorrió lentamente con las manos sus amplios hombros desnudos, una libertad que nunca se había tomado. La garganta del hombre emitió un sonido ronco, como si quisiera que continuara. Con delicioso placer, ella hundió las manos en su cabello. Era muy suave. ¿Quién lo hubiera imaginado? Un macho tan rudo, pero, ah, qué suaves eran esas ondas oscuras, tan suaves como sus vestidos de satén.

Marissa quiso ver el interior de su mente, una invasión a la que nunca se había arriesgado por temor a ofenderlo. Pero ahora todo era diferente. Tal vez quisiera besarla cuando terminara. Hacerle el amor. Quizás ahora pudiera quedarse con él. Le gustaría vivir en casa de Darius junto a él. O donde fuera. No importaba.

Cerró los ojos y exploró sus pensamientos.

Pero sólo pudo ver a la hembra en la que él realmente estaba pensando. La hembra *humana*.

Era una belleza de cabello oscuro con los ojos entrecerrados. Estaba tendida sobre su espalda con los senos descubiertos. Le acariciaba los duros pezones rosados con los dedos mientras le besaba el estómago y seguía descendiendo.

Marissa trató de deshacerse de aquella imagen como si fuera un cristal roto.

Wrath no estaba allí con ella. No bebía de su cuello. No era el cuerpo de ella el que oprimía contra el suyo.

Y esa erección no era por su causa.

No era por ella.

Mientras le succionaba el cuello y sus gruesos brazos la aplastaban contra él, Marissa protestó a gritos por aquella traición.

Por sus esperanzas. Por su amor. Por él.

¡Qué apropiado resultaba que la estuviera desangrando! Deseaba que concluyera pronto, que bebiera toda su sangre hasta dejarla seca, que la dejara morir.

Había tardado años en darse cuenta de la verdad. Toda una eternidad.

Él nunca había sido suyo. Nunca lo sería.

Dios, ahora que la fantasía había desaparecido, no le quedaba nada.

CAPÍTULO

21

Beth dejó el bolso sobre la mesa de la entrada, saludó a Boo y entró en el baño. Miró la ducha, pero no tenía ganas de darse un baño. Aunque a su tenso cuerpo le hubiera venido estupendamente pasar un buen rato bajo el agua caliente, le encantaba el olor persistente de Wrath sobre su piel. Era un perfume maravilloso, erótico, una oscura fragancia. Algo que nunca antes había experimentado, algo que jamás podría olvidar.

Abrió el grifo, se lavó, se sentía exquisitamente sensible y algo dolorida entre las piernas, aunque no le importaba el dolor. Wrath podía hacerle el amor con esa furia siempre que quisiera.

Él era...

Su mente no pudo encontrar la palabra adecuada. Tan sólo una imagen suya penetrándola, sus colosales hombros y su pecho cubiertos de sudor, contraídos mientras se entregaba. Mientras la marcaba como suya.

Eso es, al menos, lo que le había parecido. Sintió como si hubiera sido dominada y marcada por un hombre. Poseída.

Y quería experimentarlo de nuevo. Ya.

Pero movió la cabeza, pensando que el sexo sin protección tenía que acabar. Ya era malo que lo hubiera hecho dos veces. La próxima vez tendría más cuidado.

Antes de salir del baño, miró su reflejo en el espejo y se detuvo en seco. Se acercó a examinarse más detenidamente la cara.

Su aspecto era el mismo que por la mañana, pero se sentía como si fuera una extraña.

Abrió la boca e inspeccionó los dientes. Cuando tocó los dos caninos delanteros, como era de esperar, le dolieron.

Santo cielo, ¿quién era ella? *¿Qué* era?

Pensó en Wrath, obligándose a alejarse de ella, con su cuerpo medio desnudo en tensión y sus músculos como si fueran a atravesar su piel. Al mostrar sus dientes, le pareció que los colmillos eran más largos que cuando los vio por primera vez. Como si hubieran crecido.

Su hermoso rostro se había contorsionado de agonía.

¿Era eso lo que le esperaba a ella?

Oyó un golpe seco en la otra habitación, como si alguien estuviera tocando en la ventana. Escuchó a Boo dar un maullido de bienvenida.

Beth asomó la cabeza cautelosamente.

Había alguien junto a la puerta del patio. Alguien de gran envergadura.

—¿Wrath? —Corrió a abrir la puerta antes de cerciorarse bien.

Cuando vio la figura que se encontraba al otro lado, deseó haber sido más cuidadosa.

No era Wrath, aunque aquel hombre se le parecía un poco. Cabello negro corto. Rostro cruel. Ojos de un color azul oscuro intenso. Cuero por todas partes.

En el rostro del desconocido apareció una expresión de sorpresa al mirarla fijamente, pero pareció sobreponerse de inmediato.

—¿Beth? —Tenía una voz profunda, pero amistosa, y al sonreír, brillaron unos colmillos.

Ella ni siquiera se sobresaltó.

Maldición, ya se estaba acostumbrando a ese extraño mundo.

—Soy Tohrment, un amigo de Wrath. —El tipo le tendió la mano—. Puedes llamarme Tohr. —Ella le dio un apretón, sin saber muy bien qué debía decir—. Estoy aquí para protegerte. Estaré fuera si necesitas algo.

El hombre... vampiro —mierda, lo que fuera— se dio la vuelta y se dirigió a la mesa de picnic.

—Espera —dijo ella. *¿Por qué no...?*—. Pasa, por favor.

Él se encogió de hombros.

—Está bien.

Cuando cruzó el umbral, Boo maulló con fuerza y lanzó un zarpazo a las pesadas botas del hombre. Ambos se saludaron como viejos amigos, y cuando el vampiro se enderezó, su chaqueta de cuero se abrió, dejando entrever unas dagas como las de Wrath. Y seguramente sus bolsillos también estarían repletos del tipo de armas que Butch le había incautado a Wrath.

—¿Quieres algo de beber? —dijo ella.

No sangre. Por favor, no digas sangre.

Él le sonrió abiertamente, como si supiera lo que estaba pensando.

—¿Tienes cerveza?

¿Cerveza? ¿Bebía cerveza?

—Ah, claro. Creo que sí. —Desapareció en la cocina. Trajo dos Sam Adams. Ella también necesitaba beber algo en ese momento.

Después de todo, era anfitriona de un vampiro. Su padre había sido un vampiro.

Su amante *era* un vampiro.

Echó hacia atrás la botella y bebió un buen trago.

Tohrment rió sordamente.

—¿Una larga noche?

—No te lo puedes ni imaginar —replicó ella, limpiándose la boca.

—Tal vez sí. —El vampiro se sentó en el sillón, su enorme cuerpo desbordaba por todos lados, haciendo parecer pequeño el respaldo—. Me alegro de conocerte por fin. Tu padre hablaba mucho de ti.

—¿De verdad?

—Estaba muy orgulloso de ti. Y tienes que saber... que se mantuvo lejos para protegerte, no porque no te amara.

—Eso es lo que me ha dicho Fritz. Y Wrath también.

—¿Has hecho buenas migas con él?

—¿Con Wrath?

—Sí.

Sintió que sus mejillas se ruborizaban, y se dirigió a la cocina para que él no viera su reacción. Cogió una bolsa de galletas de la parte superior de la nevera y puso algunas en un plato.

—Él es..., es... ¿Cómo describirlo? —Trató de pensar una buena respuesta.

—De hecho, creo que lo sé.

Ella regresó y le ofreció el plato.

—¿Quieres?

—Galletas de avena con pasas —dijo él, cogiendo tres—. Mis favoritas.

—¿Sabes? Pensaba que los vampiros sólo bebían sangre.

—No. Contiene nutrientes necesarios, pero también necesitamos alimento.

—¿Y qué hay del ajo?

—Trae un poco. —Se recostó en el sillón, masticando alegremente—. Me encanta en las tostadas con un poco de aceite de oliva.

Cielos. Aquel individuo le estaba resultando casi simpático.

No, eso no podía ser. Con sus penetrantes ojos examinaba continuamente las ventanas y la puerta de cristal, como si estuviera vigilando los alrededores. Ella supo, sin lugar a dudas, que si veía algo que no le gustaba se levantaría de aquel sillón en una milésima de segundo. Y no sería para revisar las cerraduras, sino para atacar.

Se llevó otra galleta a la boca.

Por lo menos su presencia la relajaba... hasta cierto punto.

—No eres como Wrath —dejó escapar ella.

—Nadie es como Wrath.

—Sí. —Mordió su propia galleta, y se sentó en el futón.

—Él es una fuerza de la naturaleza —dijo Tohr, inclinando la botella para beber—. Es letal, sobre eso no hay duda. Pero no existe nadie que pueda protegerte mejor que él, suponiendo que decida hacerlo. Aunque yo creo que ya lo ha decidido.

—¿Cómo sabes eso? —susurró ella, preguntándose qué le habría contado Wrath.

Tohr carraspeó, el rubor le cubrió las mejillas.

—Él te ha marcado.

Ella frunció el ceño, bajando la cabeza para mirarse.

—Lo huelo —dijo Tohr—. La advertencia impregna tu cuerpo.

—¿Advertencia?

—Como si fueras su shellan.

—¿Su qué?

—Su compañera. Ese olor en tu piel envía una poderosa señal a otros machos.

Entonces ella estaba en lo cierto sobre las relaciones sexuales que habían tenido y su significado.

Eso no debería complacerme tanto como me complace, pensó.

—No te importa, ¿o sí? —dijo Tohr—. Ser suya.

No quería responder a eso. Por una parte quería ser de Wrath, pero, por otra, se sentía mucho más segura estando como siempre había estado. Sola.

—¿Tú tienes una? —preguntó—. ¿Una compañera?

La cara del vampiro se iluminó con devoción.

—Se llama Wellsie. Nos comprometieron antes de nuestra transición. Fue una verdadera suerte que nos enamoráramos. La verdad es que si la hubiera conocido en la calle, la habría escogido a ella. Ha sido una cuestión del destino, ¿no crees?

—A veces, también funciona para nosotros —murmuró ella.

—Sí. Algunos machos toman más de una shellan, pero yo no puedo imaginar estar con otra hembra.

Evidentemente, ésa es la razón por la que Wrath me ha elegido a mí.

Ella enarcó una ceja.

—¿Perdón?

—Los otros hermanos tienen hembras de las que beben, pero no tienen lazos emocionales. Nada evitaría que ellos... —Se detuvo y mordió otra galleta—. Bueno, dado que eres...

—¿Soy qué?

Se dio cuenta de que apenas se conocía a sí misma, y en ese tema estaba dispuesta incluso a recibir sugerencias de extraños.

—Hermosa. Wrath no ha querido ponerte en manos de ningún otro, porque si se sintieran tentados a propasarse contigo, surgirían graves problemas. —Tohr se encogió de hombros—. Bueno, y un par de hermanos son realmente peligrosos. No se te ocurriría dejar a una hembra sola con ellos, y mucho menos a una por la que sintieras algo.

Ella no estaba segura de querer conocer a ninguno de los hermanos.

Espera un minuto, pensó.

—¿Wrath ya tiene una shellan? —preguntó.

Tohr terminó su cerveza.

—Creo que es mejor que hables con él sobre ese tema.

Aquello no era precisamente un no.

Un enfermizo sentimiento de desilusión se instaló en su pecho. Volvió a la cocina.

Maldición. Sentía demasiado afecto por Wrath. Se habían acostado dos veces, y su cabeza ya era un caos.

Esto va a dolerme, pensó mientras abría otra cerveza. Cuando las cosas se pusieran difíciles entre ellos, iba a dolerle como el diablo.

A pesar de convertirse en vampiro.

Oh, por Dios.

—¿Más galletas? —dijo en voz alta.

—Me encantaría.

—¿Cerveza?

—No, es suficiente, gracias.

Ella trajo la bolsa de la cocina. Guardaron silencio mientras acababan todas las galletas, incluyendo los pedazos que quedaban en el fondo.

—¿Tienes algo más de comer? —preguntó él.

Ella se levantó, sintiendo un poco de hambre también.

—Veré qué puedo encontrar.

—¿Tienes televisión por cable? —dijo señalando con la cabeza el televisor.

Ella le arrojó el mando.

—Claro que sí. Y si mal no recuerdo, esta noche hay una maratón de Godzila por la TBS.

—Estupendo —dijo el vampiro, estirando las piernas—. Siempre me pongo del lado del monstruo.

Ella le sonrió.

—Yo también.

Butch despertó porque alguien le estaba taladrando el cráneo.

Abrió un ojo.

Se trataba del timbre del teléfono.

Descolgó el auricular y se lo puso junto a la oreja.

—¿Sí?

—Buenos días, rayito de sol. —Con la voz de José el dolor de cabeza se hizo insoportable.

—¿Qué hora es? —graznó.

—Las once. Pensé que querrías saber que Beth acaba de llamar, buscándote. Parecía encontrarse bien.

El cuerpo de Butch se relajó aliviado.

—¿Y el tipejo?

—Ni siquiera lo ha mencionado. Pero ha dicho que quería hablar hoy contigo. He cancelado la orden de búsqueda mientras hablaba con ella porque estaba llamando desde su casa.

El detective se sentó.

Y luego volvió a recostarse.

Por el momento, no iría a ninguna parte.

—No me encuentro muy bien —murmuró.

—Ya me lo imaginaba. Por eso le he dicho que estarías ocupado hasta la tarde. Sólo para que lo sepas, he salido de tu casa a las siete esta mañana.

Ah, Cristo.

Butch intentó otra vez colocarse en posición vertical, obligándose a mantenerse derecho. La habitación daba vueltas. Todavía estaba borracho. Y tenía resaca.

Estaba realmente ocupado.

—Voy para allá.

—Yo no haría eso. El capitán te tiene en el punto de mira. Los de Asuntos Internos se han presentado por aquí preguntando por ti y por Billy Riddle.

—¿Riddle? ¿Por qué?

—Vamos, detective.

Sí, él sabía por qué.

—Escucha, no estás en condiciones de entrevistarte con el capitán. —La voz de José era uniforme, pragmática—. Necesitas serenarte. Recuperarte. Ven un poco más tarde. Yo te cubro.

—Gracias.

—Te he dejado aspirinas junto al teléfono con un buen vaso de agua. Pensé que no ibas a poder llegar hasta la cafetera. Toma tres, desconecta el teléfono, y duerme. Si sucede algo emocionante, iré a buscarte.

—Te amo, dulzura.

—Entonces cómprame un abrigo de visón y unos bonitos pendientes para nuestro aniversario.

—Te los has ganado.

Colgó el teléfono después de dos intentos, y cerró los ojos. Dormiría un poco más, y podría sentirse como una persona de nuevo.

Beth garabateó su última corrección en un texto sobre una serie de robos de pasaportes y carnets de identidad. Parecía como si el artículo estuviera sangrando, a juzgar por la cantidad de modificaciones que había hecho con su implacable rotulador rojo, dándose cuenta de que, últimamente, los chicos grandes de Dick se estaban volviendo cada vez más descuidados, descargando en ella la mayor parte del trabajo. Y no se trataba sólo de errores de fondo; ahora también cometían errores gramaticales y estilísticos. Como si no tuvieran la más mínima consideración por el correcto uso de la lengua.

No le importaba hacer labores de edición en un artículo en el que colaboraba, siempre y cuando la persona que preparaba el primer borrador se preocupara por realizar una pequeña cantidad de correcciones.

Beth colocó el artículo en su bandeja de trabajos finalizados y se concentró en la pantalla de su ordenador. Abrió de nuevo un archivo en el que había estado escribiendo con intermitencias durante todo el día.

De acuerdo, ¿qué más quería saber?

Repasó su lista de preguntas.

¿Podré salir durante el día? ¿Con qué frecuencia tendré que alimentarme? ¿Cuánto tiempo voy a vivir?

Sus dedos volaban por encima del teclado.

¿Contra quién estás luchando?

Y luego: *¿Tienes una...?*

¿Cuál era la palabra? ¿Shellan?

En cambio tecleó *esposa*.

Dios, se estremeció ante la posible respuesta de Wrath. ¿Y aunque no la tuviera, de quién se alimentaba?

¿Y qué sentiría en el momento en que saciara su hambre en ella?

Sabía instintivamente que sería algo similar al sexo, algo en parte salvaje, que lo consumía todo. Y probablemente la dejaría maltrecha y débil.

Así como en un estado de éxtasis total.

—¿Trabajando duro, Randall? —Dick arrastró las palabras.

Ella cerró el archivo de inmediato para que su jefe no pudiera verlo.

—Como siempre.

—¿Sabes? Circula por ahí un rumor sobre ti.

—¿De verdad?

—Sí. He oído que saliste con ese detective de homicidios, O'Neal. Dos veces.

—¿Y?

Dick se apoyó en su escritorio. Ella llevaba una camiseta floja de cuello barco, de modo que había poco que pudiera ver. Él se enderezó.

—Buen trabajo. Haz un poco de magia con él. Averigua todo lo que puedas. Podríamos hacer un artículo de portada sobre la brutalidad policial con él como portada. Continúa así, Randall, y quizás me convenza de que eres idónea para un ascenso.

Dick se marchó, disfrutando de aquel papel de encargado de otorgar favores.

Qué imbécil.

Su teléfono sonó, y ella no pudo evitar vociferar en el auricular.

Hubo una pausa.

—¿Ama? ¿Está usted bien?

Era el mayordomo.

—Lo siento. Sí, estoy bien. —Apoyó la cabeza sobre su mano libre. Después de tratar con personajes como Wrath y Tohr, la versión simplona de arrogancia masculina de Dick parecía absurda.

—Si hay algo que yo pueda hacer...

—No, no, estoy bien. —Se rió—. Nada con lo que no me haya enfrentado antes.

—Bien, probablemente no debería haber llamado. —La voz de Fritz se convirtió en un cuchicheo—. Pero no quería que estuviera desprevenida. El amo ha encargado una cena especial para esta noche. Para usted y él, exclusivamente. Pensé que quizá podría ir a recogerla para ayudarle a elegir un vestido.

—¿Un vestido?

¿Para una especie de cita con Wrath?

La idea le pareció absolutamente maravillosa, pero entonces recordó que tenía que evitar ver idilios en donde podía no haberlos. En realidad, no sabía en qué estadio se encontraba su relación.

Ni si él se estaba acostando con alguien más.

—Ama, sé que es presuntuoso por mi parte. Él mismo la llamará. —En ese momento, la segunda línea de su teléfono empezó a sonar—. Sólo quería que estuviera lista para esta noche.

El identificador de llamadas iluminó el número que Wrath le había hecho memorizar. Se sorprendió a sí misma sonriendo como una idiota.

—Me encantaría que me ayudara a elegir un vestido. En serio.

—Bien. Iremos a la Galería. Allí hay también un Brooks Brothers. El amo ha encargado ropa. Creo que también quiere estar lo más elegante posible para usted.

Cuando colgó, aquella estúpida sonrisa continuaba pegada a su cara como si le hubiera puesto pegamento.

Wrath dejó un mensaje en el buzón de voz de Beth y rodó sobre la cama, extendiendo la mano en busca de su reloj. La tres de la tarde. Había dormido casi seis horas, algo más de lo habitual, pero era lo que su cuerpo generalmente necesitaba después de comer.

Dios, deseó que ella estuviera con él.

Tohr había llamado para informarle. Ambos se habían quedado despiertos toda la noche viendo películas de Godzilla, y por el sonido de la voz del macho, estaba medio enamorado de ella.

Lo cual Wrath comprendió perfectamente, aunque, al mismo tiempo, le disgustó.

Pero había hecho lo correcto al enviar a Tohr. Rhage se habría lanzado sobre ella de inmediato, y entonces Wrath habría tenido que romperle algo. Un brazo, quizás una pierna. Tal vez ambas cosas. Y Vishous, aunque no tenía la extravagante y hermosa apariencia de Hollywood, poseía una vena de chulo bastante acusada. El voto de castidad de Phury era firme, ¿pero por qué colocarlo ante la tentación?

¿Zsadist?

Ni siquiera había considerado esa opción. La cicatriz en su rostro le habría dado un susto de muerte. Diablos, hasta Wrath podía apreciarlo. Y el terror mortal de una hembra era el afrodisíaco favorito de Z. Lo excitaba más que a muchos machos ver a sus hembras con ropa interior de Victoria's Secret.

No tenía elección. Tohr volvería a hacer de centinela si lo necesitaba otra vez.

Se desperezó. Sentir las sábanas de satén contra su piel desnuda le hizo desear a Beth. Ahora que se había alimentado, su cuerpo se sentía más fuerte que nunca, como si sus huesos fueran columnas de carbono y sus músculos cables de acero. Volvía a ser él mismo, y todo su ser ansiaba toda la acción que le pudiera dar.

Pero había algo que lo tenía inquieto. Lamentaba amargamente lo que había pasado con Marissa.

Recordó aquella noche. Tan pronto como levantó la cabeza de su cuello, supo que casi la había matado. Y no por beber demasiado.

Ella se había apartado impetuosamente, su cuerpo irradiaba una enorme angustia al alejarse tropezando de la cama.

—Marissa.

—Mi señor, te libero de nuestro pacto. Eres libre de mí.

Él había soltado una maldición, sintiéndose terriblemente mal por lo que le había hecho.

—No entiendo tu enfado —musitó ella débilmente—. Esto es lo que siempre has querido, y ahora te lo concedo.

—Nunca quise...

—A mí —susurró ella—. Lo sé.

—Marissa.

—Por favor, no pronuncies las palabras. No soportaría escuchar la verdad de tus labios, aunque la conozco bien. Siempre te has avergonzado de estar ligado a mí.

—¿De qué diablos estás hablando?

—No te gusto. Te resulto desagradable.

—¿*Qué*?

—¿Piensas que no lo he notado? Ardes en deseos de librarte de mí. Cuando termino de beber, te levantas de un salto, como si te hubieras sentido obligado a soportar mi presencia. —Entonces empezó a sollozar—. Siempre he tratado de estar limpia cuando vengo a verte. Paso horas en la bañera, lavándome. Pero no puedo encontrar la suciedad que tú ves.

—Marissa, detente. No sigas. No se trata de ti.

—Sí, lo sé. He visto a la hembra. En tu mente. —Se estremeció.

—Lo siento —dijo él—. Y nunca me has desagradado. Eres hermosa.

—No digas eso. No ahora. —La voz de Marissa se había endurecido—. Lo único que puedes lamentar es que me ha llevado mucho tiempo aceptar la verdad.

—Aún te protegeré —juró él.

—No, no lo harás. Yo ya no te importo. Nunca te he importado.

Y entonces se había marchado, mientras el olor fresco del océano permanecía un momento antes de disiparse.

Wrath se frotó los ojos. Estaba decidido a compensárselo de algún modo. No sabía cómo hacerlo exactamente, teniendo en cuenta el infierno que había soportado. Pero no estaba preparado para dejarla flotando en el éter, pensando que nunca había significado absolutamente nada para él. O que, de alguna manera, la había considerado impura.

Nunca la había amado, era verdad. Pero no había querido herirla, y ésa era la razón por la que le había dicho tan a menudo que lo dejara. Si ella se marchaba, si dejaba claro que no lo quería, podría mantener la cabeza alta en el malicioso círculo aristocrático al que pertenecía. En su clase, una shellan rechazada por su compañero era tratada como mercancía estropeada.

Ahora que ella lo había dejado, se había ahorrado la ignominia. Y tenía el presentimiento de que cuando se divulgara la noticia no le sorprendería a nadie.

Era extraño, nunca se había imaginado realmente cómo se separarían él y Marissa. Posiblemente, después de todos los siglos transcurridos había asumido que nunca lo harían. Pero, para ser sinceros, nunca había esperado que ocurriera por la aparición de otra hembra.

Eso era lo que estaba pasando. Con Beth. Después de marcarla la noche anterior como lo había hecho, no podía pretender que no estaba ligado emocionalmente a ella.

Maldijo en voz alta, pues conocía lo suficiente de la conducta y psicología del vampiro macho para comprender que tenía problemas. Diablos, ahora ambos tenían problemas.

Un macho enamorado era una cosa peligrosa, sobre todo porque tendría que dejar a su hembra y entregarla al cuidado de otro.

Intentando apartar de su mente las implicaciones que podía tener todo aquello, Wrath agarró el teléfono y marcó un número a medida que subía las escaleras, pensando que necesitaba comer algo. Al no obtener respuesta, imaginó que Fritz habría salido a comprar comida.

Había pedido a los hermanos que acudieran aquella noche, y les gustaba comer bien. Había llegado el momento de hacer una puesta en común, de enterarse de todas sus investigaciones.

La necesidad de vengar a Darius le quemaba.

Y cuanto más se aproximaba Wrath a Beth, más caliente era el fuego.

Butch salió de la oficina del capitán. Sentía la funda de su pistola muy liviana sin el arma dentro y su cartera demasiado plana sin su placa. Era como estar desnudo.

—¿Qué ha pasado? —preguntó José.

—Me voy de vacaciones.

—¿Qué diablos significa eso?

Butch empezó a bajar hacia el vestíbulo.

—¿El Departamento de Policía de Nueva York tenía algo sobre ese sospechoso?

José lo agarró por el brazo, empujándole a una de las salas de interrogatorio.

—¿Qué ha pasado?

—Me han suspendido sin paga, hasta que concluya una investigación interna que los dos sabemos que tendrá como resultado que actué con fuerza desmedida.

José se pasó una mano por el cabello.

—Te dije que te apartaras de esos sospechosos.

—Ese tipo, Riddle, se merecía algo peor.

—Ésa no es la cuestión.

—Es extraño, eso mismo dijo el capitán.

Butch se dirigió hacia el espejo y se miró. Dios, estaba envejeciendo. O quizás simplemente estaba cansado del único trabajo que le había gustado siempre.

Brutalidad policial. A la mierda con eso. Él protegía a los inocentes, no a cualquier matón que se excitaba haciéndose pasar por un tipo duro. El problema era que había demasiadas normas que favorecían a los criminales. Sus víctimas, cuyas vidas quedaban destruidas a causa de la violencia, deberían tener la mitad de la suerte que ellos.

—En todo caso ya no pertenezco a este lugar —dijo suavemente.

—¿Qué?

Ya no había un lugar en el mundo para los hombres como él, pensó.

Butch se dio la vuelta.

—Entonces, el Departamento de Policía de Nueva York. ¿Has logrado averiguar algo?

José lo miró fijamente durante bastante tiempo.

—Suspendido del cuerpo, ¿eh?

—Por lo menos hasta que puedan despedirme oficialmente.

José se llevó las manos a las caderas y miró hacia abajo, moviendo la cabeza como si estuviera protestando a sus zapatos, pero contestó:

—*Nada*. Es como si hubiera salido de la nada.

Butch maldijo.

—Esas estrellas. Sé que puedes conseguirlas en Internet, pero también pueden comprarse en la ciudad, ¿no es así?

—Sí, a través de las academias de artes marciales.

—Tenemos un par de ellas en la ciudad.

José asintió despacio.

Butch sacó las llaves de su bolsillo.

—Te veré después.

—Espera, ya hemos enviado a alguien a investigar. En ambas academias dijeron que no recuerdan a nadie que encajara con la descripción del sospechoso.

—Gracias por el dato. —Butch empezó a acercarse a la puerta.

—Detective. —José sujetó a su compañero por el brazo—. Maldición, ¿puedes detenerte un minuto?

Butch miró por encima del hombro.

—¿Es ahora cuando me adviertes que me mantenga lejos de los asuntos de la policía? Porque bien puedes ahorrarte el discurso.

—Por Cristo, Butch, yo no soy tu enemigo. —Los oscuros ojos castaños de José eran penetrantes—. Los muchachos y yo estamos contigo. En lo que a nosotros concierne, tú haces lo que tienes que hacer, y nunca te has equivocado. Sea quien sea al que has golpeado, seguramente se lo merecía. Pero a lo mejor sólo has tenido suerte, ¿sabes? Qué tal si hubieras herido a alguien que no era...

—Corta el sermón de predicador. No estoy interesado. —Agarró el pomo de la puerta.

José apretó más fuerte.

—Estás fuera del cuerpo, O'Neal. Y meterte en una investigación de la que has sido relevado no va a hacer volver a Janie.

Butch exhaló una bocanada de aire como si lo hubieran golpeado.

—¿Ahora también quieres darme una patada en los testículos?

José retiró la mano, como si estuviera tirando la toalla.

—Lo siento. Pero deberías saber que seguir profundizando en el asunto sólo puede perjudicarte. Eso no va a ayudar a tu hermana. Nunca la ha ayudado.

Butch movió la cabeza lentamente.

—Mierda. Ya lo sé.

—¿Estás seguro?

Sí, lo estaba. Había disfrutado golpeando a Billy Riddle, y había sido para vengarse por lo que le había hecho a Beth. No tenía nada que ver con su hermana. No iba a devolverle la vida, lo sabía perfectamente. Janie se había ido. Hacía mucho tiempo.

Aun así, los ojos tristes de José le hicieron sentirse como si tuviera una enfermedad terminal.

—Todo va a ir bien —se encontró diciendo, aunque realmente no lo creyera.

—No... No te arriesgues demasiado ahí fuera, detective.

Butch abrió la puerta.

—Arriesgarme es lo único que sé hacer, José.

El señor X se recostó en la silla de su oficina, pensando en la noche que se aproximaba. Estaba listo para intentarlo de nuevo, aunque la zona del centro de la ciudad estaba al rojo vivo en ese momento, con la bomba y el descubrimiento del cadáver de la prostituta. Patrullar en busca de vampiros en el barrio del Screamer's iba a ser peligroso, pero el riesgo de ser apresado era un aliciente añadido al desafío.

Si uno quería atrapar un tiburón, no pescaba en agua dulce. Tenía que ir a donde estaban los vampiros.

Sintió una oleada de nerviosismo ante semejante expectativa.

Había estado perfilando sus técnicas de tortura. Y esa mañana, antes de salir para la academia, había visitado el centro de operaciones que prepararía en su granero. Sus herramientas estaban ordenadas y relucientes: un torno de dentista, cuchillos de varios tamaños, un mazo y un cincel, una sierra.

Varios punzones. Para los ojos.

Desde luego, el truco consistía en recorrer esa delgada línea entre el dolor y la muerte. El dolor se podía prolongar durante horas o días. La muerte era el interruptor principal que debía ser apagado.

Alguien llamó a la puerta.

—Entre —dijo él.

Era la recepcionista, una mujer con los brazos grandes como los de un hombre y carente de pechos. Sus contradicciones nunca dejaban de asombrarlo. A pesar de que una especie de envidia delirante por el sexo masculino la había impulsado a tomar esteroides y levantar pesas como un gorila, insistía en usar maquillaje y arreglarse el cabello. Con su camiseta corta y bermudas, parecía una drag queen perversa.

Ella le resultaba desagradable.

Siempre deberías saber quién eres —pensó él—. *Y quién no eres.*

—Hay aquí un tipo que quiere hablar contigo. —Su voz era demasiado grave—. O'Neal, creo que ése es su nombre. Actúa como un policía, pero no ha mostrado la placa.

—Dile que ya salgo. —*Maldito fenómeno de la naturaleza*, agregó para sí.

El señor X tuvo que reírse mientras la puerta se cerraba detrás de ella. De él. O lo que fuera.

Allí estaba él, un hombre sin alma que mataba vampiros, ¿y la estaba llamando monstruo?

Al menos él tenía un objetivo. Y un plan.

Ella iría de nuevo esa noche al Gold's Gym. Justo después de librarse de su sombra de las cinco en punto.

Faltaba poco para las seis cuando Butch aparcó el coche frente al edificio de Beth. Tarde o temprano tendría que devolver el vehículo, pero estar suspendido no significaba estar despedido. El capitán tendría que pedirle que entregara el maldito automóvil.

Había ido a las academias de artes marciales, y hablado con los directores. Uno de aquellos individuos había resultado bastante molesto. El típico arrogante, un fanático de la defensa personal, convencido de que era realmente asiático, a pesar de ser tan blanco como Butch.

Al otro lo había encontrado sumamente extraño. Presentaba un aspecto similar al de un lechero de la década de los años cincuenta, con el cabello rubio, alisado con gomina, y una molesta sonrisa luminosa que parecía sacada de un anuncio de dentífrico de hacía medio siglo. El sujeto se había esforzado al máximo por colaborar, pero había en él algo muy raro. El detector de mentiras de Butch había dado la alarma en el momento en que el señor Mayberry había abierto la boca.

Y además el tipo olía como un marica.

Butch subió de dos en dos los escalones del edificio de Beth y apretó el timbre.

Le había dejado un mensaje en su contestador del trabajo y en casa, en el que le decía que iría a verla. Estaba a punto de apretar de nuevo el interfono cuando la vio a través de la puerta de cristal, entrando en el vestíbulo.

Maldición.

Llevaba un ajustado vestido negro que le sentaba a la perfección, y que casi le hizo palpitar de nuevo las sienes. El escote de pico, bastante pronunciado, dejaba adivinar sus pechos. La cintura ceñida hacía resaltar sus delgadas caderas. Y la abertura en uno de los laterales mostraba ligeramente el muslo a cada paso que daba. Se había puesto tacones altos, haciendo que sus tobillos parecieran frágiles y encantadores.

Ella levantó la cabeza del bolso en el que había estado buscando algo, y pareció sorprendida de verlo.

Llevaba el cabello recogido. Él no pudo evitar imaginar la deliciosa sensación que le invadiría al soltárselo.

Ella abrió la puerta.

—Butch.

—Hola. —Sentía la lengua paralizada, como un niño.

—Recibí tus mensajes —dijo ella suavemente.

Él dio un paso atrás para que ella pudiera salir.

—¿Tienes tiempo para hablar?

Aunque sabía cuál iba a ser su respuesta.

—Ah, ahora no.

—¿Adónde vas?

—Tengo una cita.

—¿Con quién?

Ella lo miró a los ojos con una tranquilidad tan deliberada, que él supo de inmediato que le iba a contar una mentira.

—Nadie en especial.

Sí, claro.

—¿Qué ha pasado con el hombre de anoche, Beth? ¿Dónde está?

—No lo sé.

—Estás mintiendo.

Sus ojos no se apartaron de los de él.

—Si me permites...

Él la agarró del brazo.

—No vayas a verle.

El sonido ronco de un motor rompió el silencio entre ambos. Un Mercedes grande, de color negro, con ventanas oscuras, se detuvo. Algo digno de un narcotraficante.

—Ah, maldición, Beth. —Le apretó el brazo, desesperado por atraer su atención—. No hagas esto. Estás prestando ayuda a un sospechoso.

—Déjame, Butch.

—Él es *peligroso.*

—¿Y tú no lo eres?

La soltó.

—Mañana —dijo ella, mirando hacia atrás—. Hablaremos mañana. Espérame aquí después del trabajo.

Frenético, se interpuso en su camino.

—Beth, no puedo dejar que tú...

—¿Vas a arrestarme?

Como policía, no podía. A menos que le devolvieran la placa.

—No. No lo haré.

—Gracias.

—No te estoy haciendo un favor —dijo él amargamente mientras caminaba a su alrededor—. Beth, *por favor.*

Ella se detuvo.

—Nada es lo que parece.

—No lo sé. Yo veo las cosas bastante claras. Estás protegiendo a un asesino, y tienes muchas posibilidades de ir a parar a una caja de pino. ¿No te das cuenta de cómo es ese tipo? He visto su rostro de cerca cuando su mano estaba alrededor de mi cuello, y me estaba apretando para arrancarme la vida. Un hombre como ése lleva el asesinato en la sangre. Forma parte de su naturaleza. ¿Cómo puedes ir a reunirte con él? Diablos, ¿cómo puedes permitir que circule por las calles?

—Él no es así.

Pero esas palabras fueron formuladas casi como una pregunta.

La puerta del vehículo se abrió, y salió un pequeño anciano vestido con esmoquin.

—Ama, ¿hay algún problema? —le preguntó el hombre solícitamente, al tiempo que lanzaba a Butch una mirada maligna.

—No, Fritz. No pasa nada. —Sonrió, pero un poco insegura—. Mañana, Butch.

—Si vives hasta entonces.

Ella palideció, pero bajó apresuradamente los escalones, deslizándose al interior del coche. Al poco rato, Butch entró en el suyo. Y los siguió.

Cuando Havers oyó pasos que venían hacia el comedor, levantó la vista de su plato frunciendo el ceño. Esperaba que su cena transcurriera sin interrupciones.

Pero no era uno de los doggens con noticias de que había llegado un paciente para ser atendido.

—¡Marissa! —Se levantó de la silla.

Ella le dirigió una sonrisa.

—He pensado bajar. Estoy cansada de pasar tanto tiempo en mi habitación.

—Me complace mucho tu compañía.

Cuando ella llegó a la mesa, él apartó su silla. Estaba contento de haber insistido en que el sitio de ella estuviera siempre preparado, incluso después de haber perdido la esperanza de que le acompañara alguna vez. Y esa noche parecía como si ella estuviera haciendo un esfuerzo mayor que el simple hecho de bajar a cenar. Llevaba puesto un bonito vestido de seda negra con una chaquetilla de cuello rígido y levantado. El cabello le caía alrededor de los hombros, dándole un resplandor dorado a la luz de las velas. Estaba encantadora, y percibió un brillo de entusiasmo. Era un insulto que Wrath no pudiera apreciar todo lo que ella podía ofrecerle, que aquella hembra exquisita de sangre noble no fuera lo suficientemente buena para él.

Y que sólo la utilizara para alimentarse.

—¿Cómo va tu trabajo? —preguntó ella mientras un doggen le servía vino y otro le servía la carne—. Gracias, Phillip. Karolyn, esto parece exquisito.

Cogió un tenedor y pinchó suavemente el rosbif.

Por todos los cielos, pensó Havers. Esto era casi normal.

—¿Mi trabajo? Bien. En realidad, estupendamente. Como te mencioné, he hecho un pequeño avance. Dentro de poco podremos solucionar nuestros problemas alimenticios. —Levantó su vaso y bebió. El vino de Borgoña debía haber sido un acompañamiento perfecto para la carne, pero a él no le sabía bien. Todo lo que había en su plato también le resultaba amargo—. Esta tarde me he hecho una transfusión con sangre almacenada, y me siento de maravilla.

Estaba exagerando un poco. No se sentía enfermo, pero algo no iba bien. Aún no había experimentado la habitual descarga de energía.

—Oh, Havers —exclamó ella suavemente—. Todavía echas de menos a Evangeline, ¿no es así?

—Dolorosamente. Y beber no me resulta... agradable.

No, ya no se mantendría vivo a la manera antigua. De ahora en adelante, lo haría clínicamente, con una aguja esterilizada en el brazo que lo conectara a una bolsa.

—Lo siento mucho —dijo Marissa.

Havers extendió la mano, poniendo la palma hacia arriba sobre la mesa.

—Gracias.

Ella puso su mano en la de él.

—Y siento haber estado tan... preocupada. Pero ahora todo mejorará.

—Sí —dijo él de modo apremiante. Wrath era la clase de bárbaro que querría continuar bebiendo de la vena, pero por lo menos Marissa podía ahorrarse la indignidad—. Podrías probar la transfusión. También te liberará.

Ella apartó la mano y cogió su vaso de vino. Cuando se llevó el Borgoña a la boca, derramó un poco sobre su chaqueta.

—Oh, caramba —murmuró, limpiando con la mano el líquido de la seda—. Soy terriblemente torpe, ¿no es así?

Se quitó la chaqueta y la puso en la silla vacía a su lado.

—¿Sabes, Havers? Me gustaría probarlo. Beber ya no es algo que me parezca apetecible a mí tampoco.

Un delicioso alivio, una prometedora sensación lo dominó. Se trataba de una sensación totalmente ajena, ya que no la había sentido durante mucho tiempo. La idea de que algo podría cambiar para mejorar se había convertido en un concepto extraño para él.

—¿De verdad? —susurró él.

Ella ladeó la cabeza, haciendo que su cabello se deslizara hacia atrás sobre los hombros, y agarró el tenedor.

—Sí, de verdad.

Y entonces vio las marcas en su cuello.

Dos perforaciones inflamadas. Una herida roja en el sitio donde le había chupado. Contusiones de color púrpura en la piel de la clavícula donde una fuerte mano la había aferrado.

El horror lo dejó sin apetito, y volvió borrosa su visión.

—¿Cómo ha podido tratarte tan groseramente? —preguntó Havers en voz baja.

Marissa se llevó la mano al cuello antes de colocar rápidamente un mechón de su cabello hacia delante.

—No es nada. De verdad, no es... nada.

Su hermano no pudo apartar los ojos de aquella zona, y continuó viendo claramente lo que ella había escondido.

—Havers, por favor. Disfrutemos de la comida. —Tomó su tenedor de nuevo, como si estuviera preparada para demostrar exactamente cómo se hacía—. Vamos. Come conmigo.

—¿Cómo puedo hacerlo? —Arrojó sus cubiertos de plata.

—Porque se acabó.

—¿Qué se acabó?

—He roto el pacto con Wrath. Ya no soy su shellan. Y no lo veré más.

Havers sólo pudo mirar al vacío durante un instante.

—¿Por qué? ¿Qué ha cambiado?

—Él ha encontrado una hembra a la que quiere.

La ira se coaguló en las venas de Havers.

—¿Y a quién prefiere por encima de ti?

—No la conoces.

—Conozco a todas las hembras de nuestra clase. ¿Quién es? —exigió saber.

—Ella no es de nuestra clase.

—¿Entonces es una de las elegidas por la Virgen Escribana? —En la jerarquía social de los vampiros, ellas eran las únicas que estaban por encima de una hembra de la aristocracia.

—No. Es humana. O por lo menos medio humana, por lo que he podido deducir a partir de sus pensamientos sobre ella.

Havers se quedó paralizado en su silla. Humana. ¿Una *humana?*

Marissa había sido abandonada por una... *¿Homo sapiens?*

—¿Ya se lo han notificado a la Virgen Escribana? —preguntó con voz quebrada.

—Eso tiene que hacerlo él, no yo. Pero no te equivoques, acudirá a ella. Se... acabó.

Marissa tomó un pedazo pequeño de carne y lo puso entre sus labios. Masticó cuidadosamente, como si hubiera olvidado la manera de hacerlo. O quizá la humillación que estaba sintiendo no le permitía tragar con facilidad.

Havers aferró los brazos de su silla. Su hermana, su hermosa y pura hermana, había sido ignorada. Utilizada. Y también tratada con brutalidad.

Y lo único que quedaba de su unión con su rey era la vergüenza de haber sido dejada de lado por una humana.

Su amor nunca había significado nada para Wrath. Tampoco su cuerpo ni su impecable linaje.

Y ahora el guerrero había mancillado su honor.

El infierno estaba a punto de abrirse.

Wrath se puso la chaqueta de Brooks Brothers. Le apretaba un poco en los hombros, pero su talla era difícil de encontrar, y no se la había dado a Fritz.

De todas formas, aquella prenda podría haber sido hecha a la medida, y aun así se habría sentido aprisionado. Estaba mucho más cómodo con los trajes de cuero y las armas que con aquella porquería de tela.

Entró en el baño y se guiñó un ojo. El traje era negro, al igual que la camisa. Eso era lo único que realmente podía ver.

Santo Dios, probablemente parecía un abogado.

Se despojó de la chaqueta y la colocó sobre la repisa de mármol del lavabo. Echándose el cabello hacia atrás con manos impacientes, lo ató con una tira de cuero.

¿Dónde estaba Fritz? El doggen había salido a buscar a Beth hacía casi una hora. Ya deberían haber regresado, pero la casa todavía estaba vacía.

Ah, diablos. Aunque el mayordomo hubiera tardado sólo un minuto y medio, Wrath se habría sentido inquieto igualmente. Estaba ansioso por ver a Beth, nervioso y distraído. Sólo podía pensar en hundir la cara en su cabello mientras introducía su parte más dura en lo más profundo del cuerpo de ella.

Dios, esos sonidos que hacía cuando alcanzaba el orgasmo.

Miró su propio reflejo. Volvió a ponerse la chaqueta.

Pero el sexo no lo era todo. Quería tratarla con respeto, no sólo tirarla de espaldas. Deseaba ir un poco más despacio. Comer con ella, hablar. Diablos, quería darle lo que a las hembras les gustaba: un poco de ATC (Amor, Ternura y Cuidado).

Ensayó una sonrisa. La hizo más grande, sintiendo como si las mejillas se le fueran a agrietar. De repente, le pareció totalmente falsa, de plástico. Demonios, tenía que aparentar un poco de naturalidad y conseguir una velada romántica. ¿No se trataba de eso?

Se frotó la mandíbula. ¿Qué demonios sabía él de romanticismo?

Se sintió como un estúpido.

No, era algo peor que eso. Aquel nuevo traje elegante lo dejaba al descubierto, y lo que vio fue una auténtica sorpresa.

Estaba cambiando voluntariamente por una hembra, y sólo para tratar de complacerla.

Eso era mezclar el trabajo y el placer, pensó. Por esa razón, nunca debió haberla marcado, jamás debió permitirse acercarse tanto.

Se recordó a sí mismo, una vez más, que cuando ella concluyera su transición, él terminaría la relación. Regresaría a su vida. Y ella habría...

¿Dios, por qué se sentía como si le hubieran atravesado el pecho de un disparo?

—¿Wrath? —La voz de Tohrment retumbó por toda la estancia.

El tono de barítono de su hermano fue un alivio, y lo devolvió a la realidad.

Salió a la habitación y frunció el ceño cuando escuchó el silbido apagado de su hermano.

—Mírate —dijo Tohr, moviéndose a su alrededor.

—Muérdeme.

—No, gracias. Prefiero las hembras. —El hermano se rió—. Aunque tengo que decir que no estás nada mal.

Wrath cruzó los brazos sobre el pecho, pero la chaqueta le apretó tanto que temió desgarrar la costura de la espalda. Dejó caer las manos.

—¿A qué has venido?

—Llamé a tu móvil y no me contestaste. Dijiste que querías que todos nos reuniéramos aquí esta noche. ¿A qué hora?

—Estaré ocupado hasta la una.

—¿La una? —pronunció Tohr con lentitud.

Wrath colocó las manos en las caderas. Una sensación de profunda inquietud, como si alguien hubiera irrumpido en su casa, le asaltó.

Ahora le parecía que la cita con Beth no estaba bien. Pero era demasiado tarde para cancelarla.

—Digamos que a media noche —dijo.

—Les diré a los hermanos que estén preparados.

Tuvo la sensación de que Tohr sonreía disimuladamente, pero la voz del vampiro era firme.

—Oye, Wrath.

—¿Qué?

—Ella es tan hermosa como tú piensas que es. Sólo te lo digo por si querías saberlo.

Si cualquier otro macho hubiera dicho eso, Wrath le habría propinado un puñetazo en la nariz. Y aunque se trataba de Tohr, su ira amenazó con salir a la superficie. No le gustaba que le recordaran lo irresistible que era ella. Eso le hizo pensar en el macho a quien ella sería destinada para el resto de su vida.

—¿Quieres decirme algo o simplemente estás ejercitando los labios?

No era una invitación a opinar, pero de todas formas, Tohr aprovechó la oportunidad.

—Estás enamorado.

Debería recibir un *Vete a la mierda* como respuesta, pensó Wrath.

—Y creo que ella siente lo mismo —remató Tohr.

Oh, grandioso. Eso le hacía sentirse mejor. Encima le rompería el corazón.

La cita era *realmente* una idea pésima. ¿Adónde pensaba que les conduciría toda esa mierda romántica?

Wrath desnudó los colmillos.

—Sólo estoy haciendo tiempo hasta que ella pase por su transición. Eso es todo.

—Sí, seguro. —Cuando Wrath gruñó desde las profundidades de la garganta, el otro vampiro se encogió de hombros—. Nunca antes te había visto acicalarte para una hembra.

—Es la hija de Darius. ¿Quieres que me comporte como Zsadist con una de sus prostitutas?

—Santo Dios, claro que no. Y, demonios, desearía que dejara eso. Pero me gusta lo que está pasando entre tú y Beth. Has estado solo demasiado tiempo.

—Ésa es tu opinión.

—Y la de otros.

La frente de Wrath se cubrió de sudor.

La sinceridad de Tohr le hizo sentirse atrapado. Y también el hecho de que se suponía que solamente estaba protegiendo a Beth, pero se preocupaba por hacer que ella se sintiera más especial para él de lo que en realidad era.

—¿No tienes nada que hacer? —preguntó.

—No.

—Mala suerte la mía.

Desesperado por ocuparse en algo, se dirigió al sofá y recogió su chaqueta de cuero. Necesitaba reemplazar las armas que le habían quitado, y puesto que Tohr no parecía tener mucha prisa por marcharse, aquella distracción era mejor que ponerse a gritar.

—La noche que Darius murió —dijo Tohr—, me dijo que tú te habías negado a cuidar de ella.

Wrath abrió el armario y metió la mano en una caja llena de estrellas arrojadizas, dagas y cadenas. Seleccionó unas cuantas con ademanes bruscos.

—¿Y?

—¿Qué te hizo cambiar de opinión?

Wrath apretó los dientes, haciéndolos rechinar, a punto de perder los estribos.

—Está muerto. Estoy en deuda con él.

—También estabas en deuda con él cuando estaba vivo.

Wrath empezó a dar vueltas.

—¿Tienes que tratar algún otro asunto conmigo? Si no, lárgate ya de aquí.

Tohr levantó las manos.

—Tranquilo, hermano.

—Tranquilo, una mierda. No hablaré de ella ni contigo ni con nadie más. ¿Entendido? Y mantén tu boca cerrada con los hermanos.

—De acuerdo, de acuerdo. —Tohr retrocedió hacia la puerta—. Pero hazte un favor. Acepta lo que está pasando con esa hembra. Una debilidad no reconocida puede resultar mortífera.

Wrath gruñó y se puso en posición de ataque, adelantando la parte superior del cuerpo.

—¿Debilidad? ¿Y me lo dice un macho que es lo bastante estúpido para amar a su shellan? Debes de estar bromeando.

Hubo un largo silencio hasta que Tohr habló de nuevo, suavemente, como si estuviera meditando cada palabra:

—Tengo suerte de haber encontrado el amor. Todos los días agradezco a la Virgen Escribana que Wellsie forme parte de mi vida.

Wrath sintió una oleada de ira, provocada por algo que no podía solucionar a golpes.

—Eres patético.

Tohr siseó:

—Y tú has estado muerto centenares de años, pero eres demasiado egoísta para buscar una tumba y quedarte en ella.

Wrath tiró al suelo la chaqueta de cuero.

—Por lo menos no recibo órdenes de una hembra.

—Precioso traje.

Wrath acortó la distancia que los separaba con dos zancadas, mientras su compañero se preparaba para un choque frontal. Tohrment era un macho grande, con hombros anchos y brazos largos, poderosos. La pelea parecía inminente.

Wrath sonrió fríamente, alargando los colmillos.

—Si pasaras tanto tiempo defendiendo a nuestra raza como el que pasas persiguiendo a esa hembra tuya, tal vez no habríamos perdido a Darius. ¿Has pensado en eso?

La angustia afloró al rostro de Tohr como sangre de una herida en el pecho, y el candente dolor del vampiro espesó el aire. Wrath percibió el olor, llevando el ardor de la aflicción a lo más profundo de sus pulmones y al alma. Haber mancillado el honor y el valor de un macho con un golpe tan bajo le hizo sentirse francamente despreciable. Y mientras esperaba el ataque de Tohr, dio la bienvenida al odio interno como a un viejo amigo.

—No puedo creer que hayas dicho eso. —La voz de Tohr temblaba—. Necesitas...

—No quiero ninguno de tus inútiles consejos.

—*Vete a la mierda*. —Tohr le dio un buen golpe en el hombro—. De todos modos lo vas a recibir. Ya va siendo hora de que aprendas quiénes son realmente tus enemigos, cabrón arrogante, antes de que te quedes solo.

Wrath apenas escuchó la puerta cerrarse de golpe. La voz que oía en su cabeza, gritándole que era un despreciable pedazo de mierda, anulaba casi todo lo demás.

Inhaló una larga bocanada de aire y vació sus pulmones con un fuerte grito. El sonido hizo vibrar toda la habitación, sacudiendo las puertas, las armas sin sujeción, el espejo del baño. Las velas soltaron una furiosa llamarada como respuesta, acariciando con sus llamas las paredes, deseosas de liberarse de sus mechas y destruir lo que encontraran a su paso. Rugió hasta que sintió un tremendo escozor en la garganta y su pecho se inflamó.

Cuando al fin recobró la calma, no sintió alivio. Sólo remordimiento.

Se dirigió al armario y sacó una Beretta de nueve milímetros. Después de cargarla, insertó el arma en la parte de atrás de su cinturón. Luego fue hacia la puerta y subió los escalones de dos en dos, tratando de llegar lo más rápidamente posible al primer piso.

Al entrar en el salón, aguzó el oído. El silencio era uno de los mejores tranquilizantes. Necesitaba calmarse.

Se entretuvo rondando por la casa, deteniéndose en la mesa del comedor. Había sido preparada tal como él había pedido. Dos cubiertos en cada extremo. Cristal, plata y velas.

¿Y había llamado patético a su hermano?

Si no hubiera sido porque se trataba de las valiosas pertenencias de Darius, habría barrido la mesa entera de un manotazo. Movió su mano, como si estuviera preparado para seguir aquel impulso, pero la chaqueta lo aprisionó. Aferró las solapas del traje, dispuesto a arrancarse aquella prenda de la espalda y quemarla, pero, en aquel momento, la puerta principal se abrió. Se dio la vuelta.

Allí estaba ella, traspasando el umbral y entrando en el vestíbulo.

Wrath bajó las manos, olvidando por un instante su ira.

Beth vestía de negro. Tenía el cabello recogido. Olía... a rosas nocturnas en flor. Respiró profundamente, su cuerpo se puso rígido, mientras su instinto más salvaje le pedía poseerla allí mismo.

Pero entonces percibió las emociones de la mujer. Estaba recelosa, nerviosa. Pudo darse cuenta claramente de su desconfianza, y sintió una perversa satisfacción cuando ella vaciló en mirarlo.

Su mal humor volvió, agudo y cortante.

Fritz estaba ocupado cerrando la puerta, pero la felicidad del doggen era evidente en el aire que le rodeaba, reluciente como la luz del sol.

—He dejado una botella de vino en el salón. Serviré el primer plato en treinta minutos, ¿está bien?

—No —ordenó Wrath—. Nos sentaremos ahora.

Fritz pareció desconcertado, pero luego captó claramente el cambio en las emociones de Wrath.

—Como desee, amo. Enseguida.

El mayordomo desapareció como si algo se hubiera incendiado en la cocina.

Wrath miró fijamente a Beth.

Ella dio un paso hacia atrás. Probablemente porque él estaba deslumbrante.

—Pareces... diferente —dijo ella—. Con esa ropa.

—Si piensas que la ropa me ha civilizado, no te engañes.

—No me engaño.

—Está bien. Entonces terminemos con esto.

Wrath entró en el comedor, pensando que ella le seguiría. Y si no quería hacerlo, probablemente sería mejor. De todas formas, tampoco él tenía muchas ganas de sentarse a la mesa.

CAPÍTULO

25

B eth observó con estupor cómo Wrath se alejaba
con una indiferencia absoluta. Le dio la sensación
de que le importaba un rábano si ella cenaba con él o no.

Si no estuviese reflexionando todavía sobre la conveniencia de aquella cita, se habría sentido totalmente insultada. Él la había invitado a cenar. ¿Entonces por qué
se había mostrado tan contrariado cuándo ella había aparecido? Estuvo tentada de volver sobre sus pasos y salir a
todo correr de aquella casa.

Pero lo siguió hasta el comedor porque le pareció
que no tenía elección. Había tantas cosas que quería saber, cosas que sólo él podría explicarle. Aunque si tuviera
otra forma de obtener la información que necesitaba preguntando a cualquier otra persona, no estaría allí.

A medida que avanzaba delante de ella, se concentró
en su nuca, intentando ignorar su enérgica zancada. Pero
no pudo sustraerse a sus poderosos movimientos. Él caminaba con una desenvoltura que hacía que sus hombros
se agitaran a cada paso bajo su elegante chaqueta. Mientras sus brazos se balanceaban, ella sabía que sus muslos
se contraían y relajaban. Lo imaginó desnudo, con los
músculos endureciéndose bajo su piel.

La voz de Butch resonó en su cabeza: *Un hombre como ése lleva el asesinato en la sangre. Forma parte de su naturaleza.*

Sin embargo, la noche anterior Wrath le había pedido que se marchara cuando consideró que era un peligro para ella.

Se dijo a sí misma que tenía que olvidarse de tratar de conciliar todas aquellas contradicciones. Todas sus cavilaciones eran tan inútiles como intentar adivinar el futuro en las hojas de té. Necesitaba seguir su instinto, y éste le decía que Wrath era la única ayuda que tenía.

Al entrar en el comedor, la hermosa mesa puesta para ellos fue una agradable sorpresa. Había un centro de narcisos y orquídeas, candelabros de marfil, y la porcelana y la plata relucían con todo su esplendor.

Wrath se dio la vuelta y retiró una silla, esperando que ella se sentara.

Dios, estaba fantástico con aquel traje. Por la abertura de la camisa asomaba su cuello, y la seda negra hacía que su piel pareciera bronceada. Era una pena que estuviera de tan mal humor. Su rostro parecía tan poco amistoso como su temperamento, y con el cabello peinado hacia atrás, su mandíbula resaltaba todavía más su agresividad.

Algo lo había puesto así. Algo muy grave.

Justo el hombre para la cita perfecta —pensó ella—. *Un vampiro iracundo con modales de gañán.*

Se acercó con cautela. Cuando deslizó el asiento para que ella se sentara, hubiera podido jurar que él se había inclinado e inhalado profundamente el perfume de su cabello.

—¿Por qué has tardado tanto? —preguntó él, sentándose a la cabecera de la mesa. Ante su silencio, él enarcó una ceja, que sobresalió de la montura de sus gafas de sol—. ¿Ha tardado Fritz en convencerte de que vinieras?

Para entretenerse en algo, ella cogió la servilleta y la desplegó en su regazo.

—No ha sido nada de eso.

—Entonces qué ha sucedido.

—Butch nos siguió. Tuvimos que esperar hasta que logramos despistarlo.

Ella se percató de que el aire alrededor de Wrath se oscurecía, como si su enfado absorbiera la luz directamente.

Fritz entró con dos pequeños platos de ensalada. Los puso sobre la mesa.

—¿Vino? —preguntó.

Wrath asintió con la cabeza.

Una vez que el mayordomo terminó de servir el vino y salió, ella agarró un pesado tenedor de plata, obligándose a comer.

—¿Y ahora por qué te doy miedo? —La voz de Wrath era sardónica, como si se burlara de sus temores.

Ella pinchó la ensalada.

—Hmm. ¿Podría ser porque parece como si quisieras estrangular a alguien?

—De nuevo has entrado en esta casa asustada. Antes de que me vieras, ya estabas muerta de miedo. Quiero saber por qué.

Ella no apartó la vista del plato.

—Tal vez alguien me recordó que anoche casi matas a un amigo mío.

—Cristo, ya basta con eso.

—Has sido tú quien ha preguntado —respondió ella—. No te enfades si no te gusta mi respuesta.

Wrath se limpió la boca con impaciencia.

—Pero al final no lo maté, ¿no es así?

—Sólo porque yo te detuve.

—¿Y eso te molesta? A la mayoría de las personas les encanta ser héroes.

Ella soltó su tenedor.

—¿Sabes una cosa? No quiero estar aquí contigo.

Él siguió comiendo.

—¿Entonces por qué has venido?

—¡Porque tú me pediste que viniera!

—Créeme, puedo aceptar una negativa —afirmó, como si ella no le preocupara en absoluto.

—Ha sido un tremendo error. —Ella colocó su servilleta al lado del plato mientras se levantaba.

Él soltó una maldición.

—Siéntate.

—No me des órdenes.

—Permíteme que enmiende eso. Siéntate y cállate.

Ella lo miró sorprendida.

—Tú, arrogante cabrón...

—No eres la primera que me llama así esta noche, muchas gracias.

El mayordomo escogió ese momento para entrar con unos pastelillos calientes.

Ella miró con fiereza a Wrath y tendió una mano, fingiendo que sólo intentaba alcanzar la botella de vino. No iba a marcharse delante de Fritz. Además, de repente, sintió ganas de quedarse.

Así podría gritarle a Wrath un poco más.

Cuando estuvieron solos de nuevo, ella siseó:

—¿Qué pretendes conseguir hablándome así?

Él tomó un último bocado de ensalada, puso el tenedor en el borde del plato y se limpió con la servilleta, dándose ligeros toquecillos en las comisuras de los labios. Como si lo hubiera aprendido en el manual de etiqueta de la mismísima Emily Post.

—Vamos a aclarar una cosa —dijo—. Tú me necesitas. Así que olvídate ya de lo que *pude* haberle hecho a ese policía. Tu buen compañero Butch todavía camina sobre la tierra, ¿no es así? Entonces, ¿cuál es el problema?

Beth lo miró fijamente, intentando leer en su mirada a través de sus gafas, buscando un poco de suavidad, algo a lo que ella pudiera conectarse. Pero aquellas gafas oscuras eran una barrera infranqueable, y los duros rasgos de su cara no le revelaron ningún indicio.

—¿Cómo puede significar la vida tan poco para ti? —le preguntó ella en voz alta. Él le dirigió una fría sonrisa—. ¿Cómo puede significar la muerte tanto *para ti*?

Beth se apoyó en el respaldo de la silla, sobrecogida por su presencia. No podía creer que hubiera hecho el amor con él —no, se corrigió, que hubiera tenido sexo con él—. Aquel hombre era absolutamente insensible.

De repente, sintió que un dolor sordo se instalaba en su corazón. Y no era a causa de la dureza que estaba mostrando con ella, sino porque se sentía defraudada. Realmente, había deseado que fuera diferente a lo que, en aquel momento, aparentaba. Había querido creer que aquellos arrebatos de calidez que le había mostrado formaban parte de él en la misma medida que su lado violento.

Puso su mano sobre el pecho, intentando alejar aquel dolor.

—Quisiera marcharme, si no te importa.

Un largo silencio se abrió paso entre ellos.

—Ah, diablos... —murmuró él, respirando lentamente—. Esto no está bien.

—No, no lo está.

—Pensé que te merecías... No sé. Una cita. O algo..., algo normal. —Se rió con rudeza mientras ella lo miraba con sorpresa—. Una idea estúpida. Ya lo sé. Debería dedicarme a aquello en lo que soy experto. Estaría más cómodo enseñándote a matar.

Bajo su feroz orgullo, ella vislumbró que, en el fondo, había algo más. ¿Inseguridad? No, no era eso. Con él se trataría, naturalmente, de algo más intenso.

Autodesprecio.

Fritz volvió para recoger los platos de la ensalada, reapareciendo de inmediato con la sopa. Era una *vichyssoise* fría. *Curioso*, pensó ella distraídamente. Generalmente, la sopa se servía primero, y luego la ensalada, ¿o no? Seguramente los vampiros tenían muchas costumbres diferentes. Como poseer más de una mujer.

Sintió que su estómago daba un vuelco. No quería pensar en eso. Se negaba a hacerlo.

—Mira, quiero que sepas —dijo Wrath mientras levantaba su cuchara— que yo lucho para protegerme, no porque sienta placer asesinando. Pero he matado a miles de personas. A miles, Beth. ¿Entiendes? Así que, si pretendes que no me sienta cómodo ante la muerte, estás equivocada. No puedo hacer eso por ti. Simplemente, no puedo.

—¿Miles? —masculló ella agobiada.

Él asintió.

—Y en nombre de Dios, ¿contra quién luchas?

—Bastardos que te matarían tan pronto como pases por la transición.

—¿Cazadores de vampiros?

—Restrictores. Humanos que han vendido sus almas al Omega a cambio de un reino de terror libre.

—¿Quién, o qué, es el Omega? —Cuando ella pronunció la palabra, las velas parpadearon furiosamente, como atormentadas por manos invisibles.

Wrath dudó. Realmente parecía incómodo hablando de aquel asunto. Él, que no le tenía miedo a nada.

—¿Quieres decir el demonio? —insistió ella.

—Peor aún. No puedes compararlos. Uno es simplemente una metáfora. El otro es real, muy real. Afortunadamente, el Omega tiene una oponente, la Virgen Escribana. —Sonrió irónicamente—. Bien, quizás *afortunadamente* sea una palabra demasiado fuerte. Pero existe un equilibrio.

—Dios y Lucifer.

—Podría ser, si utilizamos tu vocabulario. Nuestra leyenda dice que los vampiros fueron creados por la Virgen Escribana como su único legado, como sus niños escogidos. El Omega se resintió por la capacidad de ella de generar vida y despreció los poderes especiales que le había otorgado a la raza vampiríca. La Sociedad Restrictora fue su respuesta. Utiliza a los humanos porque es incapaz de procrear y además son una fuente de agresividad disponible de inmediato.

Esto es simplemente demasiado extraño, pensó ella. Intercambio de almas. Inmortalidad. Esas cosas no existían en el mundo real.

Aunque, pensándolo bien, ella estaba cenando con un vampiro. ¿Cómo podía pensar que todo lo que estaba oyendo era imposible?

Pensó en el hermosísimo hombre rubio que había visto cosiéndose a sí mismo.

—Tienes compañeros que luchan contigo, ¿verdad?

—Mis hermanos. —Bebió un sorbo de su copa de vino—. Tan pronto como los vampiros reconocieron que estaban amenazados, escogieron a los machos más fuertes y poderosos. Los entrenaron para luchar y enfrentarse a los restrictores. Después, esos guerreros procrearon con las hembras más fuertes durante varias generaciones, hasta que surgió una subespecie de vampiros. Los más poderosos de esta clase fueron instruidos para formar parte de la Hermandad de la Daga Negra.

—¿Sois hermanos de sangre?

Él sonrió forzadamente.

—Podría decirse que sí.

Su rostro se puso serio, como si fuera un asunto privado. Ella notó que no le diría nada más sobre la Hermandad, pero todavía sentía curiosidad sobre la guerra que estaban librando, sobre todo porque ella estaba a punto de convertirse en uno de aquellos que necesitaban de su protección.

—Entonces, tú matas humanos.

—Sí, aunque ya están técnicamente muertos. Para darles a sus luchadores la longevidad y la fuerza necesaria para combatirnos, el Omega tiene que despojarlos de sus almas. —Sus severas facciones dejaron entrever un atisbo de repugnancia—. Aunque tener alma no ha evitado que los humanos nos persigan.

—A ti no te gustan..., no te gustamos nosotros, ¿verdad?

—En primer lugar, la mitad de la sangre que corre por tus venas procede de tu padre. Y en segundo, ¿por qué habrían de gustarme los humanos? Me maltrataron y repudiaron antes de mi transición, y la única razón por la que no me fastidian ahora es porque se mueren de miedo al verme. ¿Y si se llegara a saber que existen los vampiros? Nos perseguirían aunque no pertenecieran a la Sociedad. Cuando los humanos se sienten amenazados por algo que no controlan, su respuesta es luchar. Pero son unos bravucones, se aprovechan del débil y se inclinan ante el fuerte. —Wrath sacudió la cabeza—. Además, me irritan. ¿Has visto cómo aparece retratada nuestra especie en su folclore? Mira a Drácula, por el amor de Dios, un maligno chupasangre que acecha a los indefensos. También hay películas de serie B y porno. Por no mencionar esa mascarada de Halloween. Colmillos de plástico y capas negras. Las únicas cosas que han reflejado correctamente esos idiotas son que bebemos sangre y que no podemos salir a la luz del día. El resto es pura mierda, inventada para alienarnos e infundir miedo a las masas. O algo peor y ofensivo: la ficción se utiliza para idear una especie de mística para humanos aburridos que piensan que el lado oscuro es un lugar divertido para visitar.

—Pero tú realmente no nos cazas, ¿verdad?

—No uses esa palabra. Son *ellos*, Beth. No *nosotros*. Tú no eres completamente humana ahora mismo, y muy pronto carecerás de toda parte humana. —Hizo una pausa—. Y no, yo no los cazo. Pero si se interponen en mi camino, se verán en un serio problema.

Ella reflexionó durante unos instantes sobre lo que él acababa de decir, tratando de ignorar el pánico que la invadía cada vez que pensaba en la transición que, supuestamente, estaba a punto de atravesar.

—Cuando atacaste a Butch así... Seguramente él no es un..., cómo se dice..., un restrictor.

—Él trató de alejarme de ti. —Wrath apretó la mandíbula—. Aplastaré a todo el que lo haga, sea o no tu amante. Si lo hace de nuevo...

—Me prometiste que no lo matarías.

—No lo mataré. Pero no voy a ser suave con él.

Ella pensó que era mejor poner al Duro sobre aviso.

—¿Por qué no comes? —preguntó Wrath—. Necesitas alimentarte.

Ella miró hacia abajo. ¿Comida? ¿Su vida se había convertido, de la noche a la mañana, en una novela de Stephen King, y él se preocupaba por su dieta?

—Come. —Inclinó la cabeza hacia su plato—. Debes estar lo más fuerte posible para el cambio.

Beth levantó su cuchara, sólo para que él no continuara con la monserga. La sopa le supo a pegamento, aunque imaginó que estaba bien preparada y perfectamente sazonada.

—Tú vas armado ahora mismo, ¿no es así? —preguntó ella.

—Sí.

—¿Alguna vez abandonas tus armas?

—No.

—Pero cuando estábamos... —Cerró la boca antes de que las palabras *haciendo el amor* salieran de ella.

Él se inclinó.

—Siempre tengo algo a mi alcance, incluso cuando te poseo.

Beth tragó otra cucharada de sopa. Ardientes pensamientos entraron en conflicto con la horrible sensación de que o bien era un paranoico, o el mal verdaderamente siempre acechaba.

Y demonios, Wrath era muchas cosas. Pero no le parecía precisamente un tipo histérico.

Hubo un largo silencio entre ellos, hasta que Fritz se llevó los platos de sopa y trajo el cordero. Ella notó que la carne de Wrath había sido cortada en pedazos del tamaño de un bocado. *Qué extraño*, pensó.

—Después de la cena quiero mostrarte algo. —Él cogió su tenedor e hizo un par de intentos para pinchar la carne.

Y fue entonces cuando ella comprendió que ni siquiera se molestaba en mirar hacia su plato. Tenía la mirada fija en un punto debajo de la mesa.

Un escalofrío la atravesó. Había algo muy raro.

Miró cuidadosamente las gafas de sol que él llevaba.

Recordó las yemas de sus dedos buscando su rostro aquella primera noche que estuvieron juntos, como si hubiera intentando ver sus rasgos a través del tacto. Y empezó a pensar que tal vez él no llevaba aquellas gafas para protegerse de la luz, sino para tapar sus ojos.

—¿Wrath? —dijo ella suavemente.

Él extendió el brazo para alcanzar su copa de vino, sin cerrar su mano alrededor de ésta hasta que notó el tacto del cristal.

—¿Qué? —Se llevó la copa a los labios, pero volvió a ponerla en la mesa—. ¿Fritz? Necesitamos el tinto.

—Aquí está, amo. —El mayordomo entró con otra botella—. ¿Ama?

—Ah, sí, gracias.

Cuando la puerta de la cocina se cerró, Wrath dijo:

—¿Quieres preguntarme algo más?

Ella se aclaró la garganta. Hacía un instante estaba desesperada por encontrar una debilidad en él, y ahora la invadía la absoluta certeza de que era ciego.

Si fuera inteligente, cosa que era seriamente discutible, le habría hecho la lista de preguntas que había confeccionado y luego se habría ido a casa.

—¿Beth?

—Sí..., eh, ¿entonces es verdad que tú no puedes salir durante el día?

—Los vampiros no soportan la luz del sol.

—¿Qué les sucede?

—Inmediatamente su cuerpo se cubre con quemaduras de segundo y tercer grado por la exposición al sol. Poco después ocurre la incineración. El sol no es algo con lo que se pueda jugar.

—Pero yo puedo salir.

—Tú no has sufrido todavía el cambio. Aunque, ¿quién sabe? A lo mejor, incluso después podrías ser capaz de tolerar la luz. Las personas que tienen un padre humano pueden responder de forma diferente. Las peculiaridades propias de los vampiros pueden diluirse. —Tomó un trago de su copa, lamiéndose los labios—. Pero tú no, tú vas a pasar por la transición, la sangre de Darius corre fuertemente por tus venas.

—¿Con qué frecuencia tendré que... alimentarme?

—Al principio, bastante a menudo. Quizás dos o tres veces al mes. Aunque, como te he dicho, no hay manera de saberlo.

—Después de que me ayudes la primera vez, ¿cómo podré encontrar un hombre del que pueda beber...?

El gruñido de Wrath la interrumpió. Cuando levantó la vista, se sobrecogió. Estaba molesto de nuevo.

—Yo me encargaré de encontrarte a alguien —dijo él con un acento más marcado de lo usual—. Hasta entonces, me utilizarás a mí.

—Espero que eso sea pronto —murmuró, pensando que él no parecía muy feliz de estar junto a ella.

Él frunció los labios mientras la miraba.

—¿Tan impaciente estás por encontrar a alguien más?

—No, sólo pensé que...

—¿Qué? ¿Pensaste qué? —Su tono era duro, tan duro como la mirada fija que podía adivinar tras las gafas.

Quería decirle que le parecía, con toda claridad, que él no tenía ni el más mínimo deseo de permanecer a su lado, pero le resultaba difícil encontrar las palabras adecuadas. El rechazo la hería, aunque trataba de convencerse de que, sin duda, estaría mejor sin él.

—Yo..., ah, Tohr dijo que tú eras el rey de los vampiros. Supongo que eso te mantendrá ocupado.

—Mi compañero tendrá que aprender a cerrar la boca.

—¿Es verdad? ¿Tú eres el rey?

—No —dijo él bruscamente.

Bueno, si eso no era un portazo en su cara...

—¿Estás casado? Quiero decir, ¿tienes una compañera? ¿O dos? —añadió rápidamente, imaginando que bien podía soltar todas sus dudas. El mal humor volvía a planear sobre él. No creía que pudiera empeorarlo.

—Por Cristo. No.

Hasta cierto punto, aquella respuesta fue un alivio, aunque estaba claro lo que él pensaba de las relaciones.

Ella tomó un sorbo de vino.

—¿No hay ninguna mujer en tu vida?

—No.

—Entonces, ¿de quién te alimentas?

Largo silencio nada prometedor.

—Hubo alguien.

—¿Hubo?

—Hubo.

—¿Hasta cuándo?

—Recientemente. —Se encogió de hombros—. Nunca estuvimos juntos. Éramos una mala pareja.

—¿A quién acudes ahora?

—Dios, eres periodista hasta cuando no trabajas, ¿no es así?

—¿A quién? —insistió ella.

Él la miró durante un largo instante. Y luego su semblante se transformó, relajando un poco la agresividad que había mostrado hasta entonces. Apoyó suavemente el tenedor en su plato y colocó la otra mano en la mesa con la palma hacia arriba.

—Ah, diablos.

A pesar de su maldición, de repente, el aire pareció menos denso.

Al principio, ella no confió en aquel cambio de humor, pero entonces él se quitó las gafas y se frotó los ojos. Cuando se volvió a poner las gafas, ella notó que su pecho se ensanchaba, como si estuviera reuniendo fuerzas.

—Dios, Beth, creo que quería que fueras tú, a pesar de que no voy a estar cerca mucho tiempo después de tu transición. —Sacudió la cabeza—. Soy un estúpido hijo de perra.

Beth parpadeó, sintiendo una especie de calor sexual pensando que él bebería su sangre para sobrevivir.

—Pero no te preocupes —dijo él—. Eso no va a pasar. Y pronto te encontraré otro macho.

Alejó su plato, sin apenas probar el cordero.

—¿Cuándo fue la última vez que te alimentaste? —preguntó ella, pensando en el poderoso deseo contra el que le había visto luchar.

—Anoche.

Una opresión en el pecho le hizo sentirse como si sus pulmones estuvieran bloqueados.

—Pero no me mordiste.

—Fue después de que te fueras.

Ella lo imaginó con otra mujer en sus brazos. Cuando intentó alcanzar la copa de vino, la mano le temblaba.

Estupendo. Sus emociones se sucedían unas a otras de una forma vertiginosa esa noche. Había estado aterrada, enfadada, locamente celosa.

Se preguntó cuál sería la siguiente.

Y tuvo el pleno convencimiento de que no se trataría, precisamente, de la felicidad.

Beth colocó de nuevo la copa de vino sobre la mesa, deseando tener más control sobre sí misma.

—No te gusta, ¿verdad? —dijo Wrath en voz baja.

—¿El qué?

—Que yo beba de otra hembra.

Ella se rió lúgubremente, despreciándose a sí misma, a él y toda aquella maldita situación.

—¿Disfrutas restregándomelo por las narices?

—No. —Por un momento, él guardó silencio—. La idea de que algún día tú marques la piel de otro macho con tus dientes y metas su sangre dentro de ti me vuelve loco.

Beth lo miró fijamente.

¿Entonces por qué no te quedas conmigo?, pensó ella.

Wrath sacudió la cabeza.

—Pero no puedo permitirme eso.

—¿Por qué no?

—Porque tú no puedes ser mía. No importa lo que haya dicho antes.

Fritz entró, recogió los platos y sirvió el postre: fresas colocadas delicadamente sobre un plato con bordes dorados y un poco de salsa de chocolate al lado para bañarlas, junto a una galleta pequeña.

Normalmente, Beth habría despachado aquella exquisita combinación en cuestión de segundos, pero se encontraba demasiado agitada para comer.

—¿No te gustan las fresas? —preguntó Wrath mientras se llevaba una a la boca. Sus brillantes dientes blancos mordieron la roja carne.

Ella se encogió de hombros, obligándose a mirar hacia otro lado.

—Sí me gustan.

—Toma. —Cogió una fresa de su plato y se inclinó hacia ella—. Permíteme que yo te la dé.

Sus largos dedos sostuvieron el pedúnculo con firmeza, mientras su brazo se balanceaba en el aire.

Ella deseaba tomar lo que él le ofrecía.

—Puedo comer por mí misma.

—Ya lo sé —dijo él suavemente—. Pero ésa no es la cuestión.

—¿Tuviste sexo con ella? —preguntó.

Enarcó las cejas con sorpresa.

—¿Anoche?

Ella asintió con la cabeza.

—Cuando te alimentas, ¿le haces el amor?

—No. Y déjame contestar a tu siguiente pregunta. Ahora mismo, no me acuesto con nadie más que contigo.

Ahora mismo, repitió ella mentalmente.

Beth bajó la mirada hacia sus manos, colocadas en su regazo, sintiéndose herida de una forma estúpida.

—Déjame alimentarte —murmuró él—. Por favor.

Oh, madura, se dijo ella. Eran adultos. Eran maravillosos en la cama, y eso nunca le había sucedido jamás con ningún hombre. ¿Realmente iba a alejarse sólo porque iba a perderlo?

Además, aunque le prometiera un futuro de rosas, un hombre como él no permanecería en casa mucho tiempo. Era un luchador que andaba con una pandilla de tipos como él. Los asuntos domésticos y el hogar le resultarían tremendamente aburridos.

Lo tenía ahora. Lo quería ahora.

Beth se inclinó hacia delante en su silla, abrió la boca, poniendo los labios alrededor de la fresa, tomándola entera. Los labios de Wrath temblaron al verla morder, y cuando un poco del dulce jugo escapó y goteó hacia su barbilla, soltó un silbido ahogado.

—Quiero lamer eso —murmuró por lo bajo. Se estiró hacia delante, pero consiguió dominarse. Levantó su servilleta.

Ella puso su mano en la de él.

—Usa tu boca.

Un sonido grave, surgido de lo más profundo de su pecho, retumbó en la habitación.

Wrath se inclinó hacia ella, ladeando la cabeza. Ella captó un destello de sus colmillos mientras sus labios se abrían y su lengua salía. Lamió el jugo y luego se apartó.

La miró fijamente. Ella le devolvió la mirada. Las velas parpadearon.

—Ven conmigo —dijo él, ofreciendo su mano.

Beth no vaciló. Puso su palma contra la de él y dejó que la guiara. La llevó al salón, accionó el resorte del cuadro y atravesaron la pared, descendiendo por la escalera de piedra. Él parecía inmenso en medio de la oscuridad.

Cuando llegaron al rellano inferior, la llevó a su alcoba. Ella miró hacia la enorme cama. Había sido arreglada, con las almohadas pulcramente alineadas contra el cabezal y las sábanas de satén suaves como agua inmóvil. Una oleada de calor invadió su cuerpo al recordar lo que había sentido al tenerlo encima, moviéndose dentro de ella.

De nuevo estaban allí, pensó. Y no podía esperar.

Un profundo gruñido le hizo mirar por encima de su hombro. La mirada de Wrath estaba fija en ella como en un blanco de tiro.

Le había leído el pensamiento. Sabía lo que ella quería. Y estaba listo para entregárselo.

Caminó hacia ella, y Beth oyó que la puerta se cerraba con el cerrojo. Miró a su alrededor, preguntándose si había alguien más en la estancia. Pero no vio a nadie.

La mano de él se dirigió hacia su cuello, doblándole la cabeza hacia atrás con el dedo pulgar.

—Toda la noche he querido besarte.

Ella se preparó para algo fuerte, dispuesta para cualquier cosa que él pudiera darle, sólo que cuando sus labios se posaron sobre los de ella lo hicieron con una extraordinaria dulzura. Pudo sentir la pasión en las tensas líneas de su cuerpo, pero claramente se negaba a apresurarse. Cuando alzó la cabeza, le sonrió.

Pensó que ya estaba totalmente acostumbrada a los colmillos.

—Esta noche vamos a hacerlo lentamente —dijo él.

Pero ella lo detuvo antes de que él la besara de nuevo.

—Espera. Hay algo que debo... ¿Tienes condones?

Él frunció el entrecejo.

—No. ¿Por qué?

—¿Por qué? ¿Has oído hablar de sexo seguro?

—Yo no soy portador de ese tipo de enfermedades, y tú no puedes contagiarme nada.

—¿Cómo lo sabes?

—Los vampiros están inmunizados contra los virus humanos.

—¿Entonces puedes tener todo el sexo que quieras? ¿Sin preocuparte por nada?

Cuando él asintió con la cabeza, ella se sintió un poco mareada. Dios, cuántas mujeres debe haber...

—Y tú no eres fértil —dijo él.

—¿Cómo lo sabes?

—Confía en mí. Los dos lo sabríamos si lo fueras. Además, no tendrás tu primera necesidad hasta pasados cinco años más o menos después de la transición. E incluso cuando estés en esa época, la concepción no está garantizada porque...

—Aguarda. ¿Qué es eso de la necesidad?

—Las hembras sólo son fecundas cada diez años. Lo cual es una bendición.

—¿Por qué?

Él se aclaró la garganta. De hecho parecía un poco apenado.

—Es un periodo peligroso. Todos los varones responden en alguna medida si están próximos a una hembra que esté atravesando su necesidad. No lo pueden evitar. Puede haber luchas. Y la hembra, ella, eh..., los deseos son intensos. O eso es lo que he oído.

—¿Tú no tienes hijos?

Él negó con la cabeza. Luego frunció el ceño.

—Dios.

—¿Qué?

—Pensar en ti cuando tengas tu necesidad. —Su cuerpo se balanceó, como si hubiera cerrado los ojos—. Ser el único que tú utilices.

Emanó calor sexual. Ella pudo sentir una ráfaga caliente desplazándose en el aire.

—¿Cuánto tiempo dura? —preguntó ella con voz ronca.

—Dos días. Si la hembra está... bien servida y alimentada adecuadamente, el periodo cesa rápidamente.

—¿Y el hombre?

—El macho queda totalmente agotado cuando termina. Seco de semen y de sangre. Le lleva mucho más tiempo a él recuperarse, pero nunca he oído una queja. Jamás. —Hubo una pausa—. Me encantaría ser el que te alivie.

De repente, él dio un paso hacia atrás. Ella sintió una corriente de aire frío cuando el humor de él cambió y el calor se disipó.

—Pero ésa será la obligación de algún otro macho. Y su privilegio.

Su móvil empezó a sonar. Lo sacó de su bolsillo interior con un gruñido.

—¿*Qué?* —Hubo una pausa.

Ella se dirigió al baño para darle un poco de privacidad. Y porque necesitaba estar sola un momento. Las imágenes que aparecían en su mente eran suficientes para aturdirla. Dos días. ¿Sólo con él?

Cuando salió, Wrath estaba sentado en la cama, con los codos en las rodillas, acurrucado. Se había quitado la chaqueta, y sus hombros parecían más anchos, resaltados por la camisa negra. Al acercarse, captó una imagen fugaz de un arma de fuego bajo la chaqueta y se estremeció un poco.

Él la miró mientras ella se sentaba a su lado. Beth deseó poder comprenderlo mejor y culpó a las gafas oscuras. Tendió la mano hacia el rostro de él, acariciando la antigua herida de su mejilla, deslizándola hacia su fuerte mentón. Su boca se abrió ligeramente, como si su tacto lo dejara sin respiración.

—Quiero ver tus ojos —dijo ella.

Él se apartó un poco hacia atrás.

—No.

—¿Por qué no?

—¿Por qué te interesa saber cómo son?

Ella frunció el ceño.

—Es difícil entenderte si te ocultas tras las gafas. Y en este instante, no me molestaría saber qué estás pensando.

O sintiendo, que es todavía más importante.

Finalmente, él se encogió de hombros.

—Haz lo que quieras.

Como no hizo ningún movimiento para quitarse las gafas, ella tomó la iniciativa, deslizándolas hacia delante. Sus párpados estaban cerrados, sus pestañas oscuras contra la piel. Permaneció así.

—¿No vas a enseñarme tus ojos?

Él apretó la mandíbula.

Ella miró las gafas. Cuando las levantó hacia la luz de una vela, apenas pudo ver algo a través de los cristales, pues eran tremendamente opacos.

—Eres ciego, ¿verdad? —dijo ella suavemente.

Sus labios volvieron a fruncirse, pero no en una sonrisa.

—¿Te preocupa que no pueda cuidar de ti?

A ella no le sorprendió la hostilidad. Imaginaba que un hombre como él odiaría cualquier debilidad que poseyera.

—No, eso no me preocupa en absoluto. Pero me gustaría ver tus ojos.

Con un movimiento relámpago, Wrath la arrastró al otro lado de su regazo, sosteniéndola en equilibrio de modo que sólo la fuerza de sus brazos impedía que se golpeara contra el suelo. Su boca tenía un rictus amargo.

Despacio, levantó los párpados.

Beth abrió la boca.

Sus ojos eran del color más extraordinario que había visto nunca. Un verde pálido resplandeciente, tan claro que era casi blanco. Enmarcados por unas gruesas y oscuras pestañas, brillaban como si alguien hubiera encendido una luz en el interior de su cráneo.

Entonces se fijó en sus pupilas y se dio cuenta de que no estaban bien. Eran como diminutos alfileres negros, descentrados.

Acarició su rostro.

—Tus ojos son hermosos.

—Inútiles.

—*Hermosos*.

Ella le miró fijamente mientras él trataba de adivinar sus rasgos, forzando la vista.

—¿Siempre han sido así? —susurró ella.

—Nací casi ciego, pero mi visión empeoró después de mi transición y, probablemente, se deteriorará aún más a medida que envejezca.

—¿Entonces todavía puedes ver algo?

—Sí. —Dirigió la mano hacia su cabello. Cuando sintió que caía sobre sus hombros, se dio cuenta de que él le estaba quitando las horquillas que sujetaban su peinado—. Sé que me gusta tu cabello suelto, por ejemplo. Y también sé que eres muy hermosa.

Sus dedos perfilaron los contornos de su cara, descendiendo suavemente hacia su cuello y su clavícula, hasta abrirse camino entre sus pechos.

Su corazón latió aceleradamente, sus pensamientos se volvieron confusos, y el mundo desapareció a su alrededor, quedando únicamente ellos dos.

—La vista es un sentido sobrevalorado —murmuró él, extendiendo la palma de la mano sobre su pecho. Era fuerte y cálida, un anticipo de lo que su cuerpo sentiría cuando se encontrara sobre ella—. Tacto, gusto, olfato, oído. Los otros cuatro sentidos son igualmente importantes.

Él se inclinó hacia delante, le acarició el cuello con los labios, y ella sintió un suave arañazo. *Sus colmillos*, pensó. Subió por su garganta.

Deseó que la mordiera.

Wrath respiró profundamente.

—Tu piel posee un aroma que me provoca una erección instantánea. Todo lo que tengo que hacer es olerte.

Ella se arqueó en los brazos de él, frotándose contra sus muslos, empujando sus pechos hacia arriba. Su cabeza se abandonó, y dejó escapar un pequeño gemido.

—Dios, adoro ese sonido —dijo él, subiendo la mano hasta la base de su garganta—. Hazlo de nuevo para mí, Beth.

Lamió delicadamente su cuello. Ella lo satisfizo.

—Eso es —gimió él—. Santo cielo, eso es.

Sus dedos empezaron a desplazarse nuevamente, esta vez hasta el lazo de su vestido, que soltó con destreza.

—No debería dejar que Fritz cambie las sábanas.

—¿Qué? —masculló ella.

—En la cama. Cuando tú te vas. Quisiera aspirar tu perfume cuando me tienda en ellas.

La parte delantera de su vestido se abrió, y el aire frío recorrió su piel mientras la mano de él avanzaba hacia arriba. Cuando llegó al sujetador, trazó un círculo alrededor de los bordes de encaje, avanzando gradualmente hacia el interior hasta rozar su pezón.

El cuerpo de ella se estremeció, y se aferró a los hombros de él. Sus músculos estaban rígidos por el esfuerzo de sostenerla. Ella miró su temible cara, magnífica.

Sus ojos brillaban, despidiendo una luz que moldeaba sus pechos en las sombras. La promesa de sexo salvaje y su feroz deseo por ella resultaban evidentes por el rechinar de su mandíbula, por el calor que salía de su imponente cuerpo y por la tensión de sus piernas y su pecho.

Pero él tenía un absoluto control de sí mismo. Y de ella.

—Te he deseado con tanta pasión... —dijo él, hundiendo la cabeza en su cuello, mordiéndola ligeramente, sin apenas arañar la piel. Luego pasó su lengua sobre la pequeña herida como una húmeda caricia, y se desplazó hacia abajo, a su pecho—. En realidad no te he poseído propiamente todavía.

—No estoy tan segura de eso —dijo ella.

Su risa sonó como un trueno profundo, su respiración era calida y húmeda sobre la piel de ella. Le besó la parte superior del pecho, luego tomó el pezón en su boca, a través del encaje. Ella se arqueó de nuevo, sintiendo como si un dique se hubiera roto entre sus piernas.

El guerrero levantó la cabeza, con una sonrisa de deseo despuntando en sus labios.

Deslizó suavemente hacia abajo el sujetador. Su pezón se puso aún más erecto para él, a medida que veía la oscura cabeza del macho descendiendo hasta su pálida piel. Su lengua, lustrosa y rosada, salió de su boca y empezó a lamerla.

Cuando sus muslos se abrieron sin que él se lo hubiera pedido, se rió de nuevo, con un profundo y masculino sonido de satisfacción.

Su mano se abrió paso entre los pliegues del vestido, rozando su cadera, moviéndose lentamente sobre su bajo vientre. Encontró el borde de sus bragas y deslizó el dedo índice debajo de ellas. Sólo un poco.

Movió la yema del dedo adelante y atrás, provocándole sensuales cosquillas cerca de donde ella deseaba y necesitaba.

—Más —exigió ella—. Quiero más.

—Y lo tendrás. —Su mano entera desapareció bajo sus bragas. Ella soltó un grito cuando entró en contacto con su centro caliente y húmedo—. ¿Beth?

Ella casi había perdido la consciencia, embriagada por su tacto.

—¿Hmm?

—¿Quieres saber a qué sabes? —dijo él contra su pecho.

Un largo dedo se adentró en su cuerpo, como si él quisiera que supiera que no se estaba refiriendo a su boca.

Ella se agarró a su espalda a través de la camisa de seda, arañándolo con las uñas.

—Melocotones —dijo él, desplazando su cuerpo, moviéndose hacia abajo con su boca, besando la piel de su estómago—. Es como comer melocotones. Carne suave en mis labios y en mi lengua cuando chupo. Delicada y dulce en el fondo de mi garganta cuando trago.

Ella gimió, próxima al orgasmo y muy lejos de toda cordura.

Con un movimiento rápido, él la levantó, llevándola a la cama. Cuando la tendió, le apartó las piernas con la cabeza, posando la boca entre sus muslos.

Ella dio un grito sofocado, colocando las manos en el cabello del vampiro, enredando sus dedos en él. Él dio un tirón al lazo de cuero que lo sujetaba. Los bucles oscuros cayeron sobre su vientre, como el revoloteo de las alas de un halcón.

—Como los melocotones —dijo él, despojándola de sus bragas—. Y me encantan los melocotones.

La claridad sobrecogedora y hermosa que irradiaban sus ojos inundó todo su cuerpo. Y entonces él bajó nuevamente la cabeza.

Havers entró en su laboratorio y deambuló durante unos instantes sin saber muy bien qué hacer, haciendo resonar sus pasos sobre el blanco pavimento. Después de dar un par de vueltas alrededor de la estancia, decidió sentarse en su lugar habitual. Acarició el elegante cuello esmaltado de su microscopio, miró las numerosas probetas y recipientes de cristal que había en los estantes, oyó el zumbido de las neveras, el ronroneo monótono del sistema de ventilación en el techo y percibió el persistente olor del desinfectante Lysol.

Aquel ambiente científico le recordó el objetivo de su investigación.

Y el orgullo que sentía por su gran capacidad mental.

Se consideraba civilizado, capaz de controlar sus emociones, bueno para responder lógicamente a los estímulos. Pero no tenía fuerza para controlar el odio y la furia que lo invadían. Aquel sentimiento era demasiado violento, demasiado poderoso.

Estaba fraguando varios planes, y todos implicaban derramamiento de sangre.

¿Pero a quién quería engañar? Si pretendía levantar aunque sólo fuera una simple navaja contra Wrath, la única sangre derramada sería la de él mismo.

Necesitaba encontrar a alguien que supiera matar. Alguien que pudiera acercarse al guerrero.

Cuando encontró la solución, le resultó tremendamente obvia. Ya sabía a quién acudir y dónde encontrarlo.

Havers se dirigió hacia la puerta, y su satisfacción hizo asomar una sonrisa a sus labios. Pero cuando vio su reflejo en el espejo que había sobre el fregadero del laboratorio, se quedó helado. Sus inquietos ojos estaban demasiado brillantes, mostrando una avidez desconocida, y aquella desagradable sonrisa nunca la había visto en su rostro. El rubor febril que coloreaba sus mejillas era producto del enorme deseo de un infame desenlace.

No se reconoció con aquella máscara de venganza.

Odiaba el aspecto que había adquirido su rostro.

—Oh, Dios.

¿Cómo podía pensar tales cosas? Era médico. Su trabajo consistía en curar. Se había consagrado a salvar vidas, no a quitarlas.

Marissa había dicho que todo había terminado. Ella había roto el pacto, y no volvería a ver a Wrath.

Pero aun así, ¿no merecía ser vengada por la manera en que había sido tratada?

Ahora era el momento de atacar. Si se aproximaba a Wrath en aquel momento, ya no se vería obstaculizado por el hecho de que Marissa pudiera quedar atrapada en el fuego cruzado.

Havers sintió un estremecimiento, y supuso que era el horror por la magnitud de aquello que estaba considerando hacer. Pero entonces su cuerpo se tambaleó, y tuvo que extender el brazo para sostenerse. El vértigo hizo que el mundo a su alrededor girara alocadamente, por lo que tuvo que acercarse vacilante a una silla.

Liberando el nudo de su corbata, se esforzó por respirar.

La sangre —pensó—. *La transfusión.*

No estaba funcionando.

Desesperado, cayó de rodillas. Consumido por su fracaso, cerró los ojos, abandonándose a la oscuridad.

Wrath rodó hacia un lado, arrastrando consigo a Beth, firmemente abrazada a él. Con su erección todavía palpitando dentro de ella, le alisó el cabello hacia atrás. Estaba húmedo con su delicado sudor.

Mía.

Mientras besaba sus labios, notó con satisfacción que ella todavía respiraba con dificultad.

Le había hecho el amor apropiadamente, pensó. Lento y con suavidad.

—¿Te quedarás? —preguntó él.

Ella se rió roncamente.

—No estoy segura de poder caminar ahora mismo. Así que creo que quedarme aquí es una buena opción.

Él apretó los labios contra su frente.

—Regresaré poco antes del alba.

Cuando él se retiró del cálido capullo de su cuerpo, ella levantó la vista.

—¿Adónde vas?

—A reunirme con mis hermanos, y después vamos a salir.

Salió de la cama y se dirigió hacia el armario para ponerse su traje de cuero y ajustarse la cartuchera sobre los hombros. Deslizó una daga a cada lado y cogió la chaqueta.

—Fritz estará aquí —dijo él—. Si necesitas algo, marca en el teléfono asterisco cuarenta. Sonará en el piso de arriba.

Ella se envolvió con una sábana y saltó de la cama.

—Wrath. —Le tocó el brazo—. Quédate.

Él se inclinó para darle un beso fugaz.

—Volveré.

—¿Vas a luchar?

—Sí.

—¿Pero cómo puedes hacerlo? Eres... —Se interrumpió.

—He sido ciego durante trescientos años.

Ella contuvo la respiración.

—¿Eres tan viejo?

Él tuvo que reírse.

—Sí.

—Bueno, tengo que decir que te conservas muy bien. —Su sonrisa se marchitó—. ¿Cuánto tiempo viviré?

Una oleada de miedo frío lo impactó, haciendo que su corazón se paralizara durante un instante.

¿Qué pasaría si ella no sobrevivía a la transición?

Wrath sintió que el estómago se le revolvía. Él, que estaba acostumbrado a enfrentarse a los mayores peligros, de repente, sentía crujir el intestino con un miedo mortal y primitivo.

Ella *tenía* que vivir, ¿de acuerdo? *¿De acuerdo?*

Se había puesto a mirar al techo, preguntándose con quién diablos estaba hablando. ¿Con la Virgen Escribana?

—¿Wrath?

Atrajo a Beth hacia sí y le dio un fuerte abrazo, como si quisiera protegerla de aquel destino incierto.

—Wrath —dijo ella en su hombro—. Wrath, querido, no puedo... No puedo respirar.

La soltó de inmediato y la miró fijamente, intentando percibir algo con sus ojos moribundos. La incertidumbre tensó la piel de sus sienes.

—¿Wrath? ¿Qué pasa?

—Nada.

—No has contestado a mi pregunta.

—Es porque no sé la respuesta.

Ella pareció desconcertada, pero entonces se puso de puntillas y lo besó en los labios.

—Bien, sea cual sea el tiempo que me quede, desearía que te quedaras conmigo esta noche.

Un golpe en la puerta interrumpió su conversación.

—¡Hey, Wrath! —La voz de Rhage retumbó a través del acero—. Ya hemos llegado todos.

Beth dio un paso atrás. Él pudo sentir que ella era extraordinariamente vulnerable.

Estuvo tentado de encerrarla con llave, pero no podría soportar mantenerla prisionera. Y su instinto le decía que a pesar de lo mucho que ella quisiera que las cosas fuesen diferentes, se resignaba a su destino, así como al papel que él desempeñaba. También, de momento, estaba a salvo de los restrictores, pues ellos la verían solamente como una humana.

—¿Estarás aquí cuando regrese? —preguntó él, poniéndose la chaqueta.

—No lo sé.

—Si sales, necesito saber dónde encontrarte.

—¿Por qué?

—La transición, Beth. Estarás más segura si te quedas.

—Quizás.

Él se guardó la maldición. No iba a rogarle.

—La otra puerta que hay en el vestíbulo —dijo él— va a dar a la alcoba de tu padre. Pensaba que te gustaría entrar allí.

Wrath salió antes de quedar en ridículo.

Los guerreros no rogaban, e incluso rara vez preguntaban. Tomaban lo que querían y mataban por ello si era necesario.

Pero en el fondo de su alma esperaba que ella estuviera allí cuando volviese. Le gustaba la idea de encontrarla durmiendo en su cama.

Beth entró en el baño y se dio una ducha, dejando que el agua caliente aliviara sus nervios. Cuando salió y se secó, vio una bata negra en un colgador. Se la puso.

Olió las solapas de la prenda y cerró los ojos. Estaba impregnada con el olor de Wrath, una mezcla de jabón, loción de afeitar y...

Vampiro macho.

Santo Dios. ¿En realidad le estaba sucediendo todo aquello?

Se dirigió a la habitación. Wrath había dejado el armario abierto. Sintió curiosidad por revisar su ropa. Pero lo que encontró fue un escondite de armas que la dejó petrificada.

Pensó en marcharse, y aunque quería hacerlo, sabía que Wrath tenía razón: quedarse era más seguro.

Y la alcoba de su padre era una tentación.

Echaría un vistazo. Esperaba que lo que encontrara allí no le provocara palpitaciones. Dios era testigo de que su amado no hacía más que darle un susto tras otro.

Al salir al rellano, se cerró las solapas de la bata. Las lámparas de gas parpadearon, haciendo que las paredes parecieran vivas mientras fijaba la vista en la puerta al otro lado del pasillo. Antes de perder el valor, caminó hasta allí, giró el pomo y empujó.

La oscuridad la saludó al otro lado, un muro negro que le recordaba a un pozo sin fondo o un espacio infinito. Traspasó el umbral y tanteó la pared en busca de un interruptor de la luz, que no pudo encontrar.

Avanzando en el vacío, se movió despacio hacia la izquierda hasta que su cuerpo chocó con un objeto grande. Por el sonido de los tiradores de bronce y el olor a cera de limón, supuso que había tropezado con una cómoda alta. Siguió caminando, tanteando con cuidado hasta que encontró una lámpara.

Parpadeó ante la luz. La base de la lámpara era un fino jarrón oriental y la mesa sobre la que se apoyaba era de caoba tallada. Sin duda, la habitación estaba decorada con el mismo estilo magnífico del piso superior.

Cuando sus ojos se adaptaron a aquella tenue iluminación, echó un vistazo alrededor.

—Oh..., Dios... mío.

Había fotografías de ella por todas partes. En blanco y negro, primeros planos, en color. Era ella a todas las edades, de niña, en su adolescencia, en la universidad. Una de ellas era muy reciente, y se había sacado mientras salía de la oficina del *Caldwell Courier Journal*. Recordaba ese día. Había sido la primera nevada del invierno, y se estaba riendo mientras miraba al cielo.

Hacía ocho meses.

La idea de no haber podido conocer a su padre sólo por un escaso margen de tiempo la impactó como algo trágico.

¿Cuándo había muerto? ¿Cómo había vivido?

Una cosa estaba clara: tenía muy buen gusto y muy refinado. Y, obviamente, le gustaban las cosas exquisitas. El inmenso espacio privado de su padre era extraordinario. Las paredes, de un color rojo profundo, exhibían otra colección espectacular de paisajes de la Escuela del Río Hudson con marcos bellamente decorados. El suelo estaba cubierto de alfombras orientales azules, rojas y doradas que brillaban como vidrieras de colores. La cama era el objeto más magnífico de la alcoba. Una antigüedad maciza, tallada a mano, con cortinajes de terciopelo rojo que colgaban de un dosel. En la mesilla de la izquierda había una lámpara y otra fotografía de ella; en la de la derecha, un reloj, un libro y un vaso.

Él había dormido en ese lado.

Se acercó para mirar el libro, delicadamente encuadernado en piel. Estaba en francés. Debajo había una revista. *Forbes*.

Volvió a ponerlos en su lugar y luego miró el vaso. Todavía quedaba un poco de agua en el fondo.

O bien alguien estaba durmiendo allí ahora... o quizás su padre había muerto muy recientemente.

Echó una mirada a su alrededor buscando ropa o una maleta que le indicara que había un invitado. El escritorio de caoba al otro lado de la habitación llamó su atención. Se aproximó y se sentó en su sillón con forma de trono, de brazos tallados. Al lado de su portafolio de cuero había un montoncito de papeles. Eran las facturas de los gastos de la casa. Electricidad, teléfono, agua... Todas a nombre de Fritz.

Todo era tan absolutamente... cotidiano. Ella tenía las mismas cosas en su escritorio.

Beth volvió a mirar el vaso sobre la mesilla.

La vida de él había sido interrumpida bruscamente, pensó.

Sintiéndose como una entrometida, pero incapaz de resistirse, tiró de un cajón del escritorio. Plumas Montblanc, grapas, una grapadora. Lo cerró y abrió otro más grande. Estaba lleno de archivos. Registros financieros. *Por todos los cielos*. Su padre estaba bien cargado. Verdaderamente cargado.

Miró otra página. Cargado de millones y millones.

Volvió a poner el archivo en su lugar y cerró el cajón.

Aquello explicaba muchas cosas. La casa, la colección de arte, el coche, el mayordomo.

A un lado del teléfono había una fotografía de ella en un marco plateado. La cogió e intentó imaginarlo a él, mirándola.

¿Habría alguna fotografía de él?, se preguntó.

¿Acaso se podía fotografiar a un vampiro?

Deambuló por la habitación de nuevo, mirando cada uno de los marcos. Sólo ella. Sólo ella. Sólo...

Beth se inclinó, alcanzando con mano temblorosa un marco de oro.

Contenía un retrato en blanco y negro de una mujer de cabello oscuro que miraba tímidamente a la cámara. Tenía la mano sobre la cara, como si sintiera vergüenza.

Aquellos ojos, pensó Beth intrigada. Había contemplado en el espejo un par de ojos idénticos a aquellos durante todos los días de su vida.

Su madre.

Rozó con el dedo índice el interior del vaso.

Sentándose a ciegas en la cama, acercó la fotografía a sus ojos tanto como pudo sin que la visión se volviera borrosa. Como si la proximidad a la imagen anulara la distancia temporal y la llevara hasta la mujer encantadora que había en el marco.

Su madre.

Esto está mejor, pensó el señor X mientras cargaba a un inconsciente vampiro civil sobre el hombro. Arrastró rápidamente al macho a través del callejón, abrió la parte de atrás de la camioneta y se deshizo de su presa como si fuera un saco de patatas. Tuvo la precaución de colocar una manta negra de lana cubriendo su carga.

Sabía que esta vez su plan tendría éxito, y aumentar la dosis del tranquilizante Demosedan y añadirle Acepromazina había marcado la diferencia. Su intuición de usar tranquilizantes para caballos en lugar de sedantes destinados a humanos había sido correcta. A pesar de todo, el vampiro había necesitado dos dardos de Acepromazina antes de caer.

El señor X miró por encima del hombro antes de situarse detrás del volante. La prostituta que había matado estaba tendida sobre un desagüe; su sangre saturada de heroína se colaba por la alcantarilla. La amable muchacha incluso lo había ayudado con la aguja. Desde luego, ella no esperaba que la droga tuviese una pureza del 100%.

Ni que corriera por sus venas en una cantidad suficiente como para hacer alucinar a un elefante.

La policía la encontraría por la mañana, pero él había sido muy cuidadoso: guantes de látex, una gorra sobre el cabello y ropa de nailon de un tejido muy tupido que no soltaba fibras.

Y además, ella no había luchado.

El señor X encendió el motor pausadamente y se deslizó a través de la calle Trade.

Un fino brillo de sudor causado por la excitación apareció sobre su labio superior. Aquella sensación de la adrenalina bombeada por su cuerpo le hizo echar de menos los días en que todavía podía disfrutar del sexo. Aunque el vampiro no tuviera ninguna información que proporcionarle, iba a divertirse el resto de la noche.

Pensó que podía empezar con el mazo.

No, sería mejor el torno de dentista bajo las uñas.

Eso debilitaría inmediatamente al macho. Después de todo, no tenía mucho sentido torturar a alguien que ha perdido el conocimiento. Sería como dar patadas a un cadáver. Él tenía que ser consciente de su dolor.

Escuchó un leve ruido procedente de la parte trasera. Miró por encima de su hombro. El vampiro se movía bajo la manta.

Bien. Estaba vivo.

El señor X dirigió de nuevo la vista a la carretera y, frunciendo el ceño, se inclinó hacia delante, aferrando con fuerza el volante.

Delante de él vio el destello de unas luces de frenado.

Los coches estaban parados en una larga fila. Un puñado de conos de color naranja obligaban a detenerse, y las luces intermitentes azules y blancas anunciaban la presencia de la policía.

¿Un accidente?

No. Un control. Dos policías con linternas examinaban el interior de los vehículos, y a un lado de la calzada habían colocado un cartel en el que se leía: «Control de alcoholemia».

El señor X pisó el freno. Buscó en su bolsa negra, sacó su pistola de dardos y disparó otros dos tiros al vampiro para acallar el ruido. Con las ventanillas oscuras y la manta negra tapando a su víctima, tal vez pasara sin mayores problemas, siempre que el macho no se moviera.

Cuando le tocó el turno, bajó la ventanilla mientras el policía se acercaba. La luz de la linterna del hombre se reflejó en el salpicadero, produciendo un resplandor.

—Buenas noches, oficial. —El señor X adoptó una expresión afable.

—¿Ha estado usted bebiendo esta noche, señor?

El policía, de mediana edad, tenía un aspecto anodino y vulgar. Su bigote necesitaba un buen arreglo y su cabello gris sobresalía de su gorra descuidadamente. Parecía un perro pastor, pero sin el collar antipulgas y la cola.

—No, oficial. No he bebido.

—Oiga, yo le conozco.

—¿De verdad? —El señor X sonrió todavía más mientras miraba hacia el cuello del hombre. La rabia le llevó a pensar en el cuchillo que tenía en la puerta del coche. Estiró un dedo y rozó el mango, tratando de tranquilizarse.

—Sí, usted le enseña jiujitsu a mi hijo. —Cuando el policía se inclinó hacia atrás, su linterna se balanceó un poco, alumbrando la bolsa negra que había en el asiento de al lado—. Darryl, ven a conocer al *sensei* de Phillie.

Mientras el otro policía caminaba hacia ellos, el señor X aprovechó para comprobar si la bolsa tenía la cremallera cerrada. Sería una desgracia que vieran la pistola de dardos o la Glock de nueve milímetros que llevaba oculta allí.

Durante cinco minutos, tuvo una agradable charla con los dos policías mientras fantaseaba sobre la manera de acabar con ellos.

Cuando puso en marcha la camioneta, se sorprendió de tener el cuchillo en la mano, casi en su regazo.

Tendría que desahogarse sacando fuera toda aquella agresividad.

Wrath miró con atención los borrosos contornos del edificio comercial de un solo piso. Durante las dos últimas horas, él y Rhage habían estado vigilando la Academia de Artes Marciales Caldwell, intentando descubrir si allí se desarrollaba alguna actividad nocturna. Las instalaciones estaban situadas en un extremo del centro comercial, al borde de una fila de árboles. Rhage, que la noche anterior había visitado el lugar, calculaba que ocupaba una superficie de unos seis mil metros cuadrados.

Suficientemente grande para ser el centro de operaciones de los restrictores.

El aparcamiento se extendía hasta el frente de la academia, con quince plazas a cada lado. Tenía dos entradas: la principal, con puertas de doble cristalera, y una lateral sin ventanales. Desde su posición estratégica en el bosque, podían ver tanto el aparcamiento vacío como las entradas y salidas del edificio.

El resto de los accesos sólo eran callejones sin salida. Por el Gold's Gym no habían desfilado más que tipejos. Cerraba a medianoche y abría a las cinco de la madrugada, y había estado silencioso las dos últimas noches. En el campo de *paint-ball* sucedía lo mismo, se quedaba vacío desde el momento en que cerraba sus puertas. Las mejores opciones eran las dos academias, y Vishous y los gemelos estaban al otro lado de la ciudad vigilando la otra.

Aunque los restrictores no tenían problemas con la luz diurna, salían a cazar de noche porque era entonces cuando sus presas se ponían en movimiento. Cerca del amanecer, los centros de reclutamiento y entrenamiento de la Sociedad solían utilizarse como sitios de reunión, aunque no siempre. Además, debido a que los restrictores cambiaban de local con frecuencia, uno de esos centros podía estar activo durante algunos meses, o quizás un año, y después ser abandonado.

Como Darius había sido atacado hacía sólo unos cuantos días, Wrath esperaba que la Sociedad aún no se hubiera trasladado.

Tocó su reloj.

—Demonios, son casi las tres.

Rhage se apoyó contra el árbol que tenía a su espalda.

—Entonces supongo que Tohr ya no vendrá esta noche.

Wrath se encogió de hombros, esperando ansiosamente que su compañero apareciera.

No lo hizo.

—Es extraño en él. —Rhage hizo una pausa—. Pero no pareces sorprendido.

—No.

—¿Por qué?

Wrath volvió a encogerse de hombros.

—Me enfrenté con él, y no debí hacerlo.

—No voy a preguntar.

—Muy sensato por tu parte. —Y luego, por alguna razón absurda, añadió—: Necesito disculparme con él.

—Eso será una novedad.

—¿Soy tan detestable?

—No —respondió Rhage sin su habitual fanfarronería—. Sólo que no te equivocas con tanta frecuencia.

Viniendo de Hollywood, la franqueza le resultó sorprendente.

—Bueno, lo que le dije a Tohr fue algo realmente repugnante.

Rhage le palmoteó la espalda.

—Con la amplia experiencia que tengo ofendiendo a la gente, déjame decirte que no hay nada que no pueda arreglarse.

—Mezclé a Wellsie en esto.

—Ésa no fue una buena idea.

—Y lo que él siente por ella.

—Mierda.

—Sí. Más o menos.

—¿Por qué?

—Porque yo...

Porque había sido un idota al rechazar los consejos de Tohr sobre un asunto que manejaba con enorme éxito desde hacía dos siglos. A pesar de que Tohr era todo un guerrero, mantenía una relación con una hembra de gran valía. Y era una buena unión, fuerte, amorosa. Él era el único de los hermanos que había podido hacer eso.

Wrath pensó en Beth. La imaginaba viniendo hacia él, pidiéndole que se quedara.

Estaba deseoso de encontrarla en su cama cuando volviera a casa. Y no porque quisiera poseerla. Quería dormir a su lado, descansar un poco, sabiendo que ella estaba segura junto a él.

Ah, diablos. Tenía el terrible presentimiento de que tendría que permanecer cerca de esa hembra durante algún tiempo.

—¿Por qué? —repitió Rhage.

Wrath sintió un picor en la nariz. Un olor dulzón, como de talco para bebés, flotaba en la brisa.

—Extiende la alfombra roja de bienvenida —dijo mientras se desabrochaba la chaqueta.

—¿Cuántos? —preguntó Rhage, dándose media vuelta.

Chasquidos de ramas y crujidos de hojas resonaron en la noche, y se hicieron cada vez más fuertes.

—Por lo menos tres.

—Caray.

Los restrictores venían directamente hacia ellos, a través de un claro en la arboleda. Hacían ruido, hablando y caminando despreocupadamente, hasta que uno de ellos se detuvo. Los otros dos hicieron lo mismo, guardando silencio.

—Buenas noches, muchachos —dijo Rhage, saliendo al descampado.

Wrath se acercó con sigilo. Cuando los restrictores rodearon a su hermano agachándose y sacando los cuchillos, él avanzó por entre los árboles.

Entonces salió de las sombras y levantó del suelo a uno de los restrictores, con lo que empezó la lucha.

Le cortó la garganta, pero no tuvo tiempo de rematarlo. Rhage se había ocupado de dos de ellos, pero el tercero estaba a punto de golpear al hermano en la cabeza con un bate de béisbol.

Wrath se precipitó sobre aquel bateador sin alma, derribándolo y apuñalándolo en la garganta. Un grito ahogado burbujeó en el aire. Wrath echó un vistazo a su alrededor, por si había más o su hermano necesitaba ayuda.

Rhage estaba perfectamente bien.

A pesar de su escasa visión, Wrath pudo percibir la extraordinaria belleza del guerrero cuando luchaba. Lanzaba sus puños y patadas con movimientos rápidos y ágiles. Estaba dotado de unos reflejos animales, con una enorme potencia y resistencia. Era un maestro del combate cuerpo a cuerpo, y los restrictores mordían el polvo una y otra vez, y con cada golpe les resultaba más difícil levantarse.

Wrath regresó junto al primer restrictor y se arrodilló sobre el cuerpo. Éste se retorció mientras le registraba los bolsillos y cogía todos los documentos de identificación que pudo encontrar.

Estaba a punto de apuñalarlo en el pecho cuando oyó un disparo.

E ntonces, Butch, ¿vas a esperar hasta que yo salga esta noche? —Abby sonrió, sirviéndole otro whisky.

—Quizás.

No quería, pero después de otro par de tragos podría cambiar de opinión. Suponiendo que todavía pudiera levantarse si estaba borracho.

Con un giro hacia la izquierda, ella vio detrás de él a otro cliente, y le dirigió un guiño mientras le mostraba un poco el escote.

Siempre hay que tener un plan B. Probablemente era una buena idea.

El teléfono de Butch vibró en su cinturón.

—¿Sí?

—Tenemos otra prostituta muerta —dijo José—. Pensé que querrías saberlo.

—¿Dónde? —Saltó del asiento de la barra como si tuviera que ir a alguna parte. Luego se sentó otra vez, despacio.

—Trade y Quinta. Pero no vengas. ¿Dónde estás?

—En McGrider's.

—¿Me das diez minutos?

—Aquí estaré.

Butch alejó el vaso mientras la frustración lo desgarraba.

¿Iba a terminar así? ¿Emborrachándose todas las noches? ¿O tal vez trabajando como investigador privado o como guardia de seguridad hasta que fuera despedido por indolente? ¿Viviendo solo en ese apartamento de dos habitaciones hasta que su hígado dejara de funcionar?

Nunca había sido bueno para hacer planes, pero quizás había llegado el momento de trazar algunos.

—¿No te ha gustado el whisky? —preguntó Abby, enmarcando el vaso con sus pechos.

En un acto reflejo, él alcanzó el maldito vaso, lo acercó a sus labios y bebió.

—Ése es mi hombre.

Pero cuando fue a servirle otro, él cubrió la boca del vaso con la mano.

—Creo que ya es suficiente por esta noche.

—Sí, está bien. —Ella sonrió cuando él sacudió la cabeza—. Bien, ya sabes dónde encontrarme.

Sí, desgraciadamente.

José tardó mucho más de diez minutos. Pasó casi media hora antes de que Butch viera la figura austera de su compañero atravesando la multitud de bebedores que a aquellas horas se amontonaban en el bar.

—¿La conocemos? —preguntó Butch antes de que el hombre pudiera sentarse.

—Otra del chulo Big Daddy. Carla Rizzoli, alias Candy.

—¿El mismo modus operandi?

José pidió un vodka solo.

—Sí. Tajo en la garganta, sangre por todas partes. Tenía una sustancia en los labios, como si le hubiera salido espuma por la boca.

—¿Heroína?

—Probablemente. El forense hará la autopsia mañana a primera hora.

—¿Se ha encontrado algo en el escenario?

—Un dardo. Como el que se dispara a un animal. Estamos analizándolo. —José apuró el vodka con una rápida inclinación de su cabeza—. Y he oído que Big Daddy's está furioso. Anda buscando venganza.

—Sí, bien, espero que la tome contra el novio de Beth. Quizás una guerra saque de su escondite a ese bastardo. —Butch apoyó los codos sobre la barra, y se frotó los ojos irritados—. Maldición, no puedo creer que ella lo esté protegiendo.

—La verdad es que nunca lo habría imaginado. Finalmente ha elegido a alguien.

—Y es un completo delincuente.

José lo miró.

—Vamos a tener que detenerla.

—Lo supuse. —Butch parpadeó, entornando los ojos—. Escucha, se supone que mañana la veré. Déjame hablar con ella primero, ¿lo harás?

—No puedo hacer eso, O'Neal. Tú no...

—Sí, puedes hacerlo. Sólo programa la detención para el día siguiente.

—La investigación está avanzando hacia...

—Por favor. —Butch no podía creer que estuviera rogando—. Vamos, José. Yo puedo mejor que nadie conseguir que razone.

—¿Y eso por qué?

—Porque ella vio cómo casi me mata.

José bajó la mirada a la mugrienta superficie de la barra.

—Te doy un día. Y es mejor que nadie se entere, porque el capitán me cortaría la cabeza. Luego, pase lo que pase, la interrogaré en la comisaría.

Butch asintió con la cabeza mientras Abby regresaba contoneándose con una botella de escocés en una mano y una de vodka en la otra.

—Parecéis secos, muchachos —dijo con una risita. El mensaje en su fresca sonrisa y sus ojos limpios se hacía cada vez más fuerte, más desesperado a medida que la noche se acercaba a su fin.

Butch pensó en su cartera vacía. Su pistolera vacía. Su apartamento vacío.

—Tengo que salir de ella —murmuró, deslizándose fuera del asiento—. Quiero decir, de aquí.

El brazo de Wrath absorbió la descarga de la escopeta de caza, y el impacto retorció su torso como si fuera una soga. Con la fuerza del disparo, cayó girando al suelo, pero no se quedó ahí. Moviéndose rápidamente y a ras de suelo, logró apartarse del camino, sin dar al tirador la oportunidad de acertarle de nuevo.

El quinto de los restrictores había salido de alguna parte y estaba armado hasta los dientes con una escopeta de cañones recortados.

Detrás de un pino, Wrath examinó rápidamente la herida. Era poco profunda. Había afectado a una parte del músculo de su brazo, pero el hueso estaba intacto. Todavía podía luchar.

Sacó una estrella arrojadiza y salió al descampado.

Y fue entonces cuando una tremenda llamarada iluminó el claro.

Saltó de nuevo hacia las sombras.

—¡Por Cristo!

Ahora sí les había llegado la hora. La bestia estaba saliendo de Rhage. Y la cosa se iba a poner muy fea.

Los ojos de Rhage brillaron como las blancas luces de un coche a medida que su cuerpo se desgarraba y transformaba. Un ser horrible ocupó su lugar, con sus escamas relucientes a la luz de la luna y sus garras acuchillando el aire. Los restrictores no supieron qué los golpeó cuando aquella criatura los atacó con los colmillos desnudos, persiguiéndolos hasta que la sangre corrió por su enorme pecho como un verdadero torrente.

Wrath se quedó atrás. Ya había visto aquello antes, y la bestia no necesitaba ayuda. Diablos, si se acercaba demasiado, corría el peligro de recibir un golpe de su furia.

Cuando todo hubo terminado, la criatura soltó un aullido tan fuerte que los árboles se doblaron y sus ramas se partieron en dos.

La matanza fue absoluta. No había esperanza de identificar a ninguno de los restrictores porque no quedaba ningún cuerpo. Incluso sus ropas habían sido consumidas.

Wrath salió al claro.

La criatura giró alrededor, jadeando.

Wrath mantuvo la voz tranquila y las manos bajadas. Rhage estaba allí en alguna parte, pero hasta que volviera a salir, no había forma de saber si la bestia recordaba quiénes eran los hermanos.

—Ya ha terminado —dijo Wrath—. Tú y yo ya hemos hecho esto antes.

El pecho de la bestia subía y bajaba, y sus orificios nasales temblaban como si olfatearan el aire. Los ojos resplandecientes se fijaron en la sangre que corría por el brazo de Wrath. Emitió un resoplido. Las garras se alzaron.

—Olvídalo. Ya has hecho tu parte. Ya te has alimentado. Ahora, recuperemos a Rhage.

La gran cabeza se agitó de un lado a otro, pero sus escamas empezaron a vibrar. Un grito de protesta abrió una brecha en la garganta de la criatura, y entonces hubo otra llamarada.

Rhage cayó desnudo al suelo, aterrizando con la cara hacia abajo.

Wrath corrió hacia él y se dejó caer de rodillas, extendiendo la mano. La piel del guerrero brillaba a causa del sudor, y se agitaba como un recién nacido en medio del frío.

Rhage reaccionó cuando su compañero le tocó. Intentó alzar la cabeza, pero no pudo.

Wrath cogió la mano del hermano y la apretó. La quemazón cuando volvía a recuperarse siempre era una mierda.

—Relájate, Hollywood, estás bien. Estás perfectamente bien. —Se quitó la chaqueta y cubrió suavemente a su hermano.

—Aguanta y deja que te cuide, ¿de acuerdo?

Rhage masculló algo y se encogió hecho un ovillo.

Wrath abrió su teléfono móvil y marcó.

—¿Vishous? Necesitamos un coche. Ahora. No bromees. No, tengo que trasladar a nuestro muchacho. Hemos tenido una visita de su otro lado. Pero no le digas nada a Zsadist.

Colgó y miró a Rhage.

—Odio esto —dijo el hermano.

—Ya lo sé. —Wrath retiró el cabello pegajoso, empapado en sangre, del rostro del vampiro—. Te llevaremos a tu casa.

—Me puse furioso al ver que te disparaban.

Wrath sonrió suavemente.

—Está claro.

Beth se revolvió, hundiéndose más profundamente en la almohada.

Algo no iba bien.

Abrió los ojos en el momento en que una profunda voz masculina rompía el silencio:

—¿Qué demonios tenemos aquí?

Ella se irguió, mirando frenéticamente hacia el lugar de donde había salido el sonido.

El hombre impresionante que estaba ante ella tenía los ojos negros, inanimados, y un rostro de duras facciones surcado por una cicatriz dentada. Su cabello era tan corto que prácticamente parecía rasurado. Y sus colmillos, largos y blancos, estaban al descubierto.

Ella gritó.

Él sonrió.

—Mi sonido favorito.

Beth se puso una mano sobre la boca.

Dios, esa cicatriz. Le atravesaba la frente, pasaba sobre la nariz y la mejilla, y giraba alrededor de la boca. Un extremo de aquella espeluznante herida serpenteante torcía su labio superior, arrastrándolo hacia un lado en una permanente sonrisa de desprecio.

—¿Admirando mi obra de arte? —pronunció él con lentitud—. Deberías ver el resto de mi cuerpo.

Los ojos de ella se fijaron en su amplio pecho. Llevaba una camisa negra, de manga larga, pegada a la piel. En ambos pectorales eran evidentes unos anillos pequeños bajo la tela, como si tuviera piercings en las tetillas. Cuando volvió a mirarlo a la cara, vio que tenía una banda negra tatuada alrededor del cuello y un pendiente en el lóbulo izquierdo.

—Hermoso, ¿no crees? —Su fría mirada era una pesadilla de lugares oscuros sin esperanza, del mismo infierno.

Sus ojos eran lo más aterrador de él.

Y estaban fijos en ella como si estuviera tomándole las medidas para una mortaja. O seleccionándola para el sexo.

Ella movió el cuerpo lejos de él, y empezó a mirar a su alrededor buscando algo que pudiera usar como arma.

—¿Qué pasa, no te gusto?

Beth miró hacia la puerta, y él se rió.

—¿Piensas que puedes correr con suficiente rapidez? —dijo él, sacándose los faldones de la camisa de los pantalones de cuero que llevaba puestos. Sus manos se posaron sobre la bragueta—. Estoy seguro de que no puedes.

—Aléjate de ella, Zsadist.

La voz de Wrath fue un dulce alivio. Hasta que vio que no llevaba camisa y que su brazo estaba en cabestrillo.

Él apenas la miró.

—Es hora de que te vayas, Z.

Zsadist sonrió fríamente.

—¿No quieres compartir la hembra?

—Sólo te gusta si pagas por ella.

—Entonces le arrojaré uno de veinte. Suponiendo que sobreviva cuando termine con ella.

Wrath siguió acercándose al otro vampiro, hasta que se encontraron cara a cara. El aire crujió a su alrededor, sobrecargado de violencia.

—No vas a tocarla, Z. Ni siquiera la mirarás. Vas a darle las buenas noches y a largarte de aquí. —Wrath se quitó el cabestrillo, dejando ver una venda en el bíceps. Había una mancha roja en el centro, como si estuviera sangrando; pero parecía dispuesto a encargarse de Zsadist.

—Apuesto a que te molesta haber necesitado que te trajeran a casa esta noche —dijo Zsadist—. Y que yo fuera el más cercano con un coche disponible.

—No me hagas lamentarlo más.

Zsadist dio un paso a la izquierda, y Wrath avanzó con él, usando su cuerpo para interponerse en su camino.

Zsadist se rió entre dientes con un retumbar profundo y maligno.

—¿Realmente estás dispuesto a luchar por un humano?

—Ella es la hija de Darius.

Zsadist ladeó la cabeza. Sus profundos ojos negros examinaron sus facciones. Tras un instante, su rostro brutal pareció suavizarse, dulcificando su sonrisa despreciativa. Y de inmediato comenzó a arreglarse la camisa mientras la miraba de reojo, como si estuviera disculpándose.

Sin embargo, Wrath no se apartó del medio.

—¿Cómo te llamas? —le preguntó Zsadist.

—Se llama Beth. —Wrath ocultó con su cabeza el campo visual de Zsadist—. Y tú te vas.

Hubo una larga pausa.

—Sí. Claro.

Zsadist se dirigió a la puerta, balanceándose con el mismo movimiento letal con que lo hacía Wrath. Antes de salir, se detuvo y miró hacia atrás.

Debía de haber sido verdaderamente guapo alguna vez, pensó Beth. Aunque no era la cicatriz lo que lo hacía poco atractivo. Era el fuego maligno que emanaba de su interior.

—Encantado de conocerte, Beth.

Ella soltó el aire que había estado reteniendo cuando la puerta se cerró y los cerrojos estuvieron en su lugar.

—¿Estás bien? —preguntó Wrath. Ella pudo sentir sus ojos recorriéndole el cuerpo, y luego tomó sus manos suavemente—. No te..., no te ha tocado, ¿verdad? Oí que gritabas.

—No. No, sólo me ha dado un susto de muerte. Me desperté y él estaba en la habitación.

El vampiro se sentó en la cama, acariciándola como si no creyera que estaba bien. Cuando pareció satisfecho, le alisó el cabello hacia atrás. Las manos le temblaban.

—Estás herido —dijo ella—. ¿Qué ha pasado?

Él la rodeó con el brazo sano y la apretó contra su pecho.

—No es nada.

—¿Entonces por qué necesitas un cabestrillo? ¿Y una venda? ¿Y por qué todavía estás sangrando?

—Shhh. —Él colocó la barbilla sobre su cabeza.

Pudo sentir que el cuerpo le temblaba.

—¿Estás enfermo? —preguntó ella.

—Sólo tengo que abrazarte un minuto. ¿De acuerdo?

—Absolutamente.

Tan pronto como su cuerpo se relajó, ella se apartó.

—¿Qué ocurre?

Él le agarró la cara con las manos y la besó con delicadeza.

—No hubiera soportado que él te hubiera... apartado de mí.

—¿Ese tipo? No te preocupes, no iría con él a ninguna parte. —Y entonces comprendió que Wrath no estaba hablando de una cita—. ¿Piensas que podría haberme matado?

Ésa era una posibilidad que, desde luego, no resultaba descabellada, sobre todo después de haber visto la frialdad de aquellos ojos.

En vez de contestar, la boca de Wrath se posó de nuevo sobre la suya.

Ella lo detuvo.

—¿Quién es? ¿Y qué le ha pasado?

—No te quiero cerca de Z otra vez. Nunca. —Le pasó un mechón de cabello por detrás de la oreja. Su tacto era tierno. Su voz, no—. ¿Me estás escuchando?

Ella asintió.

—¿Pero qué...?

—Si él entra en una habitación y yo estoy en casa, ven a buscarme. Si no estoy, enciérrate con llave en una de estas estancias de abajo. Las paredes están hechas de acero, así que no puede materializarse dentro. Y nunca lo toques. Ni siquiera por descuido.

—¿Es un guerrero?

—¿Entiendes lo que te estoy diciendo?

—Sí, pero ayudaría si supiese un poco más.

—Él es uno de los hermanos, pero le falta poco para carecer de alma. Desgraciadamente, lo necesitamos.

—¿Por qué, si es tan peligroso? ¿O lo es sólo con las mujeres?

—Odia a todo el mundo. Excepto a su gemelo, quizás.

—Oh, estupendo. ¿Hay dos como él?

—Gracias a Dios también está Phury. Él es el único que puede apaciguar a Z, y aun así, no es seguro totalmente. —Wrath la besó en la frente—. No quiero asustarte, pero necesito que tomes esto en serio. Zsadist es un animal, pero creo que respetaba a tu padre, así que quizá te deje en paz. No puedo correr riesgos con él. O contigo. Prométeme que te mantendrás alejada de él.

—De acuerdo. —Ella cerró los ojos, apoyándose en Wrath.

Él la rodeó con el brazo, pero luego se apartó.

—Vamos. —La puso de pie—. Ven a mi habitación.

Cuando entraron en la alcoba de Wrath, Beth oyó cómo la ducha se cerraba. Un momento después, la puerta del baño se abrió.

El otro guerrero que había conocido antes, el guapo que parecía una estrella de cine que estaba cosiéndose una herida, salió lentamente. Tenía una toalla envuelta alrededor de la cintura y el cabello le goteaba. Se movía como si tuviera ochenta años, como si le doliera cada músculo del cuerpo.

Santo Dios, pensó ella. No tenía muy buen aspecto, y parecía pasarle algo en el estómago. Estaba abultado, como si se hubiera tragado una pelota de baloncesto. Se preguntó si la herida que le había visto coser se le habría infectado. Parecía febril.

Echó un vistazo a su hombro y frunció el ceño sorprendida al ver que apenas quedaba un rasguño. Daba la sensación de que aquella lesión era ya antigua.

—Rhage, ¿cómo te sientes? —preguntó Wrath, apartándose de ella.

—Me duele el vientre.

—Sí. Puedo imaginarlo.

Rhage se tambaleó un poco mientras echaba una mirada alrededor del cuarto, con los ojos apenas abiertos.

—Me voy a casa. ¿Dónde está mi ropa?

—La perdiste. —Wrath puso su brazo sano alrededor de la cintura de su hermano—. Y no te irás, te quedarás en la habitación de D.

—No lo haré.

—No empieces. Y no estamos jugando. ¿Quieres apoyarte en mí, por el amor de Dios?

El otro hombre flaqueó, y los músculos de la espalda de Wrath se tensaron al cargar con el peso. Salieron lentamente al rellano y se dirigieron a la alcoba del padre de Beth. Ella permaneció a una distancia discreta, observando mientras Wrath ayudaba al hermano a meterse en la cama.

Cuando el guerrero se recostó sobre las almohadas, cerró los ojos con fuerza. Su mano se movió hacia el estómago, pero hizo una mueca de dolor y la dejó caer a un lado, como si la más leve presión fuera una tortura.

—Estás enfermo.

—Sí, una maldita indigestión.

—¿Quieres un antiácido? —dijo bruscamente Beth—. ¿O un Alka-Seltzer?

Los dos vampiros la miraron, y ella se sintió como una intrusa.

De todas las cosas estúpidas que podía haber dicho...

—Sí —murmuró Rhage mientras Wrath cabeceaba.

Beth fue a buscar su bolso y se decidió por el Alka-Seltzer porque contenía un analgésico que le podía aliviar los dolores. En el baño de Wrath, echó agua en un vaso y puso dentro la pastilla efervescente.

Cuando volvió a la habitación de Darius, ofreció el vaso a Wrath. Pero él movió la cabeza.

—Tú lo harás mejor que yo.

Ella se ruborizó. Era fácil olvidar que él no podía ver.

Se inclinó hacia Rhage, pero estaba demasiado lejos. Se subió la bata, trepó al colchón y se arrodilló junto a él. Se sintió incómoda por estar tan cerca de un hombre desnudo y viril delante de Wrath.

Sobre todo, si tenía en cuenta lo que le había pasado a Butch.

Pero Wrath no tenía nada de qué preocuparse allí. El otro vampiro podía ser tremendamente sexy, pero ella no sentía absolutamente nada cuando estaba a su lado. Y, a juzgar por su estado, estaba segura de que él no iba a propasarse con ella.

Levantó la cabeza de Rhage suavemente y apoyó el borde del vaso en sus hermosos labios. Le llevó cinco minutos beber el líquido a pequeños sorbos. Cuando terminó, ella quiso bajar de la cama, pero no pudo. El hombre, con una gran sacudida, se giró de costado y puso la cabeza en su regazo, colocando un musculoso brazo alrededor de la espalda de ella.

Estaba buscando consuelo.

Beth no sabía qué podía hacer por él, pero dejó el vaso a un lado y le acarició la espalda, recorriendo con la mano su espantoso tatuaje. Le susurró algunas palabras que hubiera deseado que alguien le dijera a ella si se sentía enferma. Y tarareó una cancioncilla.

Al poco rato, la tensión en la piel y en los músculos se relajó, y empezó a respirar profundamente.

Cuando estuvo segura de que se había tranquilizado, se liberó cuidadosamente del abrazo. Al mirar a Wrath, se preparó para enfrentarse a su ira, aunque estaba segura de que él comprendería que había actuado de una forma totalmente inocente.

La impresión la dejó inmóvil.

Wrath no estaba enfadado. Todo lo contrario.

—Gracias —dijo roncamente, inclinando la cabeza en un gesto casi humilde—. Gracias por cuidar de mi hermano.

Se quitó las gafas de sol.

Y la miró con total adoración.

El señor X arrojó la sierra sobre el banco de trabajo y se limpió las manos con una toalla.

Bien, diablos, pensó. El maldito vampiro había muerto.

Había intentado por todos los medios despertar al macho, incluso con el cincel, y había revuelto completamente el granero durante el proceso. Había sangre de vampiro por todas partes.

Al menos la limpieza le resultaría fácil.

El señor X se dirigió hacia las puertas dobles y las abrió. Justo en ese momento, el sol despuntaba sobre una colina lejana y una encantadora luz dorada se iba extendiendo suavemente por todo del paisaje. Retrocedió cuando el interior del granero se iluminó.

El cuerpo del vampiro explotó con una llamarada, y el charco de sangre que empapaba el suelo bajo la mesa se evaporó en una nube de humo. Una suave brisa matutina se llevó lejos el hedor de la carne quemada.

El señor X se dirigió hacia la luz de la mañana, mirando la neblina que empezaba a disiparse sobre el césped de la parte trasera. No estaba dispuesto a asumir que había fracasado. El plan habría funcionado si no se hubiera encontrado con esos policías y no hubiera tenido que utilizar dos dardos suplementarios con su prisionero. Sólo necesitaba volver a intentarlo.

Su obsesión por la tortura hacía que se sintiera ansioso.

Sin embargo, de momento tenía que detener los asesinatos de prostitutas. Aquellos estúpidos policías sirvieron también para recordarle que no podía actuar cuando le viniera en gana y que podían atraparlo.

La idea de encontrarse con la ley, no le resultaba especialmente molesta. Pero se enorgullecía de la perfección de sus operaciones.

Por eso había escogido a las prostitutas como cebo. Suponía que si una o dos aparecían muertas, no sería motivo de escándalo. Era menos probable que tuvieran una familia que las llorara, por lo que la policía no estaría tan presionada para detener al asesino. En cuanto a la inevitable investigación, tendrían un amplio surtido de sospechosos entre los proxenetas y delincuentes que trabajaban en los callejones, donde la policía podría elegir.

Pero eso no significaba que pudiera volverse descuidado. Ni que abusara del Valle de las Prostitutas.

Regresó al granero, guardó sus herramientas y se dirigió a la casa. Revisó sus mensajes antes de meterse a la ducha.

Había varios.

El más importante era de Billy Riddle. Evidentemente, el muchacho había tenido un encuentro perturbador la noche anterior y había llamado poco después de la una de la madrugada.

Era bueno que estuviera buscando consuelo, pensó el señor X. Y probablemente había llegado el momento de tener una conversación sobre su futuro.

Una hora después, el señor X se dirigió a la academia, abrió las puertas y las dejó sin echar el cerrojo.

Los restrictores a los que había ordenado reunirse con él para informarle empezaron a llegar poco después. Pudo oírles hablar en voz baja en el vestíbulo al lado de su oficina. En el momento en que se acercó a ellos, se callaron y se quedaron mirándolo. Vestían trajes de faena negros, sus rostros estaban sombríos. Sólo había uno que no se había decolorado. El corte a cepillo del cabello negro del señor O destacaba entre los demás, al igual que sus oscuros ojos castaños.

Según pasaba el tiempo que permanecía un restrictor en la Sociedad, sus características físicas individuales se iban diluyendo progresivamente. Los cabellos castaños, negros y rojizos se volvían color ceniza pálida; los matices amarillentos, carmesí o bronceados de la piel se transformaban en un blanco descolorido. El proceso generalmente tardaba una década, aunque todavía se veían algunos mechones oscuros alrededor del rostro de O.

Hizo un rápido recuento. Todos los miembros de sus dos primeros escuadrones estaban allí, así que cerró con llave la puerta exterior de la academia y escoltó al grupo al sótano. Sus botas resonaron fuerte y nítidamente en el hueco de la escalera metálica.

El señor X había preparado el centro de operaciones sin nada especial o fuera de lo común. Simplemente, se trataba de una antigua aula con doce sillas, una pizarra, un televisor y una tarima al frente.

La escasa decoración no era sólo una tapadera. No quería ninguna distracción de alta tecnología. El único propósito de aquellas reuniones era la eficacia y el dinamismo.

—Contadme qué ha sucedido anoche —dijo él, mirando a los asesinos—. ¿Cómo os ha ido?

Escuchó los informes, haciendo caso omiso a toda clase de excusas. Sólo habían matado a dos vampiros la noche anterior. Y él les había exigido diez.

Y era una desgracia que O, que era novato, hubiera sido el responsable de ambas muertes.

El señor X cruzó los brazos sobre el pecho.

—¿Cuál fue el problema?

—No pudimos encontrar ninguno —dijo el señor M.

—Anoche yo encontré uno —dijo el señor X con brusquedad—. Con bastante facilidad, podría añadir. Y el señor O, dos.

—Bueno, el resto de nosotros no pudo. —M miró a los demás—. El número en esta zona ha disminuido.

—No se trata de un problema geográfico —murmuró una voz desde la parte de atrás.

La mirada del señor X se deslizó entre los restrictores, deteniéndose en la oscura cabeza de O, en la parte trasera de la habitación. No le sorprendió en absoluto que el asesino hubiera hablado.

Estaba demostrando ser uno de los mejores, aunque fuera un recluta nuevo. Con magníficos reflejos y vitalidad, era un gran luchador, pero como sucedía con todas las cosas poseedoras de una fuerza excesiva, era difícil de controlar. Por ello, el señor X lo había puesto en un grupo en donde había otros con siglos de experiencia. Pero era consciente de que O era capaz de dominar cualquier grupo compuesto por individuos inferiores a él.

—¿Te importaría explicarte un poco más detalladamente, señor O? —Al señor X no le interesaba en absoluto su opinión, pero quería mostrar al nuevo recluta ante los demás.

El señor O se encogió de hombros despreocupadamente, y su lentitud hablando rayaba en el insulto.

—El problema es la motivación. Si uno fracasa no pasa nada. No hay consecuencias.

—¿Y qué sugerirías exactamente? —preguntó el señor X.

O se estiró hacia delante, agarró a M por el pelo y le cortó la garganta con un cuchillo.

Los otros restrictores retrocedieron de un salto, agachándose para tomar posiciones de ataque, a pesar de que O se volvió a sentar, limpiando con los dedos la hoja del cuchillo con una calma pasmosa.

El señor X hizo una mueca de desagrado, pero logró controlarse de inmediato.

Atravesó la habitación hasta donde se encontraba M. El restrictor todavía estaba vivo, tratando de respirar e intentando contener con las manos la pérdida de sangre.

El señor X se arrodilló.

—Fuera todo el mundo de aquí. Ahora. Nos reuniremos mañana por la mañana, y espero escuchar mejores noticias. Señor O, tú te quedas.

O desafió la orden e hizo un movimiento para levantarse, pero el señor X lo aprisionó en la silla, quitándole el control de los músculos de su cuerpo. El hombre pareció momentáneamente impresionado, e intentó luchar contra la tenaza que aferraba sus brazos y piernas.

Era una batalla que no ganaría. El Omega siempre otorgaba una serie de ventajas adicionales a los restrictores jefes. Y este tipo de dominio mental sobre los compañeros asesinos era una de ellas.

Cuando la estancia quedó vacía, el señor X sacó un cuchillo y apuñaló a M en el pecho. Hubo un destello de luz y luego un estallido mientras el restrictor se desintegraba.

El señor X miró con ferocidad a O desde el suelo.

—Si alguna vez vuelves a hacer algo así, te entregaré al Omega.

—No, no lo harás. —A pesar de estar a merced del señor X, la arrogancia de O era desenfrenada—. No creo que tengas mucho interés en presentarte ante el Omega como si no pudieras controlar a tus propios hombres.

El señor X se puso de pie.

—Ten cuidado, O. Subestimas el afecto del Omega por los sacrificios. Si te ofreciera como regalo, lo agradecería mucho. —El señor X recorrió la mejilla de O con un dedo—. Si te maniatara y lo llamara, le complacería desatarte. Y a mí me gustaría verlo.

O echó la cabeza hacia atrás bruscamente, más enfadado que asustado.

—No me toques.

—Soy tu jefe. Puedo hacer contigo lo que quiera. —El señor X aferró con una mano la mandíbula de O, e introdujo el dedo pulgar entre los labios y los dientes del hombre, tirando de la cara del restrictor—. Así que cuida tus modales; no vuelvas a matar nunca a otro miembro de la Sociedad sin mi permiso expreso, y nos llevaremos muy bien.

Los ojos castaños de O ardieron.

—¿Qué me dices ahora? —murmuró el señor X, extendiendo la mano y alisando el cabello del hombre hacia atrás. Se había puesto de un color chocolate oscuro. El restrictor masculló en voz baja—. No te he oído.

—El señor X apretó el dedo pulgar contra la parte suave y carnosa bajo la lengua de O, hundiéndosela hasta que aparecieron lágrimas en los ojos de su subordinado. Cuando dejó de apretar, le dio una caricia rápida y húmeda sobre el labio inferior—. Te repito que no te he oído.

—Sí, *sensei*.

—Buen muchacho.

M arissa no se sentía cómoda en la cama. No hacía más que dar vueltas, ahuecando las almohadas, sin conseguir conciliar el sueño ni hacer que disminuyera la irritación que sentía. Parecía como si su colchón estuviera lleno de piedras y sus sábanas se hubieran convertido en papel de lija.

Apartó las mantas y se dirigió hacia las ventanas cerradas y cubiertas con gruesas cortinas de satén. Necesitaba un poco de aire fresco, pero no podía abrirlas. Ya era de día.

Se sentó en un sillón, cubriéndose los pies descalzos con el borde de su camisón.

Wrath.

No podía dejar de pensar en él. Y cada vez que una imagen de ellos juntos acudía a su memoria, deseaba soltar una maldición, lo cual no podía dejar de sorprenderla.

Ella era dócil, dulce y amorosa. Toda perfección y suavidad femenina. La ira iba totalmente en contra de su naturaleza.

Aunque cuanto más pensaba en Wrath, más ganas tenía de emprenderla a golpes contra algo.

Suponiendo que pudiera cerrar los puños.

Se miró las manos. Claro que podía, aunque eran patéticamente pequeñas.

Sobre todo si las comparaba con las de Wrath.

Dios, había soportado demasiado. Y él ni siquiera se había dado cuenta de lo extraordinariamente difícil que había sido su vida.

Ser la shellan virginal e intocable del vampiro más poderoso de todos era un infierno en vida. Su fracaso como hembra había dejado su autoestima por los suelos. El aislamiento había estado a punto de afectar a su cordura. La abrumaba la vergüenza de vivir con su hermano por no tener un hogar propio.

Y siempre se había sentido horrorizada ante la mirada de aquellos que hablaban a sus espaldas. Sabía que era un tema constante de conversación, envidiada, compadecida, espiada. A las hembras jóvenes se les contaba su historia, pero no quería saber si era como advertencia o estímulo.

Wrath no era consciente de cuánto había sufrido.

Pero parte de la culpa era suya. Había creído que desempeñar el papel de hembra buena era lo correcto, la única manera de ser digna, la única posibilidad de compartir, finalmente, una vida con él.

¿Pero cuál había sido el resultado?

Que él había encontrado una humana morena que le interesaba más.

Dios, la recompensa a todos sus esfuerzos era injusta y claramente cruel.

Y no era la única que había sufrido. Havers había sentido una enorme preocupación por ella durante siglos.

Wrath, por otra parte, siempre había estado bien. Y no le cabía ninguna duda de que, en ese momento, estaba estupendamente. Seguramente, ahora se encontraría en la cama con aquella hembra humana, haciendo buen uso de ese mástil rígido que tenía entre sus muslos.

Marissa cerró los ojos.

Pensó en la sensación de ser oprimida contra su cuerpo, sostenida por sus fuertes brazos, consumida por él. Se había quedado demasiado impresionada para sentir mucho calor. Lo había sentido con gran ferocidad, con todo su cuerpo, sus manos enredándole el cabello, su boca succionándole fuertemente la garganta. Y ese grueso pene suyo la había asustado un poco.

No podía dejar de resultarle irónico.

Había soñado durante largo tiempo con aquella situación. Ser poseída por él. Dejar atrás su estado virginal y saber lo que era tener un macho en su interior.

Siempre que se había imaginado un encuentro sexual entre ellos, su cuerpo se encendía, sintiendo un cosquilleo en la piel. Pero la realidad había sido abrumadora. No estaba preparada en absoluto, y deseaba que hubiera durado más tiempo, pero que hubiera sido un poco menos intenso. Tenía el presentimiento de que le habría gustado si él hubiera actuado con algo más de suavidad.

Pero tenía que reconocer que él no estaba pensando en ella.

Marissa cerró la mano, hasta clavar sus uñas en la palma.

No quería volver a su lado. Lo único que deseaba era que experimentara el dolor que ella había soportado.

Wrath abrazó a Beth y la atrajo hacia sí, mirando a Rhage por encima de su cabeza. Observar su delicadeza al calmar el sufrimiento del macho había roto cualquier tipo de barreras.

Cuidar de sus hermanos, cuidarse a sí mismo, pensó. Era el código más antiguo de la clase de los guerreros.

—Ven a mi cama —le susurró al oído.

Ella dejó que la tomara de la mano y la condujera a la habitación. Una vez dentro, él cerró la puerta, corrió el cerrojo y apagó todas las velas excepto una. Luego tiró del cinturón de la bata que ella llevaba puesta y la deslizó por sus hombros. Su piel desnuda brilló a la escasa luz.

Él se quitó los pantalones de cuero. Pronto estuvieron acostados.

Wrath no quería tener relaciones sexuales. No ahora. Sólo quería un poco de consuelo. Quería sentir la tibia piel contra la suya, el aliento sobre su pecho, el latido del corazón a pocos centímetros del suyo. Y quería devolverle un poco de aquella tranquilidad que ella le proporcionaba.

Acarició su largo cabello sedoso y respiró profundamente.

—¿Wrath? —Su voz sonaba adorable en la sombría calma, y le gustó la vibración de su garganta contra el pecho.

—Sí. —Le besó la parte superior de la cabeza.

—¿A quién perdiste tú? —Cambió de posición, colocando la barbilla sobre su pecho.

—¿Perder?

—¿A quién te quitaron los restrictores?

La pregunta le pareció, en principio, fuera de lugar. Pero después no. Ella había visto las consecuencias de un combate y, de alguna manera, había vislumbrado que no sólo luchaba por su raza, sino por él mismo.

Transcurrieron unos instantes antes de que pudiera responder.

—A mis padres.

Sintió que la curiosidad de Beth se transformaba en pena.

—Lo lamento. —Hubo un largo silencio—. ¿Qué sucedió?

Él pensó que aquélla era una pregunta interesante. Porque había dos versiones. Según la tradición popular de los vampiros, esa sangrienta noche había asumido toda suerte de implicaciones heroicas, y fue anunciada como el nacimiento de un gran guerrero. La ficción no era obra suya. Su pueblo necesitaba creer en él, así que había ideado una fábula en la cual sostener su distorsionada fe.

Sólo él sabía la verdad.

—¿Wrath?

Sus ojos se fijaron en la nebulosa belleza de su rostro. Era difícil negar el tono afable de su voz. Quería ofrecerle su comprensión y, por alguna razón desconocida, él quería recibirla.

—Fue antes de mi transición —murmuró—. Hace mucho tiempo.

Dejó de acariciarle el cabello a medida que los recuerdos volvían a su mente horribles y vívidos.

—Pensábamos que siendo la Primera Familia estábamos a salvo de restrictores. Nuestros hogares estaban bien defendidos, ocultos en los bosques, y nos trasladábamos continuamente. —Volvió a acariciar el cabello de Beth y continuó hablando—: Era invierno. Una fría noche de febrero. Uno de nuestros sirvientes nos traicionó y reveló nuestro emplazamiento. Aparecieron un grupo de quince o veinte restrictores matando a todo aquel que se cruzaba en su camino hacia nuestra propiedad antes de hacer una brecha en nuestras murallas de piedra. Nunca olvidaré los golpes cuando llegaron a las puertas de nuestros aposentos privados. Mi padre gritó pidiendo sus armas mientras me introducía en una recámara oculta. Me encerró allí un segundo antes de que destrozaran la puerta con un ariete. Él era bueno con la espada, pero eran demasiados.

Las manos de Beth acariciaron su rostro. Su voz se había convertido casi en un susurro.

Wrath cerró los ojos, rememorando las horrorosas imágenes que todavía eran capaces de provocarle pesadillas.

—Masacraron a los sirvientes antes de matar a mis padres. Lo vi todo a través de un agujero en la madera. Ya te he dicho que veía algo mejor entonces.

—Wrath...

—Hacían tanto ruido que nadie me oyó gritar. —Se estremeció—. Luché por liberarme. Empujé el pestillo, pero era sólido, y yo débil. Traté de arrancar la madera, arañé hasta que se me rompieron las uñas y mis dedos se cubrieron de sangre, di patadas... —Su cuerpo respondió ante el recuerdo del horror de estar confinado, su respiración se hizo desigual y un sudor frío se deslizó por su espalda—. Cuando se fueron, mi padre trató de arrastrarse hasta donde yo estaba. Le habían atravesado el corazón, y estaba... Se desplomó a escasa distancia de la recámara, con los brazos extendidos hacia mí. Lo llamé una y otra vez hasta quedarme afónico. Rogué para que viviera, aunque había visto cómo la luz de sus ojos se apagaba por completo. Estuve allí atrapado durante horas junto a sus cadáveres, mirando crecer los charcos de sangre. Algunos vampiros civiles acudieron a la noche siguiente y me rescataron. —Sintió una caricia tranquilizadora en el hombro, y se llevó la mano de Beth a la boca para besársela—. Antes de que los restrictores se marcharan, arrancaron todas las cortinas de las ventanas. Cuando el sol salió e inundó la habitación, todos los cuerpos se desvanecieron. No me quedó nada que enterrar.

Sintió que algo se deslizaba por su cara. Una lágrima. De Beth.

Le acarició la mejilla.

—No llores.

Aunque apreciaba su compasión.

—¿Por qué no?

—No cambia nada. Yo lloré mientras miraba, y aun así murieron todos. —Giró sobre su costado y la abrazó—. Si hubiera podido... Todavía sueño con esa noche. Fui un cobarde. Tenía que haber estado fuera con mi familia, luchando.

—Pero te habrían asesinado.

—Como un macho, protegiendo a los suyos. Eso es honorable. En cambio me encontraba lloriqueando en un escondrijo —siseó disgustado.

—¿Qué edad tenías?

—Veintidós.

Ella enarcó las cejas con cierta sorpresa, como si hubiera pensado que tenía que ser mucho más joven.

—¿Has dicho que fue antes de tu transición?

—Sí.

—¿Y cómo eras entonces? —Le alisó el cabello—. Resulta difícil imaginarte en una diminuta recámara, con el tamaño que tienes.

—Era diferente.

—Has dicho que eras débil.

—Lo era.

—Entonces quizá necesitabas que te protegieran.

—*No*. —Se encolerizó—. Un macho protege. Nunca al contrario.

Repentinamente, ella retrocedió.

Cuando el silencio entre ambos se hizo demasiado largo, él supo que ella estaba pensando en su forma de actuar. La vergüenza le hizo retirar las manos de su cuerpo. Rodó alejándose hasta quedar acostado sobre la espalda.

No debía haberle contado nada.

Imaginaba lo que Beth estaría pensando de él. Después de todo, ¿cómo podía no sentirse asqueada ante su fracaso y su debilidad en el momento en que su familia más lo había necesitado?

Con una sensación de abatimiento, se preguntó si ella todavía lo querría, si aún lo recibiría en su húmeda intimidad. ¿O todo habría terminado ahora que conocía su secreto?

Esperaba que ella se vistiera y se marchara. Pero no lo hizo.

Ah, claro. Comprendía que su transición se aproximaba inexorablemente, y necesitaba su sangre. Era una cuestión de simple necesidad.

La escuchó suspirar en la oscuridad, como si estuviera renunciando a algo.

Perdió la noción del tiempo. Permanecieron uno junto al otro, sin tocarse durante mucho rato, tal vez horas.

Se durmió fugazmente, despertándose cuando Beth se abrazó a él y deslizó una pierna desnuda sobre la suya.

Una sacudida de deseo le recorrió el cuerpo, pero la rechazó salvajemente.

La mano de ella rozó su pecho, bajó hasta su estómago y llegó a la cadera. Él contuvo la respiración y tuvo una erección inmediata, su miembro dolorosamente cerca de donde lo estaba tocando.

Su cuerpo se acercó más al de él, sus senos le acariciaban las costillas y frotaba su clítoris contra uno de los muslos.

A lo mejor estaba dormida.

Entonces ella tomó su miembro en la mano.

Wrath gimió, arqueando la espalda.

Sus dedos lo masturbaron con firmeza.

Él instintivamente quiso abrazarla, ansioso por lo que parecía estar ofreciéndole, pero ella lo detuvo. Alzándose hasta quedar de rodillas, lo presionó contra el colchón con las manos sobre sus hombros.

—Esta vez es para ti —susurró, besándolo suavemente.

Él apenas podía hablar.

—¿Aún me... quieres?

Confundida, enarcó las cejas.

—¿Por qué no habría de quererte?

Con un patético gemido de alivio y gratitud, Wrath se abalanzó sobre ella nuevamente, pero no le dejó acercarse a su cuerpo. Lo empujó de nuevo hacia abajo y lo sujetó por las muñecas, colocándole los brazos encima de la cabeza.

Lo besó en el cuello.

—La última vez que estuvimos juntos, fuiste muy... generoso. Mereces el mismo tratamiento.

—Pero tu placer es el mío. —Su voz sonó brusca—. No tienes idea de cuánto me gusta que llegues al orgasmo.

—No estoy tan segura de eso. —Sintió que ella se movía, y luego su mano rozó la erección. Quedó sentado sobre la cama mientras un sonido grave salía de su pecho—. Quizá tenga una idea.

—No tienes que hacer esto —dijo él con voz ronca, luchando otra vez por tocarla.

Ella se inclinó sujetando con fuerza las muñecas del hombre y manteniéndolo quieto.

—Relájate. Déjame tomar el control.

Wrath sólo pudo mirar hacia arriba incrédulo y con jadeante expectación mientras ella presionaba sus labios contra los de él.

—Quiero poseerte —susurró ella.

En un dulce arrebato, introdujo la lengua en su boca. Lo penetró, deslizándose dentro y fuera como en un coito.

Su cuerpo entero se puso rígido.

Con cada uno de sus empujones, se introducía más profundamente, en su piel y su cerebro. En su corazón. Lo estaba poseyendo, tomándolo. Dejando su marca sobre él.

Cuando dejó su boca, bajó por su cuerpo. Le lamió el cuello. Le chupó los pezones. Restregó las uñas suavemente sobre su vientre. Le acarició las caderas con los dientes.

Él aferró el cabezal de la cama y tiró, haciendo crujir la madera.

Oleadas de un punzante calor hicieron que se sintiera como si se fuera a morir. El sudor ardía sobre su piel. Su corazón palpitaba con fuerza acelerada.

Sus labios comenzaron a pronunciar palabras en el antiguo idioma, tratando de expresar sentimientos profundos que invadían su interior.

En el instante en que ella introdujo el miembro entre sus labios, le faltó poco para alcanzar el éxtasis. Gritó, mientras su cuerpo se convulsionaba. Ella se retiró, dándole tiempo para tranquilizarse.

Y luego le hizo padecer una verdadera tortura.

Sabía exactamente cuándo acelerar el ritmo y cuándo hacer una pausa. La combinación de su boca húmeda en el grueso glande y sus manos moviéndose arriba y abajo en el pene constituían un doble embate que apenas podía soportar. Lo llevó al borde una y otra vez hasta que se vio obligado a suplicar.

Finalmente, ella montó a horcajadas sobre él. Wrath miró al espacio entre sus cuerpos. Los muslos de ella estaban completamente abiertos sobre su miembro palpitante, y por poco pierde la cordura.

—Tómame —gimió—. Dios, *por favor*.

Ella se introdujo en él, y su cuerpo entero fue recorrido por aquella sensación. Apretada, húmeda, caliente, lo envolvió por completo. Ella empezó a moverse a un ritmo lento y constante, y él no aguantó mucho. Cuando llegó al clímax, sintió como si lo hubieran desgarrado en dos; las descargas de energía crearon una onda de choque que llenó toda la habitación, estremeciendo el mobiliario y apagando la vela.

Cuando recuperó lentamente el sentido, se percató de que era la primera vez que alguien se había esmerado tanto en complacerlo.

Quería rogarle que lo poseyera una y otra vez.

Beth sonrió en la oscuridad al escuchar el sonido que hizo Wrath mientras su cuerpo se estremecía bajo el de ella. La fuerza de su orgasmo la alcanzó también, y cayó sobre el jadeante pecho del macho mientras sus propias deliciosas oleadas la dejaban sin respiración.

Temiendo pesar demasiado, hizo un movimiento para bajarse, pero él la detuvo, sujetándola por las caderas, hablándole dulcemente en una lengua extraña que ella no entendió.

—¿Qué?

—Quédate donde estás —dijo él.

Ella se apoyó sobre su cuerpo, relajándose completamente.

Se preguntó por el significado de las palabras que él había pronunciado mientras hacían el amor, aunque por el tono de su voz, delicado y adulador, podía imaginarlo. A pesar de no entenderlas, supo que se trataba de las palabras de un amante.

—Tu idioma es hermoso —dijo.

—No hay palabras dignas de ti.

Su voz sonaba diferente, como si hubiera cambiado su opinión sobre ella.

No hay barreras, pensó ella. No había barreras entre ellos en ese momento. Ese muro defensivo que hacía que él estuviese siempre en guardia había desaparecido.

Inesperadamente, ella sintió que necesitaba protegerle.

Le resultaba extraño albergar un sentimiento semejante hacia alguien que era físicamente mucho más poderoso que ella. Pero él necesitaba protección. Podía sentir su vulnerabilidad en ese momento de paz, en esa densa oscuridad. El corazón del hombre estaba casi a su alcance.

Pensó en la horrible historia sobre la muerte de su familia.

—¿Wrath?

—¿Hmm?

Quería agradecerle la confianza que había depositado en ella al habérselo contado. Pero no quiso arruinar la frágil conexión entre ambos.

—¿Alguien te ha dicho lo hermoso que eres? —preguntó.

Él rió entre dientes.

—Los guerreros no somos hermosos.

—Tú lo eres para mí. Extraordinariamente hermoso.

Él contuvo la respiración. Y luego la apartó de su lado. Con un rápido movimiento, se levantó de la cama, y unos momentos después brilló una tenue luz en el baño. Escuchó correr el agua.

Tenía que haber imaginado que aquella felicidad no duraría mucho, y contuvo las lágrimas.

Beth buscó a tientas su ropa y se vistió.

Cuando él salió del baño, ella se dirigía hacia la puerta.

—¿Adónde vas? —preguntó.

—A trabajar. No sé qué hora es, pero generalmente entro a las nueve, así que estoy segura de que voy con retraso.

No podía ver muy bien, pero finalmente encontró la puerta.

—No quiero que te vayas. —Wrath estaba junto a ella, su voz la sobresaltó.

—Tengo una vida. Necesito volver a ella.

—Tu vida está aquí.

—No, no es cierto.

Sus manos buscaron a tientas los cerrojos, pero no pudo moverlos, ni siquiera haciendo grandes esfuerzos.

—¿Vas a dejarme salir de aquí? —murmuró.

—Beth. —Le cogió las manos entre las suyas, obligándola a detenerse. Las velas se iluminaron, como si él quisiera que ella lo viera—. Lamento no poder ser más... complaciente.

Ella se apartó.

—No he querido avergonzarte. Sólo quería que supieras lo que siento. Eso es todo.

—Y yo encuentro difícil de creer que no te desagrado.

Beth lo miró fijamente, incrédula.

—Santo cielo, ¿por qué piensas eso?

—Porque sabes lo que sucedió.

—¿Con tus padres? —Se quedó boquiabierta—. Vamos a ver, déjame recapitular. ¿Piensas que estaría disgustada contigo porque fuiste obligado a presenciar el asesinato de tus padres?

—No hice nada por salvarlos.

—Estabas *encerrado*.

—Fui un cobarde.

—*No* lo fuiste. —Enfadarse con él tal vez no era justo, ¿pero por qué no podía ver el pasado con mayor claridad?—. ¿Cómo puedes decir...?

—¡Dejé de gritar! —Su voz rebotó por toda la habitación, sobresaltándola.

—¿Qué? —susurró.

—Dejé de gritar. Cuando acabaron con mis padres y el doggen, dejé de gritar. Los restrictores buscaban por todos los rincones de la estancia. Me estaban buscando *a mí*. Y yo me quedé quieto. Me tapé la boca con la mano. Rogué que no me encontraran.

—Por supuesto que lo hiciste —dijo ella dulcemente—. Querías vivir. —Quería abrazarlo, pero tenía la certeza de que él la rechazaría—. ¿No te das cuenta? Fuiste una víctima, igual que ellos. La única razón por la que estás aquí hoy es que tu padre te amaba tanto que quiso ponerte a salvo. Tú guardaste silencio porque querías sobrevivir. No hay nada de qué avergonzarse.

—Fui un cobarde.

—¡No seas ridículo! ¡Acababas de ver cómo masacraban a tus padres! —Sacudió la cabeza, la frustración agudizó el tono de su voz—: Te aseguro que necesitas reflexionar de nuevo sobre lo sucedido. Has permitido que esas terribles horas te marcaran, y nadie puede culparte por ello, pero estás completamente equivocado. *Muy* equivocado. Deja ya toda esa mierda de honor guerrero y piensa positivamente.

Silencio.

Ah, diablos. Ahora sí lo había arruinado. Aquel hombre le había abierto su corazón, y ella había despreciado su vergüenza. Qué manera de lograr intimidad.

—Wrath, lo lamento, no he debido...

Él la interrumpió. Su voz y su rostro parecían de piedra.

—Nadie me había hablado como acabas de hacerlo.

Mierda.

—Lo lamento mucho. Es sólo que no puedo entender por qué...

Wrath la atrajo hacia sus brazos y la abrazó fuertemente, hablando en su idioma otra vez. Cuando aflojó el abrazo, terminó su monólogo con la palabra leelan.

—¿Eso quiere decir «perra» en vampiro? —preguntó.

—No. Todo lo contrario. —La besó—. Digamos que eres digna de todo mi respeto. Aunque no puedo estar de acuerdo con tu modo de ver mi pasado.

Ella le rodeó el cuello con las manos, sacudiendo un poco su cabeza.

—Pero sí aceptarás el hecho de que lo sucedido no cambia en absoluto mi opinión sobre ti. Aunque siento una tremenda pena por ti y tu familia, y por todo lo que tuviste que soportar.

El vampiro guardó silencio.

—¿Wrath? Repite conmigo: «Sí, Beth, entiendo, y confío en la honestidad de tus sentimientos hacia mí». —Le sacudió el cuello de nuevo—. Digámoslo juntos. —Otra pausa—. Ahora, no después.

—Sí —dijo, rechinando los dientes.

Dios, si apretara un poco más los labios, le romperían los dientes delanteros.

—¿Sí qué?

—Sí, Beth.

—«Confío en la honestidad de tus sentimientos». Vamos. Dilo.

Él gruñó las palabras.

—Bien hecho.

—Eres dura, ¿lo sabías?

—Más me vale si voy a quedarme contigo.

Repentinamente, él le cogió la cara entre las manos.

—Eso deseo —dijo con fiereza.

—¿Qué?

—Que te quedes conmigo.

Ella se quedó sin respiración. Una tenue esperanza se encendió en su pecho.

—¿De verdad?

Él cerró sus brillantes ojos y movió la cabeza.

—Sí. Es una estupidez, una locura. Y resultará peligroso.

—Perfectamente adecuado para tu estilo de vida.

Él se rió y bajó la mirada hacia ella.

—Sí, más o menos.

Por Dios, la miraba con unos ojos tan tiernos que estaba rompiéndole el corazón.

—Beth, quiero que te quedes conmigo, pero tienes que entender que te convertirás en un objetivo. No sé cómo mantenerte verdaderamente a salvo. No sé cómo diablos...

—Ya pensaremos algo —le interrumpió ella—. Podemos hacerlo juntos.

Él la besó, larga y lentamente. Con un enorme cariño.

—¿Entonces te quedarás ahora? —preguntó.

—No. La verdad es que tengo que ir a trabajar.

—No quiero que te vayas. —Le acarició la barbilla—. Odio no poder estar contigo fuera durante el día.

Pero los cerrojos se descorrieron y la puerta se abrió.

—¿Cómo haces eso? —preguntó ella.

—Regresarás antes del ocaso. —No se trataba de una petición, sino de una orden.

—Volveré poco después de que haya oscurecido. —Él gruñó—. Y prometo llamar si algo raro sucede. —Puso los ojos en blanco. Por Dios, iba a tener que revisar el significado de aquella palabra—. Quiero decir, *más raro*.

—No me gusta esto.

—Tendré cuidado. —Lo besó y acto seguido se encaminó a la escalera. Aún podía sentir sus ojos sobre ella cuando empujó el resorte del cuadro y pasó al salón.

Beth fue a su apartamento, alimentó a Boo, y se dirigió a la oficina justo después de mediodía. No tenía hambre, y trabajó durante la hora de la comida. O al menos intentó hacerlo, porque, en realidad, no pudo concentrarse demasiado y ocupó la mayor parte de su tiempo trasladando papeles de un sitio a otro en su escritorio.

Butch le dejó dos mensajes durante el día, confirmando que se reunirían en su apartamento alrededor de las ocho.

A las cuatro decidió cancelar su cita con él.

No podía salir nada bueno de aquella reunión. No tenía intención de entregar a Wrath a la policía, y si pensara que el Duro iba a tener alguna consideración con ella porque le gustaba y porque estarían en su apartamento, se mentiría a sí misma.

A pesar de todo no enterraría su cabeza en la arena. Sabía que la llamarían para interrogarla. ¿Cómo no iban a hacerlo? Mientras Wrath fuera un sospechoso, ella estaría en el punto de mira. Necesitaba conseguir un buen abogado y esperar a que la citaran en la comisaría.

Al volver de la fotocopiadora, miró por una ventana. El cielo del ocaso era plomizo, auguraba una tormenta en el denso aire. Tuvo que apartar la vista. Le dolían los ojos, y aquella molestia no desapareció parpadeando varias veces.

De vuelta en su escritorio, tomó dos aspirinas y llamó a la comisaría buscando a Butch. Cuando Ricky le dijo que lo habían suspendido temporalmente, pidió hablar con José, que se puso al teléfono de inmediato.

—La suspensión de Butch. ¿Cuándo ha sucedido? —preguntó ella.

—Ayer por la tarde.

—¿Van a despedirlo?

—¿Extraoficialmente? Es probable.

Entonces el detective no aparecería por su casa después de todo.

—¿Dónde estás, señorita B? —preguntó José.

—En el trabajo.

—¿Me estás mintiendo? —Su voz sonaba triste, más que polémica.

—Revisa tu identificador de llamadas.

José lanzó un largo suspiro.

—Tienes que venir a la comisaría.

—Lo sé. ¿Puedes darme algo de tiempo para conseguir un abogado?

—¿Crees que vas a necesitarlo?

—Sí.

José soltó una maldición.

—Tienes que alejarte de ese hombre.

—Te llamaré luego.

—Anoche asesinaron a otra prostituta. Con el mismo modus operandi.

La noticia le causó una cierta inquietud. No sabía qué había hecho Wrath mientras estuvo fuera. ¿Pero qué podría significar para él una prostituta muerta?

O dos.

La ansiedad la dominó haciendo palpitar sus sienes.

Pero no podía imaginar a Wrath degollando a una pobre mujer indefensa para luego dejarla morir en un callejón. Él era letal, no perverso. Y aunque actuaba fuera de la ley, no lo creía capaz de matar a alguien que no lo hubiera amenazado. Sobre todo, después de lo que les había sucedido a sus padres.

—Escucha, Beth —dijo José—. No necesito decirte lo seria que es esta situación. Ese hombre es nuestro principal sospechoso de tres homicidios, y la obstrucción a la justicia es un cargo muy grave. Me resultará muy difícil, pero tendré que ponerte entre rejas.

—Él no mató a nadie anoche. —Su estómago le dio un vuelco.

—Entonces admites que sabes dónde está.

—Tengo que colgar, José.

—Beth, por favor, no lo protejas. Es peligroso...

—Él no mató a esas mujeres.

—Ésa es tu opinión.

—Has sido un buen amigo, José.

—Maldita sea. —Agregó un par de palabras más en español—. Consigue ese abogado rápido, Beth.

Colgó el teléfono, cogió su bolso y apagó el ordenador. Lo último que quería era que José fuera a buscarla a su oficina y se la llevara esposada. Necesitaba ir a su casa, recoger algo de ropa y reunirse con Wrath lo antes posible.

Tal vez pudieran marcharse juntos. Podría ser su única oportunidad, porque en Caldwell, tarde o temprano, la policía los encontraría.

En cuanto pisó la calle Trade, sintió un nudo en el estómago, y el calor le robó toda su energía. Nada más llegar a su apartamento, echó agua helada en un vaso, pero cuando intentó beberla, su intestino se retorció. Quizá tenía algún virus intestinal. Tomó dos antiácidos y pensó en Rhage. Podría haberle contagiado algo.

Dios, los ojos la estaban matando.

Y aunque sabía que tenía que recoger sus cosas, se quitó la ropa de trabajo, se puso una camiseta y unos pantalones cortos, y se sentó en el sofá. Sólo quería descansar un rato, pero una vez que se acomodó, sintió que no podría volver a mover el cuerpo.

Perezosamente, como si los conductos de su cerebro estuvieran obstruyéndose, pensó en la herida de Wrath. No le había dicho cómo se la había hecho. ¿Y si había atacado a la prostituta y la mujer se había defendido?

Beth se presionó las sienes con los dedos cuando una oleada de náuseas hizo fluir bilis en su garganta. Veía luces titilando ante sus ojos.

No, aquello no era una gripe. La estaba matando una migraña monstruosa.

* * *

Wrath marcó de nuevo el número de teléfono.

Era obvio que Tohrment estaba usando el identificador de llamadas y no quería responder.

Diablos. Detestaba pedir perdón, pero quería poner este asunto sobre la mesa, porque iba a resultar muy espinoso.

Se llevó consigo el móvil a la cama y se recostó contra el cabezal. Quería llamar a Beth sólo para escuchar su voz.

¿Había pensado que podría alejarse tranquilamente después de su transición? A duras penas podía permanecer lejos de ella durante *un par de horas.*

Dios, estaba loco por esa hembra. Aún no podía creer lo que había salido de su boca cuando ella le hacía el amor. Y luego había finalizado aquella letanía de elogios llamándola su leelan antes de que se marchara.

Era hora de que lo admitiera. Probablemente se estaba enamorando.

Y por si eso no fuera suficiente, ella era medio humana. Pero también era la hija de Darius.

¿Pero cómo podía no adorarla? Era tan fuerte, con un carácter que competía con el suyo. Pensó en ella enfrentándose a él, haciéndole reflexionar sobre su pasado. Pocos se hubieran atrevido, y él sabía de dónde había sacado su valor. Casi podía jurar que su padre hubiera hecho lo mismo.

Cuando sonó su teléfono, abrió la tapa.

—¿Sí?

—Tenemos problemas. —Era Vishous—. Acabo de leer el periódico. Otra prostituta muerta en un callejón. Desangrada.

—¿Y?

—Me he metido en la base de datos del forense. En ambos casos, a las hembras les mordieron el cuello.

—Mierda. Zsadist.

—Eso es lo que estoy pensando. Le he repetido mil veces que tiene que dejar eso. Tienes que hablar con él.

—Esta noche. Diles a los hermanos que se reúnan conmigo aquí un poco antes. Voy a decirle unas cuantas cosas delante de todos.

—Buen plan. Así el resto de nosotros tendremos que liberar su cuello de tus manos cuando proteste.

—Oye, ¿sabes dónde está Tohr? No consigo encontrarlo.

—Ni idea, pero pasaré por su casa antes de la reunión, si quieres.

—Hazlo. Tendrá que venir esta noche. —Wrath colgó.

Maldita sea. Alguien iba a tener que ponerle un bozal a Zsadist.

O una daga en el pecho.

Butch aparcó el coche. En realidad, no creía que Beth estuviera en su apartamento, pero de todos modos fue hasta la puerta del vestíbulo y apretó el interfono. No obtuvo respuesta.

Sorpresa, sorpresa.

Dio la vuelta por un lateral del edificio y se metió en el patio trasero. Ya había oscurecido, así que ver las luces apagadas resultó desalentador. Ahuecó las manos y se inclinó contra la puerta corredera de cristal.

—¡Beth! ¡Oh, por Dios! ¡Santo cielo!

Su cuerpo estaba boca abajo en el suelo. Había intentado alcanzar el teléfono sin conseguirlo. Sus piernas estaban colocadas torpemente, como si hubiera estado retorciéndose de dolor.

—¡No! —Golpeó el cristal.

Ella se movió ligeramente, como si lo hubiera escuchado.

Butch se dirigió a una ventana, se quitó un zapato y golpeó fuertemente el cristal hasta que se agrietó y se hizo añicos. Cuando se estiró para alcanzar el pestillo, se cortó, pero no le importaba si perdía un brazo para llegar a ella. Se introdujo en el interior, volcando una mesa al abalanzarse hacia delante.

—¡Beth! ¿Me oyes?

Ella abrió la boca, moviéndola lentamente, pero sin emitir sonido alguno.

Él buscó sangre y no halló nada, así que la colocó cuidadosamente boca arriba. Estaba tan pálida como una lápida, fría y húmeda, apenas consciente. Cuando abrió los ojos, pudo ver sus pupilas totalmente dilatadas.

Él le extendió los brazos, buscando marcas. No había ninguna, pero no iba a perder tiempo quitándole los zapatos y mirando entre los dedos de los pies.

Abrió la tapa de su móvil y marcó el 911.

Al oír a la operadora, no esperó el saludo protocolar.

—Tengo una probable sobredosis de droga.

La mano de Beth se movió vacilante, empezó a mover la cabeza. Estaba tratando de apartarle el teléfono.

—Niña, quédate quieta. Yo te cuidaré...

La voz de la operadora lo interrumpió:

—¿Señor? ¿Hola?

—Llévame a casa de Wrath —gimió Beth.

—A la mierda con él.

—¿Perdón? —dijo la operadora—. Señor, ¿me puede decir qué sucede?

—Sobredosis de droga. Creo que es heroína. Sus pupilas están fijas y dilatadas. Aún no ha vomitado...

—Wrath, tengo que ir junto a Wrath.

—... pero recobra el conocimiento intermitentemente...

En ese momento, Beth se levantó bruscamente del suelo y le quitó el teléfono de las manos.

—Voy a morir...

—¡Claro que no! —gritó él.

Ella lo sujetó por la camisa. Le temblaba el cuerpo, el sudor manchaba la parte delantera de su camiseta.

—Lo *necesito*.

Butch la miró fijamente a los ojos.

Se había equivocado. Esto no era una sobredosis. Era una renuncia.

Negó con la cabeza.

—Niña, no.

—*Por favor*. Lo necesito. Voy a morir. —De repente, ella se dobló en posición fetal, como si una oleada de dolor la hubiera partido en dos. El móvil cayó de su mano, fuera de su alcance—. Butch..., por favor.

Mierda. Tenía mal aspecto. Parecía moribunda.

Si la llevaba a una sala de urgencias, podía morir por el camino o mientras esperaba tratamiento. Y la metadona servía para superar el mono, no para sacar a un adicto de una sobredosis.

Mierda.

—Ayúdame.

—Maldito sea —dijo Butch—. ¿Dónde está?

—Wallace.

—¿Avenida?

Ella asintió.

Butch no tenía tiempo para pensar. La cargó en sus brazos y atravesó el patio trasero.

Por supuesto que iba a atrapar a ese bastardo.

Wrath cruzó los brazos y se apoyó contra la pared del salón. Los hermanos se agruparon a su alrededor, esperando a que él hablara.

Tohr había venido, aunque desde que había atravesado el umbral con Vishous había evitado mirar a Wrath a los ojos.

Bien —pensó Wrath—. *Haremos esto en público.*

—Hermanos, tenemos dos asuntos que atender. —Miró fijamente a Tohr a la cara—. He ofendido gravemente a uno de vosotros. De acuerdo con eso, ofrezco a Tohrment un *rythe*.

Tohr dio un respingo y prestó atención. El resto de los hermanos estaban igual de sorprendidos.

Se trataba de un acto sin precedentes, y él lo sabía. Un *rythe* era esencialmente un duelo, y la persona a quien se le ofrecía escogía el arma. Puños, daga, pistola, cadenas. Era una forma ritual de salvar el honor, tanto para el ofendido como para el ofensor. Ambos podían quedar purificados.

La conmoción en la habitación no había sido provocada por el acto en sí. Los miembros de la Hermandad estaban bastante familiarizados con el ritual. Dada su naturaleza agresiva, cada uno de ellos, en un momento u otro, había ofendido de muerte a alguien.

Pero Wrath, a pesar de todos sus pecados, nunca había ofrecido un rythe. Porque de acuerdo con la ley de los vampiros, cualquiera que levantara un brazo o un arma contra él podía ser condenado a muerte.

—Delante de estos testigos, quiero que me escuches —dijo en voz alta y clara—. Te absuelvo de las consecuencias. ¿Aceptas?

Tohr bajó la cabeza. Se llevó las manos a los bolsillos de sus pantalones de cuero y movió lentamente la cabeza.

—No puedo atacarte, mi señor.

—Y no puedes perdonarme, ¿no es así?

—No lo sé.

—No puedo culparte por eso. —Pero deseó que Tohr hubiera aceptado. Necesitaban un desagravio—. Te lo ofreceré de nuevo en otra ocasión.

—Y siempre me negaré.

—Así sea. —Wrath lanzó a Zsadist una mirada oscura—. Ahora, acerca de tu maldita vida amorosa.

Z, que había permanecido detrás de su gemelo, dio un paso al frente.

—Si alguien se ha dado un revolcón con la hija de Darius, has sido tú, no yo. ¿Cuál es el problema ahora?

Un par de hermanos murmuraron maldiciones por lo bajo.

Wrath dejó los colmillos al descubierto.

—Voy a pasar eso por alto, Z. Pero sólo porque sé cuánto te gusta que te golpeen, y no estoy de humor para hacerte feliz. —Se irguió, por si acaso el hermano se abalanzaba contra él—. Quiero que acabes con ese asunto de las prostitutas. O por lo menos, haz limpieza cuando termines.

—¿De qué estás hablando?

—No necesitamos ese tipo de publicidad.

Zsadist se giró a mirar a Phury, que dijo:

—Los cadáveres. La policía los ha encontrado.

—¿Qué cadáveres?

Wrath sacudió la cabeza.

—Por Dios, Z. ¿Crees que los policías van a pasar por alto dos mujeres desangradas en un callejón?

Zsadist avanzó, acercándose tanto que sus pectorales se tocaron.

—No sé una mierda de todo eso. Huéleme. Estoy diciendo la verdad.

Wrath respiró profundamente. Captó el aroma de la indignación, un tufillo picante en la nariz como si alguien le hubiera rociado ambientador de limón. Pero no había ansiedad, ni ningún subterfugio emocional.

El problema era que Z no sólo era un asesino de alma negra, sino también un mentiroso muy hábil.

—Te conozco demasiado bien —dijo Wrath suavemente— para creer una palabra de lo que dices.

Z empezó a gruñir, y Phury se movió rápido, envolviendo un grueso brazo alrededor del cuello de su gemelo y arrastrándolo hacia atrás.

—Tranquilo, Z —dijo Phury.

Zsadist aferró la muñeca de su hermano y se soltó de un tirón. Estaba púrpura de odio.

—Uno de estos días, *mi señor*, voy a...

Un ruido parecido a una bala de cañón contra un muro lo interrumpió.

Alguien estaba propinando furiosos golpes a la puerta principal.

Los hermanos salieron del salón y fueron en grupo al vestíbulo. Sus pesados pasos se vieron acompañados por el sonido de las armas siendo desenfundadas y amartilladas.

Wrath miró el monitor de vídeo instalado en la pared.

Cuando vio a Beth en brazos del policía, se le cortó la respiración. Abrió de golpe la puerta y aferró su cuerpo cuando el hombre entró apresuradamente.

Ha sucedido, pensó. Su transición había comenzado.

Notó cómo el policía temblaba de ira cuando el cuerpo de Beth cambió de brazos.

—Maldito hijo de perra. ¿Cómo pudiste hacerle esto?

Wrath no se molestó en responder. Acunando a Beth entre sus brazos, pasó a grandes zancadas a través del grupo de hermanos. Pudo sentir su estupefacción, pero no podía detenerse a dar explicaciones.

—Nadie excepto yo matará al humano —ladró—. Y él no saldrá de esta casa hasta que yo vuelva.

Wrath se apresuró a entrar en el salón. Empujó el cuadro hacia un lado, y corrió escaleras abajo tan rápido como pudo.

El tiempo era esencial.

Butch observó al traficante de drogas desaparecer con Beth; su cabeza oscilaba a medida que se alejaba y su cabello parecía un sedoso estandarte arrastrándose tras ellos.

Durante un momento, se quedó completamente inmóvil, atrapado entre la necesidad de gritar o llorar.

Qué desperdicio. Qué horrible desperdicio.

Luego escuchó cómo la puerta se cerraba detrás de él. Y se dio cuenta de que estaba rodeado de cinco de los bastardos más perversos y enormes que había visto jamás.

Una mano aterrizó en su hombro como un yunque.

—¿Te gustaría quedarte a cenar?

Butch alzó la vista. El sujeto llevaba puesta una gorra de béisbol y tenía la cara surcada por un tatuaje.

—¿Te gustaría *ser* la cena? —dijo otro que parecía una especie de modelo.

La ira invadió de nuevo al detective, tensando sus músculos, dilatando sus huesos.

¿Estos chicos quieren jugar? —pensó—. *Bien. Vamos a bailar*.

Para demostrar que no tenía miedo, miró a cada uno directamente a los ojos. Primero a los dos que habían hablado, después a uno relativamente normal colocado detrás de ellos y a otro sujeto con una estrafalaria melena, la clase de cabello por el que las mujeres pagarían cientos de dólares en cualquier salón de belleza.

Y luego estaba el último hombre.

Butch observó atentamente su cara llena de cicatrices. Unos ojos negros le devolvieron la mirada.

Con este tipo —pensó— *hay que tener cuidado*.

Con un movimiento intencionado, se liberó de la sujeción en el hombro.

—Decidme algo, chicos —pronunció lentamente las palabras—. ¿Usáis todo ese cuero para excitaros mutuamente? Quiero decir, ¿a todos os gustan los penes?

Butch fue lanzado contra la puerta con tanta fuerza que sus muelas crujieron.

El modelo acercó su cara perfecta a la del detective.

—Si fuera tú, yo tendría cuidado con mi boca.

—¿Para qué molestarme si tú ya te preocupas por ella? ¿Ahora vas a besarme?

Un gruñido extraño salió de la garganta de aquel sujeto.

—Está bien, está bien. —El que parecía más normal avanzó unos pasos—. Retrocede, Rhage. Vamos a relajarnos un poco. —Pasó un minuto antes de que el figurín lo soltara—. Eso es. Tranquilicémonos —murmuró el señor Normal, dándole unas palmaditas en la espalda a su amigo antes de mirar a Butch—: Hazte un favor y cierra la boca.

Butch se encogió de hombros.

—El Rubito se muere por ponerme las manos encima. No puedo evitarlo.

Rhage se dirigió a Butch de nuevo, mientras el señor Normal ponía los ojos en blanco, dejando libre a su amigo para actuar.

El puñetazo que le llegó a la altura de la mandíbula lanzó la cabeza de Butch hacia un lado. Al sentir el dolor, el detective dejó volar su propia ira. El temor por Beth, el odio reprimido por aquellos malvados, la frustración por su trabajo, todo eso encontró salida. Se abalanzó sobre al hombre, más grande que él, y lo derribó.

El sujeto se sorprendió momentáneamente, como si no hubiera esperado la velocidad y fuerza de Butch, y éste aprovechó la vacilación. Golpeó al Rubito en la boca, y luego lo sujetó por el cuello.

Un segundo después, Butch se encontró acostado sobre su espalda con aquel hombre sentado sobre su pecho.

El tipo agarró la cara de Butch entre sus manos y apretó. Era casi imposible respirar, y Butch resollaba buscando aire.

—Tal vez encuentre a tu esposa —dijo el tipo— y la folle un par de veces. ¿Qué te parece?

—No tengo esposa.

—Entonces voy a follarme a tu novia.

Butch trató de tomar un poco de aire.

—Tampoco tengo novia.

—Así que si las hembras no quieren saber nada de ti, ¿qué te hace pensar que yo sí?

—Esperaba que te enfadaras.

Los enormes ojos azul eléctrico se entrecerraron.

Tienen que ser lentes de contacto —pensó Butch—. *Nadie tiene los ojos de ese color.*

—¿Y por qué querías que me enfadara? —preguntó el Rubito.

—Si yo atacaba primero —Butch trató de meter más aire en sus pulmones—... tus muchachos no nos habrían dejado pelear. Me habrían matado primero, antes de poder tener una oportunidad contigo.

Rhage aflojó un poco la opresión y se rió mientras despojaba a Butch de su cartera, las llaves y el teléfono.

—¿Sabéis? Me agrada un poco este grandullón —dijo el tipo.

Alguien se aclaró la garganta.

El Rubito se puso de pie, y Butch rodó sobre sí mismo, jadeando. Cuando levantó la vista, le pareció que sufría alucinaciones.

De pie en el vestíbulo había un pequeño anciano vestido de librea, sosteniendo una bandeja de plata.

—Disculpen, caballeros. La cena estará lista en unos quince minutos.

—Oye, ¿son ésas las crepes de espinaca que me gustan tanto? —preguntó el Rubito, señalando a la bandeja.

—Sí, señor.

—Una delicia.

Los demás hombres se agruparon alrededor del mayordomo, cogiendo lo que les ofrecía, junto a unas servilletas, como si no quisiera que cayera nada al suelo.

¿Qué diablos era eso?

—¿Puedo pedirles un favor? —preguntó el mayordomo.

El señor Normal asintió vigorosamente.

—Trae otra bandeja de estas delicias y mataremos a quien tú quieras.

Sí, imagino que el tipo en realidad no era normal. Sólo relativamente.

El mayordomo sonrió como si se sintiera conmovido.

—Si van a desangrar al humano, ¿tendrían la amabilidad de hacerlo en el patio trasero?

—No hay problema. —El señor Normal se introdujo otra crepe en la boca—. Maldición, Rhage, tienes razón: son deliciosas.

Wrath estaba empezando a desesperarse porque no conseguía que Beth volviera en sí.

Y su piel se estaba enfriando a cada instante.

La sacudió de nuevo.

—¡Beth! ¡Beth! ¿Me oyes?

Sus manos se movieron nerviosamente, pero tuvo el presentimiento de que los espasmos eran involuntarios. Acercó el oído a su boca. Todavía respiraba, pero con mucha dificultad y muy débilmente.

—¡Maldita sea! —Se descubrió las muñecas y estaba a punto de perforarlas con sus propios colmillos cuando se dio cuenta de que quería sostenerla si podía beber.

Cuando pudiera beber.

Se despojó de la funda, sacó una daga y se quitó la camisa. Tanteó su propio cuello hasta que encontró la yugular. Colocando la punta del cuchillo contra la piel, se hizo un corte. La sangre manó profusamente.

Se humedeció la yema de un dedo y lo llevó a los labios de la mujer. Cuando se lo introdujo en la boca, su lengua no respondió.

—Beth —susurró—. Vuelve a mí.

Le suministró más sangre.

—¡Maldición, no te mueras! —Las velas llamearon en la habitación—. ¡Te amo, maldición! *¡Maldita sea, no te rindas!*

Su piel estaba empezando a ponerse azul; incluso él podía ver el cambio de color.

Una oración frenética que creía haber olvidado hacía tiempo salió de sus labios, pronunciada en su antigua lengua.

Beth permaneció inmóvil. Estaba demasiado quieta. El Fade se cernía sobre ella.

Wrath gritó de furia y agarró su cuerpo, sacudiéndola hasta que el cabello se le enredó.

—¡Beth! ¡No dejaré que mueras! Te seguiré antes de permitir...

Se interrumpió con un lastimoso gemido, apretándola contra su pecho. Mientras acunaba su cuerpo, sus ciegos ojos se quedaron fijos en la pared negra que tenía ante él.

Marissa se vistió con especial cuidado, decidida a bajar a la primera comida de la noche con el mejor aspecto posible. Después de revisar su armario, eligió un vestido largo de gasa color crema. Lo había comprado la temporada anterior en Givenchy, pero todavía no lo había estrenado. El corpiño era ceñido y un poco más atrevido de lo que normalmente usaba, aunque el resto del vestido era vaporoso, sin marcar su figura, lo que producía en ella un efecto general relativamente modesto.

Se cepilló el largo cabello, que le llegaba casi hasta las caderas, dejándolo caer suelto sobre los hombros.

Con su tacto, la imagen de Wrath acudió a su mente. Él había alabado alguna vez su suavidad, así que ella lo había dejado crecer suponiendo que le agradaría.

Ahora, tal vez debiera cortarse sus rubios rizos, arrancárselos de la cabeza.

Su ira, que había amainado, se encendió de nuevo.

Repentinamente, Marissa tomó una decisión. Ya no se guardaría nada. Era hora de compartir.

Pero luego pensó en la imponente envergadura de Wrath, en sus facciones frías y duras y en su sobrecogedora presencia. ¿Pensaba realmente que podía enfrentarse a él?

Nunca lo sabría si no lo intentaba. Y no iba a dejarlo avanzar alegremente hacia el incierto futuro que le esperaba sin decirle lo que pensaba.

Miró su reloj Tiffany. Si no bajaba a cenar y luego ayudaba en la clínica como había prometido, Havers sospecharía. Era mejor esperar hasta más tarde para ir en busca de Wrath. Sabía que se encontraba en casa de Darius.

Se dirigiría allí y aguardaría hasta que él regresara a casa.

Por algunas cosas valía la pena esperar.

—Gracias por recibirme, *sensei*.

—Billy, ¿cómo estás? —El señor X colocó a un lado el menú que había estado mirando distraídamente—. Tu llamada me ha preocupado. Y además no has asistido a clase.

Cuando Riddle se sentó, no parecía tan acalorado. Sus ojos aún eran negros y azules, y el agotamiento se reflejaba en su rostro.

—Alguien me persigue, *sensei*. —Billy cruzó los brazos sobre el pecho. Hizo una pausa, como si no estuviera seguro de si debía contar toda su historia.

—¿Esto tiene algo que ver con tu nariz?

—Tal vez. No lo sé.

—Bien. Me alegra que hayas acudido a mí, hijo. —Otra pausa—. Puedes confiar en mí, Billy.

Riddle respiró profundamente, como si estuviera a punto de zambullirse en una piscina.

—Mi padre está en la capital, como siempre. Así que anoche invité a unos amigos. Fumamos un poco de hierba...

—No deberías hacer eso. Las drogas ilegales no traen nada bueno.

Billy se movió incómodo, jugueteando con la cadena de platino alrededor de su cuello.

—Lo sé.

—Continúa.

—Mis amigos y yo estábamos en la piscina, y uno de ellos quiso ir a hacerlo con su novia. Les dije que podían usar la cabaña, pero cuando fueron allí la puerta estaba cerrada. Fui a la casa a buscar la llave, y al volver un tipo se detuvo frente a mí, como si hubiera salido de la nada. Era un hijo de..., eh..., era enorme. Cabello negro largo, traje de cuero...

En ese momento llegó la camarera.

—¿Qué les sirvo?

—Más tarde. —dijo el señor X con brusquedad.

Cuando desapareció dando un resoplido, él inclinó la cabeza en dirección a Billy.

Riddle cogió el vaso de agua del señor X y bebió.

—Bien, me dio un susto de muerte. Me miraba como si quisiera comerme. Pero entonces oí a mi amigo llamarme impaciente porque no aparecía con la llave. El hombre pronunció mi nombre y luego desapareció, justo cuando mi amigo llegaba al jardín. —Billy movió la cabeza—. El caso es que no sé cómo pudo entrar. Mi padre construyó un muro enorme alrededor del perímetro de la casa el año pasado porque había recibido amenazas terroristas o algo así. Tiene casi cuatro metros de altura. Y la parte delantera de la casa está totalmente protegida con el sistema de seguridad. —El señor X bajó la vista a las manos de Billy. Las tenía apretadas la una contra la otra—. Yo... estoy algo asustado, *sensei*.

—Deberías estarlo.

Riddle pareció vagamente asqueado de confirmar sus temores.

—Así que, Billy, quiero saber algo. ¿Has matado alguna vez?

Riddle frunció el ceño ante el brusco cambio de tema.

—¿De qué está hablando?

—Ya sabes. Un pájaro. Una ardilla. Quizás un perro o un gato.

—No, *sensei*.

—¿No? —El señor X miró a Billy a los ojos—. No tengo tiempo para mentirosos, hijo.

Billy carraspeó nervioso.

—Sí. Tal vez. Cuando era más joven.

—¿Qué sentiste?

El rubor asomó a la nuca de Billy. Dejó de retorcerse las manos.

—Nada. No sentí nada.

—Vamos, Billy. Tienes que confiar en mí.

Los ojos de Billy destellaron.

—Está bien. Quizás me gustó.

—¿Sí?

—Sí. —Riddle alargó la palabra.

—Bien. —El señor X levantó la mano para llamar la atención de la camarera, que tardó algunos minutos en acudir—. Hablaremos sobre ese hombre más tarde. Primero, quiero que me hables de tu padre.

—¿De papá?

—¿Ya están listos para pedir? —preguntó la camarera en tono malhumorado.

—¿Qué quieres, Billy? Yo invito.

Riddle enumeró la mitad del menú.

Cuando la camarera se marchó, el señor X lo apremió:

—¿Tu padre?

Billy se encogió de hombros.

—No lo veo mucho. Pero él es..., ya sabe..., lo que sea. Un padre..., es decir, ¿a quién le importa cómo es?

—Escucha, Billy. —El señor X se inclinó hacia delante—. Sé que huiste de tu casa tres veces antes de cumplir los doce. Sé que tu padre te envió a un colegio privado tan pronto enterraron a tu madre. Y también sé que cuando te expulsaron de Northfield Mount Hermon te envió a Groton, y cuando te echaron de allí, te metió en una academia militar. Si quieres que sea franco, me da la sensación de que ha estado tratando de deshacerte de ti durante la última década.

—Es un hombre ocupado.

—Y tú has sido un poco difícil de manejar, ¿no es cierto?

—Tal vez.

—¿Entonces sería correcto suponer que tú y tu queridísimo padre no os entendéis, y no os lleváis bien? —El señor X esperó—. Dime la verdad.

—Lo odio —dejó escapar Riddle.

—¿Por qué? —Billy cruzó los brazos sobre el pecho de nuevo. Sus ojos eran fríos—. ¿Por qué lo odias, hijo?

—Porque respira.

Beth trató de ver algo a través de la espesa neblina que la rodeaba. Se encontraba sumergida en una especie de ensoñación, con bordes difusos que sugerían que lo que había era infinito.

Una figura solitaria, iluminada desde atrás, se aproximó en medio de aquella bruma blanquecina. Supo que era un macho, y fuese quien fuese, no sintió temor alguno. Le dio la sensación de que lo conocía.

—¿Padre? —susurró, no muy segura de si se refería al suyo o al propio Dios.

El hombre estaba inmóvil a escasa distancia, pero alzó la mano en señal de saludo, como si la hubiera oído.

Ella dio un paso adelante, pero de repente sintió un sabor en la boca totalmente desconocido. Se llevó las yemas de los dedos a los labios. Cuando bajó la vista, todo era de color rojo.

La figura dejó caer la mano. Como si supiera qué significaba aquella mancha.

Beth regresó de golpe a su cuerpo. Parecía como si la hubiesen catapultado y hubiese aterrizado sobre grava. Le dolía todo.

Gritó. Cuando abrió la boca, volvió a sentir aquel sabor. Tragó saliva con dificultad.

Y entonces, algo milagroso sucedió. Su piel se llenó de vida, como si fuese un globo inflándose de aire. Sus sentidos despertaron.

Ciegamente, trató de sujetarse a algo sólido, dando con la fuente del sabor.

Wrath sintió que Beth se sacudía como si la hubieran electrocutado. Y luego empezó a beber de su cuello con una avidez y un ansia inusitadas. Los brazos de ella se apretaron alrededor de sus hombros, las uñas se clavaron en su carne.

Lanzó un rugido de triunfo mientras la depositaba sobre la cama, acostada para que la sangre fluyera mejor. Mantuvo la cabeza hacia un lado, dejando al descubierto el cuello ante ella, que subió hasta su pecho cubriéndolo con el cabello. El húmedo sonido de su succión y saber que le estaba dando vida le provocaron una monstruosa erección.

La sostuvo suavemente, acariciándole los brazos. Animándola a beber más de él. A tomar todo lo que necesitara.

Un poco más tarde, Beth alzó la cabeza. Se lamió los labios y abrió los ojos.

Wrath la estaba mirando fijamente.

Tenía una herida enorme en el cuello.

—Oh, Dios... ¿Qué te he hecho? —Extendió las manos para restañar la sangre que manaba de su vena.

Él le cogió las manos y se las llevó a los labios.

—¿Me aceptas como tu hellren?

—¿Qué? —Su mente tenía dificultades para comprender.

—Cásate conmigo.

Ella miró el agujero en su garganta y se le revolvió el estómago.

—Yo..., yo...

El dolor llegó rápido y fuerte. La embistió, llevándola a una oscura agonía. Se dobló, y rodó sobre el colchón.

Wrath se calló y la acunó en su regazo.

—¿Me estoy muriendo? —gimió.

—Oh, no, leelan. Claro que no. Esto pasará —susurró él—. Pero no será divertido.

Sintió cómo la invadía una oleada nauseabunda, que le provocó convulsiones, hasta que quedó tendida de espaldas. Apenas podía distinguir la cara de Wrath debido al dolor, pero pudo ver en sus ojos una gran preocupación. La agarró de la mano y ella dio un fuerte apretón cuando la siguiente explosión torturadora la dominó.

Su visión se enturbió, volvió y se enturbió de nuevo.

El sudor goteaba por su cuerpo, empapando las sábanas. Apretó los dientes y se arqueó. Se giró hacia un lado y luego al otro, tratando de escapar.

No sabía cuánto había durado. Horas. Días.

Wrath permaneció con ella todo el tiempo.

Wrath respiró aliviado poco después de las tres de la madrugada.

Finalmente, se había quedado quieta, y no estaba muerta, sino tranquila.

Había sido muy valiente. Había soportado el dolor sin quejarse, sin llorar. Sin embargo, él había pasado todo el tiempo rogando que su transición terminara cuanto antes.

Ella emitió un sonido ronco.

—¿Qué, mi *leelan?* —Bajó la cabeza a la altura de su boca.

—Necesito una ducha.

—Bien.

Se levantó de la cama, abrió la ducha y volvió a buscarla, levantándola suavemente en sus brazos. La sentó en la repisa de mármol, le quitó la ropa con delicadeza, y luego la alzó de nuevo.

La hizo entrar lentamente en el agua, atento a cualquier cambio en su expresión ante la temperatura. Al no protestar, fue introduciendo su cuerpo gradualmente, rozando primero sus pies, para que aquella impresión no fuera demasiado brusca para ella.

Parecía gustarle el agua, alzaba el cuello y abría la boca.

Vio sus colmillos, y le parecieron hermosos. Blancos, brillantes, puntiagudos. Recordó la sensación cuando ella había bebido de él.

Wrath la oprimió contra sí durante un instante, abrazándola. Luego dejó que sus pies tocaran el suelo y sostuvo su cuerpo con un brazo. Con la mano libre, agarró un bote de champú y echó un poco sobre su cabeza. Le frotó el cabello hasta formar espuma y luego lo enjuagó. Con una pastilla de jabón, dio un suave masaje a su piel lo mejor que pudo sin dejarla caer y luego se cercioró de aclarar hasta el último residuo de jabón.

Acunándola nuevamente entre los brazos, cerró el grifo, salió y cogió una toalla. La envolvió y la colocó otra vez sobre la repisa, sosteniéndola entre la pared y el espejo. Cuidadosamente, le secó el agua del cabello, la cara, el cuello, los brazos. Luego los pies y las piernas.

Su piel quedaría hipersensible durante algún tiempo, al igual que la vista y el oído.

Buscó señales de que su cuerpo estuviera cambiando y no vio ninguna. Tenía la misma estatura que antes. Sus formas tampoco parecían haber sufrido transformación alguna. Se preguntó si podría salir durante el día.

—Gracias —murmuró ella.

Él la besó y la llevó hasta el sillón. Luego quitó de la cama las sábanas húmedas y la funda del colchón. Tuvo dificultades para encontrar otro juego de sábanas y ponerlas correctamente le resultó endemoniadamente arduo. Cuando terminó, la recogió y acomodó entre el fresco satén.

Su profundo suspiro fue el mejor cumplido que jamás hubiera recibido.

Wrath se arrodilló a un lado de la cama, repentinamente consciente de que sus pantalones de cuero y sus botas estaban empapados.

—Sí —susurró ella.

Él la besó en la frente.

—¿Sí qué, mi *leelan*?

—Me casaré contigo.

Butch se paseó por el salón una vez más, y se detuvo junto a la chimenea. Bajó la vista hacia los troncos amontonados, imaginando lo agradable que sería el fuego allí durante el invierno, y sentarse en uno de aquellos sillones de seda a mirar las llamas parpadeantes, mientras el mayordomo le servía un ponche caliente o algo así.

¿Qué diablos hacía esa pandilla de delincuentes en un lugar como aquél?

Escuchó el ruido que hacían aquellos hombres al otro lado del pasillo. Habían estado en lo que suponía que era el comedor durante horas. Por lo menos su elección de música para la cena había sido apropiada. Un rap pesado sonaba por toda la casa, 2Pac, Jay-Z, D-12. De vez en cuando, alguna risotada se superponía a la música. Bromas de macho.

Miró hacia la puerta principal por enésima vez.

Cuando lo habían metido en el salón y lo habían dejado solo, su primer pensamiento había sido escapar rompiendo una ventana con una silla. Llamaría a José. Traería a toda la comisaría de policía a su puerta.

Pero antes de poder ejecutar su impulsivo plan, una voz le había susurrado al oído:

—Espero que decidas huir.

Butch había girado la cabeza, agachándose. El de la cicatriz enorme y cabeza rapada estaba junto a él, aunque no le había oído acercarse.

—Adelante. —Aquellos ojos negros de maníaco habían escrutado a Butch con la fría intensidad de un tiburón—. Abre esa puerta a golpes y corre como una liebre, rápido, en busca de ayuda. Pero recuerda que yo te perseguiré. Como un coche fúnebre.

—Zsadist, déjalo en paz. —El sujeto del bonito cabello había asomado la cabeza en la habitación—. Wrath quiere al humano vivo. De momento.

El de la cicatriz dirigió a Butch una última mirada.

—Inténtalo. Sólo inténtalo. Prefiero cazarte que cenar con ellos.

Y luego había salido lentamente.

A pesar de la amenaza, Butch había estado examinando cuidadosamente lo que había podido ver de la casa. No había podido encontrar un teléfono y, a juzgar por el sistema de seguridad que había vislumbrado en el vestíbulo, todas las puertas y ventanas debían de tener sensores de sonido. Salir de allí discretamente no resultaba muy factible.

Y no quería dejar a Beth.

Dios, si ella muriera...

Butch respiró profundamente, frunciendo el ceño.

¿Qué diablos era eso?

Los trópicos. Olía a océano.

Se dio la vuelta.

Una impresionante mujer se encontraba en el umbral de la puerta. Esbelta, elegante, ataviada con un vaporoso vestido y su hermoso cabello rubio suelto hasta las caderas. Todo su rostro era delicada perfección y sus ojos del color azul claro del cristal.

Ella dio un paso atrás, atemorizada.

—No —dijo él, abalanzándose hacia delante, pensando en los hombres que se encontraban al lado del pasillo—. No te vayas.

Ella miró a su alrededor, como si quisiera pedir ayuda.

—No voy a hacerte daño —dijo él rápidamente.

—¿Cómo puedo estar segura?

Tenía un sutil acento. Como todos ellos. ¿Tal vez ruso?

Él extendió las manos con las palmas hacia arriba para mostrar que no llevaba armas.

—Soy policía.

Aquello no era exactamente cierto, pero quería que se sintiera segura.

Ella se recogió la falda, dispuesta a marcharse.

Diablos, no debía haber mencionado esa palabra. Si era la mujer de alguno de ellos, lo más probable era que huyera si pensaba que la ley venía a detenerlos.

—No estoy aquí en misión oficial —dijo—. No llevo pistola, ni placa.

Repentinamente, ella soltó el vestido y enderezó los hombros como si hubiera recobrado el valor. Avanzó un poco, con movimientos ligeros y gráciles. Butch mantuvo la boca cerrada y trató de parecer más pequeño de lo que era, menos amenazador.

—Normalmente él no permite que los de tu especie vengan aquí —dijo ella.

Sí, podía imaginar que los policías no visitaban aquella casa con mucha frecuencia.

—Estoy esperando a... una amiga.

Ella inclinó la cabeza hacia un lado. Al aproximarse, su belleza lo deslumbró. Sus rasgos parecían sacados de una revista de moda, su cuerpo tenía ese grácil movimiento estilizado y adorable que utilizaban las modelos de pasarela. Y el perfume que usaba... se coló por su nariz, extendiéndose hasta su cerebro. Olía tan bien que los ojos se le llenaron de lágrimas.

Era irreal. Tan pura. Tan limpia.

Se sintió sucio, y lamentó no poder darse una buena ducha y afeitarse antes de volver a dirigirle la palabra.

¿Qué demonios estaba haciendo con esos delincuentes?

El corazón de Butch dio un vuelco ante la idea de la utilidad que podían darle. *Santo cielo*. En el mercado sexual, podían pagar una buena suma por pasar una sola hora con una mujer como aquélla.

Con razón la casa estaba tan bien custodiada.

Marissa desconfiaba del humano, sobre todo considerando su tamaño. Había escuchado muchas historias sobre ellos y conocía su odio hacia la raza de los vampiros.

Pero éste parecía tener cuidado en no asustarla. No se movía; apenas respiraba. Lo único que hacía era mirarla con gran atención, como si estuviera estupefacto.

Todo eso la ponía nerviosa, y no sólo porque no estaba acostumbrada a que la miraran así. Los ojos color avellana del hombre destellaban en su duro rostro sin perder detalle, examinándola cuidadosamente.

Aquel humano era inteligente. Inteligente y... triste.

—¿Cómo te llamas? —preguntó él suavemente.

A ella le gustó su voz. Profunda, grave y un poco ronca, como si estuviera permanentemente afónico.

Ya estaba muy cerca de él, a unos cuantos pasos, así que se detuvo.

—Marissa. Me llamo Marissa.

—Butch. —Se tocó el amplio pecho—. Eh... Brian O'Neal. Pero todo el mundo me llama Butch.

Tendió la mano, pero, de inmediato, la retiró para frotarla vigorosamente sobre la pernera del pantalón y ofrecérsela de nuevo.

Ella perdió la serenidad. Tocarlo era demasiado. Dio un paso atrás.

Él dejó caer la mano lentamente, sin sorprenderse de haber sido rechazado.

Y aun así, siguió mirándola.

—¿Por qué me miras tan fijamente? —Se llevó las manos al corpiño del vestido, cubriéndose.

El rubor le cubrió primero el cuello y luego las mejillas.

—Lo siento. Probablemente estás harta de que los hombres se queden embobados mirándote.

Marissa negó con la cabeza.

—Ningún macho me mira.

—Encuentro eso muy difícil de creer.

Era verdad. Todos temían lo que pudiera hacer Wrath.

Dios, si supieran lo poco que la había querido.

—Porque... —La voz del humano se desvaneció—. Por Dios, eres tan... absolutamente... hermosa.

Carraspeó, como si deseara retractarse de sus palabras.

Ella ladeó la cabeza, examinándolo. Había algo que no podía descifrar en su tono de voz, quizás una cierta amargura.

Él se pasó la mano por el espeso cabello oscuro.

—Cerraré la boca, antes de conseguir que te sientas aún más incómoda.

Sus ojos permanecieron clavados en el rostro de la mujer.

Ella pensó que eran unos ojos muy agradables, cálidos, con una sombra fugaz de melancolía al mirarla, un anhelo oculto por aquello que no podía conseguir.

Ella era experta en eso.

El humano se rió con un estruendo explosivo surgido de las profundidades de su pecho.

—También debería dejar de mirarte así. Eso estaría bien. —Metió las manos en los bolsillos del pantalón y se concentró en el suelo—. ¿Ves? Ya no te miro. No te estoy mirando. Oye, qué alfombra más bonita. ¿Lo habías notado?

Marissa sonrió sutilmente y avanzó hacia él.

—Creo que me gusta la forma en que me miras. —Los ojos color avellana volvieron de nuevo a concentrarse en su rostro—. Es que no estoy acostumbrada —explicó, llevándose la mano al cuello, pero sin llegar a rozarlo.

—Dios, no puedes ser real —dijo el humano en un susurro.

—¿Por qué no?

—Es imposible.

Ella se rió un poco.

—Pues lo soy.

Él carraspeó de nuevo, ofreciéndole una sonrisa torcida.

—¿Te importaría dejarme probar?

—¿Cómo?

—¿Puedo tocarte el cabello?

Su primer impulso fue retroceder de nuevo. Pero ¿por qué hacerlo? No estaba atada a ningún macho. Si aquel humano quería tocarla, ¿por qué no?

Además, a ella también le agradaba.

Ladeó la cabeza de tal manera que unos mechones de su cabello se deslizaron hacia delante. Permitiría que se le acercara.

Y Butch lo hizo.

Cuando extendió la mano, ella pudo ver que era grande, y sintió que se le cortaba la respiración, pero él no rozó el rubio rizo que colgaba ante ella. Las yemas de sus dedos acariciaron un mechón que descansaba sobre su hombro.

Sintió una oleada de calor en la piel, como si la hubiera tocado con una cerilla encendida. Instantáneamente, aquella sensación se extendió por todo su cuerpo, subiendo su temperatura.

¿Qué era eso?

El dedo de Butch deslizó el cabello hacia un lado, y luego toda la mano le rozó el hombro. La palma de su mano era cálida, sólida, fuerte.

Ella alzó los ojos hacia él.

—No puedo respirar —susurró.

Butch casi se cae de espaldas.

Santo Dios, pensó. Ella lo deseaba.

Y su inocente desconcierto ante su roce era mejor que cualquier encuentro sexual que hubiera experimentado.

Su cuerpo reaccionó al instante, y su erección presionó sus pantalones, exigiendo salir.

Pero esto no puede ser real, pensó. Tenía que estar jugando con él. Nadie podía tener aquel maravilloso aspecto, y andar con esos tipos, sin conocer todos los trucos del negocio.

La observó mientras ella respiraba con dificultad. Luego se lamió los labios. La punta de su lengua era color rosa.

Santo Cristo.

Tal vez era, simplemente, una actriz fantástica, o la mejor prostituta que se hubiera visto jamás. Pero cuando levantó los ojos hacia él, supo que lo tenía a su merced, y que le haría comer de su mano si ella quería.

Dejó que su dedo recorriera el cuello de la mujer. Su piel era tan suave, tan blanca, que temió dejarle marcas con aquel simple roce.

—¿Vives aquí? —preguntó.

Ella negó con la cabeza.

—Vivo con mi hermano.

Se sintió aliviado.

—Eso está bien.

Le acarició la mejilla dulcemente, mirando fijamente su boca.

¿Qué sabor tendría?

Bajó los ojos hasta sus pechos. Parecían haber crecido, presionando contra el corpiño de su elegante vestido.

Ella dijo con voz trémula:

—Me miras como si estuvieras sediento.

Oh, Dios. En eso tenía razón. Estaba reseco.

—Pero yo creía que los humanos no se alimentaban —dijo.

Butch frunció el ceño. Utilizaba las palabras de una manera extraña, pero era obvio que el inglés era su segundo idioma.

Movió los dedos hacia su boca. Hizo una pausa, preguntándose si ella retrocedería en el momento en que tocara sus labios. *Probablemente*, pensó. Sólo para seguir el juego.

—Tu nombre —dijo ella—. ¿Es Butch? —Él asintió—. ¿De qué tienes sed, Butch? —susurró.

Los ojos del hombre se cerraron de golpe mientras su cuerpo se balanceaba.

—Butch —dijo ella—, ¿te he hecho daño?

Sí, si consideras que el deseo ardiente es un dolor, pensó él.

Wrath se levantó de la cama y se puso unos pantalones de cuero limpios y una camiseta negra.

Beth dormía profundamente a su lado. Cuando la besó, ella se revolvió.

—Voy al primer piso —dijo él, acariciándole la mejilla—. Pero no saldré de casa.

Ella asintió, le rozó la palma de la mano con los labios, y se hundió de nuevo en el descanso reparador que tanto necesitaba.

Wrath se colocó las gafas de sol, descorrió el cerrojo de la puerta y se dirigió a las escaleras. Sabía que mostraba una estúpida sonrisa de satisfacción en el rostro y que sus hermanos se burlarían de él.

¿Pero qué demonios le importaba?

Iba a tener una verdadera shellan, una compañera. Y ellos podían besarle el culo.

Empujó el cuadro y pasó al salón.

No pudo creer lo que vio.

Marissa, con un vaporoso vestido color crema, y el policía ante ella, acariciando su cara, evidentemente embelesado. Por toda la estancia flotaba el delicioso aroma del sexo.

En aquel momento, Rhage irrumpió en la habitación con la daga desenvainada. Evidentemente, el hermano estaba listo para destripar al humano por tocar a la que él suponía que era la shellan de Wrath.

—Quita las manos...

Wrath dio un salto hacia delante.

—¡Rhage! ¡Espera!

El hermano se detuvo en seco mientras Butch y Marissa miraban alrededor con aspecto desconcertado.

Rhage sonrió y arrojó la daga al otro lado de la habitación, hacia Wrath.

—Adelante, mi señor. Merece la muerte por ponerle las manos encima, ¿pero no podemos jugar con él un poco?

Wrath atrapó el cuchillo.

—Regresa a la mesa, Hollywood.

—Ah, vamos. Sabes que es mejor con público.

Wrath sonrió con afectación.

—Otra vez será, hermano. Ahora déjanos.

Le devolvió la daga y Rhage se apresuró a enfundarla antes de marcharse.

—Eres un verdadero aguafiestas, ¿lo sabías? Un maldito aguafiestas de mierda.

Wrath dirigió la mirada a Marissa y el detective. Para ser justos, tenía que aprobar la forma en que el humano había utilizado su cuerpo para protegerla.

A lo mejor, aquel tipo era algo más que un buen contrincante.

Butch miró ferozmente al sospechoso y extendió los brazos, tratando de rodear a Marissa. Ella se negó a permanecer detrás de él y se hizo a un lado, pasando hacia delante.

¿Estaba protegiéndolo a él?

El detective la sujetó por uno de sus delicados brazos, pero ella se resistió.

Cuando el asesino de cabello negro estuvo a su altura, ella se dirigió a él resueltamente en un idioma que Butch no reconoció. Ella se acaloraba a medida que avanzaba la discusión, y el hombre gesticulaba mucho. Pero gradualmente Marissa se fue tranquilizando.

Luego, el hombre apoyó una mano sobre el hombro de la mujer y se volvió a mirar a Butch.

Santo Dios, el cuello de aquel hombre mostraba una herida abierta en un lado, como si algo lo hubiera mordido.

Le preguntó algo a Marissa, que respondió vacilante, pero él le hizo repetir las palabras en un tono más fuerte.

—Que así sea —dijo aquel bastardo, sonriendo ligeramente.

Marissa se movió hasta colocarse junto a Butch. Lo miró y se sonrojó.

Algo había sido decidido. Algo...

Con un rápido movimiento, el vampiro aferró la garganta de Butch.

Marissa gritó:

—¡Wrath!

Ah, mierda, otra vez no, pensó Butch mientras forcejeaba.

—Ella parece interesada en ti —dijo el asesino al oído de Butch—. Así que te permitiré seguir respirando. Pero hazle daño y te desollaré vivo.

Marissa le hablaba con rapidez en aquella lengua desconocida, y no le cabía duda de que lo estaba maldiciendo.

—¿Me has comprendido? —preguntó Wrath.

Butch entrecerró los ojos, dirigiéndolos hacia el rostro del vampiro.

—Ella no tiene nada que temer de mí.

—Que así sea.

—En cambio tú, ésa es otra historia.

El hombre lo soltó. Alisó la camisa de Butch, y le mostró una amplia sonrisa.

Butch frunció el ceño.

Dios, había algo sumamente extraño en los dientes de aquel individuo.

—¿Dónde está Beth? —exigió saber Butch.

—Está a salvo. Y en perfecto estado.

—No será gracias a ti.

—Únicamente gracias a mí.

—Entonces, me temo que no compartimos la misma opinión. Quiero verla por mí mismo.

—Más tarde. Y sólo si ella quiere verte.

Butch se encolerizó, y aquel bastardo pareció sentir una oleada en su cuerpo.

—Ten cuidado, detective. Ahora estás en mi mundo.

Sí, a la mierda contigo, amigo.

El policía estaba a punto de abrir la boca cuando sintió que algo le sujetaba el brazo. Bajó la vista. El miedo brillaba en los ojos de Marissa.

—Butch, por favor —susurró—. No lo hagas.

El sospechoso asintió.

—Debes ser más amable, y quédate con ella —dijo el hombre. Su voz se suavizó al mirar a Marissa—: Es feliz en tu compañía, y se merece esa felicidad. Ya hablaremos de Beth más tarde.

El señor X llevó a Billy de vuelta a su casa, después de haber pasado varias horas recorriendo la ciudad en el coche, hablando.

El pasado de Billy era perfecto, y no sólo a causa de su carácter violento. Su padre era exactamente la clase de modelo masculino preferido del señor X. Un lunático con complejo de Dios. Había sido jugador de fútbol americano. Era corpulento, agresivo y competitivo, y había ridiculizado a Billy desde su nacimiento.

Cualquier cosa que su hijo hacía era un desastre. Pero lo que más le gustaba al señor X era la historia de la muerte de la madre de Billy. La mujer se había caído en la piscina después de haber bebido demasiado, y Billy la había encontrado flotando boca abajo. La sacó del agua e intentó reanimarla antes de llamar al 911. Tan pronto como se llevaron el cuerpo al depósito con una etiqueta en un dedo del pie, el distinguido senador del gran estado de Nueva York sugirió que su hijo la había asesinado. Evidentemente, Billy tendría que haber llamado primero a la ambulancia en lugar de ponerse a hacer de médico.

El señor X no cuestionaba los méritos del matricidio. Pero, en el caso de Billy, el muchacho había recibido entrenamiento como socorrista, y realmente había intentado salvar a la mujer.

—Odio esta casa —murmuró Riddle, mirando las paredes, las columnas y los ventanales hermosamente iluminados.

—Es una pena que estés en lista de espera. La universidad te habría sacado de aquí.

—Sí, bueno, pude haber entrado en una o dos. Si él no me hubiera obligado a presentarme solamente a la de Ivies.

—¿Y qué piensas hacer?

Billy se encogió de hombros.

—Él quiere que me vaya de aquí, que consiga un empleo. Es sólo que... no sé adónde ir.

—Dime una cosa, Billy, ¿tienes novia?

Él esbozó una ligera sonrisa.

—Un par.

Seguramente era cierto, porque era bastante agraciado.

—¿Alguien en especial?

Los ojos de Billy parpadearon.

—Están bien como diversión, pero no me dejan en paz. Me llaman a todas horas, queriendo saber dónde estoy, qué hago. Exigen demasiado, y yo, eh...

—¿Tú qué? —Billy entrecerró los ojos—. Vamos, hijo. No hay nada que no puedas contarme.

—Yo, eh, me gustan más cuando son difíciles de conseguir... —Se aclaró la garganta—. De hecho, me gusta cuando tratan de escapar.

—¿Te gusta atraparlas?

—Me gusta forzarlas. ¿Entiende?

El señor X asintió, pensando que había otro voto a favor de Riddle. Sin ataduras a una familia, sin ataduras a una novia, y con una disfunción sexual que sería curada durante la ceremonia de iniciación.

Riddle empuñó el picaporte de la puerta.

—En todo caso, gracias, *sensei*. Esto ha sido fabuloso.

—Billy.

Riddle hizo una pausa, mirando hacia atrás con curiosidad.

—¿Sí, *sensei?*

—¿Quieres venir a trabajar conmigo?

Los ojos de Riddle chispearon.

—¿Quiere decir en la academia?

—Algo así. Déjame hablarte un poco de lo que tendrías que hacer, y luego puedes pensarlo con calma.

Beth rodó sobre la cama, buscando a Wrath. Entonces recordó que había ido al piso superior.

Se sentó, indecisa, como si esperara que el dolor regresara. Al ver que nada le dolía, se puso de pie. Estaba desnuda, bajó la mirada y se miró el cuerpo. Nada parecía haber cambiado. Ejecutó una pequeña danza. Todo parecía funcionar bien.

Excepto que no podía ver muy bien.

Entró en el baño. Se quitó las lentillas y vio perfectamente.

Bueno, he ahí una ventaja.

Vaya. Colmillos. Tenía colmillos.

Se inclinó, los apretó un poco. Le iba a costar acostumbrarse a comer con esos dientes.

Siguiendo un impulso, levantó las manos y puso los dedos en forma de garras, soltando un gruñido.

Fantástico.

Halloween iba a ser tremendamente divertido a partir de ahora.

Se cepilló el cabello, se puso una bata de Wrath y se dirigió a la escalera. Cuando llegó al final, no se había quedado sin aliento.

Una ventaja más. Ahora disfrutaría de su ejercicio diario.

Al salir del cuadro, vio a Butch sentado en el sofá junto a una despampanante rubia. A lo lejos, se oían voces masculinas y una fuerte música.

Butch levantó la mirada.

—¡Beth! —Corrió hacia ella, envolviéndola en un abrazo de oso—. ¿Estás bien?

—Muy bien. De verdad, estoy perfectamente. —Lo cual era asombroso, considerando cómo se había sentido hacía poco.

Butch se echó hacia atrás, y le cogió la cara con las manos. Observó atentamente sus ojos. Frunció el ceño.

—No pareces drogada.

—¿Por qué habría de estarlo?

Él movió la cabeza tristemente.

—No me lo ocultes. Yo te traje aquí, ¿recuerdas?

—Debo marcharme —dijo la rubia, levantándose.

Butch se volvió hacia ella de inmediato.

—No. No te vayas.

Regresó al sofá. Al mirar a la mujer, su expresión se transformó por completo. Beth nunca lo había visto así. Resultaba evidente que estaba cautivado.

—Marissa, quiero que conozcas a una *amiga*... —enfatizó la palabra—, Beth Randall. Beth, ella es Marissa.

Beth levantó la mano.

—Hola.

La rubia miró fijamente al otro lado de la habitación, examinando a Beth de pies a cabeza.

—Eres la hembra de Wrath —dijo Marissa con una especie de admiración. Como si Beth hubiera llevado a cabo una gran hazaña—. La que él quiere.

Beth sintió calor en las mejillas.

—Ah, sí. Imagino que lo soy.

Hubo un incómodo silencio. Butch miró alternativamente a ambas mujeres frunciendo el ceño, queriendo formar parte del secreto.

También Beth quería saber cuál era.

—¿Sabes dónde está Wrath? —preguntó.

Butch adquirió una expresión ceñuda, como si no quisiera escuchar el nombre de aquel individuo.

—Está en el comedor.

—Gracias.

—Escucha, Beth. Tenemos que...

—No iré a ninguna parte.

Él respiró profundamente, soltando el aire con un lento siseo.

—De algún modo, pensaba que dirías eso. —Miró a la rubia—. Pero si me necesitas... estaré aquí.

Ella sonrió para sus adentros mientras Butch volvía a sentarse con la mujer.

Cuando salió al pasillo, el sonido de las voces masculinas y el profundo retumbar de la música rap aumentaron.

—¿Qué le hiciste al restrictor? —preguntó una de las voces.

—Encendí su cigarrillo con una escopeta recortada —respondió otro—. No bajó a desayunar, ¿me entendéis?

Hubo un coro de carcajadas y un par de golpes, como si unos puños hubieran impactado contra la mesa.

Ella apretó las solapas de la bata. Tenía la sensación de que sería más prudente vestirse primero, pero no quería esperar para ver a Wrath.

Dio la vuelta a la esquina.

En el instante en que apareció en el umbral de la puerta, cesó toda conversación. Todos giraron la cabeza, con los ojos fijos en ella. El rap se expandió llenando el silencio, los bajos retumbaban violentamente, la letra parecía una letanía de ritmo demoníaco.

Dios mío. Nunca antes había visto a tantos hombres corpulentos con ropa de cuero.

Dio un paso atrás justo en el momento en que Wrath se levantó de la cabecera de la mesa. Se dirigió hacia ella, mirándola con intensidad. Sin duda, había interrumpido alguna clase de rito masculino.

Trató de pensar en algo que decirle. Era probable que tratara de parecer un macho despreocupado delante de sus hermanos y quisiera hacerse el duro...

Pero Wrath la abrazó con delicadeza, hundiendo el rostro entre su cabello.

—Mi leelan —le susurró al oído. Recorrió su espalda arriba y abajo con las manos—. Mi hermosa leelan.

La apartó un poco y la besó en los labios, luego sonrió con ternura mientras le alisaba el cabello.

En el rostro de Beth apareció una enorme sonrisa. Al parecer, aquel hombre no tenía problemas en mostrar públicamente su afecto. Era bueno saberlo.

Ladeó la cabeza, y se asomó por un lado de su hombro.

Tenían bastante público. Y aquellos hombres se habían quedado boquiabiertos.

Casi se le escapa una carcajada. Ver a un grupo de sujetos con aspecto de violentos delincuentes sentados alrededor de una mesa con cubiertos de plata y porcelana ya resultaba bastante incongruente, pero verlos con aquellas caras de asombro parecía simplemente absurdo.

—¿No vas a presentarme? —dijo, asintiendo levemente hacia el grupo.

Wrath le colocó su brazo sobre los hombros, atrayéndola hacia su pecho.

—Ésta es la Hermandad de la Daga Negra. Mis compañeros guerreros. Mis hermanos. —Inclinó levemente la cabeza hacia el más guapo—. A Rhage ya lo conoces. También a Tohr. El de la perilla y la gorra de los Red Sox es Vishous. El Rapunzel de este lado es Phury. —La voz de Wrath bajó hasta convertirse en un gruñido—: Y Zsadist ya se ha presentado a sí mismo.

Los dos a los que conocía un poco más le sonrieron. Los otros inclinaron la cabeza, excepto el de la cicatriz, que se limitó a mirarla.

Ese sujeto tenía un gemelo, recordó. Pero le resultó tremendamente difícil distinguir a su verdadero hermano.

Aunque el tipo del hermoso cabello y los fantásticos ojos color miel se le parecía un poco.

—Caballeros —dijo Wrath—, quiero que conozcáis a Beth.

Y luego volvió a hablar en aquel idioma que ella no entendía.

Cuando terminó, hubo una audible exhalación.

Él bajó la mirada, sonriendo.

—¿Necesitas algo? ¿Tienes hambre, *leelan?*

Ella se llevó una mano al estómago.

—¿Sabes? Ahora que lo pienso, sí. Tengo unas extrañas ganas de tocino con chocolate. Vete tú a saber.

—Yo te serviré. Siéntate. —Le señaló su silla y luego salió por una puerta giratoria.

Ella echó un vistazo a los hombres.

Grandioso. Allí estaba, desnuda bajo una bata, sola con más de quinientos kilos de vampiro. Intentar hacerse la indiferente era imposible, así que se dirigió con cierta inquietud a la silla de Wrath. No llegó lejos.

Las sillas fueron arrastradas hacia atrás, los cinco hombres se levantaron al unísono y empezaron a acercársele.

Ella miró hacia los dos que conocía, pero las severas expresiones de sus caras no la tranquilizaron.

Y de repente, aparecieron los cuchillos.

Con un silbido metálico, cinco dagas negras fueron desenfundadas.

Ella retrocedió frenéticamente tratando de protegerse con las manos. Se golpeó contra la pared, y estaba a punto de gritar llamando a Wrath, cuando los hombres se dejaron caer de rodillas formando un círculo a su alrededor. Con un solo movimiento, como si hubieran ensayado aquella coreografía, hundieron las dagas en el suelo a sus pies e inclinaron la cabeza. El fuerte sonido del acero al chocar contra la madera parecía tanto una promesa como un grito de guerra.

Los mangos de los cuchillos vibraron.

La música rap continuó sonando.

Parecían esperar de ella alguna respuesta.

—Hmm. Gracias —dijo.

Los hombres alzaron la cabeza. Grabada en las duras facciones de sus rostros había una total reverencia, e incluso el de la cicatriz mostraba una expresión respetuosa.

Y entonces entró Wrath con una botella de chocolate Hershey.

—Ya viene el tocino. —Sonrió—. Oye, les gustas.

—Gracias a Dios —murmuró ella, mirando las dagas.

Marissa sonrió, pensando que, cuanto más tiempo pasaba con él, aquel humano le iba pareciendo cada vez más apuesto.

—Entonces te ganas la vida protegiendo a tu especie. Eso está bien.

Él se acercó más a ella en el sofá.

—Bueno, de hecho no sé qué voy a hacer ahora. Tengo el presentimiento de que tendré que conseguir otro empleo.

El repique de un reloj la llevó a preguntarse cuánto tiempo habían pasado juntos. Y cuándo saldría el sol.

—¿Qué hora es?

—Más de las cuatro.

—Debo irme.

—¿Cuándo puedo verte otra vez?

Ella se levantó.

—No lo sé.

—¿Podemos ir a cenar? —Se levantó de un salto—. ¿A comer? ¿Qué vas a hacer mañana?

Ella tuvo que reírse.

—No lo sé.

Nunca antes la habían cortejado. Era agradable.

—Ah, diablos —murmuró él—. Estoy arruinándolo todo mostrándome tan ansioso, ¿no es así? —Se llevó las manos a las caderas y bajó la mirada hacia la alfombra, disgustado consigo mismo.

Ella dio un paso adelante. La cabeza de Butch se alzó de golpe.

—Voy a tocarte ahora —dijo ella suavemente—. Antes de marcharme. —Los ojos del hombre brillaron—. ¿Puedo, Butch?

—Donde quieras —susurró él.

Ella alzó la mano, pensando en que sólo la posaría sobre su hombro. Pero sus labios le fascinaban. Los había visto moverse mientras hablaba, y se preguntaba cómo sería su textura y su sabor.

—Tu boca —dijo ella—. Pienso que es...

—¿Qué? —preguntó él con voz ronca.

—Adorable.

Colocó la yema del dedo sobre su labio inferior. Él jadeó con tal fuerza que inhaló el perfume de la piel de Marissa, y cuando lo exhaló con un estremecimiento, regresó a ella cálido y húmedo.

—Eres suave —dijo ella, rozándolo con el índice.

Él cerró los ojos.

Su cuerpo emanaba un aroma embriagador. Ella había percibido la seductora fragancia desde el momento en que él la había visto por primera vez. Ahora, saturaba el aire.

Curiosa, deslizó el dedo dentro de su boca. Los ojos de Butch se abrieron como platos.

Tanteó sus dientes delanteros, encontrando extraña la ausencia de colmillos. Al adentrarse más, sintió el interior resbaladizo, húmedo, cálido.

Lentamente, los labios de él se cerraron alrededor del dedo, lamiéndole la yema con movimientos circulares.

Una oleada de placer le recorrió el cuerpo.

Los pezones le hormigueaban y algo le sucedía entre las piernas. Se sintió dolorida. Hambrienta.

—Quiero... —No supo qué decir.

Él agarró su mano y echó la cabeza hacia atrás, succionando a lo largo del dedo hasta que salió de su boca. Con los ojos clavados en los suyos, giró la palma de la mano hacia arriba, le lamió en el centro y presionó los labios contra su piel.

Ella se reclinó contra él.

—¿Qué es lo que quieres? —preguntó él en voz baja—. Dímelo, dulzura. Dime qué quieres.

—Yo... no sé. Nunca me he sentido así.

Su respuesta pareció romper el hechizo. La cara de Butch se ensombreció, y le soltó la mano. Una maldición, suave y vil, se desprendió de él mientras se distanciaba.

Los ojos de Marissa chispearon ante su rechazo.

—¿Te he disgustado?

Santo Dios, aquello era algo que parecía dársele muy bien, tratándose de machos.

—¿Disgustarme? No, lo estás haciendo muy bien. Eres una verdadera profesional. —Extendió la mano. Parecía estar luchando consigo mismo, intentando regresar a la normalidad desde algún lugar muy lejano—. Es sólo que la actuación de niña inocente me está perturbando un poco.

—¿Actuación?

—Ya sabes, poner esa cara de virgen con ojos de ternera degollada.

Ella dio unos pasos hacia delante mientras trataba de pensar en una respuesta, pero él extendió las manos.

—Hasta ahí está bien.

—¿Por qué?

—Por favor, dulzura. Deja ya de actuar.

Marissa puso mala cara.

—Eres incoherente.

—Ah, ¿de verdad? —dijo él—. Escucha, tú me excitas con sólo quedarte ahí parada. No tienes que fingir ser algo que no eres. Y yo..., eh, no tengo problema con lo que haces. Tampoco voy a arrestarte por eso.

—¿Arrestarme por qué?

Mientras él ponía los ojos en blanco, ella trataba de comprender a qué se estaba refiriendo.

—Ya me voy —dijo ella bruscamente. Su irritación crecía a cada momento que pasaba.

—Espera. —Él extendió la mano, sujetándola por un brazo—. Me gustaría volver a verte.

Ella frunció el ceño, con la mirada fija en la mano que la agarraba. El hombre la bajó y se la frotó como queriendo deshacerse de aquella sensación.

—¿Por qué? —preguntó—. Es obvio que ahora te disgusta el simple hecho de tocarme.

—Ajá. Sí, claro. —Le lanzó una mirada cínica—. Escucha, ¿cuánto va costarme que actúes con normalidad?

Ella le devolvió una mirada feroz. Antes de terminar con Wrath, quizás habría huido. Pero ya no quería hacerlo.

—No te entiendo —dijo.

—Como quieras, dulzura. Dime, ¿hay tipos tan necesitados de acción que se tragan esa comedia?

Marissa no entendió aquella jerga con exactitud, pero finalmente captó la esencia de lo que él estaba pensando. Horrorizada, enderezó completamente la espalda.

—¿Cómo te atreves?

Él se quedó mirándola fijamente, semiparalizado. Luego respiró con fuerza.

—Ah, diablos. —Se frotó la cara con la mano—. Escucha, olvídalo, ¿vale? Vamos a olvidar que nos hemos conocido...

—*Nunca* he sido poseída. A mi hellren no le agradaba mi compañía. Así que nunca he sido besada o tocada, ni siquiera abrazada por un macho que sintiera pasión por mí. Pero yo no soy..., no soy indigna. —La voz le tembló al final—. Es sólo que nadie me ha querido.

Los ojos del hombre se abrieron como si ella lo hubiera abofeteado o algo parecido.

Ella desvió la mirada.

—Y nunca he tocado a un macho —susurró—. Simplemente no sé qué hacer.

El humano dejó escapar un largo suspiro, como si estuviera exhalando todo el oxígeno del cuerpo.

—Santa María, madre de Dios —murmuró—. Lo siento. De verdad que lo siento. Soy..., soy un completo imbécil, y te he juzgado rematadamente mal.

Su horror ante lo que le había dicho era tan palpable, que ella sonrió un poco.

—¿Lo dices en serio?

—Diablos, sí. Es decir, sí, claro. Espero no haberte ofendido tanto como para que no puedas perdonarme. ¿Pero cómo podrías hacerlo? Jesucristo... Lo lamento mucho. —Su palidez parecía real.

Ella puso una mano sobre su hombro.

—Te perdono.

El sonrió, incrédulo.

—No deberías. Tendrías que enfadarte conmigo durante algún tiempo. Por lo menos una semana, tal vez un mes. Quizá más tiempo. Me he pasado de la raya.

—Pero no quiero enfadarme contigo.

Hubo una larga pausa.

—¿Aún quieres verme mañana?

—Sí.

Él pareció asombrado de su buena suerte.

—¿De verdad? Eres una santa, ¿lo sabías? —Extendió la mano y le acarició la mejilla con la yema de los dedos—. ¿Dónde, dulzura? ¿Dónde quieres que nos encontremos?

Ella pensó unos segundos. A Havers le daría un ataque si supiera que estaba viendo a un humano.

—Aquí. Te veré aquí. Mañana por la noche.

Él sonrió.

—Bien. ¿Y cómo volverás a casa? ¿Necesitas que te lleve? ¿O un taxi?

—No, usaré mis propios medios.

—Espera... antes de que te vayas. —Avanzó hacia ella. El adorable aroma del hombre llegó hasta ella, perturbándola de nuevo—. ¿Puedo darte un beso de buenas noches? Aunque no lo merezca.

Por costumbre, ella le ofreció el dorso de la mano.

Él la cogió y la atrajo hacia sí. Las palpitaciones en la sangre y entre las piernas regresaron.

—Cierra los ojos —susurró él.

Así lo hizo.

Los labios del hombre le rozaron la frente y luego las sienes.

Ella abrió la boca al sentir de nuevo ese dulce sofoco.

—Jamás podrías disgustarme —dijo él con su voz profunda.

Y luego le tocó las mejillas con los labios.

Ella esperó algo más. Pero al no recibirlo, abrió los ojos. Él la miraba fijamente.

—Vete —dijo—. Te veré mañana.

Ella asintió. Y se desmaterializó directamente entre sus manos.

Butch lanzó un grito, dando un tremendo salto hacia atrás.

—¡Mierda!

Se miró la mano. Todavía podía sentir el contacto de la palma de su mano y oler su perfume.

Pero se había desvanecido en el aire. En un momento estaba frente a él, y al siguiente...

Beth llegó corriendo a la habitación.

—¿Estás bien?

—No, bien una mierda —dijo bruscamente.

Warth entró detrás de Beth a grandes zancadas.

—¿Dónde está Marissa?

—¿Cómo voy a saberlo? ¡Desapareció en un instante! Delante de mis... Estaba..., yo le sostenía la mano y ella... —Estaba empezando a parecer un idiota frenético, así que cerró la boca.

¿Pero cómo no iba a estar histérico? Le gustaban las leyes de la física tal como las conocía. Con la gravedad manteniéndolo todo sobre el maldito planeta en su sitio. Con la fórmula $E=mc^2$ diciéndole lo rápido que podía llegar a un bar.

La gente no se desvanecía en el aire de una maldita habitación.

—¿Puedo contárselo? —preguntó Beth al vampiro.

El sospechoso se encogió de hombros.

—Normalmente, te diría que no, porque es mejor que no lo sepan. Pero considerando lo que acaba de ver...

—¿Contarme qué? ¿Que sois un hatajo de...?

—Vampiros —murmuró Beth.

Butch la miró, con fastidio.

—Sí, claro. Inténtalo con otra cosa, dulzura.

Pero entonces ella empezó a hablar, diciéndole cosas que él no podía creer.

Cuando Beth terminó, lo único que pudo hacer Butch fue mirarla fijamente. Su instinto le decía que no estaba mintiendo, pero le resultaba demasiado difícil de aceptar.

—No creo nada de esto —le dijo.

—Para mí también fue difícil de comprender.

—Apuesto a que sí.

Se paseó por la habitación, deseando poder beber algo, mientras ellos lo miraban en silencio.

Finalmente, se detuvo ante Beth.

—Abre la boca.

Escuchó un ruido sordo y desagradable detrás de él, al mismo tiempo que una corriente de aire frío le azotaba la espalda.

—Wrath, déjalo —dijo Beth—. Cálmate.

Separó los labios, revelando dos largos caninos que ciertamente antes no estaban ahí. Butch sintió que las rodillas le temblaban mientras extendía la mano para tocar los dientes.

Una gruesa mano lo sujetó por el brazo, con fuerza suficiente para fracturarle los huesos de la muñeca.

—Ni lo sueñes —gruñó Warth.

—Suéltalo —ordenó ella suavemente, aunque no abrió la boca de nuevo cuando la mano del detective fue liberada—. Son reales, Butch. Todo este asunto... es real.

El policía alzó la vista para mirar al sospechoso.

—Entonces eres realmente un vampiro, ¿no es así?

—Será mejor que lo creas, detective. —El enorme bastardo moreno sonrió, mostrando un monstruoso juego de colmillos.

Ésas sí que son herramientas serias, pensó Butch.

—¿La mordiste para convertirla en vampiresa?

—No funciona así. O naces de nuestra especie o no lo eres.

Los fanáticos de Drácula iban a ponerse muy contentos. Al fin unos colmillos de verdad.

Butch se dejó caer sobre el sofá.

—¿Mataste a esas mujeres? Para beber su...

—¿Sangre? No. Lo que hay en las venas humanas no me mantendría vivo durante mucho tiempo.

—¿Entonces me estás diciendo que no tuviste nada que ver con esas muertes? Es decir, en las escenas de los crímenes encontramos estrellas arrojadizas iguales a las que tú llevabas la noche que te arresté.

—Yo no las maté, detective.

—¿Y al hombre del coche?

El vampiro negó con la cabeza.

—Mis presas no son humanas. Mi lucha nada tiene que ver con tu mundo. Y sobre la bomba..., acabó con uno de los nuestros.

Beth emitió un sonido fuerte y claro.

—Mi padre —susurró.

El hombre la atrajo a sus brazos.

—Sí. Y estamos buscando al bastardo que lo hizo.

—¿Tienes alguna idea de quién apretó el botón? —preguntó Butch, dejando salir al policía que llevaba dentro.

Warth se encogió de hombros.

—Tenemos una pista. Pero es asunto nuestro, no tuyo.

De todas formas, Butch ya no podía preguntar, puesto que ya no pertenecía al cuerpo.

El vampiro acarició la espalda de Beth y sacudió la cabeza.

—No te mentiré, detective. Ocasionalmente, algún humano se interpone en nuestro camino. Y si alguien amenaza a nuestra raza, lo mataré, no importa quién o qué sea. Pero ya no toleraré bajas humanas como solía hacerlo, y no sólo por el riesgo a quedar expuestos. —Besó a Beth en la boca, mirándola a los ojos.

En ese momento, el resto de los miembros de la Hermandad entró en la habitación. Sus miradas frías hicieron sentirse a Butch como un insecto en una vitrina. O un chuletón a punto de ser trinchado.

El señor Normal avanzó y le ofreció una botella de whisky escocés.

—Parece como si necesitaras un poco.

Sí, ¿eso crees?

Butch tomó un trago.

—Gracias.

—¿Ya podemos matarlo? —dijo el de la perilla y la gorra de béisbol.

Warth habló con voz severa:

—Retrocede, V.

—¿Por qué? Es sólo un humano.

—Y mi shellan es medio humana. Ese hombre no morirá solamente por no ser uno de nosotros.

—Santo Dios, has cambiado.

—Y tú tendrás que modernizarte, hermano.

Butch se puso de pie. Si iban a tener un debate sobre su muerte, quería participar de la discusión.

—Aprecio tu apoyo —le dijo a Warth—. Pero no lo necesito.

Se dirigió hasta donde estaba el individuo de la gorra, aferrando con fuerza el cuello de la botella por si tuviera que romperla en la cabeza de alguno. Se acercó tanto al tipo que sus narices casi se tocaron. Podía sentir que el vampiro se enardecía, preparado para el combate.

—Me encantará vérmelas contigo, imbécil —dijo Butch—. Es muy probable que termine perdiendo, pero peleo sucio, así que haré que sufras mientras me matas. —Luego levantó la vista hacia la gorra del tipo—. Aunque detesto moler a golpes a otro fanático de los Red Sox.

Una risotada sonó detrás de él. Alguien dijo:

—Esto será divertido.

El sujeto entrecerró los ojos hasta convertirlos en dos líneas.

—¿Dices la verdad sobre los Sox?

—Nacido y criado en el sur. He sido aficionado desde que tengo uso de razón.

Hubo un largo silencio.

El vampiro resopló.

—No me gustan los humanos.

—Sí, bueno, yo tampoco me vuelvo loco por vosotros, chupasangres.

El sujeto se acarició la barba.

—¿Cómo llamas a veinte tipos viendo la Serie Mundial?

—Los Yankees de Nueva York —replicó Butch.

El vampiro se rió a grandes carcajadas, se quitó la gorra de la cabeza y se golpeó el muslo con ella, rompiendo la tensión.

Butch dejó escapar un largo suspiro, sintiendo como si acabara de salvarse de que lo aplastara un camión de dieciocho ruedas. Mientras tomaba otro trago de la botella, decidió que estaba siendo una noche de lo más extraña.

—Dime que Curt Schilling no era un dios —dijo el vampiro.

Hubo un refunfuño colectivo por parte de los otros hombres. Uno de ellos murmuró:

—Si empieza a hablar de Varitek, me largo de aquí.

—Schilling era un verdadero guerrero —dijo Butch, echándose otro trago de licor. Cuando ofreció el whisky al vampiro, el tipo cogió la botella y bebió un largo sorbo.

—Amén a eso —dijo.

CAPÍTULO
39

Cuando Marissa entró a su habitación, dio un pequeño giro, como un paso de baile, sintiéndose tan vaporosa como su vestido.

—¿Dónde has estado?

Se detuvo en mitad de la vuelta, y la tela hizo un rápido remolino en el aire.

Havers estaba sentado en el diván, con la cara sombría.

—Te he preguntado *dónde has estado*.

—Por favor, no uses ese tono...

—Viste a la bestia.

—Él no es una...

—¡No lo defiendas ante mí!

Ella no iba a hacerlo. Iba a contarle a su hermano que Wrath había escuchado sus recriminaciones y aceptado toda su culpa. Que se había disculpado y su arrepentimiento había sido palpable, y aunque sus palabras no podían compensar lo que había sucedido, ella se sentía liberada, y, al fin, había sido escuchada.

Y a pesar de que su antiguo hellren había sido la razón por la que había ido a casa de Darius, no había permanecido allí por su causa.

—Havers, por favor. Las cosas son muy diferentes.
—Después de todo, Wrath le había dicho que tomaría compañera. Y ella había... conocido a alguien—. Tienes que escucharme.

—No, no quiero hacerlo. Sé que todavía vas a verle. Eso es suficiente.

Havers se levantó del diván, moviéndose sin su elegancia habitual. Cuando la luz lo iluminó, ella se quedó horrorizada. Tenía la piel cenicienta y las mejillas hundidas. Últimamente había adelgazado mucho, pero ahora parecía un esqueleto.

—Estás enfermo —susurró ella.

—Estoy perfectamente bien.

—La transfusión no ha funcionado, ¿verdad?

—¡No trates de cambiar de tema! —La miró furioso—. Dios, nunca pensé que llegaríamos a esto. Nunca pensé que harías las cosas a escondidas de mí.

—¡No me he escondido!

—Me dijiste que habías roto el pacto.

—Lo hice.

—Mientes.

—Havers, escúchame...

—¡Ya no! —No la miró a la cara cuando abrió la puerta—. Eres lo único que me queda, Marissa. No me pidas que me haga a un lado amablemente y sea testigo de tu destrucción.

—¡Havers!

La puerta se cerró de golpe.

Con implacable decisión, ella salió corriendo al pasillo.

—¡Havers!

Él ya estaba en el primer escalón, y se negó a volverse a mirarla. Dio un manotazo en el aire detrás de él, rechazándola.

Ella regresó a su habitación y se sentó ante el tocador. Transcurrieron unos minutos antes de que pudiera recuperar el ritmo de la respiración.

La ira de Havers era comprensible, pero temible por lo intensa e inusitada. Nunca había visto a su hermano en semejante estado. Estaba claro que no podría razonar con él hasta que se calmara.

Al día siguiente hablaría con él. Se lo explicaría todo, incluso lo del nuevo macho que había conocido.

Se miró al espejo y pensó cómo la había tocado el humano. Alzó la mano, sintiendo de nuevo la sensación de aquellos labios succionando su dedo. Quería más de él.

Sus colmillos se alargaron sutilmente.

¿Qué sabor tendría su sangre?

* * *

Después de acomodar a Beth en la cama de su padre, Wrath se dirigió a su alcoba y se vistió con una camisa blanca y unos pantalones blancos holgados. Sacó una sarta de enormes perlas negras de una caja de ébano y se arrodilló en el suelo junto a su cama, sentándose sobre los talones. Se puso el collar, apoyó las manos sobre los muslos con las palmas hacia arriba y cerró los ojos.

Tan pronto como controló su respiración, sus sentidos volvieron a la vida. Pudo escuchar a Beth cambiando de posición en la cama al otro lado del pasillo, suspirando mientras ahuecaba las almohadas. El resto de la casa estaba bastante tranquilo, sólo llegaban hasta él sutiles vibraciones. Algunos de los hermanos iban a pasar la noche en las habitaciones del piso superior, y podía percibir sus pasos.

Estaba dispuesto a apostar a que Butch y V todavía estaban hablando de béisbol.

Wrath tuvo que sonreír. Ese humano era todo un personaje. Uno de los hombres más agresivos que había conocido.

¿Y qué pensar de que a Marissa le gustara el policía? Bueno, habría que ver adónde les conduciría aquello. Tener cualquier tipo de relación con alguien de la otra especie era peligroso. Evidentemente, los hermanos se acostaban con muchas mujeres humanas, pero sólo una noche, así los recuerdos eran fáciles de borrar. Si entraban en juego lazos emocionales, y el tiempo pasaba, resultaba más difícil hacer un buen trabajo de limpieza en el cerebro humano. Los recuerdos permanecían y luego afloraban, complicando las cosas y causando problemas.

Diablos, quizás Marissa sólo estaba jugando con el detective para después succionarlo hasta dejarlo seco. Eso estaría bien. Pero hasta que ella lo matara o se quedara con él, Wrath los vigilaría con mucha atención.

Dominó sus pensamientos y empezó a entonar cánticos en su antigua lengua, usando los sonidos para anular sus procesos cognitivos. Al principio, debido a la falta de práctica, se hizo un lío con las palabras. La última vez que había recitado aquellas oraciones tenía diecinueve o veinte años. Los recuerdos de su padre sentado junto a él, indicándole el camino a seguir, casi lo distraen de su objetivo, pero se obligó a poner la mente en blanco.

Las perlas comenzaron a calentarse contra su pecho.

Entonces, se vio a sí mismo en un patio. La blanca arquitectura tenía un estilo clásico: la fuente, las columnas y el pavimento eran de un mármol pálido que resplandecía. La única nota de color la ponían una bandada de aves posadas sobre un árbol blanco.

Dejó de rezar, y se puso en pie.

—Ha pasado mucho tiempo, guerrero. —Oyó la majestuosa voz femenina a su espalda.

Se dio la vuelta.

La diminuta figura que se le aproximaba estaba completamente cubierta de seda negra. La cabeza, el rostro, las manos y los pies, todo. Flotó hacia él, no caminó, simplemente se desplazó en el aire. Su presencia lo inquietó.

Wrath hizo una reverencia con la cabeza.

—Virgen Escribana, ¿cómo estás?

—Vayamos al grano, ¿cómo estás tú, guerrero? Has venido buscando un cambio, ¿no es cierto?

Él asintió.

—Yo...

—Deseas que el pacto con Marissa se deshaga. Has encontrado a otra y quieres que sea tu shellan.

—Sí.

—Esta hembra es la hija de tu hermano Darius, que está en el Fade.

—¿Lo has visto?

Ella se rió entre dientes.

—No trates de interrogarme. He dejado pasar tu primera pregunta porque estabas siendo cortés, pero recuerda tus modales, guerrero.

Mierda.

—Mil perdones, Virgen Escribana.

—Os libero a ti y a Marissa de vuestro acuerdo.

—Gracias.

Hubo una larga pausa.

Esperó a que ella decidiera sobre la segunda parte de su petición.

—Dime algo, guerrero. ¿Piensas que tu especie es indigna?

Él frunció el ceño, pero cambió rápidamente a una expresión neutra. La Virgen Escribana no iba a aguantar una mirada torva.

—¿Y bien, guerrero?

Él no tenía ni idea de adónde quería llegar ella con aquella pregunta.

—Mi especie es una raza indómita y orgullosa.

—No te he pedido una definición. Quiero saber lo que *piensas* de ellos.

—Los protejo con mi vida.

—Y sin embargo no lideras a tu pueblo. Así que sólo puedo conjeturar que no los valoras, y por lo tanto luchas porque te gusta hacerlo o porque deseas morir. ¿Cuál de las dos opciones es la correcta?

Esta vez, él no suavizó su expresión y un rictus amargo torció sus labios.

—Mi raza sobrevive gracias a lo que los hermanos y yo hacemos.

—Con dificultad. De hecho, su número disminuye. No prospera. La única colonia localizada es la establecida en la Costa Este de Estados Unidos, e incluso allí viven aislados los unos de los otros. No hay comunidades. Ya no se celebran festivales. Los rituales, cuando se realizan, se hacen privadamente. No hay nadie que medie en las disputas, nadie que les dé esperanzas. Y la Hermandad de la Daga Negra está maldita. No queda nadie en ella que no sufra.

—Los hermanos tienen sus... problemas. Pero son fuertes.

—Y deberían ser más fuertes. —Ella ladeó la cabeza—. Le has fallado a tu linaje, guerrero, como si ya no tuvieras razón de ser. Así que dime, ¿por qué debería concederte el deseo de tomar a una mestiza como reina? —La túnica de la Virgen Escribana se movió como si estuviera moviendo la cabeza—. Es preferible que continúes trabajando con los miembros que posees que imponer a tu pueblo otra figura decorativa sin propósito alguno. Vete ahora, guerrero. Hemos terminado.

—Quisiera decir algo en mi defensa —dijo él, apretando los dientes.

—Y yo no quiero escucharlo. —Le dio la espalda y se alejó.

—Te ruego que tengas clemencia. —Detestaba pronunciar esas palabras, y por el sonido de su risa adivinó que ella también lo sabía.

La Virgen Escribana regresó junto a él.

Cuando habló, su tono era severo, tan remarcado como las líneas negras de su túnica contra el mármol blanco.

—Si vas a rogar, guerrero, hazlo apropiadamente. De rodillas.

Wrath forzó a su cuerpo a descender al suelo, odiándola.

—Prefiero verte así —murmuró ella, adoptando de nuevo un tono amable—. Ahora, ¿qué querías decirme?

Él se tragó las palabras hostiles, obligándose a adoptar un semblante sereno, totalmente hipócrita.

—La amo. Quiero honrarla, y no tenerla simplemente para calentar mi cama.

—Entonces trátala bien. Pero no hay necesidad de realizar una ceremonia.

—No estoy de acuerdo. —Y añadió—: Con todo el respeto.

Hubo un largo silencio.

—No has buscado mi consejo en todos estos siglos.

Él levantó la cabeza.

—¿Es eso lo que te molesta?

—¡No me cuestiones! —dijo ella con brusquedad—. O te quitaré a esa mestiza más rápido de lo que tardes en respirar.

Wrath bajó la cabeza y apoyó los puños sobre el mármol.

Esperó.

Esperó durante tanto tiempo, que estuvo tentado de mirar si ella se había marchado.

—Tendrás que hacerme un favor —dijo ella.

—Te escucho.

—Liderarás a tu pueblo.

Wrath miró hacia arriba, sintiendo una sensación de opresión en la garganta. No había podido salvar a sus padres, a duras penas podía proteger a Beth, ¿y la Virgen Escribana quería que se hiciera responsable de toda su maldita raza?

—¿Qué dices, guerrero?

Como si tuviera elección.

—Como desees, Virgen Escribana.

—Es una orden, guerrero. No es mi deseo, ni tampoco un favor que te pido. —Dejó salir una expecie de bufido exasperado—. Levántate. Tus nudillos están sangrando sobre mi mármol.

Él se incorporó hasta quedar a su altura. Permaneció en silencio, pensando que probablemente ella le iba a imponer más condiciones.

Se dirigió a él en tono áspero:

—Tú no deseas ser rey. Eso es obvio. Pero es tu obligación por nacimiento, y ya es hora de que vivas de acuerdo con tu legado.

Wrath se pasó una mano por el cabello; una desagradable ansiedad hizo que sus músculos se tensaran.

La voz de la Virgen Escribana se suavizó un poco:

—No te preocupes, guerrero. No te abandonaré a tu suerte. Acudirás a mí y yo te ayudaré. Ser tu consejera es parte de mi propósito.

Al menos, aquello le daba una cierta tranquilidad, porque iba a necesitar mucha ayuda. No tenía ni la menor idea de cómo gobernar. Podía matar de cien maneras diferentes, desenvolverse en cualquier tipo de batalla, mantener la cabeza fría cuando el maldito mundo estaba en llamas. ¿Pero pedirle que se dirigiera a una muchedumbre de miembros de su pueblo? Sintió que el estómago se le revolvía.

—¿Guerrero?

—Sí, vendré a verte a menudo.

—Pero ése no es el favor que me debes.

—¿Cuál es...? —Se pasó la mano por el cabello—. Perdón, retiro la pregunta.

Ella se rió por lo bajo.

—Siempre has aprendido rápido.

—Me conviene. —Si iba a ser rey.

La Virgen Escribana flotó más cerca, y él se sintió embriagado por un perfume de lilas.

—Extiende tu mano.

Así lo hizo.

Los negros pliegues se movieron cuando su brazo se alzó, dejando caer algo en su mano. Era un anillo, un pesado anillo de oro con un rubí engastado del tamaño de una nuez. Estaba tan caliente que no pudo retenerlo y lo dejó caer.

El Rubí Saturnino.

—Le darás esto de mi parte. Y yo presidiré la ceremonia.

Wrath recogió el regalo y lo apretó con fuerza, hasta que le pinchó en la palma de la mano.

—Nos honrarás con tu presencia.

—Sí, pero tengo otra intención.

—El favor.

Ella se rió.

—Eso ha estado bien. Una pregunta hecha en forma de afirmación. No te sorprenderá, por supuesto, que no te responda. Vete ahora, guerrero. Vete con tu hembra. Y esperemos que hayas hecho una buena elección.

La figura se dio la vuelta y se alejó.

—¿Virgen Escribana?

—Hemos terminado.

—Gracias.

Ella se detuvo cerca de la fuente.

Los negros pliegues se agitaron cuando extendió las manos hacia la pequeña cascada de agua. Cuando la seda se deslizó hacia atrás, apareció una luz cegadora, como si sus huesos brillaran y su piel fuera translúcida. En el momento en que tocó el agua, un arco iris salió de sus manos, inundando el blanco patio.

Wrath siseó por la impresión cuando repentinamente su visión se hizo clara. El patio, las columnas, los colores, *ella*..., pudo distinguir todo a la perfección. Fijó la mirada en el arco iris. Amarillo, naranja, rojo, violeta, azul, verde. Los refulgentes colores eran tan brillantes que cortaban el aire. Sin embargo, su vívida belleza no hirió sus ojos. Absorbió aquella imagen, envolviéndola con su mente, reteniéndola en su memoria.

La Virgen Escribana lo miró de frente, y dejó caer la mano. Instantáneamente, los colores se desvanecieron y su visión se debilitó nuevamente.

Se dio cuenta de que le había dado un pequeño regalo, igual que cuando había puesto el anillo para Beth en sus manos.

—Estás en lo cierto —dijo ella suavemente—. Esperaba estar más cerca de ti. Tu padre y yo teníamos un vínculo, y estos solitarios siglos han sido largos y difíciles. Ya nadie celebra los antiguos ritos ni entona cánticos, no hay historia que preservar. Soy inútil, he sido olvidada. Pero lo peor —continuó— es que puedo ver el futuro, y es lúgubre. La supervivencia de la raza no está asegurada. No podrás hacer esto solo, guerrero.

—Aprenderé a pedir ayuda.

Ella asintió.

—Empezaremos de nuevo, tú y yo. Y trabajaremos juntos, como debe ser.

—Como debe ser —murmuró él, arrastrando las palabras.

—Volveré contigo y tus hermanos esta noche —dijo ella—. Y la ceremonia se realizará conforme al ritual. Estableceremos un pacto adecuado, guerrero, y lo haremos de la forma apropiada. Suponiendo que la hembra te acepte.

Le dio la sensación de que la Virgen Escribana estaba sonriendo.

—Mi padre me dijo tu nombre —dijo—. Lo usaré, si así lo deseas.

—Hazlo.

—Te veremos entonces, Analisse. Haré los preparativos.

El señor X observó a Billy Riddle entrar en la oficina. Iba vestido con un polo azul oscuro y un par de pantalones cortos caqui; estaba bronceado, saludable, fuerte.

—*Sensei*. —Billy inclinó la cabeza.

—¿Cómo estás, hijo?

—Lo he meditado.

El señor X aguardó la respuesta, sorprendiéndose de lo importante que podía llegar a ser para él.

—Quiero trabajar para usted.

El señor X sonrió.

—Eso está bien, hijo. Muy bien.

—¿Qué tengo que hacer? ¿Tendré que rellenar los formularios de la academia?

—Es algo más complicado que eso. En realidad, no trabajarás para la academia.

—Pero pensaba que había dicho...

—Billy, hay unas cuantas cosas más que tendrás que entender. Y está el pequeño detalle de la iniciación.

—¿Quiere decir un rito? Porque eso no será problema. Ya he pasado por alguno para entrar en el equipo de fútbol.

—Me temo que será un poco más delicado. Pero no te preocupes, yo pasé por eso y sé que te irá muy bien.

444

Te diré lo que tienes que traer, y yo estaré a tu lado. Todo el tiempo.

Después de todo, ver al Omega en plena acción era algo que uno no podía perderse.

—*Sensei*, yo, eh... —Riddle carraspeó—. Sólo quiero que sepa que no lo defraudaré.

El señor X sonrió lentamente, pensando que ésa era la mejor parte de su trabajo.

Se puso de pie y se aproximó a Billy. Apoyó una mano sobre el hombro del muchacho, dándole un pequeño apretón, y lo miró fijamente a los grandes ojos azules.

Billy entró suavemente en un trance.

El señor X se inclinó hacia delante y le quitó cuidadosamente el pendiente de diamante. Luego le cogió el lóbulo entre el pulgar y el índice, y lo masajeó.

Su voz era fuerte y tranquila:

—Quiero que llames a tu padre y que le digas que te vas de casa, y que lo harás de inmediato. Dile que has encontrado un empleo y que tienes que hacer un cursillo de preparación intensivo.

El señor X le quitó a Riddle el Rolex de acero inoxidable y luego le abrió el cuello de la camisa. Introdujo la mano, y tocó la cadena de platino que Billy llevaba al cuello. Abrió el cierre, dejándola caer en la palma de la mano. El metal estaba tibio por el contacto con la piel.

—Cuando hables con tu padre, conservarás la calma sin importar lo que te diga. Lo tranquilizarás diciéndole que tu futuro es prometedor y que has sido elegido entre muchos aspirantes para un trabajo muy importante. Le dirás que siempre podrá encontrarte en tu móvil, pero que le será imposible verte porque estarás viajando.

El señor X recorrió el pecho de Billy con la mano, sintiendo las protuberancias de los músculos, la calidez de la vida, el murmullo de la juventud. Cuánto poder en ese cuerpo, pensó. Cuánta fuerza maravillosa.

—No mencionarás la academia. No revelarás mi identidad. Y no le dirás que vendrás a vivir conmigo. —El señor X habló directamente al oído de Billy—: Le dirás a tu padre que lamentas todas las cosas malas que hiciste. Le dirás que lo quieres. Y luego yo te recogeré para llevarte conmigo.

Mientras Billy respiraba profundamente en pacífica sumisión, el señor X recordó su propia ceremonia de iniciación. Durante un instante fugaz, deseó haber meditado un poco más aquella oferta que había aceptado décadas atrás.

Ahora sería un anciano. Quizás tuviera nietos, si hubiera encontrado a una mujer que hubiera soportado permanecer a su lado durante algún tiempo. Y habría tenido una vida normal, tal vez trabajando en una de las fábricas de papel o en una gasolinera. Habría sido uno más entre cientos de millones de hombres anónimos con esposas quejumbrosas, bebiendo con sus amigos al caer la noche y pasando sus valiosos días sumergido en una bruma de insatisfacción por su insignificancia.

Pero habría estado vivo.

Al mirarse en los brillantes ojos azules de Billy, el señor X se preguntó si realmente había salido ganando con el cambio. Porque ya no era dueño de sí mismo. Era un sirviente que actuaba a capricho del Omega. El sirviente principal, era cierto, pero sirviente al fin y al cabo.

Y nunca llevarían luto por él.

Porque nunca dejaría de respirar... o porque nadie lo echaría de menos cuando exhalara su último suspiro.

Frunció el ceño.

De todas formas, ya no le importaba mucho, porque no había vuelta atrás. Y eso era lo primero que aprendería Riddle esa noche.

El señor X liberó la mente y el cuerpo de Riddle.

—¿Está todo claro?

Billy asintió, mareado. Bajó la vista y se miró, como si se preguntara qué había sucedido.

—Bien, ahora dame tu móvil. —Cuando Billy le entregó el teléfono, el señor X sonrió—. ¿Qué es lo que se dice, hijo?

—Sí, *sensei*.

Beth despertó en la cama de Wrath. En algún momento, debía de haberla trasladado a su alcoba.

Notó el pecho del macho contra su espalda, el brazo alrededor de su cuerpo, la mano entre sus piernas.

Su erección, dura y cálida, contra su cadera.

Ella se dio la vuelta. Él tenía los ojos cerrados y respiraba profunda y lentamente. Beth sonrió, pensando que, incluso en sueños, él la deseaba.

—Te amo —susurró.

Sus párpados se abrieron de repente. Era como ser iluminada por dos enormes faros.

—¿Qué, leelan? ¿Te sientes bien? —Y luego retiró la mano bruscamente, como si se acabara de dar cuenta de dónde se encontraba—. Lo siento. Yo, eh... Probablemente no estás lista para... Así que en cuanto...

Ella le cogió la mano y la guió entre sus muslos, presionando los dedos contra su cuerpo.

Los colmillos del macho descendieron hasta su labio inferior mientras respiraba profundamente.

—Estoy más que preparada para ti —murmuró ella, agarrando su grueso pene con la mano.

Cuando él gimió y se acercó, ella pudo sentir los latidos de su corazón, el flujo de su sangre, sus pulmones llenándose. Le resultaba de lo más extraño. Podía percibir exactamente cuánto la deseaba, y no sólo porque le estaba masturbando.

Y cuando él introdujo los dedos en su vagina, su propio cuerpo respondió, y pudo sentirlo aún más excitado. Cada beso, cada caricia, cada estremecimiento, se magnificaron.

Wrath se obligó y la obligó a ir más despacio. Cuando ella se sentó a horcajadas sobre él, la recostó sobre la cama y le dio placer, aunque su propio cuerpo ansiaba desahogarse. Fue muy dulce con ella, muy amoroso.

Finalmente, se colocó sobre sus muslos abiertos, apoyando su peso en los gruesos brazos. Su largo cabello oscuro caía alrededor de la mujer, mezclándose ambos.

—Desearía poder ver tu cara con nitidez —dijo él, frunciendo el ceño como si estuviera tratando de apreciar sus rasgos—. Sólo por una vez, desearía...

Ella colocó las manos en sus mejillas, sintiendo la aspereza de su incipiente barba.

—Te diré qué verías —murmuró ella—: que te amo. Y eso ya lo estás haciendo.

Él cerró los ojos y sonrió. La expresión le transformó la cara. Resplandecía.

—Ah, leelan, me complaces sin fin.

La besó. Y lentamente introdujo su cuerpo en el de ella. Cuando estuvieron completamente unidos, se quedó inmóvil, susurrándole unas palabras en su idioma que tradujo de inmediato.

Aquel «te amo, esposa mía» iluminó el rostro de Beth con una sonrisa radiante.

Butch se dio la vuelta, medio dormido. Aquella cama no era la suya. Ésta era pequeña, no de gran tamaño. Y las almohadas eran diferentes, extraordinariamente suaves, como reposar la cabeza sobre pan recién horneado. Y lo mismo sucedía con las sábanas, de una delicadeza a la que no estaba habituado.

Pero el ronquido que sonó a su lado lo confirmó. Definitivamente, no estaba en su casa.

Abrió los ojos. Las ventanas estaban cubiertas con gruesas cortinas, pero el resplandor de una luz en el baño fue suficiente para ver algunas cosas. Todo en la habitación era de gusto refinado. Antigüedades, cuadros, muebles...

Echó un vistazo hacia el lugar de donde procedía aquel ronquido. En la otra cama, había un hombre profundamente dormido con la oscura cabeza enterrada en una almohada y las sábanas y mantas tapándolo hasta la barbilla.

Lo recordó todo.

Vishous. Su nuevo amigo.

Fanático de los Red Sox como él. Un malvado asesino muy listo.

Un maldito vampiro.

Butch se llevó la mano a la frente. Durante aquella noche, se había dado la vuelta muchas veces atemorizado por quien estaba a su lado.

Pero aquello era el colmo.

¿Cómo habían...? Ah, ya recordaba. Se habían ido a dormir después de vaciar la botella de whisky de Tohr.

Tohr. Diminutivo de Tohrment.

Dios, incluso sabía sus nombres. Rhage, Phury. Y ese sujeto espeluznante, Zsadist.

Nada de nombres convencionales como Tom, Dick o Harry para esos vampiros.

¿Podría uno imaginar a un chupasangre letal llamado Howard? ¿O Eugene?

Oh, no, Wallie, por favor, no me muerdas el...

Por todos los santos, se estaba volviendo loco.

¿Qué hora era?

—Oye, detective, ¿qué hora es?

Butch extendió la mano hacia la mesita de noche. Junto a su reloj de pulsera había una gorra de los Red Sox, un mechero de oro y un guante de conductor negro.

—Las cinco y media.

—Qué bien. —El vampiro se dio la vuelta—. No abras las cortinas durante otras dos horas. O yo quedaré hecho cenizas y mis hermanos te convertirán en picadillo para perros.

Butch sonrió. Vampiros o no, comprendía a estos tipos. Hablaban su mismo idioma. Veían el mundo de la misma manera. Se sentía cómodo a su alrededor.

Era pavoroso.

—Estás sonriendo —dijo Vishous.

—¿Cómo lo sabes?

—Soy muy sensible a las emociones. ¿Eres uno de esos tipos fastidiosos que siempre están alegres por las mañanas?

—Diablos, no. Y aún no es por la mañana.

—Lo es para mí, detective. —Vishous se acomodó sobre un costado y miró a Butch—. ¿Sabes? Supiste comportarte anoche. No conozco a muchos humanos que se hubieran enfrentado a Rhage o a mí, y mucho menos delante de los demás hermanos.

—Ah, no, no me vengas con melodramas. No somos novios. —Pero la verdad era que Butch se sentía conmovido por el respeto que le estaba manifestando.

Pero entonces Vishous entrecerró los ojos. Su intelecto era implacable, ser evaluado por él era como ser desnudado por completo.

—Parece que tienes ganas de morir. —No fue una pregunta.

—Sí, tal vez —respondió Butch. Le sorprendió que no le preguntara por qué.

—A todos nos pasa —murmuró Vishous—. Por eso no te pido detalles.

Guardaron silencio durante un momento.

Los ojos de Vishous se entrecerraron de nuevo.

—No volverás a tu antigua vida, detective. Eres consciente, ¿verdad? Sabes demasiado sobre nosotros. Jamás podríamos borrarte completamente la memoria.

—¿Me estás diciendo que vaya eligiendo mi féretro?

—Espero que no. Pero no depende de mí únicamente, sino de ti, en gran medida. —Hizo una pausa—. Pero no creo que dejes atrás muchas cosas, ¿o sí?

Butch miró al techo.

Cuando los hermanos le habían permitido revisar sus mensajes esa mañana, sólo encontró uno. Era del capitán, ordenándole que se presentara para los resultados de la investigación de Asuntos Internos.

No era precisamente una cita a la que necesitara acudir. Sabía perfectamente cuál sería el resultado. Lo despedirían y serviría como chivo expiatorio para combatir la imagen de la brutalidad policial. O lo jubilarían antes de tiempo para darle un trabajo administrativo.

Y en cuanto a su familia... Sus padres, que Dios los bendiga, vivían todavía en su casa de un barrio al sur de Nueva York, rodeados de los hijos e hijas que tanto amaban. Aunque todavía llevaban luto por Janie, pasaban sus últimos años con una cierta tranquilidad. Y los hermanos de Butch estaban tan ocupados teniendo niños, criándolos y pensando en tener más, que se encontraban totalmente sumergidos en sus obligaciones familiares. En el clan O'Neal, Butch era sólo una nota al margen. La oveja negra que había fracasado en procrear.

¿Amigos? José era el único al que podía considerar su amigo. Abby ni siquiera era eso. Se trataba, simplemente, de un buen polvo de vez en cuando.

Y después de conocer a Marissa la noche anterior, había perdido interés por el sexo esporádico.

Se volvió a mirar al vampiro.

—No, no tengo nada.

—Sé lo que se siente. —Vishous se revolvió en la cama, intentando acomodarse. Se tendió finalmente de espaldas, colocando uno de los pesados brazos sobre los ojos.

Butch frunció el ceño cuando vio la mano izquierda del vampiro. Estaba cubierta de tatuajes de confusos e intrincados dibujos que, desde el dorso, descendían a la palma y terminaban alrededor de cada uno de los dedos. Debió de dolerle mucho cuando se los hicieron.

—¿V?

—¿Sí?

—¿Qué sucede con los tatuajes?

—Yo no te he preguntado por tu desgraciada vida, detective. —Vishous retiró el brazo—. Si no estoy despierto a las ocho, avísame, ¿vale?

—Sí. De acuerdo. —Butch cerró los ojos.

CAPÍTULO
42

En la alcoba del piso inferior, Beth cerró el grifo de la ducha, y mientras buscaba una toalla, su nuevo anillo de compromiso resbaló sobre la repisa de mármol.

—Oh, eso no está bien. *Nada* bien... —Cerró la mano, pensando que había tenido suerte de que Wrath estuviera en el piso de arriba supervisando los preparativos para la ceremonia. Aunque quizá aquel sonido se había escuchado en el primer piso.

Se preparó antes de mirar hacia abajo, convencida de haber roto el rubí o de haberle quitado un trozo. Pero estaba en perfecto estado.

Tendría que acostumbrarse a usar aquel anillo, para no andar dándole golpes a cada instante.

Ojalá todas las cosas de la vida a las que iba a tener que acostumbrarse fueran igual de difíciles, pensó iróni-camente. *El novio te desliza un pedrusco de incalculable valor en el dedo. Qué cosa tan molesta.*

Tuvo que reírse mientras se secaba. Wrath le había puesto aquella sortija con mucho orgullo. Le había dicho que era un obsequio de alguien a quien conocería esa noche.

En su boda.

Dejó de secarse durante un segundo. Dios, esa palabra. Boda.

¿Quién hubiera pensado que ella...?

Alguien golpeó suavemente la puerta de la habitación.

—Hola, Beth. ¿Estás ahí? —La desconocida voz femenina sonó amortiguada.

Beth se puso la bata de Wrath y se dirigió hacia allí, pero no abrió la puerta.

—¿Sí?

—Soy Wellsie. La shellan de Tohr. He pensado que te gustaría que alguien te ayudara a prepararte para esta noche, y te he traído un vestido de ceremonia, por si no tienes ninguno. Está bien, la verdad es que soy la típica hembra chismosa, y estaba muerta de curiosidad por conocerte.

Beth abrió la puerta.

Guau.

Wellsie no tenía nada de típica. Cabello rojo incandescente, rostro de diosa grecorromana y un aura de total autodominio. Su vestido azul intenso resaltaba su colorido como un cielo otoñal cubierto de hojas secas.

—Ah, hola —dijo Beth.

—Hola. —Los ojos color jerez de Wellsie eran astutos sin ser fríos, especialmente cuando comenzó a sonreír—. Eres preciosa. Con razón Wrath ha caído con semejante fuerza.

—¿Quieres pasar?

Wellsie entró en la habitación, arrastrando consigo una caja larga y plana y una bolsa grande. Tenía un aire de superioridad, pero, por alguna razón, no parecía autoritaria.

—Tohr casi no me cuenta lo que estaba sucediendo. Él y Wrath no están en su mejor momento.

—¿Por qué?

Wellsie puso los ojos en blanco, cerró la puerta desde el otro lado de la habitación y descargó la caja sobre la mesa.

—Los machos como ellos siempre están llenos de resentimiento, y cada poco tiempo sienten deseos de matarse. Es inevitable. Tohr no quiso decirme la causa de su desacuerdo, pero puedo imaginarlo. Honor, valor en el campo de batalla o nosotras, sus hembras. —Wellsie abrió la caja, dejando al descubierto unos pliegues de satén rojo—. Nuestros muchachos tienen buena intención, pero de vez en cuando pueden explotar de furia y decir algo estúpido. —Se volvió y sonrió—. Ya es suficiente de hablar de ellos. ¿Estás lista para esto?

Normalmente, Beth era reticente con los extraños. Pero sintió que merecía la pena confiar en aquella mujer de conversación franca y ojos sagaces.

—Quizá no —rió Beth—. Es decir, conozco a Wrath desde hace muy poco, pero siento que es adecuado para mí. Lo siento con las entrañas. No con la mente.

—Yo sentí lo mismo por Tohr. —El rostro de Wellsie se suavizó—. En cuanto lo vi supe que no tenía escapatoria.

Distraídamente se llevó la mano al estómago.

Está embarazada, pensó Beth.

—¿Cuándo nacerá?

Wellsie se ruborizó, pero pareció ser más de ansiedad que de alegría.

—Falta mucho. Un año. Si es que puedo conservarlo. —Se inclinó y sacó el traje—. ¿Te gustaría probártelo? Somos casi de la misma talla.

El vestido era una auténtica antigüedad, con pedrería negra sobre encaje en el corpiño y los pliegues de la falda cayendo en una verdadera cascada. El satén rojo llameaba a la luz de las velas, conservando el brillo en la profundidad de sus pliegues.

—Es... espectacular. —Beth extendió las manos y acarició la tela.

—Mi madre lo mandó a hacer para mí. Me desposé con él hace casi doscientos años. Podemos eliminar el corsé si quieres, pero he traído las enaguas. Son tan divertidas... Y si no te gusta o tienes planeado ponerte algo diferente, no me sentiré ofendida en lo más mínimo.

—¿Estás loca? ¿Crees que voy a rechazar semejante maravilla para casarme en pantalones cortos?

Beth recogió el vestido y se metió en el baño casi corriendo. Ponerse el traje de noche fue como remontarse al pasado, y cuando volvió a la alcoba no podía parar de alisar la falda. El corpiño le quedaba un poco justo, pero no le importaba siempre que no llenara completamente de aire los pulmones.

—Estás magnífica —dijo Wellsie.

—Sí, porque esto es lo más hermoso que jamás me he puesto. ¿Puedes ayudarme con los últimos botones de la espalda?

Los dedos de Wellsie actuaron hábil y rápidamente. Cuando terminó, inclinó la cabeza hacia un lado y juntó las manos.

—Le haces justicia. El conjunto de rojo y negro hacen un juego perfecto con tu cabello. Wrath va a desmayarse cuando te vea.

—¿Estás segura de querer prestármelo? —No quería mancharlo.

—Los vestidos deben ser usados. Y ese traje no lo ha llevado nadie desde 1814. —Wellsie consultó su reloj de diamantes—. Voy al piso de arriba para ver cómo van los preparativos. Es muy probable que Fritz necesite ayuda. Los hermanos saben muy bien cómo comer, pero su habilidad en la cocina, a veces, resulta deplorable. Se podría pensar que serían mejores con el cuchillo, considerando la forma como se ganan la vida.

Beth se dio la vuelta.

—Échame una mano para desabrochar todo esto y te acompañaré.

Después de ayudarla a quitarse el vestido, Wellsie vaciló.

—Escucha, Beth..., me alegro por ti. De verdad que me alegro. Pero pienso que debo ser sincera. Tener a uno de estos machos como compañero no es fácil. Espero que me llames si necesitas a alguien con quien desahogarte.

—Gracias —dijo Beth, pensando que seguramente lo haría. Sin duda, Wellsie le podía dar buenos consejos. Aquella mujer daba la sensación de tenerlo todo bajo control en su propia vida, y parecía muy... competente.

Wellsie sonrió.

—Y quizá yo también pueda llamarte de vez en cuando. Dios, he esperado mucho para tener alguien con quien hablar y que pueda comprenderme.

—Ninguno de los otros hermanos tiene esposa, ¿no es cierto?

—Tú y yo somos las únicas, querida.

Beth sonrió.

—Entonces será mejor que nos mantengamos unidas.

Wrath se dirigió al piso superior, preguntándose en dónde se encontrarían sus compañeros. Tocó en la puerta de una de las habitaciones de huéspedes, y Butch respondió. El humano estaba secándose el cabello con una toalla. Tenía otra anudada alrededor de la cintura.

—¿Sabes dónde está V? —preguntó Wrath.

—Sí, se está afeitando. —El policía asintió por encima del hombro y se apartó hacia un lado.

—¿Me necesitas, jefe? —preguntó V en voz alta desde el baño.

Wrath se rió entre dientes.

—Vaya, que escena tan tierna.

El «vete a la mierda» le llegó por ambas partes, al tiempo que Vishous entraba a la habitación, en calzoncillos. Sus mejillas estaban cubiertas de espuma de afeitar y deslizaba una cuchilla pasada de moda a través de su mandíbula. Tenía ambas manos descubiertas.

Por Dios. La mano izquierda de V estaba al aire libre, con sus tatuajes sagrados presagiando graves consecuencias a cualquiera que entrara en contacto con ella. Wrath se preguntó si el humano tenía alguna idea de a qué se estaba exponiendo.

—Escucha, V —dijo Wrath—, hay un pequeño problema que necesito resolver antes de desposarme.

Generalmente trabajaba solo, pero si iba a encargarse de Billy Riddle, quería que Vishous lo ayudara. Los humanos no se desintegraban necesariamente cuando uno los apuñalaba, pero su hermano podía ocuparse del cuerpo con su mano izquierda. Un momento de trabajo y ese cadáver sería éter.

V sonrió abiertamente.

—Dame cinco minutos y estoy listo.

—Trato hecho. —Wrath pudo sentir los ojos de Butch sobre él. Era evidente que el policia quería saber de qué se trataba—. No querrás enredarte en esto, detective. En especial teniendo en cuenta tu vocación.

—Estoy fuera del cuerpo. Sólo para que lo sepáis.

Interesante, pensó Wrath.

—¿Te importaría decirme por qué?

—Le fracturé la nariz a un sospechoso.

—¿En una pelea?

—Durante el interrogatorio.

Aquello no era ninguna sorpresa.

—¿Y por qué hiciste algo así?

—Trató de violar a tu futura esposa, vampiro. No sentí ningún deseo de ser amable cuando dijo que ella le rogó que lo hiciera.

Wrath sintió un rugido asomar a su garganta. El sonido fue como un ser vivo brotando de sus entrañas.

—Billy Riddle.

—¿Beth te habló de esa sabandija?

Wrath se precipitó hacia la puerta.

—Muévete, V —dijo bruscamente.

Cuando llegó al piso inferior, sintió la presencia de Beth y la encontró atravesando el cuadro. Se dirigió hacia ella y la rodeó con sus brazos, apretándola con fuerza. La vengaría antes de la ceremonia. No se merecía menos de su hellren.

—¿Estás bien? —le susurró ella.

Él asintió contra su cabello y luego vio a la shellan de Tohr.

—Hola, Wellsie. Te agradezco que hayas venido.

La hembra sonrió.

—Pensaba que ella necesitaría algo de apoyo.

—Y me alegra que estés aquí. —Se alejó de Beth el tiempo suficiente para besar la mano de Wellsie.

Vishous entró dando grandes zancadas, armado hasta los dientes.

—Wrath, ¿ya nos vamos?

—¿Adónde vas? —preguntó Beth.

—Necesito encargarme de algo. —Le recorrió el brazo con las manos—. Los otros hermanos se quedarán aquí para ayudar con los preparativos. La ceremonia empezará a medianoche, y yo estaré de vuelta antes.

Pareció como si ella quisiera discutir, pero luego miró a Wellsie. Algo pareció suceder entre las dos hembras.

—Cuídate —dijo Beth finalmente—. Por favor.

—No te preocupes. —La besó larga y lentamente—. Te amo, leelan.

—¿Qué significa esa palabra?

—Algo muy parecido a «lo que más quiero». —Recogió su chaqueta de una silla y le dio otro beso en los labios antes de salir.

B utch se peinó, se echó un poco de colonia y se puso un traje que no era suyo. Al igual que el mueble del baño estaba atiborrado de diferentes lociones y espumas de afeitar, en los armarios se amontonaban los trajes masculinos completamente nuevos de diferentes tallas. Todo de lo más selecto, ropa de diseño.

Jamás se había puesto nada de Gucci.

A pesar de que no le gustaba ser un gorrón, no podía ver a Marissa con la misma ropa que llevaba la noche anterior. Aunque hubiera sido elegante —que no lo era—, estaba seguro de que olía terriblemente a una mezcla de whisky y el tabaco turco de V.

Quería estar fresco como una rosa para ella. Y lo estaba consiguiendo.

Butch se miró en un espejo de cuerpo entero, sintiéndose como un afeminado, pero incapaz de hacer nada por evitarlo. El traje negro a rayas le sentaba a la perfección. La impecable camisa blanca de cuello abierto resaltaba su bronceado. Y el bonito par de zapatos de Ferragamo que había encontrado en una caja añadían el toque justo.

Pensó que estaba casi guapo. Siempre y cuando ella no mirara muy de cerca sus ojos inyectados de sangre.

Las cuatro horas de sueño y la gran cantidad de whisky escocés se notaban.

Unos golpes secos sonaron en la puerta.

Esperaba que no fuera uno de los hermanos.

Al abrir, el mayordomo alzó la vista con una sonrisa.

—Señor, está usted muy elegante. Buena elección.

Butch se encogió de hombros, jugando con el cuello de la camisa.

—Sí, bueno...

—Pero necesita un pañuelo en el bolsillo del pecho. ¿Puedo?

—Ah, claro.

El diminuto anciano se dirigió a una cómoda, abrió uno de los cajones y revolvió un poco.

—Éste será perfecto.

Sus manos nudosas doblaron la tela blanca como si se tratara de una obra maestra de origami, y la colocó en el bolsillo de la chaqueta.

—Ya está listo para su invitada. Ella está aquí. ¿La recibirá?

¿Recibirla?

—Diablos, claro.

Mientras iban hacia el vestíbulo, el mayordomo se rió suavemente.

—Parezco estúpido, ¿no es cierto? —dijo Butch.

La cara de Fritz se puso seria.

—Por supuesto que no, señor. Estaba pensando cuánto hubiera disfrutado Darius. Le gustaba tener la casa llena de gente.

—¿Quién es Dar...?

—¿Butch?

La voz de Marissa los detuvo en seco. Se encontraba junto a la escalera, y dejó a Butch sin aliento. Tenía el cabello recogido, y su traje era un vestido de cóctel color rosa pálido. Su tímido placer al verlo hizo que su pecho se hinchara de satisfacción.

—Hola, dulzura. —Avanzó hacia ella, consciente de que el mayordomo sonreía de oreja a oreja.

Jugueteó un poco con su vestido, como si estuviera un poco nerviosa.

—Probablemente debía haber esperado abajo. Pero todos están tan ocupados, que me pareció que estorbaba.

—¿Quieres quedarte aquí arriba un rato?

Ella asintió.

—Si no te importa. Es más tranquilo.

El mayordomo intervino:

—Hay una terraza en el segundo piso. La encontrarán al final de este corredor.

Butch le ofreció el brazo.

—¿Te parece bien?

Ella deslizó la mano por su codo. Cuando sus ojos se encontraron con los de él, su sonrojo fue encantador.

—Sí. Me parece muy bien.

De modo que quería estar a solas con él.

Butch pensó que era una buena señal.

Mientras Beth llevaba una fuente de aperitivos al salón, estaba convencida de que Fritz y Wellsie podían gobernar juntos un país pequeño. Tenían a los hermanos corriendo por todos lados prestando ayuda, poniendo la mesa del comedor, colocando velas nuevas, colaborando con la comida. Y sólo Dios sabía lo que estaba pasando en la alcoba de Wrath. La ceremonia se llevaría a cabo allí, y Rhage había permanecido una hora en esa habitación.

Beth dejó la fuente sobre el aparador y regresó a la cocina. Encontró a Fritz luchando por alcanzar un gran recipiente de cristal en lo alto de una alacena.

—Espere, yo le ayudo.

—Oh, gracias, ama.

Una vez en su poder, Fritz lo llenó de sal.

Vaya, eso no puede ser muy bueno para la tensión, pensó Beth.

—¿Beth? —la llamó Wellsie—. ¿Puedes ir a la despensa y traer tres frascos de melocotones en conserva para la salsa del jamón?

Beth entró a la pequeña habitación cuadrada y accionó el interruptor de luz. Había latas y frascos desde el suelo hasta el techo de todas las formas y tamaños. Estaba buscando los melocotones cuando escuchó que la puerta se abría.

—Fritz, ¿sabes dónde...?

Se dio media vuelta y se estrelló directamente contra el duro cuerpo de Zsadist.

Él siseó, y ambos dieron un salto atrás mientras la puerta se cerraba, dejándolos encerrados.

Zsadist cerró los ojos, al tiempo que abría sus labios mostrando colmillos y dientes.

—Lo siento —susurró ella, tratando de alejarse. No había mucho espacio, ni tampoco escapatoria. Él bloqueaba la salida—. No te había visto. Lo lamento mucho.

Llevaba puesta otra camisa ajustada de manga larga, de tal manera que cuando cerró los puños la tensión de sus

466

brazos y de sus hombros fue evidente. Era muy corpulento, pero la fuerza de su cuerpo lo hacía parecer enorme.

Abrió los párpados. Cuando aquellos ojos negros la miraron, ella se estremeció.

Frío. Muy frío.

—Por Cristo, ya sé que soy feo —dijo bruscamente—, pero no me tengas miedo. No soy un completo salvaje.

Luego cogió algo y salió.

Beth se recostó contra frascos y latas, y miró hacia arriba al espacio vacío que él había dejado en el estante. Pepinillos. Se había llevado una lata de pepinillos.

—¿Beth, has encontrado...? —Wellsie se detuvo en seco en el umbral de la puerta—. ¿Qué ha pasado?

—Nada. No ha sido... nada.

Wellsie le lanzó una mirada suspicaz mientras se ajustaba el delantal sobre su vestido azul.

—Estás mintiéndome, pero es el día de tu boda, así que dejaré que te salgas con la tuya. —Localizó el jamón y bajó unos frascos—. Oye, ¿por qué no vas a la habitación de tu padre y descansas un poco? Rhage ya ha terminado, así que puedes estar allí un rato tranquila. Necesitas relajarte un poco antes de la ceremonia.

—¿Sabes? Creo que es una idea estupenda.

Butch se recostó en la mecedora de mimbre, cruzó las piernas y se impulsó con el pie. La silla crujió.

En la lejanía, brilló un relámpago. El jardín perfumaba la noche, y también Marissa con su aroma a océano.

Al otro lado de la angosta terraza, la mujer inclinó la cabeza hacia atrás para mirar al cielo. Una leve brisa veraniega alborotó suavemente el cabello alrededor de su rostro.

El detective sólo podía pensar que no le importaría quedarse allí, contemplándola, durante el resto de su vida.

—¿Butch?

—Lo siento. ¿Qué has dicho?

—He dicho que estás muy guapo con ese traje.

—¿Este trapo viejo? Me lo he puesto sin pensar.

Ella se rió, exactamente como él había querido que hiciera, pero en cuanto sintió su risa burbujeante, se puso serio.

—Tú sí que eres hermosa.

Ella se llevó la mano al cuello. No parecía saber cómo actuar con los cumplidos, como si nunca hubiera recibido muchos.

Aunque a él le resultaba difícil de creer que eso fuera cierto.

—Me he hecho este peinado para ti —dijo ella—. Pensé que tal vez te gustaría de esta manera.

—Me gusta de todas las maneras. Todas.

Ella sonrió.

—También he elegido este vestido para ti.

—Es precioso. ¿Pero sabes una cosa, Marissa? No tienes que esforzarte conmigo.

Marissa bajó los ojos.

—Estoy acostumbrada a esforzarme.

—Pues ya no tienes que hacerlo. Eres perfecta.

Una amplia sonrisa iluminó su rostro, y él se quedó mirándola fascinado.

La brisa aumentó un poco, azotando su falda de muselina alrededor de la grácil curva de sus caderas. Y de repente, dejó de pensar en lo adorable que era.

Butch casi suelta una carcajada. Nunca había considerado que el deseo podía arruinar un momento como aquél, pero no le importaría en absoluto posponer sus necesidades corporales durante esa noche, o incluso más. En realidad, quería tratarla bien. Ella era una mujer digna de ser adorada, querida, y merecía ser feliz.

El detective se puso serio. Adorarla y amarla no parecía presentar problema alguno, pero ¿cómo demonios iba a conseguir hacerla feliz?

Una virgen vampiresa era una categoría de hembra sobre la cual no sabía absolutamente nada.

—Marissa, sabes que no soy de tu especie, ¿verdad? Ella asintió.

—Desde el momento en que te vi por primera vez.

—¿Y eso no te... *decepciona*? ¿No te molesta?

—No. Me gusta la forma en que me siento cuando estoy junto a ti.

—¿Y cómo es eso? —preguntó él.

—Me siento segura. Me siento hermosa. —Hizo una pausa, mirando los labios del hombre—. Y en ocasiones siento otras cosas.

—¿Como qué? —A pesar de sus buenas intenciones, estaba deseando escuchar qué otras emociones provocaba en aquella fantástica mujer.

—Siento que me invade una especie de calor. Sobre todo aquí —se tocó los pechos— y aquí —sus manos rozaron la unión de sus muslos.

Butch empezó a ver doble, su corazón latía demasiado deprisa. Mientras exhalaba una bocanada de aire caliente, tenía la certeza de que su cabeza iba a explotar.

—¿Sientes algo? —preguntó ella.

—De eso puedes estar segura.

Su voz sonaba pastosa. *Es lo que la desesperación hace en un hombre.*

Marissa atravesó la terraza, acercándose a él.

—Me gustaría besarte, si no tienes objeción.

¿Objeción? Estaba dispuesto a suplicar sólo por seguir mirándola.

Descruzó las piernas y se enderezó en la silla, pensando que lo único que podría mantenerlo a raya era que apareciera alguien en aquel momento. Estaba a punto de ponerse de pie cuando ella se arrodilló frente a él.

Y colocó el cuerpo directamente entre sus piernas.

—Oye, tranquila. —La detuvo antes de que hiciera contacto con su erección. No estaba seguro de que ella estuviera preparada para eso. Diablos, no estaba seguro de que *él* estuviera preparado—. Si vamos a... Tenemos que tomar esto con calma. Quiero que sea lo mejor para ti.

Ella sonrió y él captó fugazmente la punta de sus colmillos. Su miembro palpitó.

¿Quién hubiera pensado que eso lo excitaría?

—Anoche soñé con esto —murmuró ella.

Butch se aclaró la garganta.

—¿De verdad?

—Imaginé que venías a mi cama y te inclinabas sobre mí.

Oh, Dios, él también se lo imaginaba. Excepto que en su fantasía ambos estaban desnudos.

—Tú estabas desnudo —susurró ella, apoyándose en él, como si leyera su pensamiento—. Y yo también. Tu boca buscaba la mía. Tenías un sabor penetrante, como a whisky. Me gustó. —Sus labios se encontraban a escasos centímetros de los de él—. Me gustaste.

Santo cielo. Él estaba a punto de explotar, y ni siquiera se habían besado todavía.

Ella se movió, tratando de aproximarse, pero él la detuvo en el último momento. Era demasiado para él. Demasiado adorable. Demasiado sensual... Demasiado inocente.

Dios, había defraudado a mucha gente a lo largo de su vida. No quería que Marissa pasara a formar parte de la lista.

Ella se merecía un príncipe, no un ex policía fracasado vestido con ropa prestada. No tenía ni idea de cómo se desarrollaba la vida privada los vampiros. Pero estaba completamente seguro de que ella se merecía alguien muy superior a él.

—¿Marissa?

—¿Hmm? —Sus ojos no se apartaron de los labios de Butch. A pesar de su inexperiencia, parecía dispuesta a devorarlo.

Y él quería ser devorado.

—¿No me deseas? —susurró ella, apartándose. Parecía preocupada—. ¿Butch?

—Oh, no, dulzura. No es eso.

Trasladó las manos de sus hombros a su nuca, sosteniendo firmemente su cabeza. Luego ladeó su propia cabeza y posó los labios directamente sobre su boca.

Ella jadeó, llevando el aliento del hombre a sus pulmones, como si quisiera trasladar una parte de él a su interior. Él dio un gruñido de satisfacción, pero mantuvo el control, rozando dulcemente la boca de la mujer, acariciándola suavemente. Cuando ella balanceó su cuerpo hacia él, Butch trazó el contorno de sus labios con la lengua.

Tendrá un sabor dulce, pensó él, preparándose para profundizar mientras aún podía controlarse.

Pero Marissa se le adelantó, capturando su lengua con la boca y succionando.

Butch gimió, sus caderas se sacudieron en la silla.

Ella interrumpió el beso.

—¿No te ha gustado eso? A mí me encantó cuando lo hiciste con mi dedo anoche.

Él dio un tirón al cuello de la camisa. ¿Adónde diablos se había ido todo el aire en esta parte de Norteamérica?

—¿Butch?

—Claro que me ha gustado —dijo él con una voz gutural—. Confía en mí. Me ha gustado, *de verdad*.

—Entonces lo haré de nuevo.

Se abalanzó hacia delante y tomó la boca del hombre en un ardiente beso, oprimiéndolo contra el respaldo de mimbre, impactándolo como una tonelada de ladrillos. Él se encontraba en tal estado de shock, que lo único que pudo hacer fue aferrarse a los brazos de la mecedora. Su embate fue poderoso. Erótico. Más ardiente que el infierno. Prácticamente se subió a su pecho mientras exploraba su boca, y él preparó el cuerpo, desplazando su peso a las palmas de sus manos.

De repente, sonó como si algo se rompiera.

Y luego ambos cayeron rodando por el suelo.

—¿Qué mier...? —Butch alzó la mano izquierda, y allí apareció el brazo de mimbre al que se había sujetado.

Había roto la silla por la mitad.

—¿Estás bien? —dijo él sin aliento, arrojando lejos aquel pedazo.

—Oh, sí. —Ella le sonrió. Su vestido había quedado atrapado entre las piernas de Butch. Y su cuerpo estaba pegado al de él. Casi en el lugar exacto en donde él necesitaba que estuviera.

Al mirarla, él estaba dispuesto a todo, preparado para meterse debajo de su vestido, apartar sus muslos con las caderas y sepultarse en su calor hasta perderse ambos totalmente.

Pero en su actual estado, lo más probable era que la poseyera sin miramientos y no que le hiciera el amor como es debido. Y estaba lo bastante enloquecido para hacerlo allí, en la terraza, al aire libre.

Así que necesitaba urgentemente una tregua.

—Te ayudaré a levantarte —dijo él bruscamente.

Marissa se movió más rápido que él, dando un salto hasta quedar en pie. Cuando extendió la mano para ayudarlo, él la aferró con poco convencimiento, ante su aparente fragilidad. Pero se encontró levantado del suelo como si no pesara más que un periódico.

Él sonrió mientras se limpiaba la chaqueta.

—Eres más fuerte de lo que pareces.

Ella pareció avergonzada y se concentró en arreglarse el vestido.

—No es así.

—Eso no es malo, Marissa.

Los ojos de ella volvieron a fijarse en los de Butch y luego, lentamente, se desviaron hacia su cuerpo.

Con una sensación de vergüenza, él se percató de que su salvaje erección sobresalía notoriamente de sus pantalones. Se dio media vuelta para poder componerse.

—¿Qué estás haciendo?

—Nada. —Se volvió hacia ella, preguntándose si su pulso se normalizaría algún día.

Por Dios, si su corazón podía soportar un beso de ella, probablemente podría correr una maratón.

Arrastrando un automóvil con una cuerda.

De un lado a otro de la carretera.

—Eso me ha gustado —dijo ella.

Él tuvo que reírse.

—A mí también. Pero es difícil creer que seas vir...

Butch cerró la boca de golpe. Se frotó las cejas con el pulgar.

Con razón no salía con chicas. Tenía los modales de un chimpancé.

—Quiero que sepas —murmuró— que a veces meto la pata. Pero haré un esfuerzo por ti.

—¿Meter la pata?

—Lo fastidio todo. Lo convierto en un caos. Es decir... Diablos. —Miró hacia la puerta—. Escucha, ¿qué opinas si bajamos y vemos qué está pasando con la fiesta?

Porque si permanecían allí arriba un minuto más, se le echaría encima como un salvaje.

—¿Butch?

Él se volvió a mirarla.

—¿Sí, dulzura?

Los ojos de ella brillaban. Se relamió los labios.

—Quiero más de ti.

Butch dejó de respirar, preguntándose si estaba pensando en su sangre.

Al mirar su hermoso rostro, revivió lo que había sentido cuando ella lo empujó contra la silla, e imaginó que en lugar de besarlo estaba hundiendo aquellos colmillos blancos en su cuello.

No podía pensar en una forma más dulce de morir que en sus brazos.

—Todo lo que quieras de mí —murmuró— puedes tomarlo.

Wrath observó a Billy Riddle salir de la mansión y se ocultó detrás de las columnas de la fachada. El tipo descargó una bolsa de lona y miró al cielo.

—Perfecto —dijo Wrath a Vishous—. Tenemos tiempo suficiente para matarlo y regresar.

Pero antes de que V saliera de las sombras, un Hummer negro se acercó lentamente por el camino de entrada. Al pasar junto a ellos, el dulce olor a talco para bebés salió flotando de una de las ventanillas.

—Esto tiene que ser una broma —murmuró Wrath.

—Es un restrictor, hermano.

—¿Y quieres apostar a que está reclutando personal?

—Un buen candidato.

Billy saltó dentro del automóvil.

—Debíamos haber traído mi coche —siseó V—. Así podríamos seguirlos.

—No hay tiempo de rastreos. La Virgen Escribana se presentará a medianoche. Lo haremos ahora. Aquí.

Wrath saltó frente al Hummer y plantó las manos sobre el capó, obligándole a detenerse. Miró a través del parabrisas mientras Vishous se aproximaba desde un lateral, avanzando furtivamente hacia la puerta del conductor.

Wrath sonrió cuando el vehículo cambió de marcha para aparcar. En el interior pudo detectar miedo y sorpresa. Sabía cuál de los dos era Billy Riddle. El sujeto estaba tenso. El restrictor, por su parte, estaba preparado para luchar.

Pero había algo más. Algo que no iba del todo bien.

Wrath echó una ojeada rápida a su alrededor.

—Cuidado, V.

El rugido del motor de un coche resonó en la noche, y todo el grupo de hombres quedó iluminado por unos faros.

Un sedán se detuvo ante ellos, y dos hombres saltaron de él con las armas desenfundadas.

—Policía del estado. Manos arriba. Tú, el del coche, sal de ahí.

Wrath miró hacia la puerta del conductor. El hombre que salió de allí era grande y poderoso. Y bajo el aroma del talco, el restrictor apestaba a maldad.

Cuando el miembro de la Sociedad alzó las manos, se quedó mirando fijamente la insignia en la chaqueta de Wrath.

—Por Dios. Pensaba que eras un mito. El Rey Ciego.

Wrath mostró los colmillos.

—Nada de lo que has oído sobre mí es un mito.

Los ojos del restrictor chispearon.

—Estoy entusiasmado de que así sea.

—Y a mí se me parte el corazón por tener que separarnos ahora. Pero muy pronto volveremos a encontrarnos contigo y con el nuevo recluta.

Wrath inclinó la cabeza en dirección a Vishous, borró completamente los recuerdos de los humanos, y se desmaterializó.

El señor X estaba atónito.

El Rey Ciego existía.

Durante siglos habían circulado historias sobre él. Creía que era una leyenda. Nadie lo había visto nunca, al menos desde que el señor X se había unido a la Sociedad. De hecho, abundaban los rumores sobre la muerte de aquel guerrero, pero eran conclusiones basadas, sobre todo, en la desintegración de la sociedad de los vampiros.

Pero no, el rey estaba vivo.

Santo Dios. Ése sí que sería un buen trofeo para colocar sobre el altar del Omega.

—Ya les he dicho que me iba —estaba explicando Billy a los policías—. Él es mi maestro de artes marciales. ¿Por qué nos han parado?

Los oficiales enfundaron sus armas, y se concentraron en el señor X.

—¿Puedo ver su identificación, señor? —preguntó uno de ellos.

El señor X sonrió y entregó su permiso de conducir.

—Billy y yo íbamos a cenar y tal vez al cine.

El hombre estudió la fotografía y luego la cara del restrictor.

—Señor Xavier, aquí tiene su carnet. Lamento las molestias.

—No hay problema, oficial.

El señor X y Billy regresaron al Hummer.

Riddle soltó una maldición.

—Son unos idiotas. ¿Por qué nos han detenido?

Porque nos asaltaron dos vampiros —pensó el señor X—. *Tú no lo recuerdas, y tampoco esos dos policías.*

Complejos juegos mentales.

—¿Qué está haciendo aquí la policía estatal? —preguntó el señor X emprendiendo la marcha.

—Mi padre ha recibido otra amenaza terrorista y ha decidido marcharse a Washington durante un tiempo. Vendrá a casa esta noche. Ellos estarán merodeando por toda la propiedad hasta que papá regrese a la capital.

—¿Has hablado con tu padre?

—Sí. Pareció aliviado.

—Estoy seguro de que sí.

Billy buscó en su bolsa de lona.

—He traído lo que me pidió.

Sacó un frasco de cerámica de cuello ancho con tapa.

—Eso está bien, Billy. El tamaño perfecto.

—¿Para qué es?

El señor X sonrió.

—Ya lo averiguarás. ¿Tienes hambre?

—No. Estoy demasiado nervioso para comer. —Billy entrelazó las manos y apretó, flexionando los músculos—. Sólo quería que supiera que no me rindo fácilmente. Pase lo que pase esta noche, no abandonaré la lucha.

Eso ya lo veremos, pensó el señor X mientras se dirigía a su casa. Llevarían a cabo la ceremonia en el granero, y la mesa de torturas sería de gran ayuda. Así podría atar mejor a Billy.

Cuando dejaron atrás la zona urbana, el señor X se sorprendió a sí mismo sonriendo.

El Rey Ciego.

En Caldwell.

Se volvió a mirar a Riddle.

En Caldwell y buscando a Billy.

¿Por qué razón?

Beth se había puesto otra vez el vestido. Y se sentía fascinada.

—No tengo zapatos —dijo.

Wellsie se sacó de la boca otra horquilla y la deslizó dentro del moño de Beth.

—Se supone que no debes usarlos. Bien, déjame ver qué aspecto tienes. —Wellsie sonrió mientras Beth danzaba por la alcoba de su padre; el vestido de satén rojo resplandecía a su alrededor como el fuego.

—Voy a llorar. —Wellsie se cubrió la boca con la mano—. Lo sé. En cuanto él te vea, empezaré a llorar. Estás demasiado hermosa, y éste es el primer acontecimiento feliz desde... no puedo recordarlo.

Beth se detuvo, el traje aleteó hasta quedarse quieto.

—Gracias. Por todo.

La mujer de Tohr sacudió la cabeza.

—No te pongas dulce conmigo, o ni siquiera podré contener las lágrimas ahora.

—Lo digo en serio. Me siento como si..., no sé, como si me casara en familia. Y nunca he tenido una familia verdadera.

La nariz de Wellsie enrojeció.

—Somos tu familia. Eres una de nosotros. Y cállate ya, ¿quieres? O harás que empiece.

Alguien llamó a la puerta.

—¿Va todo bien ahí dentro? —preguntó una voz masculina desde el otro lado.

Wellsie se acercó y asomó la cabeza, manteniendo la puerta lo más cerrada posible.

—Sí, Tohr. ¿Ya están listos los hermanos?

—¿Qué diab...? ¿Has estado llorando? —exigió saber Tohrment—. ¿Estás bien? Santo cielo, ¿es el bebé?

—Tohr, relájate. Soy una hembra. Lloro en las bodas. Forma parte de nuestras obligaciones.

Se escuchó el sonido de un beso.

—Es que no quiero que nada te perturbe, leelan.

—Entonces diles a los hermanos que se preparen.

—Ya lo están.

—Bien. Vamos allá.

—¿Leelan?

—¿Qué?

Se escucharon palabras murmuradas en su hermoso idioma.

—Sí, Tohr —susurró Wellsie—. Y después de doscientos años, me casaría contigo de nuevo, a pesar de que roncas y dejas tus armas desperdigadas por toda la habitación.

La puerta se cerró, y Wellsie se dio la vuelta.

—Están listos para ti. ¿Vamos?

Beth tiró del corpiño y dirigió la mirada al anillo del rubí.

—Nunca pensé que haría esto.

—La vida está llena de maravillosas sorpresas, ¿no lo crees?

—Y que lo digas.

Salieron de la alcoba de su padre y entraron a la habitación de Wrath.

Habían retirado todo el mobiliario, y en el lugar donde estaba la cama, los hermanos de Wrath se encontraban en fila contra la pared. Tenían un aspecto magnífico. Vestían todos con chaquetas negras de satén idénticas y pantalones holgados, y a la cintura llevaban colgadas unas dagas con la empuñadura cubierta de gemas.

Hubo una exclamación general cuando la vieron llegar. Los hermanos se movieron inquietos, bajaron la vista. La miraron de nuevo, dejando asomar en sus duros rostros unas tímidas sonrisas.

Con excepción de Zsadist, que la miró una vez y luego bajó la vista al suelo.

Butch, Marissa y Fritz se encontraban a un lado. Los saludó con la mano. Fritz sacó un pañuelo.

Y había alguien más en la habitación.

Una persona diminuta vestida de negro de la cabeza a los pies.

Beth parpadeó. Bajo los pliegues negros, se reflejaba una luz sobre el suelo, como si la figura brillara.

¿Pero dónde estaba Wrath?

Wellsie la guió hasta que se encontró frente a los hombres. El de la hermosa cabellera, Phury, dio un paso adelante.

Beth bajó la vista, tratando de cobrar fuerzas, y notó que el vampiro tenía una prótesis en el lugar donde debía haber un pie.

Alzó la vista hasta encontrarse con sus ojos color miel, aunque no quería ser indiscreta. Al ver su sonrisa, ella se sintió un poco más tranquila.

Su voz era modulada, y elegía sus palabras cuidadosamente:

—Hablaremos siempre que podamos en tu idioma,
para que puedas entender. ¿Estás lista para empezar?

Ella asintió.

—Mi señor, ya puedes venir —dijo en voz alta.

Beth miró por encima del hombro.

Wrath se materializó en el umbral de la puerta del
pasillo, y ella se llevó la mano a la boca. Estaba resplandeciente, llevaba una túnica negra atada con un fajín,
bordada con un hilo oscuro. Una larga daga con mango
de oro colgaba a su costado y en la cabeza una sencilla
corona de rubíes engastados en un metal opaco.

Avanzó a grandes zancadas, moviéndose con aquella
elegancia que a ella le encantaba, mientras su cabello se
agitaba sobre sus anchos hombros.

Sólo tenía ojos para Beth.

Cuando estuvo ante ella, susurró:

—Me he quedado sin respiración al verte.

Ella empezó a llorar.

La cara de Wrath parecía preocupada cuando extendió las manos.

—Leelan, ¿cuál es el problema?

Beth movió la cabeza, pero no pudo articular palabra. Sintió que Wellsie metía un pañuelo de papel en su
mano.

—Ella está bien —dijo la mujer—. Confía en mí, está
bien. ¿No es cierto?

Beth asintió, secándose las lágimas.

—Sí.

Wrath le tocó la mejilla.

—Podemos detener esto.

—¡No! —respondió al instante—. Te amo, y vamos a casarnos. Ahora.

Alguno de los hermanos se rió entre dientes.

—Parece que eso nos ha quedado claro —dijo uno de ellos con tono respetuoso.

Cuando recuperó el control de sí misma, Wrath miró a Phury, y le hizo un gesto para que continuara.

—Haremos la presentación a la Virgen Escribana —dijo el hermano.

Wrath la cogió de la mano y la guió hasta la figura vestida de negro.

—Virgen Escribana, ésta es Elizabeth, hija del guerrero de la Daga Negra llamado Darius, nieta del princeps Marklon, biznieta del princeps Horusman...

La enumeración continuó durante un rato. Cuando Wrath se calló, Beth impulsivamente extendió la mano hacia la figura, ofreciéndosela.

Hubo un grito de alarma y Wrath le sujetó el brazo, empujándolo hacia atrás. Varios de los hermanos dieron un salto al frente.

—Ha sido culpa mía —dijo Wrath, con los brazos extendidos como si estuviera protegiéndola—. No la he preparado adecuadamente. No ha sido su intención ofender.

Una risa suave, cálida y femenina brotó de los pliegues negros.

—No temas, guerrero. Ella está bien. Ven aquí, hembra.

Wrath se apartó, pero permaneció cerca.

Beth se aproximó a la figura, preocupada por cada uno de sus movimientos. Se sintió inspeccionada.

—Este macho te pide que lo aceptes como su hellren, niña. ¿Lo aceptarás como propio si es digno?

—Oh, sí. —Beth miró a Wrath. Él aún estaba tenso—. Sí, lo aceptaré.

La figura asintió.

—Guerrero, esta hembra te respetará. ¿Darás prueba de tu valor por ella?

—Lo haré. —La profunda voz de Wrath resonó en la habitación.

—¿Te sacrificarás por ella?

—Lo haré.

—¿La defenderás contra aquellos que pretendan hacerle daño?

—Lo haré.

—Dame tu mano, niña.

Beth la extendió indecisa.

—Con la palma hacia arriba —susurró Wrath.

Ella giró la muñeca. Los pliegues se movieron y le cubrieron la mano. Sintió un extraño cosquilleo, como una pequeña descarga eléctrica.

—Guerrero.

Wrath extendió la mano, que también se vio oscurecida por la túnica negra.

De repente, el calor rodeó a Beth, envolviéndola. Miró a Wrath, que estaba sonriéndole.

—Ah —dijo la figura—. Ésta es una buena unión. Una excelente unión.

Sus manos cayeron, y Wrath la rodeó con sus brazos y la besó.

Los asistentes empezaron a aplaudir. Alguien se sonó la nariz.

Beth se aferró a su nuevo esposo tan fuerte como pudo. Ya había sucedido. Era real. Estaban...

—Casi hemos terminado, leelan.

Wrath dio un paso atrás, deshaciendo el nudo de su fajín. Se quitó la prenda, revelando su pecho desnudo.

Wellsie se puso a su lado y agarró la mano de Beth.

—Todo saldrá bien. Sólo respira conmigo.

Beth miró alrededor nerviosamente mientras Wrath se arrodillaba ante sus hermanos y bajaba la cabeza. Fritz trajo una mesa pequeña sobre la cual había un cuenco de cristal lleno de sal, una jarra de agua y una pequeña caja lacada.

Phury se detuvo junto a Wrath.

—Mi señor, ¿cuál es el nombre de tu shellan?

—Se llama Elizabeth.

Con un sonido metálico, Phury desenfundó su daga negra.

Y se inclinó sobre la espalda desnuda de Wrath.

Beth dio un grito ahogado, y se abalanzó hacia delante mientras la hoja descendía.

—No...

Wellsie la mantuvo en su lugar.

—Quédate quieta.

—¿Qué está...?

—Estás desposando a un guerrero —susurró Wellsie en tono áspero—. Deja que muestre su honor delante de sus hermanos.

—¡No!

—Escúchame, Wrath te está dando su cuerpo y todo su ser. Todo él es tuyo ahora. Ése es el propósito de la ceremonia.

Phury dio un paso atrás. Beth vio un hilo de sangre corriendo por el costado de Wrath.

Vishous se adelantó.

—Cuál es el nombre de tu shellan?

—Se llama Elizabeth.

Cuando el hermano se inclinó, Beth cerró los ojos y apretó con fuerza la mano de Wellsie.

—No necesita hacer esto para probar su valor ante mí.

—¿Lo amas? —preguntó Wellsie.

—Sí.

—Entonces debes aceptar sus costumbres.

Zsadist avanzó a continuación.

—Despacio, Z —dijo Phury suavemente, permaneciendo cerca de su hermano gemelo.

Oh, Dios, que acabe esto.

Los hermanos continuaron pasando, haciéndole la misma pregunta. Cuando terminaron, Phury cogió la jarra de agua y la vertió en el cuenco de sal. Luego derramó el espeso líquido salobre sobre la espalda de Wrath.

Beth sintió que se tambaleaba cuando vio que los músculos de su amado se contraían. No podía imaginar aquella agonía, pero aparte de cerrar sus puños, Wrath no emitió ni un solo grito. Mientras soportaba el dolor, sus hermanos gruñeron de aprobación.

Phury se inclinó y abrió la caja lacada, sacando un pedazo de tela blanco. Secó las heridas, luego enrolló la tela y la colocó nuevamente en la caja.

—Levántate, mi señor —dijo.

Wrath se alzó. Cruzando sus hombros, formando un arco con letras inglesas antiguas, estaba el nombre de ella.

Phury presentó la caja a Wrath.

—Lleva esto a tu shellan como símbolo de tu fuerza, así sabrá que eres digno de ella y que tu cuerpo, tu corazón y tu alma están ahora a sus órdenes.

Wrath dio media vuelta. Al aproximársele, ella exploró ansiosamente su rostro. Estaba bien, o más que eso, resplandecía de amor.

Cayendo de rodillas ante ella, inclinó la cabeza y le ofreció la caja.

—¿Me tomarás como tuyo? —preguntó, mirándola por encima de sus gafas de sol. Sus pálidos ojos ciegos destellaban.

Las manos de ella temblaron cuando aceptó la caja.

—Sí, te tomaré.

Wrath se levantó, y ella se arrojó en sus brazos, teniendo cuidado de no rozar demasiado su espalda.

Los hermanos iniciaron en voz baja un cántico, una suave letanía que ella no entendió.

—¿Estás bien? —le preguntó él al oído.

Ella asintió, lamentando que no la hubieran llamado Mary o Sue.

Pero no, tenía que ser Elizabeth. Nueve letras.

—Espero que no tengamos que hacer esto nunca más —dijo ella, enterrando su cabeza en el hombro del guerrero.

Wrath se rió suavemente.

—Será mejor que te prepares si tenemos hijos.

El cántico aumentó de volumen, entonado por las profundas voces masculinas.

Ella miró a los hermanos, los altos y feroces hombres que ahora formaban parte de su vida. Wrath giró y la rodeó con sus brazos. Juntos, se mecieron siguiendo aquel ritmo que llenaba el aire. Rindiendo aquel homenaje, los hermanos parecían una sola voz, un único y poderoso ser.

Entonces, una voz fuerte comenzó a sobresalir entre las demás, entonando las notas cada vez más altas. El sonido del tenor resultaba tan claro, tan puro, que erizaba la piel, era como un cálido anhelo en el pecho. Las dulces notas volaron hasta el techo con toda su gloria, convirtiendo la estancia en una catedral y a los hermanos en su altar.

Haciendo descender el cielo tan cerca como para rozarlo.

Era Zsadist.

Cantaba con los ojos cerrados, la cabeza hacia atrás y la boca completamente abierta.

Aquel hombre cubierto de cicatrices, y sin alma, tenía la voz de un ángel.

Durante el banquete de bodas, Butch no se excedió con el alcohol. No le resultó muy difícil. Estaba demasiado ocupado disfrutando de la compañía de Marissa.

Y también observando a Beth con su nuevo esposo. Dios, estaba tan feliz... Y ese vampiro de apariencia cruel al que se había unido tenía la misma expresión de felicidad. No podía soltarla, ni dejar de mirarla. Durante toda la noche, la tuvo sentada sobre el regazo en la mesa, alimentándola de su mano mientras le acariciaba el cuello.

Cuando la fiesta empezó a decaer, Marissa se levantó.

—Tengo que regresar con mi hermano. Está esperándome para cenar.

Seguramente por eso no había había comido nada.

Butch frunció el ceño, no quería que se fuera.

—¿Cuándo regresarás?

—¿Mañana por la noche?

Maldición, toda una vida.

Apartó su servilleta.

—Bien, aquí estaré. Esperándote.

Por Dios, hablando de sometimiento, pensó.

Marissa se despidió de los comensales y desapareció.

Butch alcanzó su copa de vino y trató de fingir que no le temblaba la mano. Al asunto de la sangre y los colmillos, ya casi se había acostumbrado. Pero aquello de las desapariciones iba a llevarle algo más de tiempo.

Diez minutos después, se dio cuenta de que estaba solo en la mesa.

No tenía el más mínimo interés en volver a su casa. En el transcurso de un día se las había ingeniado para arrinconar su vida real, para apartarla a un rincón de su mente. Y como si fuera un aparato averiado, no tenía ganas de examinarlo, repararlo y usarlo de nuevo.

Miró a su alrededor, pensando en las personas que hasta hacía poco tiempo habían ocupado los asientos, ahora vacíos.

Él era un extraño en su mundo. Un entrometido.

Aunque, en realidad, ser un individuo extraño no resultaba nada nuevo para él. Los otros policías eran buenos tipos, pero nunca habían sido más que compañeros de trabajo, incluido José. Nunca había sido invitado a cenar a casa de los Cruz.

Mientras miraba los platos vacíos y las copas de vino medio llenas, se dio cuenta de que no tenía a donde ir. No había ningún lugar en el que quisiera estar. El aislamiento nunca lo había molestado antes. Al contrario, le había hecho sentirse más seguro y protegido. Pero ahora no dejaba de parecerle extraño que estar solo no fuera lo mejor del mundo.

—Oye, detective. Vamos a Screamer's. ¿Quieres venir?

Butch alzó la vista al umbral de la puerta. Vishous estaba en el pasillo con Rhage y Phury detrás de él. Los vampiros parecían expectantes, como si sinceramente quisieran que los acompañara.

Butch se encontró de pronto sonriendo abiertamente, como el chico nuevo que, después de todo, no iba a tener que sentarse solo en el comedor.

—Sí, me vendrá bien divertirme un poco.

Al levantarse, se preguntó si debía ponerse algo más informal. Los hermanos se habían cambiado y se habían puesto sus vestimentas de cuero, pero él se resistía a dejar el traje. Le encantaba.

A la mierda. Le gustaba esa ropa; y claro que iba a usarla. Aunque no fuera muy adecuada a su personalidad.

Butch se abotonó la chaqueta, alisándola sobre el pecho, y comprobó que el pañuelo aún estuviera perfectamente doblado.

—Vamos, detective, estás estupendo —dijo Rhage con una sonrisa ardiente—. Y me muero por un poco de compañía, ¿me entiendes?

Sí, ya lo imaginaba.

Butch rodeó la mesa.

—Pero tengo que advertiros, chicos. Algunos tipos a quienes encerré les gusta ir a Screamer's. Puede ponerse feo.

Rhage le dio unas palmaditas en la espalda.

—¿Por qué crees que queremos que vayas?

—Diablos, sí. —V sonrió, calándose bien su gorra de los Red Sox—. Una pelea es lo mejor para terminar la noche.

Butch puso los ojos en blanco y luego miró a Phury con expresión seria.

—¿Dónde está tu muchacho?

Phury se irguió.

—Z no vendrá.

Bien. Butch no tenía problema en salir con los otros. Estaba seguro de que si hubieran querido matarlo, ya estaría bajo tierra. Pero ese sujeto... Zsadist... tenía todo el aspecto de perder fácilmente la cabeza. Y si eso sucedía, prefería no estar a su alcance

Aunque había que reconocer que cantaba como los ángeles.

De camino a la puerta principal, Butch murmuró:

—Vaya juego de cuerdas vocales que hay en la garganta de ese hijo de perra. Hermosa la maldita voz.

Los hermanos asintieron, y Rhage pasó uno de sus enormes brazos alrededor de los hombros de Phury. Éste agachó la cabeza durante un instante, como si cargara algo muy pesado y se sintiera muy cansado.

Salieron y se dirigieron a un Escalade ESV negro. Las luces parpadearon cuando fue accionada la apertura automática.

—Oh, maldición. He olvidado algo. —Butch se detuvo en seco. Los vampiros también se pararon y lo miraron—. ¡Os he engañado!

Corrió alrededor del vehículo. Phury y Rhage también echaron a correr tras él, maldiciéndolo. En el otro lado, empezaron a discutir, pero él ya tenía la mano en la puerta, y no tenía intención de moverse.

—¡Los humanos van detrás!

—¡Sobre el capó!

—Escuchad, chupasangres, he ganado...

—¡V, voy a pegarle un mordisco!

La risa de Vishous resonó en la espesa noche mientras se deslizaba al volante. Su primer movimiento fue encender el estéreo a un volumen tan alto que el coche entero comenzó a moverse.

Era la canción *Hypnotize* de BIG's.

Butch estaba seguro de que podían oírla hasta en Montreal.

—Maldición, hermano —dijo Rhage, entrando a la parte de atrás—. ¿Es nuevo el equipo?

—Postraos ante mí, caballeros. —V encendió un cigarrillo liado a mano. Cerró la tapa del encendedor de oro—. Y puede que os deje jugar con los mandos.

—Eso casi merecería un beso en el trasero.

Los faros se encendieron.

Zsadist apareció iluminado por las luces.

Phury abrió la puerta de inmediato y le hizo sitio.

—¿Has decidido acompañarnos?

Zsadist le lanzó a Butch una mirada malévola al entrar en la parte de atrás, pero Butch no se lo tomó como algo personal. El vampiro tampoco parecía muy contento de ver a los otros.

V dio marcha atrás y arrancó.

La conversación se mantuvo a pesar de la música, pero la atmósfera había cambiado.

Pero era lógico, considerando que ahora llevaban una bomba de relojería viva en el coche.

Butch se volvió a mirar a Zsadist. Sus ojos negros parecían soltar chispas. La sonrisa en la cara del vampiro estaba ansiosa de pecado y preparada para el mal.

Havers dejó su tenedor cuando Marissa entró en el comedor. Se había preocupado al no verla en la mesa, pero no se atrevió a ir a buscarla a su habitación. En su actual estado mental, no habría llevado muy bien su ausencia.

—Perdona mi tardanza —dijo ella, besándolo en la mejilla. Se acomodó en la silla como un pajarillo, arreglándose el vestido y a sí misma con gracia—. Espero que podamos hablar.

¿Qué era ese olor que exhalaba?, se preguntó él.

—Este cordero parece exquisito —murmuró ella cuando Karolyn le puso delante el plato.

Loción de afeitar. Su hermana olía a loción de afeitar. Había estado con un macho.

—¿Dónde has pasado la noche? —preguntó.

Ella vaciló.

—En casa de Darius.

Él puso su servilleta sobre la mesa y se levantó. Su cólera era tan intensa, que, curiosamente, lo había dejado entumecido.

—Havers, ¿por qué te marchas?

—Como puedes ver, ya he terminado de cenar. Te deseo un buen descanso, hermana.

Ella le agarró la mano.

—¿Por qué no te quedas?

—Tengo un asunto urgente que atender.

—Seguramente podrá esperar.

—No.

Havers se dirigió al vestíbulo, sintiéndose orgulloso de haber controlado su ira. Reunió valor, y se desmaterializó.

Cuando tomó forma de nuevo, sintió un escalofrío.

Algunas zonas del centro de la ciudad eran asquerosas. Verdaderamente asquerosas.

El callejón que había escogido estaba justo al lado de Screamer's. Había oído a alguno de los vampiros civiles que había tratado que los hermanos frecuentaban aquel lugar. Al examinar la multitud humana que trataba de entrar, comprendió la razón. Era una manada agresiva que apestaba a lujuria y a depravación.

A la altura de las escasas exigencias que tenían los hermanos a la hora de buscar compañía.

Havers hizo ademán de apoyarse en el edificio, pero lo pensó mejor. Los ladrillos estaban sucios y húmedos. Examinó todo el callejón. Tarde o temprano, encontraría lo que estaba buscando.

O lo que estaba buscando lo encontraría a él.

El señor X cerró con llave la puerta delantera y se perdió en la noche. Le complacía la forma en que había transcurrido la ceremonia. Billy se había quedado impresionado, por decirlo con palabras suaves, pero había aceptado llevar la iniciación hasta el final. Sobre todo cuando supo que o lo hacía o terminaría muerto sobre la mesa.

Dios, la expresión en la cara de Billy cuando había visto al Omega no tenía precio. Nadie esperaba que el mal tuviera semejante aspecto. Bueno, por lo menos hasta que la mirada del Omega caía sobre uno. Entonces alcanzaba a saborear su propia muerte.

Cuando todo terminó, el señor X había cargado a Billy hasta la casa, y Riddle se encontraba descansando en la habitación de invitados. Aunque, en aquel momento, estaba vomitando, y ese malestar duraría al menos dos horas, mientras la sangre del Omega sustituía a la que había estado circulando por las venas de Billy durante sus dieciocho años de vida. Riddle también tenía una herida en el pecho, un profundo corte desde la garganta hasta el esternón, que había sido cerrado por la yema del dedo del Omega. Eso le dolería mucho hasta la mañana siguiente. Sin embargo, por la noche estaría lo suficientemente fuerte para salir.

El señor X montó en el Hummer y se dirigió al sur. Había ordenado a uno de los escuadrones principales que cubriera el área del centro de la ciudad, y quería observarlos en acción. Detestaba admitirlo, pero quizás el señor O tuviera razón en cuanto a la motivación. Además, necesitaba ver cómo funcionaba el grupo en una situación de combate. Con la desaparición del señor M, estaba barajando la idea de que Riddle se sumara a sus filas, pero quería tener una idea de la dinámica actual del escuadrón antes de tomar cualquier decisión.

También necesitaba ver cómo respondía Billy. Como le había entrenado en artes marciales, el señor X confiaba en sus habilidades para la lucha. Pero no estaba seguro de cómo reaccionaría ante su primer asesinato. El señor X sospechaba que sentiría una gran emoción, pero no podía asegurarlo. Deseaba fervientemente que Riddle le hiciera sentirse orgulloso.

El señor X sonrió, corrigiéndose.

Deseaba que el señor R le hiciera sentirse orgulloso.

Havers estaba empezando a sentir una gran inquietud. Los humanos que merodeaban por el callejón no representaban amenaza alguna para él, pero no podía soportar sus vicios. En la parte de atrás, dos de ellos estaban besuqueándose, o quizás algo peor, y otro estaba fumando crack. Entre los gemidos y el nauseabundo olor, Havers estaba deseando volver a casa.

—¿Qué tenemos aquí? Un sofisticado.

Havers retrocedió encogiéndose. La hembra humana que se detuvo ante él estaba vestida para el sexo, con un estrecho top cubriéndole el pecho y una falda tan corta que apenas le tapaba la entrepierna.

Un reclamo vivo para una implantación fálica. Se le puso la carne de gallina.

—¿Andas buscando compañía? —preguntó ella, pasándose la mano por el vientre y luego por el grasiento cabello corto.

—No, gracias. —Retrocedió unos pasos, adentrándose en el callejón—. Muchas gracias, pero no.

—Y también es un caballero.

Santo cielo. Ella iba a tocarlo.

Levantó las manos, introduciéndose cada vez más en el callejón. La música se hizo más fuerte, como si alguien hubiera abierto la puerta trasera del local.

—Por favor, vete —dijo mientras a su alrededor retumbaba una horrible canción cargada de obscenidades.

De repente, la mujer palideció y escapó corriendo como si acabara de cometer algún delito.

—¿Qué diablos estás haciendo tú aquí? —La voz masculina detrás de él sonó oscura y desagradable.

Havers se dio la vuelta lentamente. Su corazón empezó a latir con fuerza.

—Zsadist.

CAPÍTULO
47

Wrath no tenía el menor interés en saber quién estaba llamando a la puerta de su alcoba. Tenía el brazo alrededor de la cintura de su shellan y la cabeza metida en su cuello. No iría a ninguna parte a menos que alguien estuviera medio muerto.

—Maldita sea. —Saltó de la cama, cogió sus gafas de sol y cruzó la habitación completamente desnudo.

—Wrath, no les hagas daño —dijo Beth, bromeando—. Si te molestan esta noche, será porque tienen una buena razón.

Él respiró profundamente antes de abrir la puerta.

—Será mejor que estés sangrando. —Frunció el ceño—. Tohr.

—Tenemos un problema, mi señor.

Wrath soltó una maldición y asintió, pero no invitó al hermano a pasar. Beth estaba desnuda sobre la cama.

Señaló el otro extremo del pasillo.

—Espérame allí.

Wrath se puso unos calzoncillos, besó a Beth y cerró la alcoba con llave. Luego fue a la habitación de Darius.

—¿Qué pasa, hermano? —No estaba muy contento con la interrupción, y aunque un platillo volante hubiera aterrizado en el patio trasero, le daba igual. Pero era bueno que Tohr estuviera allí. Quizá las cosas estaban mejorando entre ellos.

Tohr se apoyó sobre el escritorio de D.

—Fui a Screamer's a reunirme con los hermanos. Llegué tarde.

—¿Entonces te perdiste a Rhage manoseando a alguna chica en un rincón oscuro? Una pena.

—Vi a Havers en un callejón.

Wrath frunció el ceño.

—¿Qué estaba haciendo el buen doctor en esa parte de la ciudad?

—Le pidió a Zsadist que te matara.

Wrath cerró la puerta suavemente.

—¿Le oíste decir eso? ¿Claramente?

—Así es. Y le ofreció mucho dinero.

—¿Qué respondió Z?

—Dijo que lo haría gratis. Vine aquí inmediatamente, por si decidía actuar rápido. Ya sabes cómo trabaja. No perderá tiempo meditándolo.

—Sí, es eficiente. Es una de sus habilidades.

—Y sólo tenemos media hora hasta el amanecer. No es suficiente para tomar medidas, a menos que aparezca aquí en los próximos diez minutos.

Wrath miró al suelo, llevándose las manos a las caderas. Según la ley de los vampiros, Z debía ser condenado a muerte por amenazar la vida del rey.

—Tendrá que ser eliminado por esto. Y si la Hermandad no se encarga de la ejecución, la Virgen Escribana lo hará.

Dios, Phury. Su hermano no iba a tomarse muy bien aquel asunto.

—Esto matará a Phury —murmuró Tohr.

—Lo sé.

Y entonces Wrath pensó en Marissa. A efectos prácticos, Havers también había firmado su sentencia de muerte, y su pérdida iba a destrozarla.

Movió la cabeza tristemente al pensar que tendría que matar a alguien a quien ella amaba tanto, después de todo lo que había tenido que soportar como shellan suya.

—La Hermandad debe ser informada —dijo finalmente—. Los reuniré.

Tohr se levantó del borde del escritorio.

—Escucha, ¿quieres que Beth se quede conmigo y Wellsie hasta que esto haya terminado? Estará más segura en nuestra casa.

Wrath alzó la vista.

—Gracias, Tohr. Eso haré. La enviaré allí cuando se ponga el sol.

Tohrment asintió y se dirigió a la puerta.

—¿Tohr?

El hermano lo miró por encima del hombro.

—Antes de casarme con Beth, ya lamentaba lo que te dije. Sobre tú y Wellsie y la devoción que le profesabas. Ahora... yo, eh... lo he comprendido por experiencia propia. Beth lo es todo para mí. Es incluso más importante que la Hermandad. —Wrath se aclaró la garganta, incapaz de continuar.

Tohr fue hacia él y le tendió la mano.

—Estás perdonado, mi señor.

Wrath cogió la mano que le ofrecía y tiró de su hermano para abrazarlo. Ambos se dieron fuertes palmadas en la espalda.

—Tohr, quiero que hagas algo, pero tendrás que mantenerlo en secreto ante los hermanos por ahora. Cuando la muerte de Darius sea vengada, yo me retiraré.

Tohr frunció el ceño.

—¿Perdón?

—Ya no voy a luchar más.

—¿Qué diablos? ¿Vas a dedicarte a bordar o algo así? —Tohr se pasó la mano por los cortos cabellos—. ¿Cómo vamos a...?

—Quiero que lideres a los hermanos.

Tohr se quedó boquiabierto.

—¿Qué?

—Tendrá que haber una reorganización total de la Hermandad. Los quiero centralizados y dirigidos como una unidad militar, y no luchando por cuenta propia. Y necesitamos reclutar miembros. Quiero soldados. Batallones completos de soldados e instalaciones de entrenamiento, lo mejor de lo mejor. —Wrath lo miró fijamente—. Tú eres el único que puede hacer ese trabajo. Eres el más sensato y estable de todos.

Tohr sacudió la cabeza.

—No puedo... Por Dios, no puedo hacer eso. Lo siento...

—No te lo estoy pidiendo. Te lo ordeno. Y cuando lo haga público, se convertirá en ley.

Tohr dejó escapar el aire con un lento siseo.

—¿Mi señor?

—He sido un pésimo rey. De hecho, nunca he desempeñado ese trabajo. Pero ahora todo va a ser diferente. Necesitamos construir una civilización, hermano mío. O mejor, reconstruir la que tenemos.

Los ojos de Tohr relucieron. Apartó la vista y se frotó los párpados con los pulgares con aire indiferente, como si no fuera nada, sólo una pequeña irritación. Carraspeó.

—Ascenderás al trono.

—Sí.

Tohr se dejó caer al suelo sobre una rodilla, inclinando la cabeza.

—Gracias a Dios —dijo con voz ronca—. Nuestra raza está unida de nuevo. Tú serás nuestro líder.

Wrath se sintió enfermo. Eso era exactamente lo que no quería. No podía soportar la responsabilidad de tener en sus manos la seguridad de su pueblo. ¿No sabía Tohr que él no era lo suficientemente bueno, ni lo suficientemente fuerte? Había dejado morir a sus padres y actuado como un enclenque cobarde, no como un macho digno. ¿Qué había cambiado desde entonces?

Sólo su cuerpo. No su alma.

Hubiera deseado escapar de aquella carga que le correspondía por derecho de nacimiento, sólo escapar...

Tohr sintió un escalofrío.

—Mucho tiempo... Hemos esperado mucho tiempo a que tú nos salves.

Wrath cerró los ojos. El desesperado alivio en la voz de su hermano le hizo darse cuenta de lo mucho que necesitaban un rey, mostrándole lo angustiados que habían estado. Y mientras Wrath estuviera vivo, nadie más podría ocupar ese cargo. Así era la ley.

Vacilante, extendió la mano y la colocó sobre la cabeza inclinada de Tohr. El peso de lo que le esperaba, de lo que les esperaba a todos, era demasiado inmenso para tratar de comprenderlo.

—Salvaremos juntos a nuestra raza —murmuró—.
Todos nosotros.

* * *

Horas después, Beth se despertó hambrienta. Se liberó suavemente del pesado abrazo de Wrath, se puso una camiseta y se envolvió en una bata.

—¿Adónde vas, leelan? —La voz de Wrath sonó profunda, perezosa, relajada. Ella escuchó crujir su hombro, igual que cuando se desperezaba.

Teniendo en cuenta el número de veces que le había hecho el amor, le sorprendió que pudiera moverse.

—Sólo voy a buscar algo de comer.

—Llama a Fritz.

—Ya trabajó demasiado anoche y se merece un descanso. Vuelvo enseguida.

—Beth. —La voz de Wrath sonó alarmada—. Son las cinco de la tarde. El sol aún no se ha puesto.

Ella hizo una pausa.

—Pero dijiste que podría salir durante el día.

—Teóricamente, es posible.

—Entonces podría averiguarlo ahora.

Ya estaba en la puerta cuando Wrath se apareció frente a ella. Sus ojos denotaban fiereza.

—No necesitas saberlo en este momento.

—No es para tanto. Sólo voy a subir...

—No irás a ninguna parte —gruñó él. Su enorme cuerpo emanaba agresividad—. Te prohíbo salir de esta habitación.

Beth cerró la boca lentamente.

¿Me prohíbe? ¿Él me prohíbe?

Vamos a tener que dejar una serie de cosas claras, pensó ella, mientras alzaba un dedo frente a la cara.

—Déjame pasar, Wrath, y haz desaparecer esa palabra de tu vocabulario cuando hables conmigo. Estaremos casados, pero no me darás órdenes como a una niñita. ¿Está claro?

Wrath cerró los ojos. La preocupación se reflejó en los severos rasgos de su rostro.

—Oye, no pasará nada —dijo ella, pegándose a su cuerpo y rodeando su cuello con los brazos—. Sólo asomaré la cabeza al salón. Si pasa algo, bajaré de inmediato. ¿Vale?

Él la sujetó, apretándola con fuerza.

—Odio no poder acompañarte.

—No podrás protegerme de todo.

Volvió a soltar otro gruñido.

Ella lo besó en la parte inferior de la barbilla y empezó a subir la escalera antes de que él pudiera discutir de nuevo. Al llegar al rellano, se detuvo un instante con la mano sobre el cuadro.

Abajo, escuchó el sonido del timbre de un teléfono. Wrath permanecía en el umbral de la puerta de la alcoba, mirándola.

Beth empujó el cuadro, que se abrió con un crujido. La luz perforó la oscuridad.

A su espalda, lo escuchó maldecir y cerrar la puerta.

Wrath miró enfurecido su teléfono hasta que dejó de sonar.

Dio vueltas por la habitación como un sonámbulo. Se sentó en el sofá. Volvió a levantarse.

Y entonces la puerta se abrió. Beth estaba sonriente.

—Puedo salir —dijo.

Él fue corriendo hasta ella, le tocó la piel. Estaba fresca, saludable.

—¿No te has quemado? ¿No sentiste calor?

—No. La claridad me hizo daño en los ojos al salir...

—¿Saliste al exterior?

—Sí. Oye. —Beth lo sujetó por el brazo cuando le flaquearon las rodillas—. Santo Dios, estás pálido. Ven, recuéstate aquí.

Él así lo hizo.

Santo cielo. Había salido a plena luz del día. Su Beth había bailado bajo la luz del sol. Y él no había podido estar con ella. Si al menos hubiera permanecido en el salón, él habría tenido la oportunidad...

Podía haber quedado calcinada.

Unas manos frescas le apartaron el cabello de los ojos.

—Wrath, estoy bien.

Él levantó la vista y la miró a la cara.

—Creo que voy a caerme desmayado.

—Lo cual es físicamente imposible, porque estás acostado.

—Maldición, leelan. Te amo tanto que nunca me he sentido más asustado. —Cuando ella presionó los labios de él con los suyos, Wrath le puso la mano en la nuca, inmovilizándola—. No creo que pueda vivir sin ti.

—Espero que no tengas que hacerlo. Ahora dime una cosa. ¿Cuál es la palabra que utilizáis para esposo?

—Hellren, supongo. La versión corta es hell, como infierno en inglés.

Ella se rió alegremente.

—A saber por qué.

El teléfono comenzó a sonar de nuevo. Él desnudó los colmillos ante el maldito aparato.

—Responde mientras voy a la cocina —dijo ella—. ¿Quieres algo?

—A ti.

—Ya me tienes.

—Y doy gracias a Dios por ello.

Vio salir a Beth, observó el contoneo de sus caderas y pensó que cuando regresara quería poseerla de nuevo. No parecía quedar nunca satisfecho. Dar placer a esa hembra era la primera adicción que había tenido.

Cogió el teléfono sin molestarse en revisar el identificador de llamadas.

—¿Qué?

Hubo una pausa.

Y luego el gruñido de Zsadist retumbó en su oído.

—¿Es que no te satisface el calor de tu hembra? ¿No te ha ido muy bien en tu noche de bodas?

—¿Tienes algo en mente, Z?

—He oído que has convocado a los hermanos esta noche. A todos excepto a mí. ¿Has perdido mi número? Supongo que ésa será la razón de que no me hayas llamado.

—Sé exactamente dónde localizarte.

Z soltó un resoplido de frustración.

—Ya estoy harto de que me tratéis como a un perro. En serio.

—Entonces no te comportes como uno.

—Vete a la mierda.

—Sí, ¿sabes una cosa, Z? Tú y yo hemos llegado al final del camino.

—¿Y eso a qué se debe? —Z soltó una risotada—. No me lo digas. No me importa, y además, no tenemos tiempo para discutir este asunto, ¿no es cierto? Tú tienes que regresar con tu hembra, y yo no te he llamado para quejarme porque no me tengáis en cuenta.

—¿Entonces por qué me has llamado?

—Tienes que saber algo.

—¿De ti? —preguntó Wrath lentamente.

—Sí, de mí —siseó Z como respuesta—. El hermano de Marissa quiere tu cabeza en una estaca. Y estaba dispuesto a pagarme un par de millones para hacerlo. Ya nos veremos.

La llamada se cortó.

Wrath dejó caer el móvil sobre la cama y se masajeó la frente.

Sería estupendo creer que Z había llamado siguiendo su propio impulso. Y porque no quería cumplir con aquel cometido, o tal vez porque, finalmente, había encontrado su conciencia tras cien años de total inmoralidad.

Pero había esperado varias horas, y eso sólo podía significar que Phury le había advertido, convenciéndolo para que confesara. ¿De qué otra manera podía enterarse Z de que los hermanos habían sido convocados?

Wrath cogió el teléfono y marcó el número de Phury.

—Tu gemelo acaba de llamar.

—¿Lo ha hecho? —Pudo percibir un alivio total en la voz del hermano.

—No podrás salvarlo esta vez, Phury.

—No le dije que tú lo sabías. Wrath, tienes que creerme.

—Lo que creo es que harías cualquier cosa por él.

—Escúchame. Recibí la orden expresa de no decir nada y he obedecido. Me resultó muy difícil, pero no dije nada. Z te llamó por su cuenta.

—¿Entonces por qué sabía que los otros habían sido convocados?

—Mi teléfono sonó y el suyo no. Lo adivinó.

Wrath cerró los ojos.

—Tengo que eliminarlo, lo sabes. La Virgen Escribana no exigirá menos que eso por su traición.

—No pudo evitar que le hicieran esa propuesta. Te contó lo que había sucedido. Si hay alguien que merezca morir, es Havers.

—Y morirá. Pero tu gemelo aceptó una oferta para matarme. Si lo ha hecho ahora, podrá hacerlo de nuevo. Y quizás la próxima vez no se arrepienta después de que tú lo convenzas, ¿me entiendes?

—Te juro por mi honor que te llamó por su cuenta.

—Phury, quisiera creerte. Pero una vez tú mismo te disparaste en la pierna para salvarlo. Tratándose de tu gemelo, harías o dirías cualquier cosa.

La voz de Phury tembló:

—No lo hagas, Wrath. Te lo ruego. Z ha mejorado mucho últimamente.

—¿Y qué hay de esas mujeres muertas, hermano?

—Ya sabes que es la única manera en que él se alimenta. Tiene que sobrevivir de alguna manera. Y a pesar de los rumores, nunca antes ha dado muerte a los humanos de los que se alimenta. No sé qué sucedió con esas dos prostitutas. —Wrath soltó una maldición—. Mi señor, no merece morir por algo que no ha hecho. No es justo.

Wrath cerró los ojos. Finalmente, dijo:

—Tráelo contigo esta noche. Le daré la oportunidad de hablar frente a la Hermandad.

—Gracias, mi señor.

—No me lo agradezcas. Que le permita abrir la boca no significa que vaya a ser perdonado.

Wrath colgó el teléfono.

Era evidente que no había concedido aquel encuentro por el bien de Zsadist, sino por Phury. Lo necesitaban en la Hermandad, y Wrath sabía que el guerrero no se quedaría a menos que su hermano fuera tratado con justicia. Y aun así, tampoco estaba muy seguro de que permaneciera con ellos.

Wrath pensó en Zsadist, recordando su imagen.

Havers había escogido bien al asesino. Era bien sabido que Z no estaba atado a nadie ni a nada, de modo que el buen doctor tenía razón en suponer que el guerrero no tendría problemas en traicionar a la Hermandad. También estaba claro, para cualquier observador, que Z era uno de los pocos machos del planeta lo suficientemente letal para matar a Wrath.

Pero había una cosa que no encajaba. A Z no le importaban las posesiones materiales. Como esclavo, nunca tuvo ninguna. Como guerrero, nunca quiso ninguna. Por eso era difícil creer que el dinero sería para él un incentivo.

Aunque también sabía que era perfectamente capaz de matar por diversión.

Wrath se quedó inmóvil cuando la nariz empezó a cosquillearle.

Frunciendo el ceño, fue hasta uno de los respiraderos que llevaban aire fresco a la alcoba. Inhaló con fuerza.

Había un restrictor en la propiedad.

El mismo que estaba en el Hummer en casa de Billy Riddle.

Beth colocó algo de carne y un poco de salsa de rábano entre dos rebanadas de pan. Cuando dio un mordisco, se sintió en el paraíso. La comida le sabía mucho mejor.

Mientras comía, se quedó mirando un arce desde la ventana de la cocina. Sus hojas verde oscuro estaban totalmente inmóviles. Aún era verano. No soplaba ni siquiera una ligera brisa, como si el aire mismo estuviera agotado por el calor.

No, algo se movía.

Un hombre estaba atravesando el seto, acercándose a la casa desde la propiedad vecina. La piel le picó en señal de advertencia.

Pero era ridículo. Aquel individuo llevaba puesto un uniforme gris de la Empresa de Energía y Gas de Caldwell y venía con una carpeta en una mano. Con su cabello blanco y una actitud tranquila y relajada, no parecía amenazador. Era corpulento, pero se movía con naturalidad. Simplemente, se trataba de otro aburrido lector de contadores que desearía estar cómodamente en un despacho y no sufriendo aquel calor.

El teléfono de la pared sonó, sobresaltándola.

Descolgó, con los ojos aún fijos en el hombre. Éste se detuvo en cuanto la vio.

—Hola —dijo ella en el auricular. El sujeto del gas empezó a caminar de nuevo, aproximándose a la puerta trasera.

—Beth, baja aquí ahora mismo —gritó Wrath.

En ese momento, el hombre de los contadores miraba a través de los cristales de la puerta de la cocina. Sus ojos se encontraron. Él sonrió y levantó la mano.

Ella sintió escalofríos en la piel.

No está vivo, pensó. No estaba segura de cómo lo sabía; simplemente lo sabía.

Dejó caer el teléfono y corrió.

Detrás de ella sonó un estrépito al hacerse añicos la puerta, y luego escuchó un sordo estallido. Algo con un aguijón la golpeó en el hombro. Sintió una punzada de dolor.

Su cuerpo empezó a hacerse lento.

Cayó boca abajo sobre las baldosas de la cocina.

Wrath gritó cuando oyó Beth chocaba contra el suelo. Subió la escalera en un instante e irrumpió en el salón.

El sol le tocó la piel, quemándole como una sustancia química, obligándolo a regresar a la oscuridad. Corrió a la alcoba, descolgó el teléfono y llamó al piso superior. En su cerebro resonaron los timbrazos que nadie pudo contestar.

Respiraba con dificultad, su pecho subía y bajaba en una serie de violentas contracciones.

Atrapado. Estaba atrapado allí abajo mientras ella...

Pronunció su nombre con un rugido.

Podía sentir que su aura se atenuaba. Se la estaban llevando a alguna parte, lejos de él.

Su corazón dejó escapar toda su furia, una oleada de frío negro y profundo que hizo estallar el espejo del baño en mil pedazos.

Fritz descolgó el teléfono.

—¡Alguien ha entrado en la casa! Butch está...

—¡Pásame al detective! —gritó Wrath.

Butch se puso al teléfono un momento después. Estaba jadeando.

—No he podido atrapar al canalla...

—¿Has visto a Beth?

—¿No está contigo?

Wrath soltó otro rugido, sintiendo que las paredes a su alrededor lo aplastaban. Estaba completamente indefenso, enjaulado por la luz solar que bañaba la tierra sobre él.

Se obligó a respirar profundamente. Sólo pudo hacerlo una vez antes de volver a jadear.

—Detective, te necesito. Te... necesito.

El señor X pisó a fondo el acelerador de la camioneta. No podía creerlo.

Sencillamente, no podía creerlo.

Tenía a la reina. Había raptado a la reina.

Era una oportunidad única para un restrictor. Y había sucedido de una forma tan sencilla, como si hubiera sido cosa del destino.

Se había aproximado a la casa en misión de exploración. Le había parecido demasiada coincidencia que la dirección que el vampiro le había dado la noche anterior en el callejón fuera la misma del guerrero que había hecho saltar por los aires. Después de todo, ¿qué haría el Rey Ciego en la mansión de un guerrero muerto?

Suponiendo que fuese una trampa, el señor X se había armado hasta los dientes y había ido a casa de Darius antes del anochecer. Quería inspeccionar el exterior del edificio, ver si alguna de las ventanas de los pisos superiores estaba tapiada y qué vehículos había en la entrada.

Pero entonces vio a la mujer morena en la cocina, con el Rubí Saturnino en el dedo. El anillo de la reina.

El señor X aún no había logrado entender por qué la luz del día no le hacía ningún daño. A menos que fuera medio humana. Aunque, ¿qué probabilidades había?

En cualquier caso, él no había vacilado. A pesar de que no tenía planeado entrar en la casa, había roto la puerta, mostrándose sorprendido y agradecido de que el sistema de seguridad no saltara. La mujer echó a correr, pero no fue lo suficientemente rápida. Y los dardos habían funcionado a la perfección, ahora que había conseguido ajustar la dosis adecuada.

Se volvió a mirar hacia la parte trasera.

Ella estaba adormecida en el suelo de la camioneta.

Aquella noche iba a ser intensa. No le cabía la menor duda de que su macho iría a buscarla. Y debido a que, con toda seguridad, la sangre del Rey Ciego corría por sus venas, él podría encontrarla en cualquier lugar adonde la llevara.

Gracias a Dios, aún era de día y tenía tiempo para proteger su granero.

Estuvo tentado de llamar refuerzos. Aunque confiaba en su capacidad, sabía de lo que era capaz el Rey Ciego. Podía destruir la propiedad por completo, arrasando la casa y el granero y todo lo que había en ellos.

El problema era que si el señor X llamaba a otros miembros, se mostraría vulnerable ante ellos.

Además, contaba con su nuevo recluta.

No, haría aquello sin testigos indeseados, ansiosos de colgarse medallas. Cualquier ser que respirara podía ser eliminado, incluso aquel temible guerrero. Y el señor X estaba dispuesto a apostar que, con aquella hembra en juego, contaba con una gran ventaja.

Indudablemente, el rey se entregaría a sí mismo con tal de proteger a su reina.

El señor X se rió por lo bajo. El señor R iba a tener una primera noche infernal.

Butch salió de la estancia de Wrath y corrió hasta la habitación de invitados donde él y Vishous habían dormido la noche anterior.

V se paseaba, atrapado allí porque no podía llegar al piso inferior sin pasar por la luz. Era evidente que aquella mansión estaba diseñada para ser usada como residencia privada, no como cuartel general.

Y esa cuestión presentaba un grave problema en esta clase de emergencia.

—¿Qué está pasando? —preguntó V.

—Tu jefe, Wrath, se encuentra en un estado endiablado, pero se las ha arreglado para contarme algo sobre el tipo del Hummer que conocisteis anoche. Ese rubio creo que es el instructor que fui a entrevistar hace un par de días en una academia de artes marciales. Me dirijo allí ahora.

Butch cogió las llaves de su coche.

—Llévate esto. —Vishous lanzó algo al aire.

El detective atrapó la pistola con un movimiento rápido. Revisó la recámara. La Beretta estaba cargada, pero no pudo reconocer aquella munición.

—¿Qué clase de balas son éstas? —Eran negras y transparentes en la punta, y brillaban como si tuvieran aceite dentro.

—No vas detrás de un humano, detective. Si uno de esos restrictores te ataca, le disparas en el pecho, ¿entiendes?

No vayas a ser tan estúpido de dispararle a las piernas, aunque sea a plena luz del día. Apunta directamente al pecho.

Butch levantó la vista. Sabía que si aceptaba el arma estaría cruzando una línea desconocida. Pasaría al otro lado del mundo y ya no podría volver atrás.

—¿Cómo los reconoceré, V?

—Despiden un olor dulzón, como talco para bebés, y te perforan con los ojos, mirándote directamente al alma. Suelen tener el cabello, los ojos y la piel claros, aunque no siempre es así.

Butch se metió la semiautomática en el cinturón, dejando atrás para siempre, con aquel gesto, su antigua vida.

Era extraño. No había sido tan difícil tomar esa decisión.

—¿Te ha quedado todo claro, detective? —Vishous le dio una palmadita en el brazo.

—Sí.

Cuando Butch se dirigía a la puerta, V dijo algo en su extraña lengua.

—¿Qué? —preguntó Butch.

—Apunta bien, ¿vale?

—Hasta ahora nunca he fallado.

Marissa estaba ansiosa por ver a Butch. Había estado pensando en él todo el día, y al fin había llegado la hora de ir a encontrarse con él.

Pero aunque tenía mucha prisa, antes de salir se detendría a hablar con Havers. Había esperado su regreso la noche anterior, entreteniéndose ayudando a las enfermeras en la clínica, y luego leyendo en su habitación. Finalmente, le había dejado una nota sobre la cama, pidiéndole que fuera a verla en cuanto llegara. Pero él no lo había hecho.

Y esa falta de comunicación ya estaba durando demasiado tiempo.

Trató de salir de su alcoba. Le sorprendió que la puerta no abriera. Frunció el ceño. El pomo no se movió. Lo intentó de nuevo, sacudiéndola y usando toda su fuerza. Estaba atascada o cerrada con llave.

Y las paredes estaban recubiertas de acero, de modo que no podía desmaterializarse.

—¡Hola! —llamó en voz alta, dando golpes a la puerta—. ¡Hola! ¡Havers! ¿Hay alguien? ¿Puede alguien sacarme de aquí? ¡Hola!

Se dio por vencida, sintiendo que un escalofrío se condensaba en su pecho.

En cuanto se calló, la voz de Havers se filtró en su habitación, como si hubiera estado esperando al otro lado todo el tiempo.

—Lamento que tenga que ser de esta manera.

—Havers, ¿qué estás haciendo? —dijo ella contra los paneles de la puerta.

—No tengo alternativa. No puedo permitir que vayas con él.

Ella se aseguró de que sus palabras se oyeran con claridad:

—Escúchame. Wrath no es la razón por la que he salido. Él acaba de desposarse con alguien a quien ama, y yo no le guardo rencor alguno. Yo... he conocido a un macho. Alguien que me gusta. Alguien que me quiere.

Hubo un largo silencio.

—¿Havers? —Golpeó la puerta con el puño—. ¡Havers! ¿Has oído lo que he dicho? Wrath se ha casado y yo lo he perdonado. No estaba con él.

Cuando su hermano logró articular palabra, sonó como si alguien lo estuviera asfixiando.

—¿Por qué no me lo dijiste?

—¡No me diste oportunidad de hacerlo! ¡Lo he intentado las dos últimas noches! —Golpeó la puerta de nuevo—. Ahora déjame salir. Debo encontrarme con mi..., con alguien en casa de Darius.

Havers susurró algo.

—¿Qué? —preguntó ella—. ¿Qué has dicho?

—No puedo dejar que vayas allí.

La angustia en la voz de Havers apagó su ira, y la alarma hizo que por su nuca se deslizara un sudor frío.

—¿Por qué no?

—Esa casa ya no es segura. Yo... Santo Dios.

Marissa extendió las manos contra la puerta.

—Havers, ¿qué has hecho?

Pero al otro lado de la puerta sólo le respondió el silencio.

—¡Havers! ¡Dime qué has hecho!

Beth sintió que algo le golpeaba la cara con fuerza. Una mano. Alguien la había abofeteado.

Aturdida por la sacudida, abrió los ojos. Estaba en un granero, atada a una mesa con placas metálicas alrededor de las muñecas y los tobillos.

Y Billy Riddle estaba a su lado.

—Despierta, perra.

Ella forcejeó, tratando de liberarse. Al mirarla, los ojos del sujeto se fijaron en sus pechos, mientras apretaba los labios hasta formar una línea recta.

—¿Señor R? —Otra voz masculina—. Quiero que recuerdes que ya estás fuera del negocio de las violaciones.

—Sí. Lo sé. —La mirada de Billy se hizo más siniestra—. Pensar en eso me hace querer hacerle daño.

Beth pudo ver, entonces, al hombre de cabello claro que la había raptado. Apoyaba una escopeta en cada hombro, con el cañón hacia arriba.

—Te dejaré matarla, ¿qué te parece? Pero primero puedes jugar un poco con ella.

Billy sonrió.

—Gracias, *sensei*.

El rubio se volvió hacia las puertas dobles del granero. Estaban completamente abiertas, dejando ver la tenue luz del cielo.

—Señor R, necesitamos estar concentrados —dijo—. Quiero estas armas cargadas y alineadas con cajas de munición sobre esa mesa de trabajo. También deberíamos poner unos cuchillos. Y ve a buscar la lata de gasolina del garaje, así como el soplete que está junto al Hummer.

Billy le dio otra bofetada. Y luego hizo lo que se le había ordenado.

La mente de Beth despertaba lentamente. Todavía se sentía aletargada a causa de las drogas y todo aquello le parecía un sueño, pero con cada bocanada de aire, la bruma se iba disipando. Y estaba haciéndose más fuerte.

La violencia de Wrath era tan profunda, tan feroz, que cubrió de escarcha las paredes de su alcoba. Las velas parpadeaban lentamente en el denso aire, emitiendo luz, pero no calor.

Siempre había sabido que era capaz de generar una ira monumental. Pero la que iba a descargar sobre aquellos que se habían llevado a Beth sería recordada durante siglos.

Alguien tocó la puerta.

—¿Wrath?

Era el policía. El vampiro abrió la puerta con la mente. El humano pareció momentáneamente desconcertado por la temperatura en la habitación.

—Yo... eh, he ido a la Academia de Artes Marciales de Caldwell. El nombre del sujeto es Joseph Xavier.

Nadie lo ha visto hoy. Llamó para que alguien le sustituyera en sus clases. Me dijeron dónde vivía, y me acerqué por allí en el coche. El edificio se encuentra en la parte oeste de la ciudad. Entré sin autorización. Estaba limpio. Demasiado limpio. Nada en la nevera, ni en el garaje. No había correo, ni revistas. Tampoco había pasta de dientes en el baño, ni ninguna evidencia de que se hubiera tenido que marchar apresuradamente. Él es el propietario, pero, desde luego, no vive ahí.

Wrath tenía dificultades para concentrarse. En lo único que podía pensar era en salir de aquel maldito agujero subterráneo y localizar a Beth. Cuando lo hiciera, la sentiría. Su sangre corriendo por las venas de ella actuaba como un GPS. Podría encontrarla en cualquier lugar del planeta.

Cogió el teléfono y marcó. Butch hizo ademán de irse, pero Wrath le detuvo, indicándole con un gesto que se quedara.

El policía se acomodó en el sofá de cuero, con los ojos alerta y el cuerpo sosegado, pero preparado para cualquier eventualidad.

Al oír la voz de Tohrment al otro lado de la línea, Wrath ordenó con voz profunda:

—A las diez de esta noche, llevarás a los hermanos a la Academia de Artes Marciales de Caldwell. Registrarás el lugar de arriba abajo, y luego harás que salte la alarma. Esperarás la llegada de los restrictores y entonces los matarás y quemarás el edificio hasta los cimientos. ¿Me entiendes? Cenizas, Tohr. Quiero que todo quede reducido a cenizas.

No hubo vacilación.

—Sí, mi señor.

—Vigila a Zsadist. Mantenlo a tu lado todo el tiempo, aunque tengas que encadenarlo a tu brazo. —Wrath se volvió a mirar a Butch—. El detective vigilará el edificio desde ahora hasta el ocaso. Si ve algo interesante, te llamará.

Butch asintió, se puso en pie y se dirigió a la puerta.

—Voy para allá —dijo por encima del hombro.

Hubo una pausa en el móvil.

—Mi señor, ¿nos necesitas para que te ayudemos a encontrar...?

—Yo me encargaré de nuestra reina.

CAPÍTULO
50

Durante casi una hora, Beth observó a sus dos se-
cuestradores corriendo de un lado a otro como
si estuvieran convencidos de que Wrath vendría a buscarla en cualquier momento. ¿Pero cómo sabría él dónde estaba? No creía que le hubieran dejado una nota de rescate.

Trató de liberarse una vez más de aquellas placas metálicas que la tenían inmovilizada. Desesperada, miró al
otro lado del granero. El sol se estaba poniendo, las sombras empezaban a alargarse sobre el césped y el camino de
gravilla. Cuando Billy cerró las puertas dobles, ella pudo
captar una última imagen fugaz del cielo oscureciendo, y
luego lo vio correr unos gruesos cerrojos sobre las puertas.

Estaba convencida de que Wrath vendría a buscarla.
No le cabía la menor duda. Pero seguramente tardaría
horas en encontrarla, y no estaba segura de que le quedara tanto tiempo. Billy Riddle miraba su cuerpo con tanto
odio, que temía que en cualquier momento perdiera la
razón. Y no le faltaba mucho para ello.

—Ahora esperaremos —dijo el hombre rubio, con-
sultando su reloj—. No tardará mucho. Te quiero armado.
Pon una pistola en tu cinturón y átate un cuchillo en el
tobillo.

Billy se colocó las armas con verdadero entusiasmo, además tenía mucho donde escoger. Había suficientes semiautomáticas, escopetas y cuchillos afilados para equipar a todo un destacamento militar.

Nada más elegir un cuchillo de caza de treinta centímetros, se volvió a mirarla.

Las palmas de sus manos, antes frías, ahora estaban húmedas por el sudor.

Dio un paso adelante.

De repente, Beth aguzó el oído, y miró hacia la derecha al mismo tiempo que los dos hombres. ¿Qué era ese sonido?

Era como un retumbar. ¿Un trueno? ¿Un tren?

Cada vez sonaba más fuerte.

Y luego oyó un extraño tintineo, como si el viento agitara unas campanillas. Sobre la mesa donde estaba la munición alineada, saltaban las balas sueltas, chocando entre sí.

Billy miró fijamente a su jefe.

—¿Qué diablos es eso?

El hombre respiró profundamente mientras la temperatura descendía unos veinte o treinta grados.

—Prepárate, Billy.

El sonido ya se había convertido en un un rugido. Y el granero temblaba tan violentamente, que el polvo de las vigas caía formando una fina nieve que invadía el aire, enturbiando la visión como una espesa niebla.

Billy levantó las manos para protegerse la cabeza.

Las puertas del granero se astillaron al ser abiertas de par en par por una fría explosión de furia. El edificio entero se movió bajo la fuerza del impacto, vigas y tablas se tambalearon emitiendo crujidos similares a un gemido ensordecedor.

Wrath ocupaba el umbral de la puerta, el aire a su alrededor venía cargado de venganza, de amenaza, de promesa de muerte. Beth sintió sus ojos fijos en ella, y luego un estruendoso rugido de guerra salió de su garganta, tan fuerte que le hizo daño en los oídos.

A partir de entonces, Wrath se convirtió en dueño y señor.

Con un movimiento tan rápido que sus ojos no pudieron seguirlo, se dirigió hacia el rubio, lo aferró y lo estrelló contra la puerta de un establo. El hombre no pareció inmutarse y le propinó a Wrath un puñetazo en la mandíbula. Ambos forcejearon, se embistieron y se golpearon, chocando contra paredes, rompiendo todo lo que encontraban a su paso. A pesar de las armas que llevaban, prefirieron el combate cuerpo a cuerpo, la expresión salvaje, los labios apretados y sus tremendos cuerpos chocando entre sí, soltando chasquidos con cada impacto.

Ella no quería mirar, pero no podía apartar la vista.

Sobre todo, cuando Billy aferró un cuchillo y se lanzó sobre la espalda de Wrath. Con un feroz giro, el vampiro se quitó al sujeto de encima y lo arrojó por los aires. El cuerpo del novato voló hasta aterrizar en el otro extremo del granero.

Billy trató de incorporarse, mareado. La sangre chorreaba por su cara.

Wrath recibió tremendas patadas en el cuerpo, pero no retrocedió, logrando contener al rubio lo suficiente para abrir una de las placas metálicas que aprisionaban las muñecas de Beth. Ella pasó de inmediato al lado opuesto y se liberó la otra mano.

—¡Los perros! Suelta los perros —gritó el señor X.

Billy salió del granero tambaleándose. Un momento después, dos pitbulls llegaron corriendo por detrás de una esquina.

Se dirigieron directamente a los tobillos de Wrath, en el momento en que el rubio desenfundaba un cuchillo.

Beth se liberó ambos pies y saltó de la mesa.

—¡Corre! —le gritó Wrath, arrancándole una pata a uno de los perros mientras detenía un impacto dirigido a su cara.

No lo haré, pensó ella, aferrando lo primero que encontró, que resultó ser un martillo de cabeza redonda.

Beth se colocó detrás del señor X justo en el momento en que Wrath perdía el equilibrio y caía. Levantando el martillo tan alto como pudo, concentró todas sus fuerzas en la herramienta, y la descargó directamente sobre la cabeza del rubio.

Oyó un crujido de huesos y un estallido de sangre.

Y entonces uno de los perros se dio la vuelta y la mordió en un muslo.

Gritó cuando los dientes le desgarraron la piel y se hundieron en sus músculos.

Wrath se deshizo del cuerpo del restrictor y se puso en pie de un salto.

Uno de los perros estaba sobre Beth con la boca alrededor de su muslo. El animal estaba tratando de derribarla para poder atacar su garganta. El vampiro se abalanzó hacia delante, pero se detuvo en seco. Si tiraba del perro, el animal podía llevarse consigo un trozo de la pierna de Beth.

A Wrath le pareció escuchar la voz de Vishous en una ráfaga: *Dos guardianes torturados combatirán entre sí.*

Wrath agarró al perro que aferraba su propio tobillo y lo lanzó hacia el que estaba atacando a Beth. El otro animal soltó la presa debido al golpe. Y los dos pitbulls se atacaron entre sí.

Wrath corrió hacia ella cuando cayó. Estaba sangrando.

—Beth...

Sonó un disparo de escopeta.

Wrath escuchó un silbido y sintió que la nuca le quemaba como si lo hubieran golpeado con una antorcha.

Beth gritó cuando él se dio la vuelta. Billy Riddle volvía a colocarse el arma sobre el hombro.

La furia hizo que Wrath olvidara todo. Se abalanzó hacia el nuevo recluta sin detenerse, aunque la escopeta estaba apuntando hacia su pecho. Billy apretó el gatillo, mientras el vampiro se movía hacia un lado antes de abalanzarse contra él. Mordió la garganta del restrictor, desgarrándola. Luego hizo girar la cabeza de Billy hasta que la oyó crujir al romperse.

Wrath dio media vuelta para volver junto a Beth.

Pero cayó de rodillas.

Confuso, se miró el cuerpo. Tenía un agujero del tamaño de un melón en su abdomen.

—¡Wrath! —Beth acudió cojeando.

—Me... han dado, leelan.

—Oh, Dios. —Se arrancó la bata, y la apretó contra su estómago—. ¿Dónde está tu teléfono?

Él levantó una mano débilmente mientras rodaba sobre un costado.

—En el bolsillo.

Ella cogió el móvil y marcó el número de la casa de Darius.

—¿Butch? ¡Butch! ¡Ayúdanos! ¡Le han disparado a Wrath en el estómago! No... no sé dónde estamos...

—Carretera 22 —murmuró Wrath—. Un rancho con un Hummer negro al frente.

Beth repitió sus palabras, presionando la bata en la herida.

—Estamos en el granero. ¡Ven rápido! Está sangrando.

A su izquierda oyó un gruñido.

Wrath miró hacia allí al mismo tiempo que Beth. El pitbull superviviente, ensangrentado pero aún furioso, avanzaba hacia ellos.

Beth no lo dudó. Desenfundó una de las dagas de Wrath y se puso en cuclillas.

—Ven pronto, Butch. *Ahora*. —Cerró la tapa del teléfono y lo dejó caer—. Acércate, maldito perro inmundo. ¡Ven aquí!

El perro dio un rodeo, y Wrath pudo sentir su mirada fija en él. Por alguna razón, el animal lo quería a él, seguramente porque estaba perdiendo mucha sangre. Beth siguió los movimientos del pitbull con los brazos abiertos.

La voz le tembló.

—¿Lo quieres a él? Vas a tener que pasar sobre mi cadáver.

El perro saltó sobre Beth, y como si hubiera sido entrenada para matar, ella se aplastó contra el suelo y enterró el cuchillo hacia arriba en el pecho del animal, que cayó al suelo como una piedra.

Dejó caer el cuchillo y se apresuró a volver junto a su esposo. Temblaba tanto, que sus manos parecían tener alas cuando levantó de nuevo la tela para colocarla en el estómago de Wrath.

—No me duele —susurró él, oliendo las lágrimas.

—Oh, Wrath. —Le agarró la mano, apretando fuerte—. Estás conmocionado.

—Sí, es probable. No puedo verte, ¿dónde estás?

—Estoy aquí. —Le pasó los dedos por la cara—. ¿Puedes sentirme?

Apenas, pero fue suficiente para mantenerlo vivo.

—Desearía que estuvieras embarazada —dijo él con voz ronca—. No quiero que estés sola.

—¡No digas eso!

—Pide a Tohr y Wellsie que te lleven a vivir con ellos.

—No.

—Prométemelo.

—No lo haré —dijo ella con voz áspera—. Tú no irás a ninguna parte.

Él pensó que estaba muy equivocada respecto a eso. Podía sentir que había llegado su hora.

—Te amo, leelan.

Beth empezó a sollozar. Sus gemidos ahogados fueron los últimos sonidos que él escuchó mientras luchaba contra la marea de la inconsciencia.

Beth no levantó la vista cuando el teléfono empezó a sonar.

—¿Wrath? —repitió una vez más—. ¿Wrath?

Puso una oreja sobre el pecho del vampiro. Su corazón aún latía, aunque muy débilmente, y su respiración se había vuelto lenta y pesada. Ella estaba desesperada por ayudarlo, pero no podía practicarle la respiración artificial hasta que su corazón se detuviera por completo.

—Oh, Dios...

El teléfono seguía sonando.

Lo recogió del suelo, tratando de ignorar el enorme charco de sangre que se había formado alrededor del cuerpo de Wrath.

—¡Qué!

—¡Beth! Soy Butch. Estoy con V. Llegaremos en un momento, pero necesita hablar contigo.

De fondo podía oír un ronroneo, como el motor de un coche.

La voz de Vishous era nerviosa:

—Beth, esto es lo que tienes que hacer. ¿Tienes un cuchillo?

Ella miró la otra daga que todavía estaba enfundada en en el pecho de Wrath.

—Sí.

—Quiero que te cortes la muñeca. Hazlo verticalmente en el antebrazo, no horizontalmente, o llegarás al hueso. Luego pónsela en la boca. Es la única opción que tiene para sobrevivir hasta que le consigamos ayuda. —Hubo una pausa—. Suelta el teléfono, y coge el cuchillo. Yo te iré diciendo lo que hay que hacer.

Beth extendió el brazo y extrajo el cuchillo de la funda de Wrath. No vaciló al abrirse la herida en la muñeca. El dolor le hizo dar un grito ahogado, pero olvidó de inmediato la sensación ardiente y puso la herida sobre la boca de Wrath. Recogió el teléfono con la mano libre.

—No está bebiendo.

—¿Ya has hecho el corte? Buena chica.

—No está..., no está tragando.

—Esperemos que le esté cayendo algo por la garganta.

—También está sangrando por ahí.

—Santo Dios..., llegaré tan rápido como pueda.

Butch localizó el Hummer.

—¡Ahí!

Vishous aparcó encima del césped, saltaron del vehículo y corrieron al granero.

Butch no podía creer la escena que tenía lugar en el interior. Un par de perros sacrificados. Sangre por todo el lugar. Un hombre muerto. Jesús, era Billy Riddle.

Y entonces vio a Beth.

Llevaba puesta una camiseta larga cubierta de sangre y suciedad. Con los ojos enloquecidos, estaba arrodillada junto al cuerpo de Wrath con una de sus muñecas en los labios del vampiro. Cuando los oyó acercarse, siseó y empuñó el cuchillo, preparada para luchar.

Vishous avanzó, pero Butch lo sujetó por un brazo.

—Déjame ir primero.

Lentamente, Butch caminó hacia ella.

—¿Beth? Beth, somos nosotros.

Pero cuanto más se acercaba a Wrath, más enloquecían sus ojos.

Apartó la muñeca de la boca del hombre, dispuesta a defenderlo.

—Tranquila. No vamos a hacerle daño. Beth, soy yo.

Ella parpadeó.

—¿Butch?

—Sí, querida. Somos Vishous y yo. —Dejó caer el cuchillo y empezó a llorar—. Está bien, está bien. —Trató de rodearla con los brazos, pero ella se dejó caer al suelo junto a su esposo—. Espera. Deja que V lo examine, ¿vale? Vamos, sólo tardará un minuto.

Ella se dejó apartar. Mientras Butch rasgaba su camisa y la envolvía alrededor de la pierna de la mujer, asintió con la cabeza en dirección a V.

Vishous examinó a Wrath. Cuando levantó la vista de su estómago, tenía los labios apretados.

Beth se derrumbó.

—Va a ponerse bien, ¿no es cierto? Sólo hay que llevarlo a un médico. A un hospital. ¿No es así? Vishous, ¿no es así? —La desesperación la hizo chillar.

De repente, se dieron cuenta de que no estaban solos.

Marissa y un hombre distinguido de aspecto nervioso surgieron de la nada.

El hombre se acercó al cuerpo de Wrath y levantó la bata empapada de sangre.

—Tenemos que llevarlo a mi quirófano.

—Mi coche está en la parte delantera —dijo V—. Volveré a limpiar todo esto cuando él esté a salvo.

El médico soltó una maldición cuando examinó la herida del cuello. Miró a Beth.

—Tu sangre no es lo suficientemente fuerte. Marissa, ven aquí.

Beth luchó por no dejar salir las lágrimas cuando apartó su muñeca de la boca de Wrath y levantó la vista hacia la mujer rubia.

Marissa dudó.

—¿No te importa que lo alimente?

Beth le ofreció la daga de Wrath sosteniéndola por la hoja.

—No me importa de quién beba si con eso puede salvarse.

Marissa se cortó fácilmente, como si lo hubiera hecho muchas veces. Luego levantó la cabeza de Wrath y presionó la herida contra su boca.

Su cuerpo dio una sacudida, como si lo hubieran conectado a una batería de automóvil.

—Muy bien, vamos a trasladarlo —dijo Havers—. Marissa, mantén esa muñeca exactamente donde está.

Beth agarró la mano de Wrath mientras los hombres lo levantaban del suelo del granero. Lo cargaron tan delicadamente como pudieron en el coche de Vishous y lo colocaron boca arriba en la parte trasera. Marissa y Beth entraron con Wrath mientras Butch y Vishous se sentaban en los asientos delanteros. El otro hombre desapareció.

Mientras el Escalade rugía sobre aquellas carreteras secundarias, Beth acariciaba el brazo de Wrath, recorriendo sus tatuajes. Su piel estaba fría.

—Lo amas mucho —murmuró Marissa.

Beth levantó la vista.

—¿Está bebiendo?

—No lo sé.

E n la antesala del quirófano, Havers se quitó los guantes de látex y los arrojó a un contenedor. Le dolía la espalda después de pasar horas inclinado sobre Wrath, cosiendo el intestino del guerrero y curando la herida de su cuello.

—¿Vivirá? —preguntó Marissa cuando salió del quirófano. Estaba débil por toda la sangre que le había dado, pálida y nerviosa.

—Pronto lo sabremos. Eso espero.

—Yo también.

Quiso alejarse, negándose a mirarlo a los ojos.

—Marissa...

—Sé que lo sientes. Pero no es a mí a quien debes ofrecer tu arrepentimiento. Podrías empezar con Beth. Si es que quiere oírte.

Mientras la puerta se cerraba con un siseo, Havers se apoyó en la pared, sintiéndose mareado.

Oh, santo Dios, el dolor en el pecho. El dolor por acciones que nunca podrían deshacerse.

Havers se deslizó lentamente hasta quedarse sentado en el suelo, y se quitó el gorro de cirugía de la cabeza.

Por fortuna, el Rey Ciego tenía la constitución de un verdadero guerrero. Su cuerpo era resistente, con una extraordinaria voluntad. Aunque no habría sobrevivido sin la sangre casi pura de Marissa.

O quizá sin la presencia de su shellan. Beth había permanecido a su lado durante toda la operación. Y a pesar de que el guerrero había estado inconsciente, su cabeza siempre estuvo dirigida hacia ella. Le había estado hablando durante horas, hasta casi quedarse ronca.

Y aún se encontraba allí con él, tan agotada que apenas podía sentarse erguida, pero se había negado a que le revisaran sus propias heridas, y no había querido comer.

No quería separarse de su hellren.

Havers se levantó y, tambaleándose, se dirigió hasta los fregaderos del laboratorio. Aferró los grifos de acero inoxidable y se quedó mirando fijamente los desagües. Sintió ganas de vomitar, pero su estómago estaba vacío.

Los hermanos estaban fuera. Esperando que les llevara noticias.

Y sabían lo que él había hecho.

Antes de que Havers entrara a operar, Tohrment lo había aferrado por la garganta. Si Wrath moría en la mesa de operaciones, el guerrero le había jurado que los hermanos lo colgarían por los pies y lo golpearían con los puños desnudos hasta desangrarlo. Allí, en su propia casa.

No cabía duda de que Zsadist les había contado todo.

Dios, si pudiera regresar a ese callejón —pensó Havers—. *Si nunca hubiera ido allí.*

Nunca debió acercarse a un miembro de la Hermandad con una petición tan indigna, ni siquiera al que carecía de alma.

Después de hacerle la propuesta a Zsadist, el hermano lo había mirado fijamente con sus terribles ojos negros, y Havers se había dado cuenta de inmediato de que había cometido un error. Zsadist podía estar lleno de odio, pero no era un traidor, y le ofendió que le hubiera pedido que matara a su rey.

—Mataría gratis —había gruñido Zsadist—. Pero sólo si fueras tú. Apártate de mi vista, antes de que saque mi cuchillo.

Nervioso, Havers se había alejado de allí a toda prisa, para encontrarse con que estaba siendo seguido por lo que supuso que debía de ser un restrictor. Era la primera vez que se encontraba cerca de un muerto viviente, y le sorprendió que los miembros de la Sociedad tuvieran la piel y el cabello tan claros. Aun así, aquel hombre representaba la maldad en estado puro y estaba preparado para matar. Atrapado en un rincón del callejón, enloquecido por el miedo, Havers había empezado a hablar, no sólo para lograr su objetivo sino también para evitar ser asesinado. El restrictor se había mostrado escéptico al principio, pero Havers siempre había sido persuasivo, y la palabra *rey*, usada deliberadamente, había atraído su atención. Intercambiaron alguna información. Cuando el restrictor se marchó, la suerte estaba echada.

Havers respiró profundamente, preparándose para salir al vestíbulo.

Al menos podía asegurar a los hermanos que había realizado su mejor esfuerzo con la cirugía, y no había sido por salvar su vida. Sabía que él ya no tenía escapatoria. Se le ejecutaría por lo que había hecho. Era sólo cuestión de tiempo.

En el quirófano, había realizado el mejor de los trabajos posibles, porque era la única manera de compensar la atrocidad que había cometido. Y además, los cinco machos armados hasta los dientes y el díscolo humano que esperaban fuera parecían tener el corazón destrozado.

Pero lo que más le había conmovido e impulsado a luchar con todas sus fuerzas por la vida de Warth fue el ardiente dolor que había visto reflejado en los ojos de Beth. Él conocía bien esa expresión horrorizada de impotencia. La había sufrido en su propia carne mientras veía morir a su shellan.

Havers se lavó la cara y salió al vestíbulo. Los hermanos y el humano alzaron la vista hacia él.

—Ha sobrevivido a la operación. Ahora tenemos que esperar para ver si es capaz de recuperarse. —Havers se dirigió a Tohrment—: ¿Quieres eliminarme ahora?

El guerrero lo miró con ojos duros y violentos.

—Te mantendremos vivo para que cuides de él. Luego él mismo podrá matarte.

Havers asintió. Escuchó un débil grito. Se dio la vuelta para ver a Marissa oprimiéndose la boca con una mano.

Estaba a punto de acercársele cuando el macho humano se paró frente a ella. El hombre vaciló antes de sacar un pañuelo. Ella tomó el que le ofreció y luego se alejó de todos los presentes.

* * *

Beth apoyó la cabeza en la esquina más alejada de la almohada de Wrath. Lo habían trasladado a una cama desde la mesa de operaciones, aunque, de momento, no lo llevarían a una habitación normal. Havers había decidido mantenerlo en el quirófano en previsión de que necesitara ser operado de nuevo por alguna emergencia.

El edificio de paredes blancas era frío, pero alguien le había puesto encima una pesada manta de lana. No podía recordar quién había sido tan amable.

Cuando escuchó un chasquido, se volvió a mirar al montón de máquinas a las que Wrath estaba conectado. Las examinó una a una sin tener mucha idea de lo que aparecía reflejado en ellas. Mientras no se activara ninguna alarma, tenía que pensar que todo estaba bien.

Volvió a escuchar aquel sonido.

Bajó la vista hacia Wrath. Y se puso en pie de un salto.

Estaba tratando de hablar, pero tenía la boca seca y la lengua espesa.

—Shhh. —Le apretó la mano. Situó la cara ante sus ojos para que pudiera verla si los abría—. Estoy aquí.

Sus dedos se movieron ligeramente entre los de ella. Y luego perdió el conocimiento de nuevo.

Dios, tenía muy mal aspecto. Pálido como las baldosas del suelo del quirófano, y los ojos hundidos en el cráneo.

Tenía un grueso vendaje en la garganta. El vientre envuelto en gasas y compresas de algodón, con drenajes saliendo de la herida. En uno de sus brazos habían conectado un suero que le suministraba la medicación, y un catéter colgaba a un lado de la cama. También le habían enganchado un montón de cables de un electrocardiograma en el pecho, y un sensor de oxígeno al dedo corazón.

Pero estaba vivo, al menos de momento.

Y había recuperado la consciencia, aunque fue sólo durante un instante.

Así pasó los dos días siguientes. A intervalos regulares, despertaba y volvía a quedarse inconsciente, como si quisiera comprobar que ella estaba con él antes de volver al hercúleo trabajo de recuperarse.

Finalmente, la convencieron para que durmiera un poco. Los hermanos le llevaron un sillón más cómodo, una almohada y una sábana. Despertó una hora después, aferrada a la mano de Wrath.

Comía cuando la obligaban, porque Tohrment o Wellsie le exigían hacerlo. La persuadieron para que se diera una ducha rápida en la antesala, y cuando regresó Wrath se estaba convulsionando mientras Wellsie había mandado a buscar a Havers. Pero en el instante en que Beth agarró la mano de Wrath, éste se calmó de inmediato.

No sabía el tiempo que podría continuar así. Pero cada vez que él reaccionaba ante su roce, sacaba fuerzas de la flaqueza.

Podía esperar durante toda la eternidad.

La mente de Wrath recuperaba la consciencia de forma intermitente. Durante un minuto no se daba cuenta de nada; pero al siguiente, sus circuitos empezaban a funcionar de nuevo. No sabía dónde estaba, y le pesaban demasiado los párpados para poder abrirlos, así que cuando estaba consciente hacía una rápida exploración de su cuerpo. En la mitad inferior se sentía bien, los dedos de los pies se movían y notaba las piernas. Pero su estómago parecía como si lo hubieran golpeado con un martillo.

Sin embargo, el pecho estaba fuerte. El cuello le ardía, la cabeza le dolía. Los brazos parecían intactos, las manos...

Beth.

Estaba acostumbrado a sentir la palma de su mano. ¿Dónde estaba?

Sus párpados se abrieron.

Ella estaba junto a él, sentada en una silla, con la cabeza sobre la cama como si estuviera dormida. Su primer pensamiento fue que no debía despertarla. Era evidente que estaba agotada.

Pero quería tocarla. Necesitaba tocarla.

Trató de estirar la mano libre, pero sintió como si el brazo le pesara cien kilos. Forcejeó, obligando a su mano a deslizarse sobre la sábana centímetro a centímetro. No supo cuánto tiempo tardó. Tal vez horas.

Pero, por fin, llegó a su cabeza y pudo rozar un mechón de cabello. Aquel tacto sedoso le pareció un milagro.

Estaba vivo, y ella también.

Wrath empezó a llorar.

* * *

En el instante en que Beth sintió que la cama temblaba, despertó llena de pánico. Lo primero que vio fue la mano de Wrath. Sus dedos estaban enredados en un largo mechón de su cabello.

Levanto la vista hacia sus ojos. Gruesas lágrimas se deslizaban por sus mejillas.

—¡Wrath! Oh, amor mío. —Se enderezó, le alisó el cabello hacia atrás. Su rostro reflejaba una angustia total—. ¿Te duele algo?

Él abrió la boca, pero no pudo articular palabra. Empezó a sentir pánico, abrió los ojos desmesuradamente.

—Tranquilo, amor, ten calma. Relájate —dijo ella—. Quiero que aprietes mi mano, una vez si la respuesta es sí, dos veces si es no. ¿Sientes dolor?

No.

Suavemente le enjugó las lágrimas de sus mejillas.

—¿Estás seguro?

Sí.

—¿Quieres que venga Havers?

No.

—¿Necesitas algo?

Sí.

—¿Comida? ¿Bebida? ¿Sangre?

No.

Él empezó a agitarse, sus ojos claros y enloquecidos le imploraban.

—Shhh. Todo va bien. —Lo besó en la frente—. Cálmate. Ya daremos con lo que necesitas. Tenemos suficiente tiempo.

Los ojos del vampiro se fijaron en sus manos entrelazadas. Luego su mirada se dirigió al rostro de ella.

—¿A mí? —susurró ella—. ¿Me necesitas a mí?

El apretó y no se detuvo.

—Oh, Wrath... A mí ya me tienes. Estamos juntos, mi amor.

Las lágrimas le caían como un torrente embravecido, el pecho le temblaba debido a los sollozos, la respiración era entrecortada y ronca.

Ella cogió su cara entre las manos, tratando de sosegarlo.

—Todo va bien. No voy a ninguna parte. No te dejaré. Te lo prometo. Oh, mi amor...

Finalmente las lágrimas disminuyeron, y recobró un poco la calma.

Un graznido salió de su boca.

—¿Qué? —Beth se inclinó.

—Quería... salvarte.

—Lo hiciste. Wrath, me salvaste.

Los labios de Wrath temblaron.

—Te... amo.

Ella lo besó suavemente en la boca.

—Yo también te amo.

—Tú. Vete a ... dormir. Ahora.

Y luego cerró los ojos a causa del esfuerzo.

A ella se le nubló la visión cuando él le puso la mano en la boca y empezó a sonreír. Su hermoso guerrero estaba de vuelta. Y trataba de darle órdenes desde su cama de enfermo.

Wrath suspiró, sumergiéndose en el sueño.

Cuando estuvo segura de que descansaba plácidamente, se estiró, pensando que a los hermanos les gustaría saber que había despertado y estaba lo suficientemente bien para hablar un poco. A lo mejor podía encontrar un teléfono y llamar a casa.

Cuando se asomó al vestíbulo, no pudo creer lo que vio.

Frente a la puerta del quirófano, formando una gran barrera, los hermanos y Butch estaban tendidos en el suelo. Los hombres estaban profundamente dormidos, y parecían tan exhaustos como ella. Vishous y Butch estaban apoyados contra la pared muy cerca el uno del otro, sólo había un pequeño monitor de TV y dos pistolas entre ellos. Rhage estaba acostado boca arriba, roncando suavemente, con la daga en la mano. Tohrment apoyaba la cabeza entre sus rodillas y Phury yacía a su lado, aferrando una estrella arrojadiza contra su pecho, como si eso lo tranquilizara.

—¿Dónde está Zsadist?

—Por aquí —dijo él suavemente.

Ella dio un salto y miró a su derecha. Zsadist estaba completamente armado, pistola enfundada en la cadera, dagas cruzadas sobre el pecho, un trozo de cadena balanceándose en su mano. Sus resplandecientes ojos negros la miraban tranquilamente.

—Es mi turno de guardia. Hemos estado turnándonos.

—¿También hay peligro aquí?

Él frunció el ceño.

—¿No lo sabes?

—¿Qué?

Él se encogió de hombros y miró a ambos lados del vestíbulo, vigilante.

—La Hermandad protege lo nuestro. —Sus ojos volvieron a concentrarse en ella—. Nunca os dejaríamos ni a ti ni a él sin protección.

Ella sintió que él la evitaba, pero no iba a presionarlo. Lo único que importaba era que ella y Wrath estaban protegidos mientras su esposo se recuperaba de sus heridas.

—Gracias —susurró.

Zsadist bajó la vista de inmediato.

Se esconde de cualquier manifestación de afecto, pensó ella.

—¿Qué hora es? —preguntó.

—Las cuatro de la tarde. Por cierto, es jueves. —Zsadist se pasó una mano sobre el cráneo rapado—. ¿Cómo..., eh..., cómo está?

—Ya ha despertado.

—Sabía que viviría.

—¿Lo sabías?

Su labio se levantó con un gruñido, como si fuera a hacer algún chiste. Pero luego pareció contenerse. La miró fijamente, su rostro cubierto de cicatrices parecía ausente.

—Sí, Beth. Lo sabía. No existe ningún arma que pueda apartarlo de ti.

De inmediato, Zsadist desvió la mirada hacia otro lado.

Los otros empezaron a revolverse. Un momento después, todos estaban de pie, mirándola. Butch parecía encontrarse muy a gusto entre los vampiros.

—¿Cómo está? —preguntó Tohr.

—Lo bastante bien como para tratar de darme órdenes.

Los hermanos rieron bulliciosamente, y un murmullo de alivio y de orgullo recorrió aquel grupo de rudos hombres.

—¿Necesitáis algo? —preguntó Tohr.

Beth miró sus rostros. Todos estaban ansiosos, como si esperaran que ella les diera algo que hacer.

Ésta realmente es mi familia, pensó.

—Creo que estamos bien. —Beth sonrió—. Y estoy segura de que pronto querrá veros a todos.

—¿Y tú? —preguntó Tohr—. ¿Cómo te sientes? ¿Quieres tomarte un descanso?

Ella negó con la cabeza, y abrió la puerta del quirófano de un empujón.

—Hasta que pueda salir de aquí por su propio pie, no me apartaré del lado de su cama.

Cuando la puerta se cerró detrás de Beth, Butch escuchó a Vishous silbar por lo bajo.

—Es una hembra magnífica, ¿verdad? —dijo V.

Hubo un ronco murmullo afirmativo.

—Y alguien a la que no te gustaría enfrentarte —continuó el hermano—. Teníais que haberla visto cuando entramos en ese granero. Estaba junto al cuerpo de él, dispuesta a matarnos al detective y a mí con sus manos desnudas si era preciso. Como si Wrath fuera su cría, ¿me entendéis?

—Me pregunto si tiene una hermana —dijo Rhage.

Phury dejó escapar una carcajada.

—No sabrías qué hacer contigo mismo si tropezaras con una hembra de semejante calibre.

—Mira quién habla, el señor Celibato. —Pero entonces Hollywood se frotó la barbilla, como si estuviera pensando en las leyes del universo—. Ah, diablos, Phury, quizá tengas razón. Aun así, un macho tiene derecho a soñar.

—Claro que lo tiene —murmuró V.

Butch pensó en Marissa. Seguía esperando que bajara, pero no la había visto desde la mañana siguiente a la operación. Había estado muy ensimismada, muy distraída, aunque tenía motivos para estar preocupada. La muerte de su hermano se aproximaba. Más pronto incluso de lo que pensaba, teniendo en cuenta la rápida recuperación de Wrath.

Butch quería estar con ella, pero no estaba seguro de si aceptaría su compañía. No la conocía lo suficientemente bien como para atreverse a intentarlo. Habían pasado juntos muy poco tiempo.

¿Qué significaba para ella? ¿Era una simple curiosidad? ¿Un poco de sangre fresca que ella quería saborear? ¿O algo más?

Butch miró al otro lado del pasillo, deseando que apareciera de la nada.

Dios, se moría por verla. Aunque sólo fuera para saber que estaba bien.

Un par de días después, Wrath intentó incorporarse antes de que los hermanos entraran. No quería que lo vieran acostado. El suero conectado a su brazo y todas aquellas máquinas detrás de él ya le resultaban bastante molestas.

Pero, al menos, le habían retirado el catéter el día anterior. Y se las había arreglado para afeitarse por sí solo y lavarse un poco. Tener el cabello limpio era algo estupendo.

—¿Qué estás haciendo? —preguntó Beth cuando lo sorprendió moviéndose.

—Sentándome...

—Ah, no, no lo harás. —Cogió el mando de la cama y dobló el cabezal hacia arriba.

—Ah, diablos, leelan, ahora permaneceré acostado además de sentado.

—Así estás bien. —Ella se inclinó para colocar bien las sábanas, y él alcanzó a ver la curva de sus senos. Su cuerpo se inflamó. En el lugar indicado.

Pero la oleada de lujuria le hizo pensar en la escena que había encontrado en el granero. Ella encadenada a aquella mesa. No le importó en absoluto que los restrictores no pudieran tener erecciones.

La cogió de la mano.

—¿Leelan?

—¿Sí?

—¿Estás segura de que estás bien? —Habían hablado de lo que había sucedido, pero él aún estaba preocupado.

—Ya te lo he dicho. La herida de mi muslo se está curando...

—No estoy hablando de lo físico —dijo él con ganas de matar a Billy Riddle una y otra vez.

Su cara se ensombreció por un instante.

—Ya te lo dije, estaré bien. Porque me niego a que sea de otra manera.

—Eres muy valiente. Y tienes una fortaleza extraordinaria. Me asombras.

Ella le sonrió, y se inclinó para darle un beso fugaz, pero él la inmovilizó, y habló pegado a sus labios:

—Y gracias por salvarme la vida. No sólo en ese granero, sino durante el resto de mis días.

La besó intensamente, alegrándose al oírla jadear de placer. Aquel sonido hizo que su miembro volviera también a renacer. Le rozó la clavícula con la yema de los dedos.

—¿Qué te parecería subir aquí conmigo?

—No creo que estés completamente preparado para eso todavía.

—¿Quieres apostar? —Le cogió la mano y la metió bajo las sábanas.

Su risa franca al sujetarlo suavemente le pareció un auténtico milagro, lo mismo que su constante presencia en la habitación, su implacable protección, su amor, su fuerza.

Ella lo era todo para él. Su mundo entero. Había pasado de importarle poco lo que sucediera con su vida a estar desesperado por vivir. Por ella. Por ellos. Por su futuro.

—¿Qué opinas si esperamos sólo un día más? —preguntó ella.

—Una hora.

—Hasta que puedas sentarte solo.

—Trato hecho.

Gracias a Dios se recuperaba con rapidez.

La mano de ella se retiró de su cuerpo.

—¿Puedo permitir a los hermanos que entren?

—Sí. —Respiró profundamente—. Espera. Quiero que escuches lo que voy a decir.

Tiró suavemente de ella hacia abajo, hasta que quedó sentada al borde de la cama.

—Voy a dejar la Hermandad.

Beth cerró los ojos, como si no quisiera que él viera el enorme alivio que sentía.

—¿De verdad?

—Sí. Le pedí a Tohr que se hiciera cargo de ella. Pero no me voy a marchar de vacaciones. Tengo que empezar a gobernar a nuestro pueblo, Beth. Y necesito que tú lo hagas conmigo.

Beth abrió los ojos.

Él le acarició las mejillas.

—Estamos hablando de ser rey y reina. Y seré sincero contigo: no sé por dónde empezar. Tengo algunas ideas, pero necesitaré tu ayuda.

—Haré lo que sea —dijo ella—. Por ti.

Wrath la miró asombrado.

Dios, ella siempre conseguía fascinarlo. Allí estaba, dispuesta a enfrentarse al mundo con él aunque estuviera postrado en una cama de hospital. Su fe en él era sorprendente.

—¿Te he dicho que te amo, leelan?

—Hará unos cinco minutos. Pero nunca me canso de oírlo.

La besó.

—Diles a los hermanos que entren. Butch que espere en el vestíbulo. Pero quiero que tú estés presente mientras me dirijo a ellos.

Ella dejó entrar a los guerreros, y luego regresó a su lado.

La Hermandad se aproximó a la cama con cautela. Aunque ya había tenido una breve reunión con Tohr aquella mañana, era la primera vez que veía al resto de los guerreros. Carraspearon todos un poco, como si se aclararan las gargantas. Él sabía qué sentían. Estaba igualmente emocionado.

—Hermanos...

En ese momento, Havers cruzó el umbral de la puerta. Se detuvo en seco.

—Ah, el buen doctor —dijo Wrath—. Pasa. Tenemos asuntos pendientes tú y yo.

Havers entraba y salía del quirófano con regularidad, pero Wrath no se había sentido capaz de enfrentarse a aquella situación hasta ahora.

—Es hora de solucionarlos —ordenó.

Havers respiró profundamente, se acercó a la cama e inclinó la cabeza.

—Mi señor.

—He oído que trataste de contratar a alguien para que me matara.

Para sorpresa del macho, no echó a correr, ni mintió. Y aunque su pena y su arrepentimiento eran claros, no trató de disculparse para obtener clemencia.

—Sí, lo hice, mi señor. Yo fui quien me acerqué a él. —Señaló a Zsadist—. Y cuando me quedó claro que tu hermano no te traicionaría, al restrictor.

Wrath asintió, pues había hablado ya con Tohrment sobre lo que realmente había sucedido aquella noche. Tohr sólo había escuchado parte de la respuesta de Zsadist.

—Mi señor, debes saber que tu hermano estuvo dispuesto a matarme sólo por habérselo propuesto.

Wrath miró Zsadist, que observaba fijamente al doctor como si quisiera aplastar su cabeza contra la pared.

—Sí, ya he oído que tu sugerencia no fue bien recibida. Z, te debo una disculpa.

El guerrero se encogió de hombros.

—No te molestes. Me aburren las disculpas.

Wrath sonrió, pensando que era muy propio de Z. Siempre molesto, fuesen cuales fuesen las circunstancias.

Havers miró a los hermanos.

—Aquí, ante estos testigos, acepto la sentencia de muerte.

Wrath examinó con expresión severa al doctor. Y pensó en todos los años de sufrimiento que la hermana del macho había tenido que soportar. Aunque Wrath nunca había tenido la intención de que su vida fuera tan desgraciada, todo aquello había sido culpa suya.

—Marissa fue la razón, ¿no es cierto? —dijo Wrath.

Havers asintió.

—Sí, mi señor.

—Entonces no voy a matarte. Actuaste movido por la manera en que yo traté a uno de tus seres más queridos. Puedo comprender el deseo de venganza.

Havers pareció tambalearse por la impresión. Luego dejó caer el gráfico que estaba sosteniendo y se derrumbó junto a la cama, aferrando la mano de Wrath y colocándosela en la frente.

—Mi señor, tu clemencia no tiene límites.

—Sí, eso es lo que crees. Te perdono la vida como un regalo a tu hermana. Si intentas algo semejante otra vez, yo mismo me encargaré de ti personalmente, despellejándote con un cuchillo. ¿Está claro?

—Sí, mi señor.

—Ahora vete. Puedes pincharme y sondarme más tarde. Pero llama a la puerta antes de entrar, ¿entendido?

—Sí, mi señor.

Cuando Havers se hubo marchado, Wrath besó la mano de Beth.

—Por si acaso estamos ocupados —le susurró.

Las risitas burlonas de sus compañeros llenaron la habitación.

Él miró con severidad a los hermanos para acallarlos y luego soltó su discurso. Ante el prolongado silencio que siguió a sus palabras, supo que los hermanos se habían quedado conmocionados.

—¿Entonces, estáis con Tohr o no? —preguntó al grupo.

—Sí —dijo Rhage—. Yo no tengo problema.

Vishous y Phury asintieron con la cabeza.

—¿Z?

El guerrero puso los negros ojos en blanco.

—Vamos, hombre. ¿A mí qué me importa? Tú, Tohr, Britney Spears.

Wrath se rió.

—¿Eso ha sido un chiste, Z? Después de todo este tiempo, ¿has encontrado tu sentido del humor? Diablos, me das otra razón para vivir.

Z se ruborizó y refunfuñó un poco mientras los otros lo reprendían.

Wrath respiró profundamente.

—Hermanos, hay algo más. Ascenderé al trono. Tal como le he contado a Tohr, necesitamos reconstruirnos e infundir nuevas fuerzas a nuestra raza.

Los hermanos se quedaron mirándolo. Y uno por uno, se acercaron a la cama y le juraron su lealtad en el antiguo idioma, cogiendo su mano y besándolo en la parte interna de la muñeca. Su solemne reverencia lo conmocionó y lo conmovió.

La Virgen Escribana tenía razón, pensó. Ellos eran su pueblo. ¿Cómo podía no liderarlos?

Cuando los guerreros hubieron terminado sus juramentos, miró a Vishous.

—¿Conseguiste los frascos de los dos restrictores de ese granero?

V frunció el ceño.

—Sólo había uno. El recluta que tú y yo conocimos la noche de tu boda. Regresé y apuñalé el cuerpo mientras te operaban. El frasco estaba en la casa.

Wrath sacudió la cabeza.

—Había dos. El otro era el restrictor que conducía el Hummer.

—¿Estás seguro de que murió?

—Estaba en el suelo con un golpe en la cabeza. —De repente, Wrath sintió la intranquilidad de Beth y le estrechó la mano—. Ya es suficiente, hablaremos de esto más tarde.

—No, está bien... —empezó ella.

—Más tarde. —La besó en el dorso de la mano y le acarició la mejilla. Mirándola a los ojos, trató de tranquilizarla, odiándose a sí mismo por haberla conducido a aquel terrible mundo.

Ella le sonrió, y Wrath la atrajo para darle un beso fugaz y luego se volvió a mirar a los hermanos.

—Una cosa más —dijo—. Os trasladaréis a vivir juntos. Quiero a la Hermandad en un único lugar. Por lo menos durante los próximos dos años.

Tohr hizo una mueca de disgusto.

—A Wellsie no creo que le guste mucho la idea. Acabamos de instalar la cocina de sus sueños.

—Encontraremos alguna solución para vosotros, especialmente porque hay un bebé en camino. Pero el resto de vosotros compartiréis habitación.

Hubo protestas. Serias protestas.

—Aún puedo hacerlo peor —dijo—, y obligaros a vivir conmigo.

—Buen tanto —dijo Rhage—. Beth, si alguna vez necesitas descansar de él...

Wrath gruñó.

—Lo que *iba* a decir —dijo Hollywood lentamente— era que podía venirse a vivir con todos nosotros durante un tiempo. Siempre cuidaremos de ella.

Wrath alzó la vista para mirar a Beth. Dios, era tan hermosa... Su compañera. Su amante. Su reina.

Sonrió, incapaz de apartar la vista de sus ojos.

—Dejadnos solos, caballeros. Quiero estar a solas con mi shellan.

A medida que los hermanos desfilaban hacia la salida, se iban riendo con masculina comprensión. Como si supieran exactamente qué pasaba por su cabeza.

Wrath forcejeó sobre la cama, tratando de sentarse.

Beth lo observó, negándose a ayudarlo.

Cuando consiguió una postura estable, se frotó las manos, expectante. Ya podía sentir su piel.

—Wrath —dijo ella como advertencia al ver su enorme sonrisa.

—Ven aquí, leelan. Un trato es un trato.

Aunque lo único que pudo hacer fue abrazarla. Sólo necesitaba tenerla en sus brazos.

José de la Cruz estrechó la mano del investigador de incendios provocados.

—Gracias, espero que me envíe pronto su informe por escrito.

El hombre asintió, mirando de nuevo los restos carbonizados de la Academia de Artes Marciales de Caldwell.

—Nunca he visto nada semejante. Estoy totalmente desconcertado. Parece como si aquí hubiera explotado una especie de bomba nuclear. Todavía no sé qué poner en mi informe.

José siguió con la mirada a aquel hombre mientras se dirigía al furgón oficial y se marchaba.

—¿Volverás a la comisaría? —preguntó Ricky, subiendo a su coche patrulla.

—De momento no. Tengo que ir al otro lado de la ciudad.

Ricky le dijo adiós con la mano y arrancó.

Cuando se hubo quedado solo, José respiró profundamente. El olor del incendio seguía siendo penetrante, incluso cuatro días después.

Al dirigirse a su coche, bajó la vista y se miró los zapatos. Habían adquirido un color grisáceo debido a la gran cantidad de ceniza que cubría el lugar, más parecida a la de un volcán que a cualquier otro residuo que pudiera aparecer en un incendio normal. Y las ruinas también eran extrañas. Generalmente, buena parte de la estructura quedaba en pie, aunque las llamas hubieran sido intensas. Pero aquí no quedaba nada. El edificio había sido arrasado por completo.

Le sucedía lo mismo que al investigador: era la primera vez que veía un incendio de aquellas características.

José se colocó al volante, introdujo la llave en el contacto y puso el coche en marcha. Condujo varios kilómetros hacia el este, hasta una de las zonas más desoladas de la ciudad, y se detuvo ante un edificio de apartamentos bastante deteriorado. Tardó todavía un buen rato en atreverse a salir.

Armándose de valor, se dirigió a la entrada principal. Una pareja que salía le sostuvo la puerta abierta. Tras subir subir tres pisos, recorrió un pasillo de paredes desconchadas y alfombras de un color indefinido.

Se detuvo frente a una puerta de molduras astilladas y hundidas. Llamó suavemente, pero no tenía esperanza de que contestaran.

Tardó sólo un instante en forzar la cerradura y abrir de un empujón.

Cerrando los ojos, respiró profundamente. Un cuerpo que estuviera allí desde hacía cuatro o cinco días ya despediría un olor característico, incluso con el aire acondicionado encendido.

Pero no olió nada.

—¿Butch? —llamó en voz alta.

Cerró la puerta detrás de sí. El sofá estaba cubierto con los suplementos deportivos del *Caldwell Courier*

Journal y del *New York Post* de la semana anterior. Había latas de cerveza vacías sobre la mesa, y en el fregadero se amontonaban los platos sucios.

Se dirigió al dormitorio para encontrar únicamente una cama con las sábanas en desorden y un montón de ropa en el suelo.

Se detuvo junto a la puerta del baño. Estaba cerrada.

Su corazón empezó a latir con fuerza.

Al empujarla, temió encontrarse con un cadáver colgando de la ducha.

Pero no había nada.

El detective de homicidios Butch O'Neal se había desvanecido. Simplemente, había desaparecido sin dejar rastro.

Darius miró a su alrededor. La serena neblina del Fade se había disuelto, dejando entrever un patio de mármol blanco. En la parte central, el agua cantarina de una fuente brillaba en una especie de danza chispeante, captando la luz difusa para reflejarla en destellos de colores. Los pájaros emitían un dulce canto, como si le dieran la bienvenida y anunciaran su llegada.

Así que este lugar existe realmente, pensó.

—Buenos días, Darius, hijo de Marklon.

Él se dejó caer de rodillas sin volverse y bajó la cabeza.

—Virgen Escribana, me honras concediéndome una audiencia.

Ella sonrió. A pesar de tener la cabeza inclinada, cuando se situó frente a él pudo ver el borde de sus negros ropajes. El resplandor que se filtraba por debajo de la seda era tan brillante como la luz del día.

—Darius, ¿cómo podría negarme? Es la primera reunión que has solicitado en tu vida. —Él sintió que algo le rozaba el hombro, y que el cabello de la nuca le hormigueaba—. Levántate. Ahora veré tu rostro.

Él se puso de pie, destacándose sobre la menuda figura, con las manos entrelazadas delante de su cuerpo.

—¿De modo que no estás a gusto en el Fade, princeps? —preguntó—. ¿Y quieres la oportunidad de poder volver?

—Expreso humildemente semejante petición, si tal cosa no te ofende. He esperado el periodo requerido. Me gustaría ver a mi hija, aunque sólo fuese una vez. Si tal cosa no te ofende.

La Virgen escribana sonrió de nuevo.

—Debo decir que la forma de presentarte ante mí ha sido mejor que la de tu rey. Sabes usar el lenguaje de una manera que no parece la de un guerrero.

Hubo un silencio.

En aquellos momentos, pensó en sus hermanos.

Cómo echaba de menos a Wrath. Los echaba de menos a todos.

Pero a la única que quería ver era a Beth.

—Ella se ha desposado —dijo la Virgen Escribana bruscamente—. Tu hija se ha casado con un macho de valía.

Él cerró los ojos, sabiendo que no debía preguntar, pero se moría por saber. Esperaba que Elizabeth fuera feliz con cualquier macho que hubiera elegido.

La Virgen Escribana parecía deleitarse con su silencio.

—Mírate, ni una pregunta. Qué magnífico autocontrol. Y puesto que has sabido guardar el protocolo extraordinariamente bien, te diré lo que deseas saber. Ha sido con Wrath, que ha asumido el trono. Tu hija es reina.

Darius dejó caer la cabeza, sin querer revelar sus emociones, tratando de evitar que ella viera sus lágrimas. No quería que pensara que era débil.

—Oh, princeps —dijo la Virgen Escribana suavemente—. Hay tanta alegría y tristeza en tu pecho... Dime, ¿la compañía de tus hijos en el Fade no es suficiente para mantener tu corazón colmado?

—Tengo la sensación de que la abandoné.

—Ella ya no está sola.

—Eso está bien.

Hubo una pausa.

—¿Y aún deseas verla?

Él asintió.

La Virgen Escribana se alejó, dirigiéndose hacia la bandada de aves que trinaba felizmente sobre un árbol blanco cubierto de flores blancas.

—¿Qué deseas, princeps? ¿Estás pensando en hacerle una visita? ¿Algo rápido? ¿En sus sueños?

—Si tal cosa no te ofende. —Mantuvo el lenguaje formal porque ella se merecía tal deferencia. Y porque esperaba que eso la convenciera.

Los negros ropajes se movieron, y entre ellos surgió una resplandeciente mano. Una de las aves, un tordo, se posó sobre uno de sus dedos.

—Fuiste asesinado de una forma innoble —dijo, acariciando el diminuto pecho del pajarillo—, después de haber servido bien a la raza durante siglos. Fuiste un princeps honorable y un magnífico guerrero.

—Que mis actos te complazcan es mi mejor recompensa.

—Verdaderamente. —Ella silbó al ave. El ave le silbó a su vez, como respondiéndole—. ¿Qué dirías, princeps, si yo te ofreciera más de lo que has solicitado?

El corazón de Darius empezó a latir con fuerza.

—Diría que sí.

—¿Sin saber cuál es el regalo? O el sacrificio.

—Confío en ti.

—¿Y por qué no podrías incluso ser rey? —preguntó ella irónicamente, mientras soltaba al pajarillo y se colocaba ante él—. Te ofrezco de nuevo la vida, un encuentro con tu hija y la oportunidad de luchar de nuevo.

—Virgen Escribana... —Se dejó caer al suelo nuevamente—. Acepto, sabiendo que no merezco semejantes favores.

—No te recriminaré por esa respuesta. Pero tendrás que sacrificarte. No tendrás un recuerdo consciente de ella, porque no serás como eres ahora. Y requiero una muestra de tu habilidad.

Él no comprendió sus últimas palabras, pero no tenía intención de preguntar.

—Acepto.

—¿Estás seguro? ¿No necesitas algún tiempo para meditar sobre ello?

—Gracias, Virgen Escribana. Pero mi decisión está tomada.

—Entonces que así sea.

Se acercó a él. Las fantasmales manos surgieron de los negros pliegues de su túnica al mismo tiempo que el velo que cubría su rostro se alzaba espontáneamente. La luz era tan cegadora que le resultó imposible apreciar sus rasgos.

Cuando ella aferró su mandíbula y su nuca, él se estremeció al sentir su tremenda fuerza, tan poderosa como para aplastarlo en un segundo.

—Te doy la vida otra vez, Darius, hijo de Marklon. Que encuentres lo que buscas en esta encarnación.

Presionó sus labios contra los de él. En el interior de Darius se desató la misma sensación que había tenido el día de su muerte: un estallido de todas sus moléculas, la fragmentación de su cuerpo en mil pedazos y la liberación de su alma en una vertiginosa espiral hasta quedarse flotando en el éter.

El señor X abrió los ojos y vio una hilera de difusas líneas verticales. ¿Barras?

No, eran las patas de una silla.

Estaba tendido sobre un irregular suelo de madera, tumbado sobre el estómago, debajo de una mesa.

Levantó la barbilla, su vista se volvió de nuevo borrosa. *Dios, me duele la cabeza como si estuviera partida en dos...*

De repente, lo recordó todo. La lucha contra el Rey Ciego, el golpe que le había propinado la hembra con algo contundente, el momento en que se vino abajo.

Mientras el Rey Ciego luchaba por mantenerse con vida, intentando taponar las heridas causadas por la escopeta, y la hembra estaba concentrada en su macho, el señor X había escapado arrastrándose hasta su camioneta. Había conducido alejándose aún más de la ciudad, hacia las montañas del extremo más apartado de Caldwell. De milagro, había encontrado su cabaña en la oscuridad y a duras penas se las había arreglado para entrar en ella antes de derrumbarse.

No sabía el tiempo que había permanecido sin conocimiento.

Los ventanucos en la pared de troncos filtraban el resplandor del amanecer. ¿Sería la mañana siguiente? No estaba muy convencido de que lo fuera. Tenía la sensación de que habían transcurrido varios días.

Moviendo los brazos con mucho cuidado, se tocó la parte trasera de la cabeza. La herida estaba abierta, pero empezaba a cerrarse.

Con un tremendo esfuerzo, se las arregló para levantarse y quedar apoyado contra la mesa. De hecho, se sentía un poco mejor con la cabeza levantada.

Había tenido suerte. Los restrictores podían quedarse permanentemente incapacitados por un golpe fuerte o una herida de bala. No muertos, pero sí destrozados. A lo largo de los años, se había tropezado con muchos de sus compañeros fracasados, metidos en sitios ocultos, pudriéndose, incapaces de curarse para volver a luchar, demasiado débiles para suicidarse y hundirse en el olvido.

Se miró las manos. Estaban manchadas con la sangre seca del Rey Ciego y el polvo del granero.

No se arrepentía de haber huido de allí. En ocasiones, el mejor movimiento que podía hacer un líder era abandonar la batalla. Cuando las bajas eran demasiado numerosas, y la derrota prácticamente segura, la maniobra más inteligente era la retirada para reorganizarse.

El señor X dejó caer los brazos. Iba a necesitar más tiempo para recuperarse, pero tenía que encontrar a sus hombres. Los vacíos de poder en la Sociedad eran peligrosos. En particular para el restrictor jefe.

La puerta de la cabaña se abrió de golpe. Levantó la vista preguntándose cómo se defendería, antes de darse cuenta de que la luz del sol era demasiado fuerte ya como para que fuera un vampiro.

Lo que ocupaba el umbral hizo que se le congelara la negra sangre.

El Omega.

—He venido a ayudarte para que te recuperes —dijo sonriente.

Cuando la puerta se cerró, el cuerpo del señor X se estremeció.

La ayuda del Omega era más aterradora que cualquier sentencia de muerte.

EPÍLOGO

La mansión de la Tumba. Es allí a donde debemos dirigirnos —dijo Tohr mientras pinchaba un pedazo de carne asada de la bandeja de plata que el mayordomo le ofrecía—. Gracias, Fritz.

Beth miró a Wrath, maravillándose de que, en el mes que había transcurrido desde que lo habían herido, se hubiera recuperado por completo. Estaba saludable y fuerte, tan formidable como siempre, arrogante, adorable, imposible e irresistible.

Cuando se acomodó en su silla en la cabecera de la mesa, la cogió de la mano le acarició la palma con el dedo pulgar.

Ella le sonrió.

Habían estado viviendo en la casa de su padre mientras él se recuperaba, trazando planes para el futuro. Y todas las noches, la Hermandad iba a cenar con ellos. Fritz se sentía estusiasmado de tener la casa siempre llena de gente.

—¿Sabes? Me parece una excelente idea —dijo V—. Yo podría fortificar perfectamente ese lugar. Está bien aislado en la montaña y construido en piedra, de modo que no debemos temer los incendios. Si instalamos unas persianas

...etálicas en todas las ventanas, podríamos movernos durante el día. Eso supuso una enorme dificultad en esta casa cuando... —Se detuvo—. ¿Y no cuenta con grandes habitaciones subterráneas? Podríamos utilizarlas para entrenar.

Rhage asintió.

—Además el lugar es bastante grande. Todos podríamos vivir allí sin matarnos entre nosotros.

—Eso depende más de tu boca que de cualquier proyecto arquitectónico —dijo Phury sonriendo abiertamente. El guerrero se movió en su silla, acomodando a Boo en su regazo.

—¿Qué opinas? —preguntó Tohr a Wrath.

—No depende de mí. Esos edificios e instalaciones eran propiedad de Darius. Ahora han pasado a manos de Beth. —Wrath la miró—. ¿Leelan, permitirías que los hermanos utilizaran una de tus casas?

Una de sus casas. *Sus* casas. Como nunca había sido propietaria de nada, tenía algunas dificultades para asimilar todo lo que ahora le pertenecía. Y no sólo se trataba de bienes inmuebles, sino también de arte, coches, joyas. Y el dinero en efectivo que controlaba era una locura.

Por fortuna, V y Phury compartían con ella sus profundos conocimientos del mercado de valores, y también le estaban enseñando los entresijos de las inversiones en bonos del tesoro, oro, mercancías. Eran asombrosamente buenos con el dinero.

Y todavía más buenos con ella.

Beth recorrió con la mirada a todos los hombres de la mesa.

—Todo lo que la Hermandad necesite, puede disponer de ello.

Hubo un murmullo de gratitud entre los comensales, que levantaron las copas para brindar a su salud. Zsadist dejó la suya sobre la mesa, pero le dirigió una leve inclinación de cabeza en señal de agradecimiento.

Ella se volvió a mirar a Wrath.

—¿Pero no crees conveniente que nosotros nos traslademos también a vivir allí?

—¿Quieres hacer eso? —preguntó él—. La mayoría de las hembras preferirían su propia casa.

—Es mía, ¿recuerdas? Además, ellos son tus consejeros más cercanos, las personas en las que más confías. ¿Por qué querrías separarte de ellos?

—Espera —dijo Rhage—. Pensaba que habíamos acordado que no tendríamos que vivir con él.

Wrath le lanzó una mirada severa a Hollywood y luego se dirigió de nuevo a Beth.

—¿Estás segura, leelan?

—Es mejor vivir todos juntos, ¿no?

Él asintió.

—Pero también estaríamos más expuestos.

—Pero estaríamos en muy buena compañía. No hay nadie en el mundo en quien confíe más para protegernos que estos hombres maravillosos.

—Disculpad —intervino Rhage—. ¿No estáis todos enamorados de ella?

—Diablos, claro —dijo V, levantando su gorra de los Red Sox—. Completamente.

Phury asintió.

—Y si ella vive con nosotros, podremos conservar el gato.

Wrath la besó y miró a Tohr.

—Entonces creo que ya tenemos un lugar donde
ir.

—Y Fritz también vendrá —dijo Beth, cuando el
mayordomo entró en la habitación—. ¿No es cierto? Por
favor, di que sí.

El mayordomo pareció enormemente complacido
por haber sido incluido, y miró a los hermanos con alegría.

—Por usted y el rey, yo iré a cualquier parte, ama.
Y estaré encantado de atender a todos estos caballeros.

—Bueno, te conseguiremos algo de ayuda.

V se dirigió a Wrath:

—Escucha, en relación con el policía, ¿qué quieres
hacer con él?

—¿Me lo preguntas porque es amigo tuyo o porque
es una amenaza para todos nosotros?

—Ambas cosas.

—¿Por qué tengo el presentimiento de que vas a sugerir algo?

—Porque es cierto. Él debería acompañarnos.

—¿Por alguna razón en particular?

—He soñado con él.

Todos los comensales guardaron silencio.

—Hecho —dijo Wrath—. Pero con sueños o no,
deberá ser vigilado.

V asintió.

—Aceptaré la responsabilidad.

Mientras los hermanos comenzaban a hacer planes,
Beth bajó la mirada hacia la mano de su esposo que estaba entre las suyas, y sintió una absurda necesidad de
llorar.

—Leelan —dijo Wrath suavemente— ¿estás bien?

Ella asintió, impresionada al comprobar que él podía percibir todos sus sentimientos con pasmosa facilidad.

—Estoy muy bien. —Le sonrió—. ¿Sabes? Justo antes de conocerte estaba buscando una aventura.

—¿En serio?

—Y he encontrado mucho más que eso. Ahora tengo un pasado y un futuro. Toda... una vida. Algunas veces no sé cómo manejar mi buena suerte. Simplemente no sé qué hacer con todo esto.

—Es extraño, yo siento lo mismo. —Wrath le cogió la cara entre las manos y posó sus labios sobre los de ella—. Por eso te beso con tanta frecuencia, leelan.

Ella le rodeó los anchos hombros con sus brazos y le rozó los labios con su boca.

—Oh, vamos —dijo Rhage—. ¿Tendremos que verlos besuquearse todo el tiempo?

—Desearías tener tanta suerte —murmuró V.

—Sí —suspiró Rhage—. Lo único que quiero es una buena hembra. Pero imagino que me conformaré con varias malas hasta que la encuentre. La vida es un asco, ¿no creéis?

Hubo una carcajada general. Alguien le lanzó una servilleta.

Fritz trajo el postre.

—Por favor, tengan la amabilidad —dijo el mayordomo—, no empiecen a arrojarse la mantelería. ¿Alguien desea melocotones?

El papel utilizado para la impresión de este libro
ha sido fabricado a partir de madera procedente de bosques
y plantaciones gestionados con los más altos estándares
ambientales, garantizando una explotación de los recursos
sostenible con el medio ambiente y beneficiosa para las
personas. Por este motivo, Greenpeace acredita que este libro
cumple los requisitos ambientales y sociales necesarios para
ser considerado un libro «amigo de los bosques».
El proyecto «Libros amigos de los bosques» promueve
la conservación y el uso sostenible de los bosques,
en especial de los Bosques Primarios,
los últimos bosques vírgenes del planeta.

Papel certificado por el Forest Stewardship Council®